DIE
TOTE
IN DEN
BERGEN

WEITERE TITEL VON LESLIE WOLFE

DETECTIVE-KAY-SHARP-SERIE

Der Ausflug

Die vermissten Mädchen

Die letzte Schwester

Die Tote in den Bergen

IN ENGLISCHER SPRACHE

The Girl from Silent Lake

Beneath Blackwater River

The Angel Creek Girls

The Girl on Wildfire Ridge

Missing Girl at Frozen Falls

LESLIE WOLFE
DIE TOTE IN DEN BERGEN

Übersetzt von Alina Becker

bookouture

Die Originalausgabe erschien 2022 unter dem Titel
„The Girl on Wildfire Ridge"
bei Storyfire Ltd. trading as Bookouture.

Deutsche Erstausgabe herausgegeben von Bookouture, 2023
1. Auflage Februar 2023

Ein Imprint von Storyfire Ltd.
Carmelite House
50 Victoria Embankment
London EC4Y 0DZ

www.bookouture.com

Copyright der Originalausgabe © Leslie Wolfe, 2022
Copyright der deutschsprachigen Ausgabe © Alina Becker, 2023

Leslie Wolfe hat ihr Recht geltend gemacht, als Autorin dieses Buches genannt zu werden.

Alle Rechte vorbehalten.
Diese Veröffentlichung darf ohne vorherige schriftliche Genehmigung der Herausgeber weder ganz noch auszugsweise in irgendeiner Form oder mit irgendwelchen Mitteln (elektronisch, mechanisch, durch Fotokopie oder Aufzeichnung oder auf andere Weise) reproduziert, in einem Datenabrufsystem gespeichert oder weitergegeben werden.

ISBN: 978-1-83790-252-1
eBook ISBN: 978-1-83790-251-4

Dieses Buch ist ein belletristisches Werk. Namen, Charaktere, Unternehmen, Organisationen, Orte und Ereignisse, die nicht eindeutig zum Gemeingut gehören, sind entweder frei von der Autorin erfunden oder werden fiktiv verwendet. Jede Ähnlichkeit mit tatsächlichen lebenden oder toten Personen oder mit tatsächlichen Ereignissen oder Orten ist völlig zufällig.

EINS

DER FALL

Endlich war es vorbei.

Sie zitterte und wimmerte und konnte noch ihre gnadenlosen Stimmen hören, deren Gleichgültigkeit ihr bis ins Mark drang, garniert mit gelegentlichen Ausbrüchen des Gelächters, als sie sich vom Höhenkamm entfernten. Sie kletterten eilig hinunter, wahrscheinlich, um die letzten Reste des Tageslichts zu nutzen, bevor es sie in den Wald verschlug.

Die kühle Abendluft rüttelte an ihrem schmerzenden Körper. Auf dem Wildfire Ridge waren selbst die Sommerabende frisch, obwohl der letzte Schnee für gewöhnlich im Frühling schmolz und der erste nicht vor Ende September fiel. Langsam rollte sie sich auf die Seite und umklammerte ihre Knie, während sie spürte, wie ihr die Tränen wieder über die Wangen liefen. Stille Tränen der Demütigung, der Niederlage und der unsäglichen Scham. Jede einzelne der in der Ferne schwindenden Lachsalven fühlte sich wie ein Schlag in ihr tränenverschmiertes Gesicht an.

Jenna war allein.

Niemand hatte ihre Schreie gehört. Niemand konnte ihr helfen.

In ihrem Kopf hallten noch immer die Worte der anderen nach.

Ihre Beschimpfungen. Die unaussprechlichen Dinge, die sie ihr angetan hatten. Alles, was sie jetzt wollte, war ihr Zuhause, die liebevolle, heilende Umarmung ihrer Mutter. Sich wieder sicher fühlen zu können. Vor ihrem Vater zu verstecken, was ihr zugestoßen war, denn wie sollte sie ihm je wieder in die Augen sehen, wenn er es herausfand? Nur ihre Mutter würde es verstehen. Sie würde ihr Geheimnis bewahren.

Aber ihr Zuhause war weit weg, eine dreistündige Bergwanderung durch die Dunkelheit, ganz allein, vom Gipfel hinunter durch felsiges Gelände und dichte Wälder, anschließend ungefähr fünfundzwanzig Kilometer entlang der Straße von den südwestlichen Hängen des Mount Chester bis hin zu der kleinen kalifornischen Stadt, die denselben Namen trug. Die Strecke hätte auch zehnmal so lang sein können. Die Vorstellung, sich im Dunkeln durch die Wälder schlagen zu müssen, umklammerte ihr Herz mit kalten, grausamen Klauen. Das Geräusch des Waldes, das Rascheln des Windes in den Blättern und Tannennadeln, bei Sonnenschein so beruhigend, klang jetzt wie drohendes Raunen.

Urplötzlich brach die Nacht über dem Wildfire Ridge herein, und die letzten orangefarbenen und purpurroten Farbtöne, denen der Gipfel seinen Namen verdankte, verblassten mit der untergehenden Sonne. Das dunkle, bedrohliche Rot verschwand zuletzt, wie eine blutverschmierte Erinnerung an den Tag, der sich dem Ende zuneigte, und eine unausgesprochene Warnung vor dem Tag, der noch kommen sollte.

Immer noch benommen und mit jeder Minute schwächer werdend, versuchte Jenna, sich aufzusetzen. Ihr schmerzender und blutender Körper wehrte sich, und aller Willenskraft zum Trotz gab sie sich schnell geschlagen. Sie legte den pochenden Kopf auf einen rauen, moosbewachsenen Felsblock und fand sich damit ab, sich allein der kalten Dunkelheit auf dem Berg stellen zu müssen.

Das Knacken eines Zweiges ließ ihren Herzschlag in die Höhe schnellen. War das etwa ein Bär?

»Hallo.«

Die Stimme, nicht mehr als ein leises, heiseres Flüstern, weckte sie augenblicklich auf. Die Kälte der Nacht hatte bereits damit begonnen, ihr Blut in Eiszapfen zu verwandeln. Taub, orientierungslos und zitternd schaffte sie es endlich, sich aufzusetzen.

Vielleicht gab es noch Hoffnung. Bald würde sie wieder zu Hause und in Sicherheit sein. Doch ihr Kopf schwirrte, als klammere sich ein undurchdringlicher Nebel an jeder einzelnen Windung ihres Gehirns fest. Angst stieg in ihr auf, und ihr wurde klar, dass man sie unter Drogen gesetzt hatte. Anders ließ sich nicht erklären, weshalb sie nicht schon längst auf dem Heimweg war. Als sich vor ihr eine dunkle Silhouette im Mondlicht abzeichnete, verspürte sie den verzweifelten Drang, davonzurennen, wusste aber, dass sie es nicht schaffen würde.

Wer trieb sich noch hier oben herum? Es war viel zu spät, als dass jemand zufällig über den Wildfire Ridge gewandert kommen könnte.

Ihr stockte der Atem, aber sie griff nach der überraschend warmen Hand, die sich ihr entgegenstreckte, stand auf und geriet einen kurzen Augenblick ins Straucheln, bevor sie ohne den stützenden Halt stehen konnte. In ihrer Benommenheit meinte sie, der Bergkamm würde sich drehen und vor dem sternenbedeckten Augusthimmel tanzen. Sie verlor erneut das Gleichgewicht und griff nach dem Ast einer Hemlocktanne, um sich zu fangen.

Als sie aufsah, schlug ihr ein kalter, berechnender Blick entgegen. Jenna fragte sich, weshalb sie solchen Hass zu erkennen glaubte, und hoffte zugleich, dass sie mit der

Einschätzung falschlag. Ihre Kleidung war völlig zerlumpt, zerrissen und blutverschmiert. Mit zitternden Fingern versuchte sie, so viel wie möglich von ihrem Körper mit den Fetzen zu bedecken. In ihren Augen brannten Tränen der Scham, die ihr die Sicht verschleierten.

»Helfen Sie mir?«, flüsterte sie.

Ein kurzes, gackerndes Lachen durchschnitt die Stille der Bergnacht. »Dir helfen? Mein liebes Mädchen, was dir heute passiert ist, war allein deine Schuld, und du hattest nichts anderes verdient. Du bist nicht mehr als eine dreckige Schlampe – machst die Leute scharf und lässt sie dann am ausgestreckten Arm verhungern.«

Die Wörter prasselten mit dem todbringenden Gewicht umstürzender Grabsteine auf Jenna ein.

Die nagende Angst in ihrer Brust lähmte sie. Ihr Kinn zitterte, und ihr entwichen einige Schluchzer, die ihr alles andere als gelegen kamen. »Bitte ... Ich bin doch keine ... Ich habe nichts gemacht ...«

Der Schlag traf sie unerwartet und raubte ihr den Atem. Jenna konnte ihn hören, bevor er ihr Gesicht traf. Ihre Lippe platzte auf und in ihrem Kopf explodierte ein Wirbel aus tanzenden Sternen.

Das konnte doch alles nicht sein. Das musste ein Albtraum sein! Etwas, das bei Tag unvorstellbar war und sich nur in den tiefen, ruhelosen Schatten des Wildfire Ridge abspielen konnte.

Aus Angst vor einem weiteren Schlag machte Jenna einen Schritt zurück. Dann noch einen. Mit jedem weiteren Schritt versuchte sie, Abstand zwischen sich und die angreifenden Fäuste zu bringen, aber das Gegenteil traf ein. Sie rutschte auf einem Stein aus und verlor für einen kurzen Moment den Halt, schrie kurz auf und tastete sich dann weiter, ohne zu schauen, wohin sie trat, den Blick fest auf die bedrohliche, rachsüchtige Miene gerichtet, die sich ihr langsam näherte.

Unter ihren taumelnden Schritten lösten sich einige Steinchen. Sie rutschten über den Rand des Abgrunds und prasselten an den scharfen Felskanten herunter, bis sie nicht mehr zu hören waren. Jenna stand näher an der Schlucht, als ihr bewusst gewesen war. Aus Angst zu fallen, blieb sie stehen und bereitete sich darauf vor, die Flucht nach vorne anzutreten und sich ihren Weg in die Sicherheit freizukämpfen.

Im schwachen Licht der Mondsichel konnte Jenna nun ein boshaftes Lächeln und wie Eiszapfen funkelnde Augen erkennen.

Und dann fiel sie. Verzweifelt aufschreiend versuchte sie, Halt zu finden, als sie von einer gnadenlosen Hand über den Rand des Abgrunds gestoßen wurde. Und dann erstarb der Schrei schlagartig, sein Echo verklang und die Stille der Nacht legte sich wieder über den Berg.

ZWEI

RENOVIERUNG

Noch ein Tag, vielleicht drei, und die Küche würde fertig sein. Das hatte sich Detective Kay Sharp während der letzten Tage immer wieder gesagt, wenn sie sich dazu durchrang, in aller Herrgottsfrühe die Wärme ihres Bettes zu verlassen, um noch vor Arbeitsbeginn die Küchenwände zu spachteln.

Sie rieb sich die Augen und kämpfte vergeblich gegen ein Gähnen an, streckte sich und betrat ihr kleines Badezimmer. Das kalte Wasser löste die Reste des Schlafs, die noch an ihren Augenlidern klebten. Beim Blick in den Spiegel lächelte sie zaghaft, schüchtern, als wollte sie auf einem schicken Ball schamlos mit einem Mädchenschwarm flirten und nicht getrocknete Spachtelmasse mit Sandpapier glattrubbeln.

Es war die Zeit der Erneuerung, die Zeit der Heilung.

Es war an der Zeit.

Zurück in ihrem Schlafzimmer schlüpfte Kay in Jeansshorts mit Farbflecken und in ein altes Metallica-T-Shirt. Vor ein paar Jahren hatte sie dieses T-Shirt nach einem Vorfall mit einem verschütteten Glas Rotwein widerwillig zu dem Teil ihrer Kleidung verbannt, den sie nur noch zu Hause trug. Unter dem Namen ihrer einstigen Lieblingsrockband waren noch immer einige verblichene lilafarbene Flecken zu erkennen.

Genau wie Kays T-Shirt hatten auch die Küchenwände ihre Geschichten zu erzählen, eine für jede abgeschrammte Stelle, jeden Kratzer, jede Kerbe und jedes Loch. Im Gegensatz zu dem verblassenden Weinfleck erzählten die meisten dieser Geschichten jedoch von Schmerz, für immer eingebrannt in Kays Gedächtnis, unterlegt mit dem Schreien und Schluchzen ihrer Mutter. Sie erzählten vom Geruch der alkoholbedingten Schweißausbrüche ihres Vaters. Dem Geschmack der Tränen auf ihren Lippen. Der Angst in den großen Augen ihres Bruders, der hinter dem Sofa kauerte.

Narben in einer abgenutzten Trockenbauwand; ein Zeugnis all der Jahre, die Kay krampfhaft zu vergessen versuchte.

Vielleicht würden eine Schicht hellgelber Wandfarbe und eine Gleichmäßigkeit, die jeden professionellen Handwerker vor Neid erblassen lassen würde, einige der Spuren des Albtraums auslöschen, die noch immer gelegentlich in ihrer Erinnerung aufkeimten.

Auf Zehenspitzen schlich sie in die Küche und schaltete leise die Kaffeemaschine an, um Jacob nicht aufzuwecken. Kurz nachdem sie auf den Knopf gedrückt hatte, erfüllte der Geruch des Vanillearomas die Küche. Ein großartiger Start in den Tag. Die beiden Stunden, die Kay sich am Morgen nahm, um die Wände zu reparieren, gehörten ganz ihr. Ihr allein. Sie befand sich immer noch im Heilungsprozess, verarbeitete ihr Trauma, durchlebte jeden Moment aufs Neue und hoffentlich zum letzten Mal. Es gab keinen Grund, ihren Bruder hier hineinzuziehen; er schien die Vergangenheit auf typisch männliche, unkomplizierte Weise hinter sich gelassen zu haben. Seine Verantwortung hatte sich darauf beschränkt, die Wandfarbe abzusegnen. Dabei wurde er erst von Kay und anschließend seiner Freundin in Grund und Boden geredet. Beide hatten sich in plötzlicher weiblicher Einigkeit hinsichtlich der Gestaltung eines perfekten Zuhauses gegen ihn verbündet.

Kay zog den Deckel vom Eimer mit der Spachtelmasse und begann damit, einige Löcher mit der rosafarbenen Paste, die nach dem Trocknen weiß werden würde, zu füllen. Der ganze Raum roch frisch, nach neuen Wänden und Sauberkeit. Das Abschmirgeln ihrer gestrigen Arbeit würde Kay in Angriff nehmen, wenn Jacob wach war. Selbst mit Sandpapier war das Schleifen eine geräuschvolle Angelegenheit.

Sie arbeitete sich gegen den Uhrzeigersinn durch die Küche, angefangen beim Fenster über der Spüle. Am Tag zuvor war ihr aufgefallen, dass auch an der Hintertür noch etwas getan werden musste, denn nach all den Jahren, die sie von ihrem Vater in Rage zugeknallt worden war, hatte sich der Rahmen gelöst. Aber sie wurde angenehm überrascht: Jacob hatte den Rahmen bereits repariert und die Wand um die Tür herum war bereit, bearbeitet zu werden.

Kay beendete ihre Arbeit an einem langen Kratzer, den ein Bein eines von ihrem betrunkenen Vater durch den Raum geschleuderten Stuhls hinterlassen hatte, und merkte, dass sie eine Weile lang den Atem angehalten hatte. Langsam atmete sie ein, hielt die Luft ein paar Sekunden an und stieß sie dann ebenso langsam wieder aus. Wenn sie die Augen schloss, hörte sie das Geschrei, sah den Stuhl über den Tisch und mit einem dumpfen Schlag gegen die Wand fliegen und zu Boden fallen.

Ihre Hand mit dem Spachtel voll rosafarbener Paste verharrte in der Luft und begann dann urplötzlich zu zittern und sich schwer wie Blei anzufühlen. Kay ließ den Spachtel in den Eimer fallen. Tränen brannten ihr in den Augen, während sie angestrengt auf ein kleines Loch in der Wand starrte. Diesen Fleck hatte sie konsequent ignoriert, seit sie vor ein paar Tagen mit ihrem Renovierungsprojekt begonnen hatte. Genau wie in den sechzehn Jahren zuvor.

Mit zitterndem Zeigefinger fuhr sie über die Kanten des

kleinen Lochs. Hier war die Trockenwand gerissen und zerbröckelt, als sie mit der Spitze eines Steakmessers die Kugel herausgepult hatte. Die Kugel, die beinahe ihren Bruder getötet hätte. Die Kugel, die sie mit der Waffe ihres Vaters abgefeuert hatte.

Ein Schluchzen drang aus Kays Kehle, blieb aber an ihren Lippen hängen, als sie die Hand auf den Mund schlug. »Oh Gott«, hauchte sie, während ihre Augen überzulaufen drohten.

»Beruhige dich, Schwesterherz«, flüsterte Jacob und nahm sie von hinten in seine starken Arme. Kay war so sehr in der Vergangenheit versunken gewesen, dass sie nicht gehört hatte, wie er in die Küche gekommen war. »Bald erinnerst du dich gar nicht mehr daran, wo dieses Loch überhaupt war«, fügte er mit einem Hauch von Humor hinzu. Er wiegte sie vor und zurück, während sie schluchzend das Gesicht an seiner Brust barg. »Dann ist alles, ähm, zitronenbaisergelb. Auf die Farbe hatten wir uns doch geeinigt, oder?«

»M-hm«, murmelte Kay und wischte sich mit dem Handrücken über die Augen. Dann rückte sie ein wenig von ihrem Bruder ab, schaffte es aber nicht, ihn anzusehen. Noch nicht.

»Wer denkt sich eigentlich solche bescheuerten Namen für Wandfarben aus? Kannst du dir vorstellen, so einen Job zu haben? Dir den ganzen Tag blödsinnige Scheiße aus dem Hirn zu drücken und das dann auch noch Arbeit zu nennen?«

Kay warf Jacob einen flüchtigen Blick zu und schaute dann aus dem Fenster, wo sich die aufgehende Sonne gerade gegen die nächtliche Dunkelheit behauptete. Ein paar Meter entfernt warfen zwei in das Orange und Gold des Sonnenaufgangs getauchte Weiden lange Schatten.

Jacob drehte Kays Kopf zurück, indem er mit zwei Fingern sanften Druck auf ihr Kinn ausübte. »Tu dir das nicht an, Schwesterherz.«

»Ich hätte dich damals umbringen können. Wie durch ein Wunder habe ich es nicht.« Kay schaffte es endlich, aufzusehen und Jacobs Blick einen kurzen, schweren Moment standzuhalten. Dann wich sie ihm aus und starrte auf den fleckigen Boden.

»Aber du hast es nicht, und es ist vorbei. Seit Jahren schon.« Er hob ihr Kinn an, bis Kay wieder gezwungen war, ihm in die Augen zu sehen. »Ich hoffe, dass sie dir in Quantico beigebracht haben, wie man richtig schießt.«

Jetzt musste Kay lächeln. Ihre Tränen versiegten. »Ja, davon kannst du ausgehen.«

»Oder war deine lausige Treffsicherheit der Grund, weshalb du dem FBI den Rücken gekehrt und dich selbst zur Kleinstadtpolizistin degradiert hast? Profiler sind doch eher Bürohengste, oder nicht?«

Kay schnappte nach Luft. Meinte er das ernst? Sie war kurz davor, ihn darauf aufmerksam zu machen, weshalb sie in ihre Heimatstadt zurückgekehrt war, aber ihm war die Erinnerung an das wohlgehütete Geheimnis deutlich anzusehen. Die unausgesprochenen Wahrheiten lasteten schwer auf ihnen, einige davon unerträglich schwer. All die Jahre hatte Kay ihre Schuld wie eine quälende Bürde mit sich herumgeschleppt, aber Jacob hatte ihr immer dabei geholfen, sie zu stemmen. Die Schuldgefühle hielten noch an, obwohl Kay wusste, dass sie vor sechzehn Jahren das Richtige getan hatte. Das Rechte. Das Notwendige. Und trotzdem schaffte sie es nicht, sich von der Schuld und den damit einhergehenden Albträumen zu befreien, die von den unablässig quälenden Gedanken genährt wurden. Von dem Geheimnis, das sie beide bewahrten.

Eine Woge unbeschreiblicher Traurigkeit ergriff Besitz von ihr. Egal, wie viele Schichten Zitronenbaisergelb sie auf den Wänden auftrug, es würde nichts an dem ändern, was sie getan hatten. Nichts würde das jemals können. Und wenn die Wahrheit ans Licht kam, wäre sie geliefert. Genau wie Jacob.

Kay erschauderte. Jacob musterte sie stirnrunzelnd.

Wortlos krempelte er seine blau gestreiften Schlafanzugsärmel hoch, griff nach dem Eimer mit Spachtelmasse auf der

Anrichte und nahm einen frischen rosafarbenen Klecks mit dem Spachtel auf. Dann schmierte er die Paste auf die Wand und überstrich das Einschussloch mit einem einzigen schnellen, fachmännisch choreografierten Schwung. Schließlich drehte er sich zu seiner Schwester um und sah sie fragend an.

Kay nickte und lächelte schwach, bewunderte seine Arbeit und schaute ihm dann direkt in die Augen. Sein Blick war stark, aber zugleich verletzlich. Und liebevoll. Die Narben der Vergangenheit verblassten nach und nach, auch wenn einige von ihnen sie immer noch peinigten.

»Warum jetzt aufhören?«, fragte sie und deutete auf einen tiefen Kratzer an der Wand, der unbedingt zugespachtelt werden musste.

Jacob schüttelte ungläubig den Kopf. »Du weißt doch, dass ich nie vorhatte, das Haus neu zu streichen«, sagte er, nahm sich noch einen Klecks Spachtelmasse und erledigte seine Aufgabe im Handumdrehen.

»Hast du ›Haus‹ gesagt?« Kay grinste. Er kam wohl allmählich zur Vernunft.

Jacob seufzte. »Ich bin nicht blöd, Schwesterherz. Mir ist klar, dass du dich mit der Küche nicht zufriedengibst.«

»Weise Worte, kleiner Bruder«, witzelte Kay, aber die aufgesetzte Fröhlichkeit schaffte es weder in ihren Blick noch in ihre Stimme. *Mehr Schein als Sein*, dachte sie und rang sich ihrem Bruder zuliebe ein Lächeln ab.

»Das große Schlafzimmer sollte dann als Nächstes an der Reihe sein«, schlug Jacob vor, während er geschickt die Löcher zukleisterte. »Dann die Badezimmer, dann der Rest des Hauses.«

»Jep«, stimmte Kay ihm zu und stellte eine volle Tasse Kaffee neben ihm auf die Anrichte.

Er unterbrach seine tatkräftige Arbeit, nahm einen Schluck und stellte die Tasse wieder ab. »Uh, heiß!« Er musterte ein großes Loch hinter dem Kühlschrank, den er in die Mitte des

Raumes gerückt hatte, und fluchte unterdrückt. »Das müssen wir irgendwie füllen.«

Die Faust ihres Vaters hatte an dieser Stelle die Trockenwand durchbrochen und war erst vom Kantholz auf der anderen Seite aufgehalten worden. Kay konnte sich noch deutlich an diesen Tag erinnern, an den Streit, an das Geräusch, mit dem der gewaltvolle Schlag die Wand zertrümmert hatte. Eigentlich hatte er es auf den Kopf ihrer Mutter abgesehen, und wäre ihr Vater nicht zu betrunken gewesen, um genau zu zielen, dann wäre der Hieb vermutlich tödlich gewesen. Kay erschauderte und versuchte, den albtraumhaften Gedanken zu verdrängen.

»Wir könnten auch einfach umziehen«, schlug Jacob vor und starrte sie an. »Wir verkaufen die Bude, nehmen das Geld und machen uns aus dem Staub. Verschwinden von hier.« Er starrte einen Moment lang auf den Boden und deutete dann auf die Wand. »Lassen die ganze Scheiße hier zurück. All die schlimmen Erinnerungen.«

Sie schauten einander an, ohne ein Wort zu sagen, bis Kay zum Fenster hinaussah, wo die ersten Sonnenstrahlen durch die Blätter der großen Weiden fielen.

Wegziehen war unmöglich.

Jacob zuckte die Schultern und nahm die Arbeit wieder auf. »Immerhin ist das Haus abbezahlt. Jetzt helfe ich dir dabei, es wohnlich zu machen.«

Kay drückte sanft seine Hand. »Lass uns die Küche neu fliesen und die Schränke austauschen.«

»Hey, Moment mal!« Aber Widerspruch war zwecklos. Kay starrte Jacob mit in die Hüfte gestemmten Händen, vorgeschobenem Kinn und einem Blick an, den sie normalerweise nur aufsetzte, wenn sie Verdächtige verhörte.

Jacob gab sich geschlagen und Kay lächelte. Das war ein einfacher Sieg gewesen.

»Das ist das Mindeste, was ich tun kann, wenn ich schon keine Miete zahle.«

»Miete? Das ist doch auch dein Haus.«

Kay nickte. »In Ordnung, aber sobald wir damit fertig sind, ziehst du ins große Schlafzimmer. Das nehmen wir als Nächstes in Angriff. Lynn dürfte sich darüber freuen.«

Ein Augenblick der Stille legte sich über sie, schwer und ungewollt, wie eine dunkle Wolke, die den Sonnenschein verdrängte.

»Das war sein Zimmer«, flüsterte Jacob. »Darin schlafe ich nicht. Du kannst es haben, wenn du willst.«

Seine Worte ließen keinen Widerspruch zu.

Kay konnte sich auch noch nicht vorstellen, im Schlafzimmer ihrer Eltern zu schlafen. Zu viele Erinnerungen, scheinbar endlose Albträume.

Sie brachte ein unsicheres Lächeln zustande.

»Lass uns noch einmal darüber sprechen, wenn wir dort fertig sind und den Raum nicht mehr wiedererkennen. Meinetwegen kann deine Freundin die Entscheidung für uns treffen.« Kay zwinkerte, aber Jacob lächelte nicht und hob nicht einmal den Blick von dem abgewetzten Linoleum. »Den Wänden kannst du keinen Vorwurf machen, Jacob«, flüsterte sie und tätschelte seinen Arm. »Das Haus gehört jetzt uns. Die Zukunft ist das, was wir aus ihr machen.«

Der laute Ton eines Smartphones ließ sie beide zusammenschrecken. Kay hatte eine neue Nachricht.

Sie las sie nach einem kurzen Blick auf das Display. Es war schon fast sieben.

Eine Mrs Jerrell wartete auf der Polizeiwache auf sie, um ihre Tochter vermisst zu melden.

DREI

ROUTINE

Er hatte ein paar Dinge aus Texas mitgebracht. Ein paar Cowboyhüte mit breiter Krempe. Eine kleine Sammlung von Gürtelschnallen, groß genug, um darin Frühstückseier zu braten, ohne den Herd beschmutzen zu müssen. Und ein sechs Jahre altes American Quarter Horse, einen Braunfalben mit einer weißen Blesse von der Stirn bis zu den empfindlichen Nüstern.

Elliot begann seine Tage immer auf dieselbe Weise. Frisches Heu für sein Pferd, das ihn mit begeistertem Wiehern begrüßte. Dann ein Ritt zum Fuß des Berges, über die Felder und durch den Wald, ein paar Kilometer davon in schnellem Galopp. Im zügigen Schritt ging es dann wieder nach Hause, begleitet von zufriedenem Schnauben und Nebelschwaden, die sich in der kühlen Morgenluft um das Maul seines Reittieres bildeten.

Er ließ die Stalltüren immer offen, wenn er das Pferd auf die eingezäunte Weide gebracht hatte, wo es nach Belieben grasen konnte. Fast jeden Morgen gab es eine Belohnung in Form eines knackigen Apfels. Oder auch zwei. Dann legte er für einen kurzen Moment seine Stirn an die des Tieres, tätschelte ihm den Hals und stricht dann mit langen Bewegungen mehrmals über das Fell, bevor er sich eine Dusche gönnte.

Das war seine tägliche Routine.

Am Mittwochmorgen sah es nicht anders aus, zumindest auf den ersten Blick. Seine Gedanken rutschten ständig in Erinnerungen ab, wann immer er versuchte, über die Zukunft nachzudenken. Am meisten beschäftigte ihn seine Partnerin, Kay Sharp.

Dr. Kay Sharp, um genau zu sein – als lebten sie nicht ohnehin schon in zwei verschiedenen Welten.

Sie war Psychiaterin, und zwar eine verdammt gute. Eine halbe Sekunde brauchte sie, um zu wissen, was in seinem Kopf vor sich ging. Er hatte sie im Umgang mit Verdächtigen und Zeugen gesehen, hatte beobachtet, wie sie beiläufig mit Mördern, Vergewaltigern und abgebrühten Straftätern plauderte und sie in die Irre führte, ohne auch nur ansatzweise ins Schwitzen zu geraten.

Diese Frau wäre imstande, mit einem einzigen Eimer Wasser sämtliche Feuer der Hölle zu löschen.

Und trotzdem verspürte er den ständigen Drang, sie vor allem Übel in der Welt zu beschützen, als wäre sie ein schwaches und ängstliches kleines Mädchen. Das ergab überhaupt keinen Sinn, aber trotzdem zerbrach er sich den Kopf über Detective Kay Sharp, die Psychiaterin, die wunderschöne Blondine mit den haselnussbraunen Augen, die ihm das Herz gestohlen hatte.

An diesem Punkt fingen seine Gedanken dann meistens an, Achterbahn zu fahren. Vor neun Jahren hatte er im texanischen Austin begonnen, als Polizist zu arbeiten, den Kopf voller Träume und Pläne. Nicht ganz zwei Jahre später, kurz nachdem er einen Stall für sein neues Pferd gebaut hatte, einen dickköpfigen, aber gutherzigen Jährling, hatte er seine neue Partnerin getroffen. Die temperamentvolle, braunhaarige

Laurie Ann Sealy war gerade frisch von der Polizeischule gekommen, und er hatte den Fehler gemacht, sich Hals über Kopf in sie zu verlieben. Etwas mit ihr anzufangen. Mit einer Kollegin, einer Polizistin. Seiner Partnerin.

Seine Leichtfertigkeit war nicht ohne Konsequenzen geblieben.

Sechs Monate später hatte er sein ganzes Leben hinten auf seinen verrosteten blauen Chevy Pick-up geladen und mit einem ungeduldigen jungen Pferd im Anhänger Texas verlassen.

Was auch immer Kay Sharp mit jedem einzelnen Blick in ihm auslöste – er hatte nicht vor, seinen Fehler zu wiederholen. Er hatte seine Lektion gelernt.

Aber war das wirklich so? Die Tatsache, dass er jeden Morgen, wenn er auf seinem Pferd um die Flussbiegung herumtrottete, in Gedanken das ewig gleiche Mantra herunterbeten musste, um seine Willenskraft zu stärken, sprach nicht gerade dafür.

Als er durch den Fluss ritt und eiskaltes Wasser von den Hufen seines Pferdes zu ihm hinaufspritzte, erlaubte er sich ein letztes Mal die Überlegung: Was wäre, wenn? Was würde passieren, wenn er es zuließe? Wenn er Kay sagen würde, was er fühlte? Bis ihm wieder einmal einfiel, was für eine fürchterliche Idee das sein könnte.

Immer noch in Gedanken quälte er sich durch seine Morgenroutine. Duschte. Rasierte sich. Zog sich saubere, enge Jeans und ein marineblaues T-Shirt an. Wählte nach kurzem Überlegen denselben schwarzen Hut wie an den Tagen zuvor. Dann schloss er die Tür ab und stieg mit einem schiefen Grinsen in sein Zivilfahrzeug, einen schwarzen Ford Interceptor.

Er liebte seinen Beruf. Er war gut darin und konnte sich nicht vorstellen, jemals etwas anderes zu machen.

Aber Kay war Teil seines Berufs.

Der erste Halt auf seiner Fahrt war der Katse Coffee Shop oben auf der Anhöhe. Er musste nur zwei Finger an seine Hutkrempe legen, um seine übliche Bestellung abzugeben. Ein paar Minuten lang plauderte er mit der errötenden Barista und schwelgte in dem vollmundigen Duft von frisch geröstetem Kaffee, bis zwei große Becher vor seiner Nase standen und Kays Buttercroissant zu knuspriger Perfektion aufgebacken worden war. Er zahlte und steckte sein Wechselgeld in die Trinkgelddose.

Es war noch nicht einmal halb acht, als er das Polizeirevier erreichte, aber Kays SUV stand schon vor dem weißen, einstöckigen Gebäude. Elliot runzelte kurz die Stirn, griff nach den Kaffeebechern und der kleinen braunen Tüte, die den köstlichen Geruch warmen Gebäcks verströmte, und stieß dann mit dem Ellbogen die Tür seines Wagens zu.

Irgendetwas war los.

Kaum dass er das Gebäude durch die Glastür betreten hatte, sah er, wie Kay in Richtung Verhörzimmer hastete. Sie wirkte angespannt und hielt ein Notizbuch und einen Stift mit so festem Griff gegen die Brust gedrückt, dass ihre Knöchel weiß hervortraten.

»Morgen«, sagte er und hielt die Tüte mit dem Croissant in die Höhe, um Kays Aufmerksamkeit zu erregen.

Seine Kollegin drehte sich um und lächelte flüchtig, als sie ihn sah. »Vermisstenfall, eine Jugendliche. Willst du mit?« Sie schnappte sich die Tüte und schob das Croissant gekonnt gerade so weit heraus, dass sie abbeißen konnte, ohne es mit den Fingern berühren zu müssen.

»Klar. Ich habe keine Nachricht bekommen«, sagte Elliot. Ihm fiel ein kleiner weißer Fleck in Kays Mundwinkel auf, und er hob die Hand, um ihn wegzuwischen, hielt jedoch auf halbem Weg inne, bevor er ihre Haut berühren konnte.

Ihr fragender Blick folgte seiner Bewegung. »Was?«, fragte sie schnell kauend. Die Anspannung, die Elliot gleich zu

Beginn gespürt hatte, war deutlich an Kays zusammengezogenen Augenbrauen zu erkennen. Ihre Stimme klang kühl und distanziert.

»Ähm ... du hast da was.« Er deutete mit dem Finger auf den Fleck, hielt aber immer noch ein paar Zentimeter Abstand, als würde er sich verbrennen, wenn er ihre Haut berührte. Er unterdrückte einen Fluch und zwang sich zu einem unschuldigen Lächeln. Er benahm sich wie ein Idiot.

Kay gluckste, biss noch einmal von ihrem Croissant ab und gestikulierte dann mit beiden Händen herum, in der einen das Gebäck, in der anderen Stift und Notizblock. »Ich beiße nicht«, erklärte sie, nachdem sie geschluckt hatte, und hielt ihm dann einladend die Tüte entgegen. »Willst du was? Falls ja, mach schnell. Die Dame wartet.«

Elliot nahm einen kleinen Bissen von dem Rest des Croissants, sodass noch genug für Kay übrig blieb. Dann hielt er den Atem an und rieb ihr mit der Fingerspitze den weißen Fleck vom Gesicht. Für einen kurzen, aufgeheizten Moment trafen sich ihre Blicke, bevor Kay sich abwandte und einen Schritt zurücktrat. Der Funke, den er in ihren Augen zu erkennen geglaubt hatte, musste seiner Fantasie entsprungen sein.

Das weiße Zeug war fest, zerbröselte in seinen Fingern aber zu einem feinen Pulver. Er musterte es neugierig.

»Spachtelmasse«, erklärte Kay, zerknüllte die leere Gebäcktüte und warf sie in den Mülleimer in der Teeküche. »Lange Geschichte. Wollen wir?«

Mit leicht hüpfendem Gang und geradem Rücken ging sie ihm voraus in Richtung Verhörzimmer. Auf dem Weg sah sie kurz über ihre Schulter, als wollte sie sich davon überzeugen, dass er noch hinter ihr war.

Aber wo hätte er sonst sein sollen?

VIER

AUSFLUG

»Ich mein's ernst, Mann, du gehst mir langsam auf den Sack.« Pete wischte sich mit dem Ärmel den Schweiß von der Stirn. »Hätte nie gedacht, dass du so ein Assi sein kannst.« Er trottete weiter, die Gitarre lässig auf der rechten Schulter balancierend, als wollte er demonstrieren, wie leicht ihm die Wanderung fiel. Dann drehte er sich um und ging ein paar Schritte rückwärts, nur, um Bryan den Mittelfinger zeigen zu können.

Auf den ersten Blick hätten die drei jungen Männer Brüder sein können. Sie alle trugen Kleidung, die sie als angemessen für die Wanderung erachteten. Sie hatten den Ausflug mit einem Großeinkauf im Kaufhaus vorbereitet, als bräuchten sie noch mehr zerrissene Jeans und schwarz-rote Karohemden von Buffalo, in Bryans Fall mit einem Hauch Grau. Sie hatten es voll auf den Holzfällerlook abgesehen, und die ganze Wanderung war nichts weiter als das Ergebnis einer Sportwette, die Pete gegen seine beiden besten Freunde gewonnen hatte.

Pete war schon mit dem Hyperaktivitätsgen zur Welt gekommen, wie seine Mutter es zu sagen pflegte. Zacks Meinung nach hatte der Typ einfach ADHS, mit einem strahlend hell ausgeleuchteten H. Mit seinen einundzwanzig Jahren war Pete unfassbar ausdauernd und musste immer in Bewegung sein und seine eigenen Grenzen austesten. Zum Leidwesen der etwas ruhigeren Gesellen Zack und Bryan war Pete außerdem ein Glückspilz und ließ sich nur selten auf Wetten ein, es sei denn, er war sich sicher, zu gewinnen. Seine beiden Collegefreunde hatten das allerdings noch nicht ganz durchschaut, und so verführte Pete sie immer wieder zu Wetten, aus denen nur er als Gewinner hervorging. Das war so einfach für ihn, dass man es hätte verbieten sollen.

Pete wettete nie um Geld, weil er keins brauchte. In einem äußerst lichten Moment hatte sein Großvater vor Jahrzehnten seinen kompletten Besitz verkauft und das Geld in Aktien von Apple investiert. Eine einzige einfache, aber legendäre Entscheidung mit weitgreifenden und generationenüberspannenden Konsequenzen, die der ganzen Familie zu Reichtum verholfen hatte. Auf Familienfeiern wurde der Wagemut von Petes Großvater immer und immer wieder als ein Akt genialen Wahnsinns gepriesen.

Nein. Wenn Pete jemanden zu einer Wette überredete, dann, weil er bei irgendeiner Unternehmung Gesellschaft wollte und ein Druckmittel brauchte, um Zack und Bryan zu überreden. Er verbrachte gern Zeit mit den beiden, aber leider waren sie die beiden bildschirmsüchtigsten Frischluftallergiker, die er je getroffen hatte.

Zack war gut gebaut und hatte infolge vieler Stunden des Gewichthebens im Fitnessstudio des Embarcadero Centers breitere Schultern als Pete selbst. Der war davon überzeugt, dass Zack insgeheim davon träumte, ein Filmstar zu werden, aber das hätte sein Freund niemals zugegeben. Er bot den Anblick seiner Bauchmuskeln gern der Öffentlichkeit dar, denn selbst wenn es so kühl war, wie jetzt an diesem Morgen auf dem Berg, pflegte Zack nur selten sein Hemd zuzuknöpfen. Trotz alledem: So gut er Gewichte stemmen konnte, so lausig war er beim Wandern. Da fehlte ihm schlicht das Durchhaltevermögen.

Immerhin jammerte er nicht herum, so wie Bryan, der die ganze Zeit am Handy hing, hinter den anderen zurückfiel und völlig aus der Puste versuchte, wieder aufzuschließen. Sie waren gerade einmal zwei Stunden bergauf gestiegen, und Bryan hatte schon zweimal stehen bleiben und sich ausruhen müssen. Beim letzten Mal hatte er mit überraschender Geschicklichkeit einen Joint gedreht, den sie sich dann geteilt und fast einem geheimen Ritual gleich geraucht hatten, mit langen Zügen, den Rauch möglichst lange in der Lunge haltend. Um den Schmerz zu betäuben, wie Bryan es ausdrückte.

Der Drei-Tages-Ausflug, den Pete geplant hatte, war nichts, was nicht auch eine alte Oma geschafft hätte, wenn sie sich denn darauf eingelassen hätte. Sie waren in der Nacht zuvor von San Francisco aus hergefahren. Dort studierten sie alle im zweiten Jahr an der San Francisco State University. Im Hotel hatten sie sich ein gutes Abendessen gegönnt, gefolgt von mehreren Gläsern Bier auf der Terrasse, wo Pete auf seiner Gitarre gespielt und gesungen hatte, ohne zu merken, dass sich langsam und leise eine Gruppe Touristen um ihn scharte.

Sie waren so lange aufgeblieben, dass Pete am Morgen Schwierigkeiten gehabt hatte, die beiden anderen zum Aufstehen zu bewegen, aber irgendwann war es ihm geglückt. Sie wollten den Berg über den Hang unter dem Sessellift hinaufsteigen und dann den felsigen Grat überqueren, der, wie Pete herausgefunden hatte, den Namen Wildfire Ridge trug. Die Aussicht von dort oben sollte spektakulär sein. Dann würden sie wieder ins Tal hinabsteigen, im selben Hotel übernachten, am nächsten Tag mit dem Boot zum Angeln auf den Silent Lake hinausfahren und sich abends zurück auf den Weg nach San Francisco machen.

Ein lautes Jaulen ertönte. Bryan saß auf dem Hosenboden

und hielt sich das Bein. »Oh, Scheiße«, stöhnte er und rieb mit beiden Händen über sein Knie. Die Jeans war zerfetzt und ein dünner Faden Blut rann durch den Riss.

»Alles in Ordnung?«, fragte Pete, blieb stehen und unterdrückte einen Fluch. Selbst mit einem Kleinkind musste das Wandern einfacher sein.

»Jo«, erwiderte Bryan und schaute sich um, als hätte er etwas verloren. Dann streckte er die Hand zwischen die grasbewachsenen Felsbrocken am Wegesrand, angelte sein Handy heraus und überprüfte besorgt den Bildschirm. »Puh, nichts passiert.«

Pete verdrehte die Augen. »Es wäre zu schön gewesen.«

Zack gluckste.

»Ach, leckt mich doch!«, sagte Bryan. »Alle beide.« Er rappelte sich vom Boden auf und klopfte sich ein paar Grashalme von der Kleidung. »Das hier ist einfach nicht mein Ding, okay?« Er öffnete einen weiteren Knopf an seinem Hemd. »Im Ernst, was ist so verkehrt an einer funktionierenden Klimaanlage und ein paar Stunden *Call of Duty*, hm?«

Pete beachtete ihn nicht mehr, sondern machte sich wieder an den Aufstieg. Er wollte unbedingt den Wald erreichen und die senkrechte Wand des Bergrückens erklimmen, eine der wenigen Bergtouren vom Schwierigkeitsgrad 3, die von San Francisco aus gut mit dem Auto zu erreichen waren. Er schauderte bei dem Gedanken daran, was Bryan sagen würde, wenn er diesen Kletterabschnitt sah. Natürlich könnten sie auch den gesamten Weg zum Gipfel auf dem sanften, grasbewachsenen Hang unter dem Sessellift zurücklegen – aber wo blieb da der Spaß?

Als er den Waldrand erreichte, blieb Pete stehen, stemmte die Hände in die Seiten und atmete tief durch. Die Luft war knackig kühl, die Morgensonne knallte schon gut durch die letzten Nebelreste hindurch, und Pete war sich sicher, dass er am Ende des Tages deutliche Bräunungsstreifen am Rand seiner Hemdsärmel davontragen würde. Am strahlend blauen kalifornischen Himmel über ihm war nicht eine einzige Wolke zu sehen.

Als er sah, wie weit Zack und Bryan zurückgefallen waren, schaute er sich nach einem guten Ort zum Hinsetzen um und entschied sich schließlich für einen moosbewachsenen Stein. Mit dem Fuß im Rhythmus gegen den Stein klopfend, stimmte er Willie Nelsons »On the Road Again« an. Seine Stimme hallte über das Tal, und Pete hoffte, seine Kameraden mit der fröhlichen Melodie etwas in Schwung zu bringen.

Die beiden pfiffen ihn wild gestikulierend aus und begleiteten seinen Gesang mit unharmonischem Gebrüll.

Pete sang unbeirrt weiter. Als seine Freunde zu ihm aufschlossen, hatten sie nachgegeben und Beifall klatschend mit eingestimmt.

Pete, der unbedingt vorankommen wollte, stand vom Felsen auf, aber Bryan klopfte ihm kräftig auf die Schulter. »Gönn uns 'ne Zugabe, Kumpel. Ich brauche eine Minute, um wieder zu Atem zu kommen.«

Natürlich. Schicksalsergeben überlegte sich Pete ein neues Lied und stimmte dann die ersten Töne eines weiteren Klassikers an, den sie alle mochten: »(I've Had) The Time of My Life«. Seine Freunde setzten sich und hörten aufmerksam zu, wie immer, wenn er diese Melodie sang.

Ein kurzes, andächtiges Schweigen folgte auf die letzten Töne der Hymne aus *Dirty Dancing*. Dann stand Pete auf und ging ein paar Schritte auf der Stelle, um zu signalisieren, dass er bereit war, sich wieder auf den Weg zu machen. Zack und Bryan folgten ihm mit vernehmlichem Ächzen, in Bryans Fall unüberhörbar und mit Flüchen garniert.

Der Teil des Weges, der sie durch den Wald führte, war dunkel und unheilvoll. Jedes Geräusch, das sie von sich gaben, wurde von der dicken Nadelschicht verschluckt. Zu ihrer Linken war dann und wann ein Abgrund zu sehen, eine fast senkrechte Wand aus blauem Granit, mehr als tausend Meter hoch.

Pete führte die Gruppe weiterhin an und schaute ab und zu über die Schulter zurück zu Zack und Bryan. Auf dieser Etappe mussten sie enger beisammenbleiben. Zack war ihm dicht auf den Fersen, aber Bryan lungerte noch fast am Anfang des Weges herum, den Blick fest auf sein Handy gerichtet. Den flinken Bewegungen seiner Finger nach zu urteilen, spielte er gerade irgendein dämliches Spiel.

Pete lief zurück zu ihm und streckte die Hand aus. »Gib das Ding her«, forderte er. »Hier musst du aufpassen, wenn du dir nicht den Hals brechen willst.«

Bryan lachte herablassend. »Nee, du. Passt schon.«

Zack schloss zu ihnen auf. »Pete hat recht. Lass jetzt endlich das dämliche Handy stecken, Mann. Wenigstens solang, bis wir da rauf- und wieder runtergekraxelt sind, okay?«

Aber Bryan ließ sich nicht umstimmen. Er versteckte das Telefon hinter seinem Rücken und versuchte, sich an Pete vorbeizudrängeln, rutschte aber auf den Tannennadeln aus. Mit einem lauten Ächzen knallte er auf die Seite. Das Handy glitt ihm aus der Hand, flog davon und hüpfte die Schlucht hinunter. Ehe sie sich versahen, war es aus ihrem Blickfeld verschwunden.

»Verdammte Scheiße«, stieß Bryan aus und griff nach der Hand, die Zack ihm anbot. »Und jetzt?«

»Jetzt gehst du da runter und holst dir dein Handy zurück«, sagte Pete mit boshaftem Grinsen. Die Schlucht war tief, der Abhang steil und das Gelände tückisch, mit Steinen und losen Felsen, die unter Moos und trockenen Nadeln nicht sofort zu erkennen waren. »Oder du lässt es da liegen. Überlege es dir, mir ist es egal.«

Bryan starrte ihn frustriert an. Ihm war eindeutig nicht mehr nach Lachen zumute. Pete hatte erwartet, dass Bryan ihn darum bitten würde, nach dem Handy zu suchen, und dabei hätte er ihm sogar gern geholfen, aber Bryan schien plötzlich von Stolz und Sturheit besessen zu sein. Offenbar fühlte er sich angegriffen – als hätte Pete sein Handy eigenhändig in die Schlucht geworfen.

Bryan machte sich an den Abstieg und ignorierte stur jeden einzelnen Ratschlag, den Pete ihm zu geben versuchte. Als absoluter Anfänger im Bergsteigen machte er alles falsch, was er falsch machen konnte. Er kletterte zu schnell und hielt sich, um die Balance zu halten, an zu dünnen Ästen fest, die sein Gewicht unmöglich halten konnten. Schlussendlich gab einer dieser Äste nach, und Bryan stürzte ab. Eine Weile rutschte er auf dem Hintern, federnd wie eine Stoffpuppe, schreiend und aufstöhnend, wenn er gegen irgendein Hindernis stieß. Nach etwa zehn Metern landete er auf dem Grund der Schlucht, schrie auf und versuchte, wieder hinaufzukommen, während er sich drehte und wand. Seine Stimme hallte von den Felswänden wider.

Und dann schrie er erneut auf. Ein markerschütternder Schrei des reinen Entsetzens.

FÜNF

VERMISST

Bevor sie das Verhörzimmer betrat, blieb Kay einen Augenblick vor dem Beobachtungsfenster stehen und schaute in den Raum.

An dem verbeulten und zerkratzten Metalltisch saß eine Frau in taubenblauer Krankenhausdienstkleidung. Sie sah müde aus. In ihren dunkel schattierten Augen glitzerten Tränen. Sie knetete unablässig die Hände und schaute besorgt auf die Uhr über der Wand mit dem halbdurchlässigen Spiegel.

Kay öffnete die Tür und trat von Elliot gefolgt in den Raum.

Die Luft in dem beengten Zimmer war verbraucht und roch übel, nach Schweiß, Angst und menschlichem Leid. Die Leuchtstoffröhren an der Decke flimmerten, eine von ihnen war vergilbt und kurz davor, den Geist aufzugeben. Das alles verlieh dem Raum den Charme eines heruntergekommenen Kellerabteils.

»Mrs Jerrell?« Die Frau sprang auf, und die Beine ihres Metallstuhls quietschten widerspenstig auf dem fleckigen Boden.

»J-ja.« Die Dame nickte energisch. Ihre Augen waren rot und verquollen. »Ich bin Brenda Jerrell.«

Kay deutete auf den Stuhl. »Bitte setzen Sie sich. Sie möchten eine Vermisstenanzeige aufgeben?«

Die Frau schluckte und fuhr sich mit der Zunge über die trockenen Lippen. »Es geht um meine Tochter, Jenna. Sie ist gestern Abend nicht nach Hause gekommen. Jenna heißt sie«, wiederholte sie. Sie gab sich merklich Mühe, die Tränen zurückzuhalten, aber ihre Stimme zitterte. Mit den Händen klammerte sie sich an der Tischkante fest, als drohte sie, in einen Abgrund zu stürzen, und nur der Tisch könnte sie noch retten. Ihre Knöchel traten weiß hervor.

»Wann haben Sie Jenna zum letzten Mal gesehen?«

»Ich ... gestern Morgen, aber, ähm, das ist nicht wichtig«, stotterte Mrs Jerrell. »Ich arbeite zurzeit in Doppelschichten und bin kaum zu Hause. Mein Mann hat sie gestern Nachmittag noch gesehen, so gegen vier. Sie kam aus der Schule, hat sich umgezogen und ist wieder davongestürmt. Sie meinte wohl, sie würde sich mit Freunden treffen.«

»Wissen Sie, mit wem sie sich treffen wollte?«, fragte Elliot. Er war stehen geblieben und lehnte sich mit dem Rücken an die zerschrammte Wand.

Mrs Jerrell wischte sich mit dem Finger durch den Augenwinkel. »Wir ... Er hat nicht danach gefragt.« Sie schaute zu Boden. »Wissen Sie, das war eines der seltenen Male seit April, dass sie überhaupt ausgegangen ist. Wir haben uns für sie gefreut.«

Kay runzelte einen kurzen Moment die Stirn. Eine Jugendliche, die nicht ausging? »Wie alt ist sie?«

»Im Sommer ist sie siebzehn geworden.« Die Mutter ließ die Tischkante los und faltete die Hände so fest, als wollte sie im Stillen beten. »Im Juni.«

»Und mit siebzehn Jahren ist sie nicht oft mit Freunden ausgegangen? Das ist ungewöhnlich«, stellte Kay mit Bedacht fest, um der Frau nicht noch mehr Angst zu machen.

Mrs Jerrell nickte ein paarmal, schaute dann auf und sah

Kay mit stillem Flehen an. »Früher war das anders, bevor sie ...« Ihre Stimme verklang zu einem erschöpften Hauch. »Wir glauben, dass Jenna im letzten Frühjahr irgendetwas zugestoßen ist.« Sie klammerte sich wieder an den Tisch und lehnte sich zu Kay vor. »Wahrscheinlich ist sie gemobbt worden. Oder noch etwas Schlimmeres.«

»Können Sie mir sagen, was passiert ist?«, fragte Kay und schob ihrer Gesprächspartnerin eine Schachtel mit Taschentüchern über den Tisch zu. »Was hat Jenna Ihnen gesagt?«

Mrs Jerrell schüttelte den Kopf. »Gar nichts, das ist ja das Problem. Unsere Tochter hat sich uns nicht anvertraut. Sie hat einfach ... aufgehört zu leben. Sie ist nirgendwo mehr hingegangen. Hat jeden Nachmittag in ihrem Zimmer verbracht und die Tür hinter sich zugezogen. Manchmal, wenn ich nicht gerade Nachtschicht hatte, konnte ich hören, wie sie sich in den Schlaf geweint hat.«

»Haben Sie sie einmal gefragt, was los ist?«

Mrs Jerrell presste die Lippen zusammen und schaute Kay finster an. »Sie hat nichts gesagt, egal wie sehr wir auch auf sie eingeredet haben. Also, ihr Vater und ich. Aber ich kann es Ihnen zeigen.« Sie drehte sich um und holte eine Brieftasche mit Reißverschluss aus der Handtasche, die sie über die Stuhllehne gehängt hatte. Dann legte sie die Brieftasche flach auf den Tisch, sodass Kay die zwei Fotos sehen konnte, die in dem transparenten Plastikfach steckten.

Eines zeigte ein hübsches, lächelndes Mädchen mit langen, braunen Haaren und braunen Augen. Sie trug ein blaues Hemd und ein dünnes Goldkettchen um den Hals, schaute selbstbewusst drein und strahlte eine gelassene Zuversicht aus, wie jemand, der ganz genau wusste, dass ihm eine erfolgreiche Zukunft bevorstand.

Das zweite Bild erzählte eine ganz andere Geschichte. Der Blick des Mädchens wirkte gehetzt, und aus ihrer Mimik sprachen große Verzweiflung und Mutlosigkeit. Ihr Gesicht war blass und verhärmt. Keine Spur von der früheren Selbstsicherheit. Ihr Haar war kürzer geschnitten und ungekämmt, ihre schwarze Bluse zerknittert.

Kay schaute Mrs Jerrell neugierig an.

»Dieses Foto wurde im letzten März für ihre Collegebewerbung gemacht«, erklärte diese mit einem Hauch von mütterlichem Stolz in der Stimme. »Sie wird an der California State University studieren. Das andere Foto ist drei Monate alt, von ihrem Geburtstag im Juni. Wir mussten sie förmlich für ein Stück Kuchen aus ihrem Zimmer zerren.«

Kay musterte die Fotos konzentriert, ohne ein Wort zu sagen. Eine solche Veränderung war typisch für jemanden, der eine extrem harte Zeit durchmachte. Und sie hatte kein Wort zu ihren Eltern gesagt. Um ein medizinisches Problem konnte es sich nicht handeln – ihre Mutter war Krankenschwester und hätte Symptome bemerkt, vielleicht sogar eine Krankheit erkannt. Eine Schwangerschaft war auch ausgeschlossen, die hätte man bereits gesehen. Aber vielleicht hatte sie eine Fehlgeburt gehabt, ohne dass ihre Mutter es bemerkt hatte?

Elliot streckte die Hand nach der Brieftasche aus. »Darf ich?« Mrs Jerrell nickte. »Wir müssen Kopien von diesen Fotos machen.« Er nahm die Bilder an sich und verließ den Raum.

»Schildern Sie mir bitte genau, was seit März mit Jenna passiert ist. Jede noch so unwichtige Kleinigkeit könnte einen Hinweis darauf geben, wo wir nach ihr suchen sollten.«

Mrs Jerrell nickte, ohne Kay aus den Augen zu lassen. »Das hat sich alles nach und nach entwickelt, und ich glaube, dass ich erst gegen Ende April gemerkt habe, dass irgendwas nicht stimmte. Damals hing Jenna nicht mehr so viel mit ihren Freunden herum, aber das entwickelte sich langsam. Dann ist die Beziehung zu ihrem Freund in die Brüche gegangen, und ich bin natürlich eine Weile lang davon ausgegangen, dass sie deswegen die ganze Zeit geweint hat. Aber dann bin ich eines Abends von der Arbeit nach Hause gekommen und habe sie schlafend aufgefunden, das ganze Gesicht mit Lippenstift verschmiert, so, als hätte sie ihn aufgetragen und dann absichtlich mit der Hand über den Mund gewischt. Ich habe sie dann aufgeweckt, aber sie wollte mir nichts erklären. Sie hat sich nur auf die Bettkante gesetzt und ins Leere gestarrt.« Mrs Jerrells Blick wanderte zum Fußboden und fixierte dann ihre gefalteten Hände. »Sie hatte sich an diesem Abend die Haare geschnitten, das war mir aufgefallen. Es sah völlig stümperhaft aus, ich vermute, mit Absicht. Ich ... ich habe an dem Abend Jennas Urin auf Drogen untersucht, aber da war nichts.« Sie stieß den Atem aus, heftig und gequält. »Ich war so erleichtert, dass sie keine Drogen genommen hatte, also habe ich alles auf die Hormone geschoben. Teenager eben. Und dann der Stress mit ihrem Freund. Aber das war es nicht. Jenna hat sich selbst gehasst, und ich habe es nicht bemerkt.«

Mrs Jerrell verstummte und Stille breitete sich im Raum aus. Von irgendwoher waren die Stimmen zweier Deputies zu hören, die über ein Baseballspiel diskutierten. Sie wurden lauter und lauter, Gelächter mischte sich mit Kraftausdrücken und Beschimpfungen, und dann brach das Geplapper urplötzlich ab. Einen Augenblick später kehrte Elliot mit den beiden Fotos von Jenna zurück.

»Vielen Dank«, sagte er und legte die Bilder behutsam auf den Tisch.

Mrs Jerrell nickte. Eine Träne tropfte herunter und hinterließ einen Fleck auf ihrem Kasack. Schniefend tupfte sie sich mit einem Taschentuch die Augen trocken. »So war das auf jeden Fall in den letzten Monaten, und wir ... wir wissen gar nicht, wie wir damit umgehen sollen.«

»Haben Sie sich deswegen mit Jennas Schule in Verbindung gesetzt?«, fragte Kay.

»Ja, sogar mehr als einmal. Ich hatte die Schule sogar eine ganze Weile im Verdacht. Niemand wusste etwas – oder wollte nichts wissen. Jennas Noten waren auch ein wenig schlechter geworden, aber ...«

»Erzählen Sie mir von den letzten vierundzwanzig Stunden vor Jennas Verschwinden.« Kay sprach mit sanfter, geduldiger Stimme, obwohl sie das Gespräch so schnell wie möglich hinter sich bringen wollte. In diesem Fall zählte jede Minute. »Hatten Sie oder Ihr Ehemann Streit mit Ihrer Tochter? War sie gestern schlechter drauf als in den Tagen zuvor?«

In Mrs Jerrells Augen loderte ein kurzer Anflug von Panik auf. »Wollen Sie damit sagen, dass sie weggelaufen sein könnte? Ausgerissen?« Ihre Stimme kiekste vor Angst.

»Die Möglichkeit müssen wir in Betracht ziehen. Im letzten Jahr waren mehr als neunzig Prozent aller vermisst gemeldeten Teenager aus freien Stücken von zu Hause ausgerissen.«

Die Tränen strömten über Mrs Jerrells Gesicht. Sie stand auf und umrundete den Tisch. Kay erhob sich ebenfalls von ihrem Stuhl. Ihr war schmerzlich bewusst, dass Mrs Jerrell unmöglich noch weitere Fragen verkraftete.

Schwer atmend umklammerte die Mutter Kays Hände. »Bitte, bitte geben Sie sie nicht auf. Sie würde niemals weglaufen, das weiß ich ganz sicher. Wirklich, ich schwöre es.« Sie brach in unkontrolliertes Wimmern aus. »Bitte, finden Sie meine Kleine.«

Kay half Mrs Jerrell zurück auf den Stuhl und ging vor ihr in die Hocke, immer noch ihre Hand haltend. »Wir tun, was wir können, um Jenna zu finden. Das verspreche ich Ihnen.« Sie schaute der Frau geradewegs in die Augen und wiederholte ihre Beteuerung. »Ich verspreche Ihnen, dass wir nicht lockerlassen, bis wir etwas wissen.«

Elliot verschwand und kehrte im Handumdrehen mit einer Wasserflasche und einem Plastikbecher zurück. Er drehte den Deckel ab und füllte den Becher für Mrs Jerrell, die mit zusammengekniffenen Augen daran nippte und ihn dann auf den Tisch stellte. »Sagen Sie mir, was ich tun kann.«

»Zuerst einmal atmen«, gab Kay sanft zurück. »Gleichmäßig weiteratmen. Darin haben Sie doch Übung. Sie müssen erst einmal auf sich selbst achtgeben, wenn Sie für Ihre Tochter stark sein wollen.« Die Frau nickte. »Bevor wir loslegen, würde ich Ihnen gerne noch eine weitere Frage stellen, wenn Sie einverstanden sind. Mir ist nicht ganz klar, woher Sie wissen, dass Jenna die ganze Nacht nicht zu Hause war.«

Mrs Jerrells Unterlippe zitterte kurz. »Ich arbeite zurzeit in Doppelschichten. Das Geld ist knapp, und nächstes Jahr geht Jenna aufs College. Gestern hatte ich erst Spät- und dann Nachtschicht und bin dann heute Morgen gegen sieben Uhr nach Hause gekommen. Jennas Bett war gemacht. Das tut sie aber nie selbst. Ich mache ihr Bett für sie.«

»Und Ihr Ehemann? War er nicht zu Hause?«

Einer ihrer Mundwinkel zuckte traurig. »Bill ist immer zu Hause. Er ist ein Kriegsveteran und seit seiner Rückkehr aus Afghanistan auf den Rollstuhl angewiesen. Wegen seiner schweren Schmerzen braucht er Medikamente. Gegen sieben Uhr abends ist er in der Regel völlig ausgeknockt.«

»Glauben Sie, Jenna könnte gestern Abend zurückgekehrt sein, ohne dass Ihr Mann es mitbekommen hat?«

Mrs Jerrell musste einen Moment über die Frage nachdenken, schüttelte dann aber den Kopf. »Es gibt absolut keinen Hinweis darauf, dass sie nach gestern Nachmittag noch einmal im Haus gewesen sein könnte. Sie hat weder auf dem Bett gesessen noch etwas gegessen oder irgendetwas anderes getan, das mir aufgefallen wäre.«

Kay sah über ihre Schulter auf die Uhr an der Wand. Jenna wurde schon seit sechzehn Stunden vermisst, und wenn Kay eine Vermutung anstellen musste, dann hatte ihr Verschwinden etwas damit zu tun, was seit dem Frühjahr mit ihr geschehen war.

Mrs Jerrell folgte ihrem Blick und verschränkte nervös die Hände. »In meinen Pausen bei der Arbeit schaue ich Fernsehen, und wenn in der Nachtschicht wenig los ist, lese ich. Sind nicht die ersten vierundzwanzig Stunden ... Ich meine, meine Kleine lebt doch noch, oder?«

Bevor Kay eine Antwort geben konnte, läutete ihr Handy. Sie hatte vor, es zu ignorieren, aber einen Augenblick später meldete sich auch Elliots Telefon. Er runzelte die Stirn und hielt Kay den Bildschirm vor die Nase.

»Geht es um Jenna, Detective?« Mrs Jerrell streckte sich über den Tisch und griff nach Kays Hand. »Bitte sagen Sie mir, dass es ihr gut geht!«

Kay gefror das Blut in den Adern, als sie die angezeigte Nachricht las:

Leiche eines jungen Mädchens am Wildfire Ridge gefunden. GM auf dem Weg.

SECHS

FUNDORT

Es war noch nicht ganz Mittag, aber im Interceptor herrschte bereits eine Bruthitze. Drei Stunden direkte Sonneneinstrahlung hatten den SUV so weit aufgeheizt, dass Elliot unterdrückt fluchte, als er das Lenkrad berührte. Diese hohen Temperaturen waren unüblich für Mount Chester, wo im Sommer meist die Kühle des alpinen Klimas in den nahe gelegenen Bergen zu spüren war. Letzten Endes hieß Elliot das warme Wetter, das ihn an seine Heimat erinnerte, doch mit einem schwachen Lächeln und einem Hauch Melancholie willkommen. Den Staub auf seinem Gesicht und die Stechfliegen vermisste er nicht im Geringsten, aber irgendetwas hatten diese weiten texanischen Prärien an sich, das sein Herz immer noch mit Sehnsucht füllte.

Wortlos stieg Kay in den Wagen. Seit sie zum Tatort gerufen worden waren, hatte sie nichts mehr gesagt und nur noch einen düsteren Gesichtsausdruck zur Schau getragen. Sie starrte mit zusammengebissenen Zähnen durch die Windschutzscheibe nach vorn auf die Straße, und ihr Atem ging so flach, als hätte ihr jemand einen Schlag in den Magen verpasst.

»Glaubst du, es ist Jenna?«, fragte Elliot. Schotter wirbelte unter den Reifen des Interceptors auf, als sie mit hoher Geschwindigkeit vom Highway in Richtung des Skigebiets abbogen. Von dort aus waren es noch ein paar Kilometer bis zur Winter Lodge und ein, zwei weitere Kilometer bis zum Parkplatz am Ausgangspunkt des Wanderweges auf den Wildfire Ridge. Bald würden sie Gewissheit haben.

Kay antwortete nicht sofort. Ihre Lippen waren zu einem schmalen, strengen Strich zusammengepresst. »Ich hoffe, sie ist es nicht«, sagte sie irgendwann. »Aber egal wer dieses Mädchen ist, es ist irgendjemandes Tochter.« Sie warf ihm einen flüchtigen Blick zu, und ihm fiel auf, dass ihre Augen feucht glänzten. »Und dann müssen wir einer anderen Mutter beibringen, dass ihr Kind nie wieder nach Hause kommen wird.« Sie atmete tief durch, als müsste sie ihre Nerven beruhigen. »Manchmal geht mir dieser Job einfach zu nahe. Das ist alles.«

Normalerweise ließ sie sich das nicht anmerken. Nicht im Geringsten. Selbst während des aufwühlenden Gesprächs mit Mrs Jerrell hatte Elliots Partnerin einwandfreie Selbstbeherrschung gezeigt und die von Schmerzen geplagte Mutter auf bewundernswerte Weise getröstet. Es hatte den Anschein gehabt, als hätte nichts davon sie auch nur ansatzweise berührt. Kays Augen waren trocken geblieben, während Elliot seine Schwierigkeiten gehabt hatte – Leid war eben, wie die meisten starken menschlichen Emotionen, ansteckend.

Elliot widerstand dem Drang, rechts ranzufahren, Kay in den Arm zu nehmen und ihre Lippen mit einem leidenschaftlichen Kuss zu versiegeln. Stattdessen gab er Vollgas. Der Wagen brach aus und hüpfte über die unebene, kurvige Bergstraße. Kays unerwartete Verletzlichkeit wirkte sich auf eine Art und Weise auf ihn aus, die er sich selbst nicht eingestehen wollte.

Die gewundene Straße zog sich noch einige Kilometer hin. Links und rechts des Weges wuchsen große Nadelbäume, die das Sonnenlicht abschirmten und anfangs die atemberaubende Sicht auf den Berg verbargen. Die Vegetation wurde jedoch immer lichter, je näher Kay und Elliot ihrem Ziel kamen. Er umrundete die Winter Lodge, und kurze Zeit darauf signalisierten ihnen die aufblitzenden roten und blauen Lichter zweier Polizeifahrzeuge, dass sie den Fuß des Hangs in der Nähe der Sesselliftstation erreicht hatten.

Elliot schielte noch einmal zu Kay hinüber. Die vorherigen Anzeichen von Schwäche waren verflogen, als hätte es sie nie gegeben. Ihre Augen waren trocken, der Blick fokussiert, ihr Auftreten wach.

»Ja, ich glaube, dass es Jenna ist«, sagte sie. Ihre Stimme klang ruhig, fest, professionell. »Und ich glaube nicht an einen Zufall.«

Elliot drosselte das Tempo, als die Asphaltstraße endete und in losen Schotter auf einem unbefestigten Weg mit zwei Spurrillen überging. Der Parkplatz am Wanderweg war nicht mehr als eine von hohen Tannen umgebene und mit zwei Hinweisschildern markierte Wiese.

Normalerweise standen hier wenigstens ein gutes Dutzend Fahrzeuge, die meisten davon mit kalifornischen Kennzeichen, aber an diesem Tag war der Parkplatz wie ausgestorben. Wahrscheinlich wirkten die beiden Polizeiwagen mit ihren Warnsignalen und das Auto des Rechtsmediziners abschreckend auf etwaige Besucher.

Elliot hielt neben einem der Einsatzfahrzeuge. Deputy Hobbs war gerade damit beschäftigt, Geländefahrzeuge von dem Anhänger hinter seinem Wagen zu laden. Es waren die letzten beiden der insgesamt sechs Quads, die von der Polizeiwache in Franklin County für Einsätze in unwegsamem Gelände genutzt wurden.

»Hey«, rief Elliot durch das offene Fenster und tippte kurz mit zwei Fingern an seine Hutkrempe. »Wie weit ist es von hier?«

»Hey, Detective«, gab Hobbs mit breitem Grinsen zurück. Er war jung und ein wenig pummelig, sodass sich die Knopflöcher seines Hemdes dehnten. Das sonst so blasse Gesicht des jungen Kollegen war von der Sonne gerötet – oder möglicherweise von der ungewohnten körperlichen Anstrengung. Von seiner Stirn perlte der Schweiß, obwohl ein Fleck an seinem rechten Ärmel darauf hindeutete, dass er ihn immer wieder wegwischte. »Ein, zwei Kilometer hinter der Sesselliftstation, oder so.« Er wischte sich mit einer schnellen Bewegung und schwerem Atmen über den Haaransatz. »Farrell ist schon mit ein paar Quads da oben.«

»Alles klar«, sagte Elliot und schaute fragend zu Kay. Sie nickte unauffällig. Hinter ihnen kündigten rote Warnleuchten und das bekannte Geräusch eines Einsatzhorns die Ankunft eines Feuerwehrfahrzeugs an. »Wo brennt es denn?«

Hobbs gluckste. »Nirgendwo, Detective. Ist nur 'ne tiefe Schlucht. Soweit ich weiß, können sie die Leiche nicht bergen.« Sein Grinsen entblößte zwei Reihen schiefer, nikotinverfärbter Zähne. »Die Täter sollen schon gefasst sein, habe ich gehört, also immer mit der Ruhe.«

»Alles klar, Boss«, entgegnete Elliot sarkastisch. Alle dachten immer, Antworten auf alles zu haben, aber nur wenige machten sich die Mühe, Fragen zu stellen. Er gab vorsichtig Gas und die Reifen des SUV schleuderten beim Anfahren kleine Steinchen gegen die stahlverkleidete Unterseite des Wagens. »Das wäre es ja mal – wir kommen an einem Tatort an und der Täter ist schon gefasst«, murmelte Elliot. »Dann wäre ich so nützlich wie eine zweite Kutsche in einer Stadt mit nur einem Pferd, aber ich glaube, das wird heute kein Wattepusten für mich.« Er grinste verlegen. »Oder für dich natürlich.«

Aber Kay schenkte seinem kindischen Geplapper keine Aufmerksamkeit. Sie beobachtete konzentriert die Umgebung: den Wanderweg, der immer schmaler wurde, je weiter sich die Reifen des SUV in den tiefen Spurrillen bergauf arbeiteten, und die tief hängenden, schweren Tannenzweige, die die Seiten des Wagens streiften. Kay hatte das Fenster zur Hälfte geöffnet und ihre Nasenflügel blähten sich im Wind wie bei einem Raubtier, das seiner Beute hinterherjagte.

»Du hast fünf Sinne – sechs, wenn du Glück hast«, hatte sie ihm einst gesagt, als sie zusammen an ihrem ersten Tatort gestanden hatten. »Also nutze sie.«

Elliot atmete tief durch und registrierte den Duft von frischem Tannengrün und Harz, die Trockenheit der Luft und den Hauch von erhitztem Staub, den man bemerkte, wenn man ein oder zwei Minuten hinter einem anderen Fahrzeug fuhr. Der knochentrockene Weg war ebenfalls mit feinem Staub bedeckt, der aufwirbelte und eine rotbraune Wolke bildete, die nach jedem vorbeifahrenden Wagen eine ganze Weile brauchte, um sich wieder zu legen.

Nach der nächsten Biegung erreichten sie das Ende der befahrbaren Straße. Da sich der Weg an dieser Stelle etwas verbreiterte, konnten mehrere Fahrzeuge nebeneinander zwischen den Bäumen parken. Deputy Denise Farrell versuchte wild gestikulierend, ihnen etwas zu sagen, und deutete dann auf eine Lücke zwischen zwei alten Tannen, in die Elliots Interceptor passte.

Während Elliot abbremste, nickte Farrell ihnen zum Gruß zu. Sie trug ihr Haar an diesem Tag zu einem Pferdeschwanz gebunden, nicht ganz den Vorschriften entsprechend. »Ich übernehme an dieser Stelle, wenn Sie möchten. Auf Sie wartet auch schon ein Quad.«

»Wie weit ist es bis zum Fundort der Leiche?«, fragte Kay. Behände wie ein Teenager stieg sie aus dem Wagen. Sie hatte wirklich das Potenzial, eine gute Reiterin zu werden.

»Ungefähr sechs Kilometer. Er liegt am Fuße des Wildfire Ridge.« Als Kay auf Farrell zutrat, senkte die Kollegin die Stimme. »Muss wohl übel sein.« Kay nickte, und die beiden Frauen tauschten einen kurzen Blick aus. Dann deutete Farrell auf das Geländefahrzeug, das hinter dem Wagen des Sheriffs am Straßenrand parkte. »Das ist ein Zweisitzer, Sie können aber auch jeder ein eigenes Quad haben.«

Elliot sah Kay fragend an. »Schon in Ordnung, wir nehmen dieses hier.« Er ließ den Schlüssel des Interceptors in Farrells ausgestreckte Hand fallen und stieg auf das Geländefahrzeug.

Der Weg war holperig und wurde mit jeder Minute tückischer, schmaler und steiler. Er war zunehmend von losen Felsbrocken bedeckt. Nach einigen Minuten, die ihnen wie Stunden vorkamen, erreichten Elliot und Kay den Tatort.

Dort warteten drei junge Männer im Hipsterlook, alle einheitlich in übertreuere Holzfälleroutfits gekleidet, von der Sorte, wie man sie nur in San Franciscos vornehmen Einkaufsgalerien fand. Die drei hockten unter dem wachsamen Blick von Verkehrspolizist Deputy Leach auf einem großen, moosbewachsenen Felsen. Sheriff Logan hatte sämtliche Kollegen an den Ort des Verbrechens beordert, auch den mageren, unscheinbaren Deputy, der Elliot so sehr reizte wie eine Senfpackung auf einer frischen Brandwunde.

Einem der Verdächtigen war sichtlich übler mitgespielt worden als den anderen beiden. Seine blanke Brust wies Kratzer, blaue Flecken und sogar blutende Schrammen auf. Sein offenes Hemd mit rot-grau-schwarzem Karomuster war mit Erbrochenem und Blut befleckt und an verschiedenen Stellen eingerissen.

»Hat der da die Leiche gefunden?«, fragte Elliot und nickte mit dem Kinn in Richtung der drei jungen Männer.

»Gefunden?«, schnaubte Leach und bedachte Elliot mit einem allwissenden, leicht arroganten Blick. »Er ist derjenige, der das arme Mädchen dort hinuntergestoßen hat.«

»Ach wirklich?«, fragte Kay leise und musterte die Zeugen. »Wer war eigentlich zuerst hier am Tatort?«

»Novack«, antwortete Leach mit zusammengebissenen Zähnen.

Gott sei's gejubelt und gepfiffen!, dachte Elliot. Leach war dumm wie Brot, was vermutlich der Grund dafür war, dass er schon sein ganzes Leben lang bei der Verkehrspolizei versauerte. Novack hingegen wusste, wie man sein Hirn benutzte.

Kay schien etwas Ähnliches zu denken. Ihre Miene hatte sich wieder etwas aufgehellt, als sie auf den älteren Deputy zuschritt.

»Detective«, begrüßte sie dieser mit nüchterner Stimme. Die dunklen verspiegelten Gläser seiner Sonnenbrille ließen nichts von seinem Blick erkennen. »Wir haben schon auf Sie gewartet.«

Novack mochte wissen, wie man sich seines Verstandes bediente, aber hinsichtlich Manieren hatte er durchaus noch Nachholbedarf. Elliot hätte einiges dafür gegeben, sie ihm einzuhämmern.

Unbeeindruckt ignorierte Kay den saloppen Kommentar. »Führen Sie mich über den Tatort.«

Novack klappte sein Notizbuch auf. »Der Anruf kam um neun Uhr siebzehn heute Morgen«, murmelte er und fuhr mit dem Finger über die hineingekritzelten Anmerkungen. »Um Viertel nach zehn war ich hier. Ich habe diese beiden Witzbolde hier am Rand der Schlucht aufgegabelt, als sie gerade versuchten, mithilfe eines Astes den dritten Kerl aus dem Abgrund zu ziehen.«

SIEBEN

DETAILS

Kay trat an den Rand der Schlucht und schaute nach unten. Einige Tannen und Sträucher verdeckten den Blick, und die Leiche am Boden war kaum zu erkennen. Blaue Glockenblumen wuchsen aus dem Gras heraus und schwankten leicht in der Sommerbrise. Irgendetwas bewegte sich am Grund der Schlucht, aber durch die Vegetation hindurch waren nur ein paar weiße Flecken zwischen raschelnden Blättern zu erkennen.

»Der Rechtsmediziner ist schon dort unten«, erklärte Novack, als hätte er Kays Gedanken gelesen. »Er wollte nicht auf die Feuerwehr warten. Wir haben ihn mit der Winde vom Quad abgeseilt.« Er schaute zu den drei jungen Männern in Handschellen hinüber und verzog den Mund. »Der eine muss da unten ziemlich Mist gebaut haben, sagt der Doc. Hat auf die Leiche gepisst und gekotzt, einmal alles raus, was keine Miete zahlt. Wette, er hatte einen Mordsspaß mit dem Mädel da unten.« Er steckte sein Notizbuch wieder in die Tasche, stemmte die Hände in die Seiten und hakte die Daumen in seinen Gürtel.

Vielleicht wäre Novack weniger unausstehlich, wenn er

sich nur eine einzige Frage gestellt hätte: Wenn der Täter im Zuge seines Mordrituals auf das Opfer uriniert hatte, warum in aller Welt hatte er dann dafür nicht die Hose heruntergelassen? Die Flecken auf der Jeans des jungen Mannes erzählten eine ganz andere Geschichte. Er hatte sich aus Angst oder im Schockzustand eingenässt.

Kay widersprach Novack nicht, sondern versuchte weiterhin, die Leiche vom Rand der Schlucht aus zu begutachten. »Was haben sie gesagt?«

»Sie meinten, dass Bryan Danko, der Lange da, nach seinem Handy gesucht habe. Dabei sei er ausgerutscht, in die Schlucht gefallen und habe die Leiche gefunden, woraufhin sie den Notruf gewählt hätten.« Er schob seine Sonnenbrille mit einem Finger die Nase hinauf. »Ich glaube, dass sie in Panik ausgebrochen sind und nur den Notruf gewählt haben, weil dieser Danko es nicht geschafft hat, wieder hinaufzuklettern. Ich habe sie auf ihre Rechte hingewiesen.« In seinem Grinsen lag ein Hauch von Überlegenheit. »Gern geschehen, Detectives.«

Elliot lächelte flüchtig, vorausahnend, wie Kays Reaktion auf die Eigeninitiative des Deputy ausfallen würde, der den Fall als gelöst deklarierte.

Aber Kay war gedanklich schon in eine andere Richtung unterwegs. »Kennen wir schon die Identität des Opfers?«

»Noch nicht«, sagte Novack und verlagerte sichtlich ungehalten sein Gewicht von einem Fuß auf den anderen.

»Zeitpunkt des Todes?«

»N-nein. Der Doc ist noch dort unten.«

»Stammen diese Männer hier aus der Gegend?«

»Nee, die sind aus San Francisco und gönnen sich hier auf Daddys Nacken einen dreitägigen Ausflug.« Novacks Stimme war voller Verachtung, jener Art von blinder, hasserfüllter Geringschätzung, die den Verstand eines Menschen vergiftete.

Mit Elliot im Schlepptau trat Kay auf die drei jungen Männer zu. Der Größte von ihnen schien auch der Älteste zu sein, wenn auch nicht mit großem Abstand zu den anderen. Er wirkte ruhig, gefasst und wartete geduldig darauf, dass sich die Situation klärte. Er war eindeutig nicht verängstigt, sondern höchstens ein wenig besorgt, und das wahrscheinlich aus gutem Grund, weil er nichts falsch gemacht hatte. Seine Jeans war sauber, keine Spuren von Blut auf seiner Kleidung oder an seinen Händen, und dasselbe galt für den dritten Burschen. Diese beiden hatten offensichtlich keinen Fuß in die Schlucht gesetzt.

»Nehmen Sie ihnen die Handschellen ab«, ordnete Kay an. Sie behielt den Deputy genau im Auge, der erst zögerte, aber dann ohne Widerworte gehorchte. *Kluger Kerl*, dachte Kay, erleichtert darüber, dass sie nicht erst noch eine Diskussion mit ihrem Kollegen führen musste.

Als ihre Hände befreit waren, erhoben sich die drei Männer von dem Felsen und massierten sich energisch die Gelenke. Einer von ihnen griff nach der Gitarre, die an einem Baumstamm in der Nähe lehnte, und inspizierte sie sorgfältig. Anschließend fragte er an Kay gewandt: »Können wir jetzt gehen?«

»Sofort, gleich nachdem Sie dem Deputy Ihre Kontaktdaten gegeben haben.« Nun sprach Kay direkt Bryan Danko an. »Bitte erzählen Sie mir, was passiert ist.«

Immer noch verunsichert suchte der junge Mann verzweifelt nach Worten. Sein Blick wanderte ziellos hin und her, und immer wieder rieb er sich über die Handgelenke.

»Wir ... ähm, also ich habe sie gefunden. Das ist alles. Ich habe mein Handy fallen lassen und es ist da runtergefallen. Ich musste versuchen, es wiederzufinden. Mein ganzes Leben steckt da drin!«

Das glaubte ihm Kay aufs Wort. »Haben Sie Ihr Handy wiedergefunden?«

Er nickte nachdrücklich, wusste aber offensichtlich nicht, was er noch sagen sollte.

»Haben Sie die Leiche angefasst oder sonst etwas damit angestellt?«

»N-nein, Ma'am«, gab er schnell zurück. »Ich bin nur auf ihr gelandet.« Seine Nasenflügel bebten und er verzog das Gesicht in einem Anflug von Übelkeit. Wahrscheinlich war er sein Frühstück bereits in der Nähe der Leiche losgeworden.

Kay presste die Lippen zu einem dünnen, missbilligenden Strich zusammen. Egal, ob mit Absicht oder durch Zufall: Der Tatort war verunreinigt worden. »Bleiben Sie noch eine Weile hier, in Ordnung?« Kay drehte sich entschlossen zu Elliot um. »Ich gehe da jetzt runter.«

Sie wartete erst gar nicht auf eine Antwort, und bestimmt erwartete er auch keine. Ein paar Minuten später kletterte Elliot, komplett in einen weißen Schutzoverall gekleidet, ihr voraus in die Schlucht. Mithilfe der Seilwinde bestimmte er das Tempo seines Abstiegs. Unten angekommen, gab er Leach ein Zeichen. Der rollte das Seil wieder ein, und ein paar Augenblicke später folgte Kay ihrem Partner nach unten, verärgert darüber, dass er als Erster geklettert war. Immer musste er den Beschützer spielen. Obwohl das einerseits auch charmant und herzerwärmend war, hatte sie andererseits doch auch das Gefühl, dass er ihr damit ihre Professionalität absprach.

Am Grund der Schlucht angekommen, umrundete sie vorsichtig das Buschwerk, bis sie vor der Leiche stand. Doc Whitmore, der für das County zuständige Rechtsmediziner, war ein alter Bekannter von Kay. Über viele Dienstjahre hinweg hatte sich fast eine Art Freundschaft zwischen ihnen entwickelt.

Der Doc begrüßte die Neuankömmlinge, aber Elliot starrte nur mit sichtbar zusammengebissenen Zähnen auf das Opfer hinunter, ohne ein Wort zu sagen.

Die junge Frau, auch im Tod noch herausfordernd schön,

lag mit weit geöffneten Augen unter dem azurblauen Himmel. Ihr seidiges braunes Haar war um ihren Kopf herum ausgebreitet und betonte die Blässe ihrer Alabasterhaut. Ihre kaum merklich geöffneten Lippen wirkten, als würde sie noch atmen, als wollte sie ein »Lebewohl« flüstern. Die angehobenen Arme und leicht geöffneten Fäuste zeugten von einem letzten Versuch der Verteidigung gegen einen unsichtbaren Angreifer, während ihre zerrissenen und blutverschmierten Kleider ihr endgültiges Schicksal aufzeigten. Noch deutlichere Worte als alles andere sprachen die Blutergüsse an ihrem Hals und auf ihren Armen, das angetrocknete Blut an der Innenseite ihrer Schenkel und die beim Kampf um ihr Leben abgerissenen Fingernägel.

Es war Jenna.

Kay ging neben dem Kopf des Mädchens in die Hocke, um die Verletzungen am Hals zu untersuchen. Die dicke Schicht trockener Tannennadeln hatte einen Großteil des Bluts aufgesaugt, aber ein wenig davon war auch auf dem Stein unter Jennas Kopf geronnen.

»Todesursache, Doc?«, fragte Kay.

»Alles spricht für einen Sturz aus großer Höhe, vermutlich von dort oben.« Der Doc deutete mit einem behandschuhten Finger auf den Wildfire Ridge, mehr als eintausend Meter über ihren Köpfen. »Ein Tötungsdelikt ist nicht auszuschließen.«

Elliot schaute ihn an, sagte aber nichts. Der Rechtsmediziner schien die Gedanken seiner Kollegen lesen zu können.

»Selbst wenn bei ihrem Sturz nicht nachgeholfen wurde, gibt es genügend Hinweise, die auf einen gewaltvollen sexuellen Übergriff hindeuten. Wenn der Tod bereits während dieser Tat eingetreten sein sollte, ist die Sachlage klar. Ihr Vergewaltiger wäre in dem Fall auch ihr Mörder, auch wenn er ihren Tod nicht beabsichtigt hatte.«

»Zeitpunkt des Todes?«

»Gestern Abend zwischen sieben und zehn Uhr.« Der Doc

beugte sich zu Kay herab, ohne selbst in die Hocke zu gehen. »Ich hatte gehofft, das hier würde sich einfach als Unfall herausstellen, als eine Wanderin, die den Halt verloren hat. Aber ...« Er seufzte schmerzerfüllt und beendete damit seine Klage. »Ich frage mich, warum die Ruhe und Abgeschiedenheit der Berge in manchen Menschen das Schlechteste zum Vorschein bringt.«

Einen kurzen Augenblick herrschte Stille.

Dann entnahm Doc Whitmore seinem Spurensicherungskoffer zwei Plastiktüten und etwas Klebeband und kniete sich gegenüber von Kay neben eine Hand des Mädchens.

»Macht es Ihnen etwas aus, meine Liebe?« Er bot Kay eine der Tüten an. Weitere Anweisungen waren nicht notwendig. Wenn Jenna ihren Angreifer während der Auseinandersetzung gekratzt hatte, war es möglich, dass sich unter ihren Fingernägeln DNA-Spuren fanden, die es sorgfältig zu sichern galt.

Als die Tüten mit mehreren Schichten Klebeband an Jennas Handgelenken befestigt waren, stand der Doc auf und winkte seine Kollegen auf seine Seite herüber. Er hob Jennas Arm an und legte einen kleinen, rosafarbenen Gegenstand offen. Kay nahm sich eine kleine Asservatentüte und hielt sie Doc Whitmore hin, der das Objekt mit spitzen Fingern aufgehoben hatte.

Es war eine Haarklammer aus Plastik, mädchenhaft und billig, in der Form eines Schmetterlings mit ausgebreiteten Flügeln. Möglich, dass sie Jenna aus dem Haar gefallen war – oder sie gehörte einfach zu den zahlreichen Gegenständen, die Wanderer mit großem Vergnügen vom Wildfire Ridge in den Abgrund warfen, und stand in keiner Verbindung zu Jennas Tod.

Das Geräusch des Reißverschlusses an einem Leichensack ließ Kay jedes Mal aufs Neue das Blut gefrieren, und auch der heutige Tag war da keine Ausnahme. Zwei Feuerwehrmänner hatten es mit einer Korbtrage zu ihnen auf den Grund der

Schlucht geschafft. Sie halfen Doc Whitmore dabei, die Tote in den Sack zu stecken, und legten sie anschließend auf die Trage. Nachdem sie ihre Last mit Riemen gesichert hatten, verabschiedeten sich die beiden Männer und schafften die Leiche fort. Doc Whitmore blieb zurück, sammelte seine Ausrüstung ein und sortierte die versiegelten und beschrifteten Asservatentüten.

»Das hier habe ich in einer ihrer Taschen gefunden«, sagte er und hielt einen der Plastikbeutel hoch. Er enthielt Jennas Handy. »Es ist kaputt.«

ACHT

MUTTER UND TOCHTER

Alexandria stampfte mit ihrer gelben, hochhackigen Sandale auf den Boden und hinterließ eine Schramme auf dem gebohnerten Parkett. Heute Morgen ging wirklich alles schief. Das Leben sprang ihr förmlich mit dem nackten Arsch ins Gesicht.

Zuerst hatte sie bei einem Blick in den Spiegel ein graues Haar in ihrer Augenbraue gefunden.

Ein. Graues. Haar.

In. Der. Augenbraue!

Das war nicht fair! Sie war doch gerade erst sechsunddreißig. Und sah ansonsten eher aus wie fünfundzwanzig. Immerhin hielten die Leute sie oft genug für Alanas *Schwester*, nicht für ihre Mutter. Und sie hatte gerade erst wieder mit dem Daten angefangen. Mit dem Leben!

Na ja, vielleicht nicht gerade Daten, dachte sie ehrlicherweise und betrachtete mit funkelnden Augen ihr Spiegelbild.

Ihre Augenbrauen waren von Natur aus schmal, aber das konnte sie nicht abhalten. Alexandria wischte sich mit dem Handrücken die Tränen aus dem Gesicht, schniefte und beschloss, sich davon nicht verunsichern zu lassen. Das war kein Anzeichen des Alterns, ganz bestimmt nicht. Da musste irgendetwas chemisch aus dem Gleichgewicht geraten sein. Vielleicht hatte sie irgendeinen Vitaminmangel und sollte damit anfangen, sich morgens ein paar Handvoll Ergänzungsmittel einzuwerfen, wie diese Gesundheitsfreaks im Fernsehen. Sie griff nach der Pinzette und rupfte das störende Haar aus. Dann brachte sie den verbleibenden Rest der Braue mit einer kleinen Bürste wieder in eine makellose Form.

So. Gefahr gebannt.

Eine zumindest.

Die andere Gefahr, ihre rebellische, aufsässige Tochter Alana, war eine Krise von ganz anderem Ausmaß, die eine Menge Geduld erforderte. Die atemberaubend schöne, blonde Siebzehnjährige, die kurz davorstand, aufs College zu gehen, hatte das gute Aussehen ihrer Mutter geerbt und erinnerte Alexandria ständig daran, wer sie selbst im Alter ihrer Tochter gewesen war. Vor genau achtzehn Jahren war sie obenauf gewesen, hatte stolz die Krone der Miss Wyoming getragen und war Dritte im Wettkampf um den Titel der Miss United States geworden. In jenem Jahr waren die USA sich plötzlich all der Inseln bewusst geworden, die sie ihr Eigen nannten, und hatten sich dazu verpflichtet gefühlt, ihnen Anerkennung zu zollen, indem sie sämtliche Schönheitswettbewerbe zwischen Ost- und Westküste korrumpierten. Die Krone war nach Hawaii gegangen, Zweite wurde die Kandidatin aus Puerto Rico. Ganz offensichtlich war der Wettbewerb manipuliert gewesen – als ob nicht *jedem* Blondinen besser gefielen als Brünette.

In ihrer großen Enttäuschung hatte die untröstliche Alexandria nicht bemerkt, wie viele Türen sich selbst für die Drittplatzierte öffneten. Ziellos hatte sie Trost in den bereitwillig ausgebreiteten Armen eines ebenfalls aus Wyoming stammenden, kürzlich entlassenen Army Rangers namens Billy Joe gesucht.

Weil sie nichts mit sich und ihrer Zeit anzufangen wusste und sich von den Gedanken an diesen dummen Wettbewerb ablenken wollte, hatte sie Billy Joe nach nur einer Woche zu seinem Arzt begleitet. Schon am darauffolgenden Samstag hatte sie in einem der edelsten Restaurants in San Francisco mit Billy Joes gebürtig aus Kentucky stammenden Orthopäden Dr. Aaron Keaney diniert. Billy Joe sah sie nie wieder.

Vier Monate später war Alexandria von Aaron schwanger, drei Monate darauf heirateten sie in der St.-Ignatius-Kirche in San Francisco vor ein paar wenigen ihrer Angehörigen und Freunde sowie Hunderten Gästen von Aaron.

Von einem auf den anderen Tag war ihr altes Leben vorbei gewesen und ein neues hatte begonnen. Ein Leben, das einige als angenehm bezeichnen würden; ein Leben, von dem viele nur träumen konnten. Für Alexandria wurde es zu einem Leben voller Einsamkeit und Langeweile, in dem sie unter der angespannten und entmutigenden Realität des Mutterseins mit ansehen musste, wie ihre Schönheit nach und nach verwelkte. Aaron war immer unterwegs, arbeitete im Krankenhaus, hielt Vorträge, gab Medizinkurse in Stanford oder trat im Fernsehen als Experte für traumatische Verletzungen bei den Reichen und Schönen auf. Von Typen wie Tom Cruise oder Keanu Reeves, die sich bei ihren Stunts Knochenbrüche zugezogen hatten, bis hin zu Spielern der NBA und NFL, deren Namen selbst Alexandria geläufig waren, war da einiges dabei. In der Zwischenzeit nahm sie selbst ihr Studium am College auf, aber das war für eine werdende Mutter alles andere als vergnüglich, und nach einem Semester legte sie alles auf Eis, bis sie wieder mehr Zeit und die äußere Erscheinung einer Collegestudentin zurückgewonnen haben würde.

Das sollte einige Jahre dauern. Irgendwann schloss sie mit mäßigem Erfolg und stark nachlassendem Interesse ein Wirtschaftsstudium ab, ohne anschließend in diesem Bereich zu arbeiten. Tatsächlich profitierte sie nur ein einziges Mal in ihrem Leben von ihrem Wissen aus Studienzeiten: als sie ihre Scheidungsvereinbarung aushandelte. Das war kurz nachdem sie Aaron dabei erwischt hatte, wie er Nacktfotos mit seiner Assistenzärztin Rachelle austauschte, einem rothaarigen Prachtweib mit langen Beinen, Sommersprossen und großen, blauen Kulleraugen.

Alexandria hatte sich genau eine Nacht in den Schlaf geweint, nachdem sie auf die Beweise für Aarons Untreue gestoßen war. Aber das Gefühl der Demütigung verschwand schnell, als ihr bewusst wurde, dass sich ihr so die Möglichkeit bot, ihre Freiheit wiederzuerlangen. Aber nicht so wie damals, als armes Mädchen von Wyoming, das sich mit Schönheitswettbewerben durchschlug – nein, diesmal wäre sie reich. Und das war wirkliche Freiheit.

Und so hatte sie Rachelle einiges zu verdanken. Das behagliche Haus in Mount Chester, einen ansehnlichen Unterhalt für ihre Tochter bis zu deren fünfundzwanzigsten Geburtstag und sich selbst, bis sie eine neue Ehe eingehen würde, sowie eine Abfindung von zwei Millionen Dollar. Aaron behielt die Wohnung in San Francisco und einen Großteil seines Vermögens, und ihre Scheidung ging geschmeidig über die Bühne.

Natürlich war Alana bei ihr geblieben. Der viel zu schnell wachsende blonde Engel zeigte jedoch immer wieder Anzeichen von der Dickköpfigkeit ihres Vaters, wenn sie und ihre Mutter unterschiedlicher Meinung waren. Und das war mittlerweile fast jeden Tag der Fall, in fast jeder Hinsicht.

Als Teenager erinnerte Alana ihre Mutter immer stärker an das Mädchen, das sie selbst einmal gewesen war. Aber es machte Alexandria nicht stolz; es führte ihr nur schmerzhaft vor Augen, dass sie alt wurde, ein Abglanz dessen, was sie einmal gewesen ist, während die aufmüpfige blonde Rebellin alle Aufmerksamkeit auf sich zog und langsam aber sicher ihren Platz einnahm.

Alana gehörte die Zukunft, Alexandria die Vergangenheit.

Alexandria hatte Alanas komplettes erstes Highschooljahr gebraucht, um sich mit dieser neuen Entwicklung anzufreunden. Sie hatte Schwierigkeiten gehabt, ihre eigene Bestimmung zu finden. Irgendwann ging sie sogar für ein paar Monate zur Therapie, aber schließlich fiel der Groschen. Sie würde sich mit der Präzision einer lasergelenkten Rakete auf ihre Tochter konzentrieren, ihr alles ermöglichen, was sie selbst sich als junge Frau gewünscht hatte. Ein perfektes Äußeres, Zutritt zu den richtigen Kreisen, ein Studium in Stanford. (Stanford nur, weil die Arschgeigen in Harvard, die Alana abgelehnt hatten, sich selbst dann nicht für die Besten entschieden, wenn man ihnen die Bewerbungsmappe direkt ins Gesicht schlug.)

Durch Alana würde Alexandria eine zweite Chance auf Ruhm bekommen. Sie war wieder im Spiel. Mit neuem Eifer pflasterte sie den perfekten Lebensweg für ihre Tochter.

Dann hatte sie den Hengst (wie sie ihn gern nannte) kennengelernt, und in den Armen dieses ziemlich ichbezogenen jungen Mannes mit den umwerfenden Augen und Fähigkeiten, die Alexandria sich nicht in ihren wildesten Träumen hätte vorstellen können, ihre körperliche Leidenschaft wiedergefunden. Es dauerte nur wenige Wochen, bis sie ihm völlig verfiel, wie ein Teenager auf seine Nachrichten wartete und ihn am liebsten jeden Tag gesehen hätte. Aber ihr neuer Liebhaber war ein gerissener Mistkerl, der Alexandria zappeln ließ, was vermutlich zu seinen aufregenden Spielchen gehörte.

Jeden Morgen zog sie sich in der Hoffnung an, von ihm wieder ausgezogen zu werden. Neue Satinbodys von Fleur du Mal, Nachtwäsche von Cosabella und Spitzendessous von La Perla füllten in letzter Zeit ihre Schubladen und versetzten Alana gelegentlich in Erstaunen.

An diesem Morgen war es nicht anders gewesen. Ein hautfarbener Halbschalen-BH und ein dazu passendes Höschen mit sinnlichen Stickereien gaben ihrem schlanken Körper die

Ausstrahlung eines Unterwäschemodels auf dem Laufsteg. Ein weißer, asymmetrischer Maxirock aus schimmerndem Satin, der ihre langen, trainierten Beine umschmeichelte, und ein hellgelbes Top komplettierten ihren beschwingten, jugendlichen Look, ein perfektes Ensemble für den entspannten Sommertag, den sie für sich und ihre Tochter geplant hatte.

Aber Alana war noch nicht fertig. Sie schaffte es nie, pünktlich zu sein, es sei denn, sie hatte ein Date. Es sah aus, als würden sie nun zu spät zu ihrem Termin kommen, und allmählich verlor Alexandria die Geduld. Sie hatte Alana einen Besuch bei dem besten Zahnarzt nördlich des Golden Gates organisiert, der sich die Ergebnisse ihrer Invisalign-Behandlung des letzten Jahres ansehen sollte. Alanas Lächeln erforderte nach wie vor ein wenig Arbeit.

»Kommst du?«, rief Alexandria und trat rhythmisch von einem Fuß auf den anderen, die Hände in die Hüften gestemmt. Ihre Frage hallte durch das große offene Wohnzimmer, blieb aber unbeantwortet. »Alana?«, rief sie, diesmal mit drohendem Unterton.

»Schon gut, ich komme ja«, meldete sich Alana endlich zu Wort und kam in einem weißen, schulterfreien Top, lächerlich knappen Hotpants und schrillen Flip-Flops angerauscht. »Man könnte meinen, das Haus stünde in Flammen.«

»So gehst du nicht zum Zahnarzt«, verkündete Alexandria im strengsten Ton, den sie zustande brachte.

»Da hast du völlig recht, weil ich nämlich nicht zum Zahnarzt gehe.« Alana band mit schnellen, geschickten Bewegungen ihr langes Haar zurück. Ihr blaues Haarband war mit Pailletten besetzt, und lange, silberne Perlenstränge hingen von ihm herab, die bei jedem Schritt klimperten.

»Doch, das tust du«, beharrte Alexandra und verstellte ihr den Weg. »Und weißt du, wieso?« Auf diese Frage sollte Alana lieber nicht antworten.

»Nein, wieso erhellst du mich nicht, hm?«, gab Alexandrias

Tochter zurück und tippte schnell auf ihrem Handy herum. »Ich habe nämlich nicht den leisesten Schimmer, wieso ich schon wieder zu diesem verdammten Zahnklempner muss, nachdem ich ein ganzes Jahr lang Plastik im Mund tragen musste.«

Vielleicht ist sie einfach ihre Zahnspange leid, dachte Alexandria. Sie trat auf Alana zu und streckte die Hand aus, um ihr über die Wange zu streichen, aber ihre Tochter zuckte zurück, als hätte eine Berührung ihr die Haut verbrannt. Teenager.

Alexandria holte tief Luft, zählte bis drei und atmete langsam wieder aus. Es funktionierte: Sie fühlte sich gleich ruhiger. »Ein perfektes Lächeln ist für deine Zukunft genauso wichtig wie das Ergebnis deines Hochschulzulassungstests, das weißt du, Alana. Damit steht oder fällt deine Karriere. Es kann dir Türen öffnen. Zähne, Kleidung, Haar, dein Gang, deine Körperhaltung, das alles ist wichtig.«

Das Mädchen zuckte mit den Schultern und das lächerliche Fähnchen von einem Top rutschte ihr weiter die linke Schulter hinunter. »Nick holt mich um zehn ab. Wir fahren an den Strand. Alle kommen heute dorthin.«

»Also Nick wieder, hm?«

Alana erwiderte nichts darauf. Sie gönnte ihrer Mutter nicht einmal einen kurzen Seitenblick, so vertieft war sie in das, was sich auf ihrem Handydisplay abspielte.

»Zuerst der Zahnarzt, dann kannst du tun, was du möchtest.«

»Aber Mom«, bettelte Alana. »Es kommt so selten vor, dass wir einen Tag schulfrei haben.«

»Das ist Unsinn, junge Dame, und das weißt du auch. Du hattest gerade erst Sommerferien und durftest jeden Tag tun und lassen, was immer du wolltest. Strand, Nick, Kino, Roadtrips, alles Mögliche. Du hast weder gearbeitet noch im Haushalt mit angepackt ...«

»Was? Machst du Witze?«, entgegnete Alana und trat ihrer

Mutter herausfordernd entgegen. »Wir haben Hausangestellte, warum solltest du mich dazu zwingen, hier mit anzupacken?«

Das Gespräch hatte eine ungute Wendung genommen. Aber Alexandria war immer noch die Mutter – und zumindest theoretisch behielten Mütter bei dieser Art von Diskussion immer die Oberhand. »Wir fahren zum Zahnarzt, und anschließend bringe ich dich selbst zum Strand.« Sie sprach ruhig, aber ihre Stimme hatte genau das richtige Maß an bedrohlichem Unterton, um die Luft zwischen ihnen um einige Grad abzukühlen. »Haben wir uns verstanden?«

»Mir egal.«

Alexandria sah auf die Uhr, verdrehte die Augen, starrte kurz an die weiße Zimmerdecke und betete zum Himmel, er möge ihr ein wenig Geduld schicken. »Du hast zwei Minuten. Zieh dir einen Rock oder eine vernünftige Hose und Sandalen an. Du bist angezogen wie der letzte Dreck, und genauso werden dich die Leute auch behandeln.« Alana grinste höhnisch. »Und zwar nicht nur die Leute, um deren Meinung du dich ohnehin einen Scheiß scherst«, flüsterte Alexandria, die langsam mit ihrem Latein am Ende war. »Die Leute, die dir wichtig sind, werden die Ersten sein, die dich verurteilen. Und mehr als eine Trophäe wirst du für sie nicht sein.«

»Dass gerade du von Trophäen sprichst«, murmelte Alana kaum hörbar, den Blick gesenkt. »Du bist doch diejenige, die mich so behandelt. Ständig versuchst du, mein Äußeres *aufzupolieren*«, erklärte sie mit überraschender Bitterkeit in der Stimme und schaute zu ihrer Mutter auf. »Falls du es noch nicht mitbekommen hast: Heutzutage haben Frauen Freiheiten. Ich habe nicht vor, an irgendwelchen dämlichen Schönheitswettbewerben teilzunehmen, nur um mal was anderes zu sehen als Casper in Wyoming. Ich bin nicht komplett pleite, und ich habe mehr, was mich auszeichnet, als nur mein Hinterteil.«

Alexandria schnappte nach Luft. Es kostete sie jedes Fitzelchen Willenskraft, nicht die Fassung zu verlieren. Sie schaute ihrer Tochter geradewegs in die Augen und sagte: »Umziehen. Jetzt.«

Sie folgte Alana in ihr Zimmer, um sich zu vergewissern, dass ihre Tochter dieses Mal die richtigen Shorts und Schuhe auswählte. Während Alana in einen engen Jeansrock schlüpfte, verspürte Alexandria beim Anblick der schlanken Figur ihrer Tochter mit den knospenden Brüsten und der leuchtenden gebräunten Haut einen neidischen Stich.

»Egal, was dich deiner Meinung nach auszeichnet, Fräulein, es kann jeden Augenblick zerplatzen«, erklärte sie auf dem Weg zum Auto und gestikulierte dabei mit beiden Händen. »Und dann bist du selbst alles, was dir noch bleibt.«

»Ich bin nicht du, Mom, okay?«, muckte Alana auf, als sie sich auf den Beifahrersitz fallen ließ. Sie verzog die mit Lipgloss betonten Lippen zu einem Schmollmund. »Ich habe Dad, und ich habe …« Sie verstummte, verschränkte die Arme vor der Brust und starrte aus dem Fenster, während Alexandria den Weg in Richtung der Interstate einschlug.

»Es geht immer um Nick, nicht wahr?« Alexandria seufzte verbittert. Seit Alana Nick Papadopoulos kennengelernt hatte, hatte sich ihr Leben merklich verkompliziert.

Von Alana kam nur missbilligende Stille.

»Was, glaubst du, wird passieren, wenn du nächstes Jahr aufs College gehst?« Immer noch keine Antwort, aber Alexandria meinte, ein unterdrücktes Stöhnen zu hören. »Er geht nach Harvard, nicht wahr? Verlässt dich?«, bohrte sie genüsslich in der Wunde. Ihr wurde bewusst, dass die Absage aus Harvard doch nicht nur Schlechtes mit sich gebracht hatte. Alana würde es in Stanford besser ergehen. Der Name Keaney war dort bekannt, und ihr Vater würde ihr einige Türen öffnen können. Und ohne Nick war sie ohnehin besser dran.

Alana warf ihr einen von purem Hass erfüllten Blick zu, der Alexandria das Blut in den Adern gefrieren ließ. »Lass mich in Ruhe, Mom«, sagte sie kühl. »Wir haben noch ein ganzes Jahr, und ich habe vor, das Beste daraus zu machen. Das lasse ich mir von niemandem vermiesen. Nicht einmal von dir.«

Ein ganzes Jahr.

Dann würde Alexandria ganz allein in diesem riesigen Haus auf dem Hügel sein. Und langsam den Verstand verlieren.

NEUN

BEFRAGUNG

Der Aufstieg aus der Schlucht war trotz des sichernden Seils eine Herausforderung, und Kay kämpfte mit dem glitschigen Untergrund und der dicken, feuchten Schicht aus Tannennadeln und Moos. Als sie endlich die obere Kante des Abgrunds erreichte, nahm sie dankbar Elliots helfende Hand und ließ sich von ihm das letzte Stück hinaufziehen. Als sie wieder sicher auf beiden Beinen stand, versuchte sie geistesabwesend, sich die Kleidung sauber zu klopfen, ohne zu bemerken, dass sie immer noch den Schutzoverall trug.

Sie bekam Jennas Anblick einfach nicht aus dem Kopf. Im Tod war die Qual, die das Mädchen hatte durchleiden müssen, völliger Ruhe gewichen. Das war beunruhigend. Nein, es war einfach falsch. Eine Siebzehnjährige sollte nicht im Tod ihren Frieden finden.

Kay kam ein verstörender Gedanke. War sie vielleicht mit der Absicht, in den Tod zu springen, auf den Berg geklettert? Sie konnten die Möglichkeit des Suizids als Grund für Jennas Tod nicht ausschließen, aber was hätte sie dazu bringen können, das Haus zu verlassen, angesichts ihrer von Mrs Jerrell beschriebenen psychischen Verfassung? Wenn sie geplant hätte, sich das Leben zu nehmen, hätte sie ihren Eltern eine Lüge erzählt und wäre dann allein den Berg hinaufgestiegen. Aber war es wahrscheinlich, dass sie in diesem Fall dort oben auf dem Wildfire Ridge einem Vergewaltiger in die Arme lief?

Oder hatte sie jemand geschickt hergelockt, mit dem Ziel, ihr etwas anzutun? Das musste jemand gewesen sein, dem sie vertraute, den sie für einen Freund hielt. Aber wie kam ein siebzehnjähriges Mädchen, das nie das Haus verließ, an Freunde?

Im Netz.

»Den wollen Sie vermutlich nicht als Erinnerung behalten, oder?«, fragte Dr. Whitmore und hielt Kay einen großen Müllsack mit der Öffnung nach oben vor die Nase. Er hatte schon alle anderen Overalls der Kollegen eingesammelt und wartete nun geduldig auf den letzten. Sein Lächeln war freundlich, aber aus seinem Blick sprach eine Traurigkeit, die Kay an bestimmten Tatorten immer an ihm beobachtete.

Sie zog den Reißverschluss ihres Schutzanzugs herunter und schälte sich heraus. Das Material hatte sich elektrisch aufgeladen, klebte an ihr fest und wehrte sich mit allen Mitteln, aber irgendwann schaffte es Kay, den Overall abzustreifen. Sie zerknüllte ihn zu einem Ball und stopfte ihn in den Abfallsack.

»Danke, meine Liebe«, sagte der Rechtsmediziner.

Statt etwas zu erwidern, stellte Kay sich auf die Zehenspitzen und drückte Whitmore einen Kuss auf die Wange, ohne genau zu wissen, wieso. Sie hatten einige Jahre zusammengearbeitet, als sie in San Francisco als Profilerin tätig gewesen war und bevor er sich halbpensioniert nach Mount Chester abgesetzt hatte. So etwas hatte Kay dennoch in all der Zeit nie getan.

Mit offenem Mund starrte ihr der Doc hinterher, als sie sich wieder zu den drei jungen Männern gesellte, die die Leiche gefunden hatten. Sie saßen immer noch auf demselben Felsen wie zuvor, ohne Handschellen, aber bewacht von einem unverhohlen misstrauischen Deputy Novack. Ihre Hemden trugen die drei mittlerweile ordentlich zugeknöpft, obwohl es ziemlich warm geworden war.

Als Kay sich ihnen näherte, standen sie besorgt auf. »Wo waren Sie gestern Abend zwischen sechs Uhr und Mitternacht?«

Sie tauschten einen kurzen Blick aus, dann trat Bryan Danko einen Schritt vor. »Wir sind gestern aus der Stadt hergefahren. Gegen halb sieben haben wir im Hotel eingecheckt und sind dann essen gegangen.«

»Und danach haben wir auf der Terrasse des Restaurants noch ein paar Bier getrunken«, fügte Pete hinzu.

Kay schaute von einem zum anderen. »Wann haben Sie das Restaurant verlassen?«

Bryan sah zu Zack, dann zurück zu Kay. »Gegen ein Uhr morgens?«

»Wollen Sie damit sagen, dass drei junge Männer wie Sie sechs Stunden beim Abendessen vertrödelt haben?«, schaltete sich Novack ungebeten ein.

Kay unterdrückte ein frustriertes Stöhnen. Der Deputy hatte einen Hang zu überstürzten Schlussfolgerungen. Er hatte das Ziel, eines Tages Detective zu werden, und hoffte immer auf schnelle Festnahmen, mit denen er Sheriff Logan beeindrucken konnte, was er aber regelmäßig versemmelte. In diesem Fall würde es einfach sein, das Alibi der Jungs zu überprüfen. Das Hotel war gut mit Überwachungskameras ausgestattet.

Bryan grinste unbeeindruckt. »Pete hatte seine Gitarre dabei, und wenn er spielt, kommen immer Leute an, um ihm zuzuhören.«

»Sie können dann gehen«, sagte Kay und sah sich nach Elliot um. Er war bereits damit beschäftigt, das Geländefahrzeug herbeizuholen. »Bitte sorgen Sie dafür, dass ich Sie erreichen kann, wenn sich noch weitere Fragen ergeben.« Kay trat noch einen Schritt näher an die drei Männer heran und senkte die Stimme. »Ich warne Sie: Sollte ich irgendwelche Bilder vom

Tatort im Internet finden, weiß ich genau, nach wem ich suchen muss, und dann haben Sie schneller eine Klage wegen Behinderung der Ermittlungsarbeit am Hals, als Sie ›Social Media‹ sagen können.« Sie schaute jeden der drei Männer eine Sekunde lang eindringlich an. »Verstanden?«

»Jawohl, Ma'am«, sagte Bryan eifrig nickend. »Sie können sich auf mich verlassen.« Die anderen beiden stimmten ihm zu.

Elliot brachte das Geländefahrzeug neben Kay zum Stehen. »Wir müssen den tatsächlichen Tatort finden«, sagte sie zu Novack. »Ich möchte innerhalb der nächsten Stunde einen Polizeihund vor Ort haben, okay? Klären Sie das bitte mit dem Sheriff. Und bitte sagen Sie Bescheid, wenn Sie das mit ihm abgesprochen haben.«

Der Deputy nahm ihre Anweisungen schweigend entgegen, die Lippen fest zusammengepresst, mit einem Anflug von Ablehnung im Gesicht. Kay hatte niemals zuvor mit einem derart nachtragenden Polizisten zusammengearbeitet.

Sie setzte sich zu Elliot und hielt sich an den Stangen fest, während ihr Partner den Berg hinunter durch das zerklüftete Gelände holperte. Das Fahrzeug hüpfte über Steine und Furchen. Ein paar Minuten später stiegen sie in Elliots Ford um und machten sich auf den Rückweg in die Stadt.

Eine Weile saßen sie schweigend nebeneinander. Mit gerunzelter Stirn sah Kay zum Himmel hinauf. Über dem Berggipfel hatten sich einige dunkle Wolken aufgetürmt, untypisch für August. In der Ferne, in Richtung des Ozeans, waren noch mehr Wolken zu sehen. Kay warf einen Blick auf ihr Smartphone. Für später am Nachmittag war Regen vorhergesagt. Damit würde ihr Tatort auf direktem Weg in die Hölle gespült.

»Ich kann mir noch gar keinen richtigen Reim darauf machen«, sagte Elliot schließlich und sah sie an. »Jennas Kleidung, meine ich.«

»Was ist damit?«

»Würdest du in einem Rock auf einen Berg klettern?«

»Warum nicht?« Kay dachte einen Augenblick nach. Vielleicht war da ja etwas dran. »Ich meine, ich persönlich nicht. Aber Jenna ...«

»Ist das nicht unbequem?« Er räusperte sich leise. »Ich meine, man sieht doch gar nicht, wohin man tritt, oder?«

»Röcke können auch sehr bequem sein und Bewegungsfreiheit geben, vor allem, wenn sie weit und gerafft sind.«

»Gerafft?«

»Na ja, so altmodische mit viel Stoff.«

»Aha.«

»Aber du hast recht. Ich hätte wenigstens noch Leggings angezogen, oder so etwas.« Kay kam eine Idee. »Vielleicht finden wir so etwas in der Art ja am eigentlichen Tatort.«

»Oh«, sagte Elliot darauf nur und wandte den Blick ab, als er in die Einfahrt der Jerrells einbog.

Kay brauchte einen Moment, um sich zu sammeln, bevor sie aus dem Wagen steigen konnte. Erst vor ein paar Stunden hatte sie Jennas Mutter versprochen, ihre Tochter zu finden, und mit jeder einzelnen Faser ihres Körpers hatte sie geglaubt, Jenna lebendig nach Hause zu bringen.

Elliot beobachtete sie schweigend und abwartend. Dann öffnete Kay die Tür, stieg aus und machte sich auf den Weg zur Haustür.

ZEHN

TRAUER

Die Jerrells wohnten in einem einstöckigen, mit hellgrünen Brettern verkleideten Bungalow. Das Dach war fast komplett flach, und das ganze Gebäude wirkte altmodisch, wenn auch nicht ungepflegt. Der Rasen war gemäht und ordentlich geharkt, wies aber an einigen Stellen kahle Flecken auf. An der pfirsichfarbenen Tür hing ein Kranz aus weißen Wildblumen und auf der Veranda standen zwei Gartenstühle und ein kleiner Holztisch. Alle Möbel waren in demselben Rosaton lackiert.

Kays Hand verharrte mitten in der Luft, kurz vor der Klingel, als die Tür von innen geöffnet wurde. Mrs Jerrell schaute Kay mit hoffnungsvollem Blick direkt ins Gesicht und fand dort jene Wahrheit, die sie mehr als alles andere fürchtete. Sie schnappte nach Luft und sank unter Wehklagen auf die Knie. Ihre Hände klammerten sich krampfhaft an Kays Hose fest.

»Nicht ... meine Kleine ... nein.« Während Elliot ihr wieder auf die Beine half, schaute Mrs Jerrell flehend zu Kay. »Bitte sagen Sie mir, dass das nicht wahr ist.«

Kay wusste genau, was sie in einer solchen Situation sagen musste. Irgendwann hatte sie aufgehört, zu zählen, wie viele Todesnachrichten sie schon überbracht hatte. Trotzdem flogen ihr die Worte an diesem Tag nicht zu – die Erinnerung an Jennas toten Körper, gebrochen und blutverschmiert am Grund der Schlucht, stand ihr noch zu deutlich vor Augen. Kay hatte kein allzu großes Vertrauen in ihre Stimme und ergriff daher Mrs Jerrells Hand, anstatt etwas zu sagen.

Hinter der Tür wartete ein Mann im Rollstuhl, mit offenem Mund und leerem Blick. Er rollte ein Stück zurück, um Platz für Elliot zu machen, und schaute dann hilflos dabei zu, wie sich seine Frau auf dem Sofa niederließ und in Kays Armen schluchzte. Indem er zu Elliot sah, suchte Mr Jerrell nach einer Antwort auf seine unausgesprochene Frage.

Elliot nickte kaum merklich, starrte zu Boden und hielt seinen Hut fest umklammert.

»Wissen Sie, dass sie gemobbt wurde?«, sagte Jennas Vater schließlich. Seine Stimme klang heiser, als wäre er starker Raucher oder hätte sich gerade erst von einer Erkältung erholt. »Brenda sagte, sie hätte das heute Morgen schon erwähnt.« In den Falten um seine Augen und in den herabhängenden Mundwinkeln spiegelte sich Mr Jerrells Alter wider. Er sprach so sanft, als wäre ihm jeglicher Kampfgeist aus dem Körper gewichen. »Wenn ich nur wüsste, wer …«

»Das finden wir heraus«, sagte Elliot. »Sie haben mein Wort.«

»Wer auch immer es war, die Antwort muss irgendwo hier drinstecken«, sagte Jennas Vater, rollte zu einem kleinen Tisch und kehrte mit einem Laptop im Schoß zurück. Er reichte Elliot das Gerät. »Finden Sie die Schuldigen. Ich will, dass sie für ihre Taten bezahlen.«

»Dafür sorgen wir«, versprach Kay und löste sich vorsichtig von Mrs Jerrell. »Gibt es jemanden, den wir anrufen können? Familienmitglieder, irgendjemand, der Ihnen jetzt beistehen könnte?«

»Es gibt niemanden«, flüsterte Mrs Jerrell kaum hörbar.

»Sie war alles, was wir hatten. Meine Schwester ist ... sie ist in Detroit.«

»Ist Ihnen seit unserem Gespräch heute Morgen irgendetwas eingefallen, das wir vielleicht noch über Jenna wissen sollten?«, fragte Kay, die immer noch Mrs Jerrells Hand hielt.

Mit tränenfeuchten Augen sah Jennas Mutter zu ihr auf. »Wie ist sie ... also, musste sie leiden?«

Kay schüttelte langsam den Kopf. »Ich kann Ihnen versichern, dass sie nicht leiden musste. Der Tod trat sofort ein.«

»Und wie?«, fragte Mr Jerrell mit brüchiger Stimme. Er warf Kay einen flüchtigen, gequälten Blick aus tief in den Höhlen liegenden Augen zu.

Kay zögerte, aber der Vater hatte ein Recht darauf, die Wahrheit zu erfahren. »Sie ist vom Wildfire Ridge gestürzt.«

Mr Jerrell ließ den Kopf hängen. Eine Träne tropfte auf seine Jeans und zog in den blauen Stoff ein. »Ich wusste nicht, dass sie wandern gehen wollte. Sie hat gesagt, sie wolle sich mit Freunden treffen.«

»Haben Sie irgendeine Idee, wer das gewesen sein könnte?« Kay zögerte einen Augenblick und fügte dann hinzu: »Ich fürchte, das war noch nicht alles ... sie wurde sexuell missbraucht. Es tut mir so leid.«

Mrs Jerrell rang nach Luft. »Meine arme Kleine«, stieß sie schluchzend aus und schlug die Hände über den Mund. Ihr Ehemann schüttelte verbittert den Kopf. Seine Unterlippe zitterte. »Ich hätte sie vorher fragen sollen. Hätte ich das getan, wäre sie vielleicht noch am Leben. Was für ein Vater bin ich eigentlich?«

»Sir, Sie sollten nicht ...«, setzte Elliot an, aber der Mann hob die Hand, um ihn zum Schweigen zu bringen.

»Als Brenda vom Polizeirevier zurückkam, haben wir uns noch einmal unterhalten, und uns ist eingefallen, dass Jennas Depressionen kurz nach diesem Campingausflug von der Schule angefangen haben.«

»Wann war das?«, warf Kay schnell ein.

»Im April. Am Siebzehnten.«

»Es war nur eine Tagestour«, fügte Mrs Jerrell hinzu.

Kay nickte, erhob sich und legte eine Visitenkarte auf den Sofatisch.

»Wenn sie mir gesagt hätte, wer ihr übel mitgespielt hat, hätte ich denjenigen schon zur Vernunft gebracht«, stieß Mr Jerrell mit zitternder Stimme hervor. »Jetzt ist es zu spät.«

Er schaute erst zu Kay, dann zu Elliot. Dann rollte er seinen Rollstuhl neben das Sofa, nahm die Hand seiner Frau und hob sie an seine Lippen. Dort hielt er sie eine Zeit lang fest, schluchzte leise und flüsterte: »Es tut mir so leid, bitte vergib mir«, immer und immer wieder. Sie strich ihm über das Haar und legte die Stirn an seine. Irgendwann wandte Mr Jerrell sich wieder an Kay und Elliot und sagte: »Ich muss allein sein. Bitte entschuldigen Sie mich.« Damit drehte er sich um und verschwand im Schlafzimmer.

Die Tür fiel hinter ihm ins Schloss, und in Kays Magengrube breitete sich ein nagendes Gefühl der Angst aus. In den Worten des Mannes lag eine unausgesprochene Endgültigkeit; in der Art, wie er sich artikulierte, in der Ruhe, die ihn umgab, und in dem Leid, das sich in seine Züge gegraben hatte, als wäre es in Stein gemeißelt.

Vielleicht machte Kay sich zu viele Gedanken, immerhin war er verständlicherweise aufgelöst. Bevor sie den Mund öffnete, musste sie über die Konsequenzen ihrer Worte nachdenken, für den Fall, dass sie falschlag. Nachdem sie das Für und Wider abgewogen hatte, stieß sie die Luft in ihren Lungen seufzend wieder aus und beschloss, ihre Bedenken für sich zu behalten.

Als Kay und Elliot bereits an der Tür standen, im Begriff, sich zu verabschieden, sagte Mrs Jerrell plötzlich: »Sprechen Sie mit Mackenzie Trenton und Alana Keaney. Das sind Jennas beste Freundinnen.«

Kay zog die Augenbrauen hoch. »Oh, also hatte sie doch noch gute Freunde? Nach April, meine ich?«

Mrs Jerrells Lippen zitterten. »Ich weiß nicht. Früher auf jeden Fall. Aber auch diese Mädchen ... irgendwann sind sie nicht mehr so häufig vorbeigekommen. Vielleicht verraten sie Ihnen ja, wieso.«

Die darauffolgende kurze Stille wurde jäh von einem lauten Schuss durchbrochen.

Er kam von der anderen Seite der Schlafzimmertür.

ELF

MÄDELSGESPRÄCHE

Mit der Zahnarztpraxis im Rückspiegel fuhr Alexandria in Richtung Meer, während Alana eingeschnappt die Arme verschränkte und auf dem Beifahrersitz lümmelnd aus dem Fenster starrte.

Sie hatte sich beim Zahnarzt zuverlässig von ihrer schlechtesten Seite gezeigt, die Angestellten mit Nichtachtung gestraft und jeden abschätzig über die Gläser ihrer überdimensionierten Sonnenbrille hinweg gemustert. Während der völlig schmerzfreien Behandlung, einem einfachen Zahn-Scan, hatte sie sich gewunden und gewimmert. Als dann der Zahnarzt gemeinsam mit Alexandria entschieden hatte, die Schienenbehandlung noch für drei weitere Monate fortzusetzen, hatte Alana ihre Meinung mit einem Wortschwall kundgetan, der zu nicht unerheblichen Teilen aus dem F-Wort bestand.

Die Zusage der Therapiefortsetzung hatte etwas Überzeugungskraft gekostet. Der Zahnarzt hatte sich zuerst geweigert, seine Zustimmung zu geben, wohl im Glauben, dass Alexandria nur versuchte, an kostenlose Schienen zu kommen. Als sie ihm glaubhaft versichert hatte, dass die Finanzierung kein Thema sei, war er eingeknickt, konnte sich aber dennoch die Bemerkung nicht verkneifen, dass ein leichter Überbiss doch ganz passabel sei.

Unverschämtheit.

Ganz passabel war nicht ansatzweise gut genug für ihre Tochter. Alanas Schneidezähne mussten perfekt sein. Alles musste perfekt sein.

Manchmal stellte Alexandria sich vor, wie es wäre, Alana zu sein, wieder jung, naiv, und jemanden mit finanziellen Mitteln und guten Absichten zu haben, der all seine Zeit und sein Geld investierte, das Beste aus ihr herauszuholen. Wenn ihre Zähne damals gerade und gleichmäßig gewesen wären, hätte es für Miss Hawaii nur den zweiten Platz gegeben, und sie selbst hätte ganz oben auf dem Treppchen gestanden. Wenn sie sich bessere Schuhe hätte leisten können, wäre sie ein Filmstar geworden anstelle dieser Puerto-Ricanerin, die sie mit ihren klackernden, rotbesohlten Louboutins überrundet hatte.

Von all diesen Dingen hatte Alana keine Ahnung, und deshalb musste Alexandria ihrer Tochter beibringen, wie sie um jeden Preis dieses Spiel namens »Leben« gewann – mit welchen Mitteln auch immer.

Sie schwiegen sich jetzt wirklich lange genug an. »Komm schon, so schlimm war es doch nicht, oder?«, fragte Alexandria aufgekratzt und schenkte ihrer schmollenden Tochter ein kleines, aufmunterndes Lächeln.

»Wenn du meinst.« Alana kaute unüberhörbar mit offenem Mund auf ihrem Kaugummi herum und ließ bockig eine Blase nach der anderen platzen. Speicheltröpfchen flogen durch die Luft. Das war pure Absicht, und Alana führte sich nur wie jemand auf, der geradewegs einer Wohnwagensiedlung im Mittleren Westen entsprungen war, um ihre Mutter bloßzustellen.

Das war nicht das erste Mal, und Alexandria hatte im Laufe der Zeit gelernt, sich nicht von dem haarsträubenden Verhalten ihrer Tochter provozieren zu lassen. Einmal, als sie Alana zu einem ungewünschten Arzttermin geschleift hatte, hatte sich ihre süße kleine Tochter gerächt, indem sie einer Gruppe verschwitzter Bauarbeiter, die gerade neue Fliesen im Gebäude verlegten, versaute Witze erzählt hatte. Alexandria, die sie nur kurz allein gelassen hatte, um im Labor etwas zu klären, war sich sicher gewesen, dass Alana damit mindestens dreien der Männer eine Erektion beschert hatte. Das lüsterne Grinsen, das sie alle zur Schau trugen, drehte ihr den Magen um, und sie hatte sich nur schwer davon abhalten können, ihre Tochter an den Haaren fortzuzerren und sie damit vor den Kerlen zu demütigen.

Dieses Mal würde sie das Schmollen ignorieren und so tun, als wäre nichts passiert. Außerdem hatte sie selbst einen schönen Tag verdient, nicht nur die mürrische Miss Undercover zu ihrer Rechten.

»Ich verstehe dich ja«, sagte Alexandria, als würden sie tatsächlich ein Gespräch führen. »Manche von uns sind eben nicht mit geraden Zähnen gesegnet und müssen dafür arbeiten.«

Alana schlug ein Bein über das andere und trat mit dem Fuß rhythmisch gegen die edle Lederauskleidung der Autotür. Nach einem missbilligenden Blick zu ihrer Mutter starrte sie wieder nach draußen. Die Autobahn war mit Zedern und immergrünen Eichen gesäumt, die sich immer stärker krümmten, je mehr sie sich der windigen Küste näherten.

»Ich meine, schau dir zum Beispiel mal Jenna an«, fuhr Alexandria fort, die Stimme so sanft wie ein Messer mit Samtgriff. »Sie hat von Natur aus perfekte Zähne. Aber andererseits ... armes Mädchen, ich glaube nicht, dass ihre Eltern sich eine Zahnspange hätten leisten können. Wenn überhaupt, dann wahrscheinlich nur eine dieser billigen aus Draht.« Sie schielte zu ihrer Tochter hinüber. »Aber sie braucht ja keine Klammer. Ihr Lächeln ist völlig makellos, nicht wahr?«

Alana starrte ihre Mutter wortlos an und produzierte eine

Kaugummiblase, die fast ihr ganzes Gesicht verdeckte, bevor sie platzte und sich die klebrigen, widerlichen Fäden auf ihrer Nase und ihrem Kinn verteilten. Mit der Zunge leckte Alana die Kaugummireste auf und setzte ihre Kaubewegungen mit weit geöffnetem Mund fort.

Alexandria lächelte flüchtig. Ihre Taktik funktionierte.

»Sie ist wirklich süß, oder?«

»Wer?« Die nächste Blase zerplatzte mit einem Plopp.

»Jenna. Ist sie nicht deine beste Freundin?«

Plopp. »Scheiß auf Jenna, klar?«

»Oh ... habe ich damit einen Nerv getroffen?« Alexandria setzte ein verständnisvolles Lächeln auf und tätschelte das Knie ihrer Tochter. »Ich wollte dich nicht aufwühlen.«

»Ich bin nicht aufgewühlt. Wir sind nur nicht mehr so gut befreundet.«

»Was hat das arme Ding getan, um sich deinen Zorn zu verdienen?«

Es folgte ein Moment der Stille. »Nichts. Wer sagt denn, dass sie etwas getan hat?«

»Und warum seid ihr dann nicht mehr befreundet? Ich dachte immer, du, Jenna und Mackenzie wäret unzertrennlich.« Alexandria gluckste. »Drei sind einer zu viel, oder wie?«

»Fuck, ey ... jetzt ist die Sonne weg«, murmelte Alana und starrte auf die Wolken, die sich über dem Meer auftürmten.

»Sprich ordentlich«, wies Alexandria sie scharf zurecht. »Diese Gossensprache dulde ich nicht.«

»Sei nicht so heuchlerisch, Mom. Aus dir spricht auch nicht gerade eine feine Dame, wenn du mit deinen Freunden telefonierst.« Alana griff mit spitzen Fingern nach einer Ecke ihres Kaugummis, zog es in die Länge und angelte es dann langsam mit der Zunge wieder in den Mund. Der Geruch nach Erdbeeren breitete sich im Wagen aus. »Mit weiblichen und männlichen Freunden.«

Alexandria fiel die Kinnlade herunter. »Belauschst du meine Telefongespräche?«

»Du bist ja nicht gerade diskret. Nicht meine Schuld, wenn du so brüllst. Das nervt echt, aber ich bin ja nur das Kind und kann nichts dran ändern, oder? Meinetwegen kannst du herumfluchen, so viel zu willst.«

Sechzehn Kilometer noch bis zum Strand. Alexandria merkte, wie sehr sie einfach nur ihre Tochter aus dem Auto werfen und ein bisschen die Ruhe und den Frieden des Ozeans genießen wollte, ohne die ständigen Streitereien, die in Alanas Gegenwart unvermeidlich waren.

»Was ist denn bei Jenna und dir vorgefallen?«, drängte sie weiter.

»Verdammte Scheiße, gar nichts, okay?«, schrie Alana ihre Mutter jetzt direkt an, das Gesicht vor Wut verzerrt. »Warum kannst du es nicht einfach gut sein lassen?«

»Sie war so oft bei uns zu Besuch, und jetzt kommt sie gar nicht mehr vorbei.«

»Weil sie generell nichts mehr macht«, antwortete Alana schnell. »Sie geht gar nicht mehr aus dem Haus. Ich weiß nicht, ob wir ihr nicht mehr gut genug sind, oder so.«

Das klang, als wäre Alexandrias Tochter eifersüchtig auf ihre frühere beste Freundin. »Hat es etwas mit Nick zu tun? Hat er mit ihr geschlafen?«

Mit offenem Mund starrte Alana sie ungläubig an. »Herrgott, Mom, bist du wahnsinnig? Das hier ist keine Soap. Wir sind normale Jugendliche, die ganz normales Zeug machen. Wenn Nick andere Mädchen auch nur anschauen würde, könnte er sich auf etwas gefasst machen.«

»Dieser Nick ist ziemlich beliebt, oder?«, bohrte Alexandria erbarmungslos weiter. »Auf mich macht er jedenfalls keinen allzu loyalen Eindruck. Und selbst wenn er nicht hingeschaut hat, könnte es doch sein, dass Jenna einen Vorstoß gewagt hat, oder?«

»Beim Freund ihrer besten Freundin?«, höhnte Alana. »Dann hätte niemand mehr auch nur ein Wort mit ihr gewechselt, mindestens bis zum Schulabschluss. So einen Scheiß macht man einfach nicht. Das ist gegen den Kodex.« Ein lautes, wütendes Ploppen ertönte. »Sister vor Mister, nie von gehört?«

»Was ist denn dann passiert, hm?« Dieses Mal stellte Alexandria ihre Frage sanfter und zwickte Alana liebevoll ins Kinn.

Das Mädchen wich so weit zurück, wie es das Auto zuließ, und zuckte die Schultern. »Ich glaube, sie hat jemanden gedatet. Keine Ahnung.«

»Jemanden aus der Schule?«

Alana biss sich auf die Lippe und warf ihrer Mutter einen prüfenden Blick zu, als wollte sie herausfinden, ob man ihr trauen konnte. »Nein, Mom. Einen Typen, keinen Jungen. Einen richtigen Mann.«

»Einen älteren Mann, meinst du?« *Verfluchte Perverslinge ... die lauern wirklich überall, vor allem in der Nähe von Schulhöfen.*

»Ja ... schätze schon.«

»Wie viel älter?«

Alana schaute wieder aus dem Fenster und antwortete nur mit einem abweisenden Schulterzucken.

»Du musst es mir sagen, wenn du etwas darüber weißt, Alana. Ich muss Jennas Mutter darüber informieren, vielleicht sogar die Polizei.«

Alana ballte die Fäuste und hob die Arme in einer Geste der Verzweiflung. »Boah ... Mom, genau das ist der Grund, weshalb man dir nichts erzählen kann! Lass ... lass es einfach gut sein. In ein paar Monaten wird sie doch sowieso achtzehn.«

Alexandria bremste ab und fuhr auf den Parkplatz am Strand. Alana rutschte auf ihrem Sitz herum und sprudelte beinahe vor Aufregung über. Ihre vorherige Frustration schien allein durch den Anblick von Nicks rotem BMW-Cabrio wie weggeblasen. Um den BMW herum parkten mehrere andere

Wagen, die Alexandria von Alanas letzter Geburtstagsparty wiedererkannte.

»Würde es dir etwas ausmachen, wenn ich eine Weile mit euch abhänge?«, fragte Alexandria heiter.

Alana reagierte, als wäre sie auf eine Schlange getreten. »Was? Nein, Mom. Niemand bringt seine Mutter mit zum Strand. Ich wäre die Lachnummer der ganzen Schule. Bitte fahr einfach weg. Nick bringt mich nach Hause.«

Die Bitte ihrer Tochter ignorierend stieg Alexandria aus dem SUV und streckte sich in der frischen, salzig feuchten Luft. Sie schaffte es nicht so oft zum Meer, wie sie es eigentlich wollte.

Hinter dem Parkplatz erstreckte sich der Strand einige Meter bis zu dem Punkt, an dem die im Sonnenlicht glitzernde Gischt des Pazifiks auf das Land traf. Ein so perfektes Aquamarinblau wie bei diesen Wellen hatte Alexandria noch nie gesehen.

Alana holte ihre Tasche aus dem Kofferraum und schoss auf das plappernde Grüppchen zu, das es sich einige Meter weiter im Sand gemütlich gemacht hatte. Über die Schulter warf sie ihrer Mutter erneut die Bitte zu. »Bitte, Mom, geh einfach.«

Alexandria hatte keine Eile. Sie lehnte sich über das verrostete Parkplatzgeländer und ließ den Blick über den Strand schweifen. Dann schloss sie die Augen und genoss die Sonnenstrahlen, die es durch die Wolken schafften, und die feuchten Tröpfchen des Ozeans auf ihrer warmen Haut.

Als sie die Augen wieder öffnete, hatte Alana ihre Freunde erreicht. Nick drückte ihr einen Kuss auf die Lippen, nahm ihr die Tasche aus der Hand und stellte sie auf das Handtuch, das neben ihm lag. Ob ihre Tochter mit Nick schlief? Gut möglich.

Alexandria schloss wieder die Augen, stützte sich mit beiden Händen auf dem Geländer ab und streckte die Schultern durch. Eine starke Windböe hob ihren Rock an und wickelte ihn um ihre Beine. Wie der weiche Stoff ihr wild um die Schenkel flatterte ... fühlte sich gut an. Jugendlich. Schamlos. Sie gab sich keine Mühe, den Rock festzuhalten, obwohl ihr Spitzenhöschen gelegentlich hervorblitzte. Der Wind strich wie die Hand eines Liebhabers über ihre Haut, gehetzt, zitternd, eine heiße Spur hinterlassend.

Als Alexandria das nächste Mal aufblickte, stand Nick vor ihr und vermied, ihr in die Augen zu sehen. Alana stand an seiner Seite, barfuß im Sand, die Arme vor der Brust verschränkt. Sie trug einen Stringbikini, der kaum mehr als ihre Brustwarzen bedeckte und den zu tragen Alexandria ihr schon mehrmals verboten hatte. Sie hätte schwören können, das Ding schon vor Wochen in den Müll geworfen zu haben.

»Hallo, Mrs Keaney«, sagte Nick. »Ich wollte Ihnen nur sagen, dass ich Alana heute Abend nach Hause bringe.«

»Nicht später als acht Uhr«, ordnete Alexandria ruhig an und ignorierte weiterhin, was der Wind mit ihrem weißen Seidenrock anstellte. Genoss es sogar.

»Mom«, heulte Alana protestierend auf, obwohl ihr Freund offenbar gar nichts einzuwenden hatte, »warum musst du immer so ...«

»Alles klar, Mrs Keaney«, sagte Nick. Er griff nach Alanas Hand und zog sie zum Meer, lachend und kreischend, durch den von den Wolken gebrochenen Sonnenschein. Ihre Tochter wirkte wirklich glücklich. Alexandria konnte es an der Art und Weise erkennen, wie Alana sich ihrem Freund zuwandte und mit einer kurzen seitlichen Kopfbewegung das Haar über die Schulter warf. Die Finger ineinander verschlungen, schwangen die Arme der beiden jungen Leute wie synchronisiert vor und zurück. Alana hatte sich eindeutig in Nick verliebt.

Verdammter Kerl, der bringt nichts als Probleme.

ZWÖLF

BERGSTEIGEN

Selbstvorwürfe hatten noch niemandem geholfen.

Dies wiederholte Kay mantraartig in Gedanken, während sie krampfhaft versuchte, die Tränen zurückzuhalten. Sie hätte etwas sagen sollen. Sie hatte die Anzeichen erkannt, aber gezweifelt und sich stattdessen dafür entschieden, den Mund zu halten. Und nun war ein Mann gestorben, und ihre Stille, ihre Feigheit hatten einen Teil dazu beigetragen. Seine geschockte Witwe war ins Krankenhaus gebracht worden.

Elliot drückte sanft ihre Hand und holte sie damit zurück in die Realität.

»Du konntest es ja nicht wissen«, sagte er mit sanfter, verständnisvoller Stimme, wenngleich ihr der traurige Unterton in seinen Worten sagte, dass ihn die Ereignisse ebenso sehr mitnahmen wie sie selbst.

»Ich *habe* es gewusst«, entgegnete Kay bitter. »Das ist ja das Problem. Ich habe es gewusst und nichts gesagt.«

»Ich glaube nicht, dass du es gewusst hast«, widersprach Elliot ruhig. »Vielleicht hast du es *geahnt*, aber da ist schon ein Unterschied.«

Kay presste die Lippen aufeinander und starrte auf die

Straße, die vor ihnen lag, ohne irgendetwas zu sehen. Sie hatte den Jerrells ihre Unterstützung zugesagt, und Bill hatte mit keinem Wort ihre Befürchtung bestätigt. Wenn sie falschgelegen hätte, wäre ein trauernder Vater möglicherweise gegen seinen Willen in die Psychiatrie eingewiesen worden. Wer würde so etwas schon einem Menschen mit Behinderung antun, der gerade sein Kind verloren hatte?

Aber es wäre besser gewesen als das, was tatsächlich passiert war. Alles wäre besser gewesen als das. Oder?

Elliot biss kurz die Zähne zusammen. Unter seiner Haut wölbten sich die Muskeln. »Und wie genau sagt man einer trauernden Mutter, dass ihr Ehemann möglicherweise im Begriff ist, sich das Hirn wegzupusten?« Er schüttelte bedächtig den Kopf und bog zum zweiten Mal an diesem Tag auf den Parkplatz am Wanderweg ab. »Kannst du dir vorstellen, so etwas zu sagen und damit falschzuliegen?« Er stellte den Motor ab. »Nein, Partnerin. Ich bin zwar kein Seelenklempner, aber für mich ist der Täter in Jerrells Fall derselbe wie bei Jenna. Und wir werden diesen Scheißkerl finden, und wenn es das Letzte ist, was wir tun.« Er wartete auf eine Reaktion von Kay, aber sie blieb still. »Stimmt's?«

Sie nickte und ließ den Blick über den Parkplatz schweifen. Der Anhänger mit den Quads und dem Zeichen der Polizeiwache von Franklin County war leer. Ein Zweisitzer wartete allerdings noch auf sie. Deputy Farrell stand an das Fahrzeug gelehnt und tippte auf ihrem Handy herum.

Die beiden stiegen aus dem Wagen und Elliot ließ sich wieder auf dem Fahrersitz des Geländefahrzeugs nieder.

»Wo sind denn alle?«, fragte Kay, obwohl ihr klar war, dass sie verkündet hatte, das Überbringen der Todesnachricht in einer Stunde erledigt zu haben. Aus der einen Stunde waren mehr als drei geworden.

Farrell steckte das Handy in die Tasche. »Der Boss war hier.« Sie verdrehte die Augen. »Er hat alle zum Untersuchen der Wanderwege ausgeschickt. Also müssten alle da oben sein.« Sie nahm ihr Funkgerät vom Gürtel und drückte auf einen Knopf. Das Gerät knisterte. »Farrell an Novack. Wo seid ihr? Kommen.«

Erneutes elektrostatisches Knistern. Dann knackte die entstellte Stimme des Kollegen kaum verständlich durch die Leitung. »An der Schlucht vorbei, ein, zwei Kilometer weiter oben. Nicht so weit.«

Kay stieg zu Elliot auf das Geländefahrzeug und bedankte sich mit einem Nicken bei Farrell. »Ist auch schon ein Spürhund vor Ort?«

»Noch nicht. Sie müssen einen aus Marin County herbringen.« Die Kollegin schaute sich verhalten um. Der Parkplatz war menschenleer. »Eine Sache noch«, flüsterte sie dann, als befürchtete sie, belauscht zu werden. »Logan wollte, dass Sie ihn anrufen, sobald Sie hier eintreffen. Er klang ziemlich angepisst.«

Na wunderbar. Kay hatte schon erwartet, früher oder später von Sheriff Logan zu hören, spätestens als sie bemerkt hatte, dass ihnen ein Nachrichtenwagen auf den Fersen war. Reporter waren durch nichts zurückzuhalten, wenn sie erst einmal den Blutgeruch in der Nase hatten. In einem so kleinen Ort wie Mount Chester bot sich ihnen nur selten eine solche Gelegenheit, und die galt es natürlich zu nutzen.

Seufzend drückte Kay die Kurzwahltaste für Logan und stellte das Telefon auf laut. Ein kurz angebundenes »Ja?« ertönte vor dem akustischen Hintergrund aus Windböen und Stimmgewirr.

»Hier ist Kay Sharp, Sir. Elliot und ich sind jetzt auf dem Weg. Sie wollten mit uns sprechen?«

Der Sheriff murmelte etwas Unverständliches, und es klang, als ob er das Mikrofon mit der Hand bedeckte und mit jemand anderem sprach. »In erster Linie mit Ihnen, Sharp. Was zum Teufel ist da bei den Jerrells passiert?«

Kay holte tief Luft und war kurz davor, mit einer Antwort herauszuplatzen, als er weitersprach.

»Haben Sie das kommen sehen?«

»J-ja, ich glaube schon«, gab Kay zu und machte sich auf einiges gefasst.

»Verdammt«, murmelte Logan. »Und Sie konnten nichts machen?«

In der kurzen Stille, die darauf folgte, konnte Kay das Klicken eines Feuerzeugs hören. Wahrscheinlich zündete er sich gerade eine seiner berüchtigten kubanischen Zigarren an, sein gefährlichstes Laster, wie er sie zu nennen pflegte.

»Mein beruflicher Moralkodex lässt nur wenig Spielraum für Interpretationen, Sir.« Kay sprach mit ruhiger, verhaltener, kühler Stimme, als ob sie einen Bericht über die mangelhafte Leistung von jemand anderem abgeben würde. »Ich hätte es melden sollen.«

»Und zulassen, dass er weggesperrt wird?«, gab Logan zurück. »Können Sie sich vorstellen, wie die Presse darauf angesprungen wäre?«

»Sir, wir biedern uns doch nicht der Presse ...«

»Nein, das tun wir nicht«, fiel er ihr brüsk ins Wort und stieß dann hörbar den Atem aus, dem Geräusch nach zu urteilen eine Mischung aus Rauch und Frustration. »Aber einige von uns müssen alle paar Jahre gewählt werden, wenn wir unsere Jobs behalten wollen. Sie sind als Cop dorthin gegangen, um eine Todesnachricht zu überbringen, Sharp, nicht als Therapeutin.«

Kay war kurz davor, eine Diskussion vom Zaun zu brechen, aber Elliot bedeutete ihr mit einer Handbewegung, es gut sein zu lassen. Er hatte recht. Sich mit ihrem Boss über die ethischen Zwickmühlen ihres anderen Berufs herumzustreiten, wäre sinnlos, wenn nicht sogar schädlich. »Was kann ich sonst für Sie tun?«

»Ich bin fast oben auf dem Gipfel, und wir haben noch nichts gefunden.«

»Sie sind hier?«, fragte Kay überrascht.

»Ja, und ich habe nicht den ganzen Tag Zeit. Fahren Sie mit dem Quad den Sessellift entlang und lassen sie es dann an der oberen Station stehen. Von dort aus müssen Sie nur noch über die Wiese und den Hang im Osten hinauf.«

»Verstanden«, sagte Kay, runzelte die Stirn und warf einen Blick auf die Uhr. Das würde ihnen einiges an Zeit sparen.

»Ich fahre jetzt wieder nach unten. Der Hundeführer kann dann mit meinem Quad wieder hinauffahren. Viel Tageslicht bleibt uns nicht mehr, und in Kürze fängt es wohl an zu regnen.«

»Alles klar.«

»Solang Sie noch unterwegs sind, können Sie sich schon einmal überlegen, wie wir die Presse auf Abstand halten. Halten Sie den Shitstorm für mich auf, Sharp. Geben Sie Ihr Bestes.«

Dann legte er ohne Vorwarnung auf. Elliot startete das Geländefahrzeug und fuhr auf kürzestem Weg zum Sessellift. Die Sesselbahn war als Skilift konzipiert und öffnete normalerweise, sobald eine ordentliche Schneeschicht lag und Skifahrer aus dem gesamten Staatsgebiet anlockte.

Kay überlegte gerade, Barb Foster anzurufen, ihren einzigen Kontakt zu den lokalen Medien, als ihr auffiel, dass der Lift sich bewegte. Leere Sessel bewegten sich surrend und scheppernd den Berg hinauf und wieder hinunter.

»Fahr erst mal hier an der Station rechts ran« sagte sie zu Elliot und schaute besorgt zum wolkenverhangenen Himmel hinauf.

Ihre Ankunft zog die Aufmerksamkeit des Liftbetreibers auf sich. Er trat aus der Hütte, eine Hand in die Seite gestemmt, mit der anderen die Augen überschattend. Obwohl es einer der wärmsten Sommertage war, die es seit Jahren hier am Berg gegeben hatte, trug er eine tief in die verschwitzte Stirn gezogene Strickmütze.

Elliot zeigte seine Polizeimarke vor, und der Mann runzelte die Stirn. Er stopfte beide Hände in die Taschen und trat einen Schritt zurück.

»Detectives Young und Sharp, Polizeiwache Franklin County.«

Der Liftbetreiber nickte. »Sind sie wegen des toten Mädchens von gestern hier?«

»Genau. Wissen Sie etwas darüber?«

»Mhm. Nur, dass sie nicht die erste Tote hier am Berg ist. Wird wohl auch nicht die letzte sein.« Er kratzte sich den Kopf unter der grünen Mütze. Seine Hände waren mit Spuren von Schmierfett beschmutzt, wie man es von einem Lifttechniker erwartete.

Kay deutete auf die sich bewegenden Sitze. »Ich wusste gar nicht, dass der Lift auch im Sommer fährt.«

»Tut er eigentlich auch nicht«, lautete die geduldige Antwort. »Das hier sind planmäßige Wartungsarbeiten. Im Sommer wollen nicht allzu viele Leute hinauf auf den Bergkamm. Wäre absolute Geldverschwendung, das Ding trotzdem laufen zu lassen.«

»Also haben Sie gestern niemanden auf den Berg befördert?«, fragte Elliot.

»Nein, Sir«, antwortete der Mann mit einem angedeuteten Lächeln und trat den beiden jetzt wieder einen kleinen Schritt entgegen.

Offensichtlich taute er bei Elliot mehr auf als bei Kay. Trotzdem fragte sie ihn: »Wie ist Ihr Name?«

»Jimmy. Jim Bugarin. Mir gehört dieses alte Teil hier«, fügte er mit einem verdrossenen Blick auf den Lift hinzu. »Aber immerhin funktioniert er, und er ist sicher, falls Ihnen nach einer schnellen Tour auf den Berg ist. Wäre mir eine Ehre.« Er grinste und zeigte eine Reihe schiefer, fleckiger Zähne.

Kay schielte in Richtung der Gewitterwolken, die sich von der Küste her näherten. Es klang verlockend, aber Logan wartete oben auf das Geländefahrzeug. »Vielleicht beim nächsten Mal. Aber danke.«

»Tja, rufen Sie einfach an, wenn Sie mich brauchen«, sagte Jimmy und deutete auf eine Telefonnummer, die an der Wand der Talstation neben den Informationen zu den Saisonpässen hing. »Ich bastle hier bestimmt noch ein paar Tage herum.«

Elliot und Kay waren fast an der oberen Station angekommen, als ihnen ein Sitz mit zwei Passagieren ins Auge fiel: einem Mann in Uniform und einem Hund. Der Deputy hatte den Arm um das Tier gelegt und hielt es fest wie ein Kind. Der Hund hechelte und wirkte argwöhnisch, obwohl der Sessellift in so niedriger Höhe fuhr, dass der Hund ohne Probleme hätte abspringen und den Rest laufen können.

»Ja leck mich doch am Arsch!«, sagte Elliot und schaute den beiden verblüfft hinterher. »Diese Hunde machen ja wirklich alles mit.«

An der oberen Station angekommen, tauschten sie die Geländefahrzeuge aus, und Kay musste einem schäumenden Logan beichten, dass sie noch nichts bezüglich der Presse unternommen hatte.

»Rufen Sie sie an«, drängte Logan sie vom Fahrersitz des Quads aus. »Heute. Jetzt. Schaffen Sie mir diese Vögel vom Hals.«

Dann bretterte er auf dem ebenen Pfad neben dem Sessellift bergab.

Kay rief Barb Foster an und hoffte, dass sie ihren Anruf annehmen würde. Sie meinte, die Farben des hiesigen Fernsehsenders in dem Logo auf dem weißen Übertragungswagen gesehen zu haben, der sich ihnen an die Fersen geheftet hatte. Bei Barb erreichte sie nur die Mailbox.

Zusammen mit dem Hundeführer Deputy John Deramus

aus dem Marin County und seinem Belgischen Schäferhund namens Spartan machten sie sich anschließend auf den Weg.

»Da hat jemand Humor bewiesen«, stellte Kay fest, als ihr der Kollege den Hund vorstellte. John Spartan war der Protagonist aus *Demolition Man*, einem von Kays Lieblingsactionfilmen.

Deramus grinste breit und platzte beinahe vor Stolz. Vermutlich hatte er sich den Namen des Hundes selbst ausgedacht.

»Ich dachte, Sie würden mit der Spurensuche ganz unten am Weg anfangen«, sagte Elliot.

»Würde nicht viel bringen«, erklärte Deramus. Der Hund zog ihn voran und die Leine war gespannt, obwohl sie in recht zügigem Tempo wanderten. »Sie wurde in der Schlucht gefunden, nicht wahr?«

»Jep.« Elliot nahm einen Schluck Wasser aus einer Plastikflasche, nachdem er sie zuerst Kay angeboten hatte.

»Er würde uns nur dahin führen, wo der Geruch am stärksten ist, und das wäre auf dem Grund der Schlucht. Das würde uns gar nichts bringen.«

»Stimmt.«

»Aber wenn wir hier oben mit der Suche anfangen, wird er den Tatort finden und uns dann anzeigen, wo das Opfer über die Klippe gestürzt ist.«

Als sie das letzte Stückchen des östlichen Hangs hinaufgeklettert waren, kamen die anderen Deputies in Sicht. Hechelnd zerrte Spartan an seiner Leine, sodass Kay kaum mithalten konnte. Sie war schon auf dem felsigen letzten Stück des Weges, als Elliot ein Bonbonpapier abseits des Pfades entdeckte. Er zog sich einen Handschuh an, sammelte es auf und steckte es in eine Tüte. »Erstaunlich, dass wir nicht mehr gefunden haben«, sagte er und beschleunigte seine Schritte, um zu den anderen aufzuschließen.

Weiter vorn suchten Novack und Leach das Gebüsch nach

Hinweisen ab. Spartan schoss an den beiden Deputies vorbei und sie waren schon fast außer Sichtweite, als Kay, völlig atemlos und abgeschlagen, bemerkte, wie Deputy Leach etwas vom Boden aufhob und es unauffällig in die Tasche steckte.

Sie drehte sich um und schritt direkt auf den Kollegen zu. »Was haben Sie gefunden?«, fragte sie.

Er schüttelte ein wenig nervös den Kopf. »Nichts.« Er deutete auf einen großen Plastikbeutel mit mehreren Asservatentüten. »Alles, was wir finden, wandert dort hinein.«

Kay streckte die Hand aus. »Geben Sie es her.« Sie ignorierte den unterdrückten Fluch, den ihr Kollege ausstieß.

Ein paar Meter entfernt stand Novack und beobachtete die Szene grinsend.

»Jetzt«, befahl Kay.

Leach verzog den Mund und steckte die Hände in die Taschen. »Keine Ahnung, wovon Sie sprechen.«

»Was ist denn los?«, fragte Elliot. Er war ebenfalls umgedreht, vermutlich, als er gemerkt hatte, dass Kay ihnen nicht länger folgte.

»Von Ihrer linken Tasche«, gab Kay unbeeindruckt zurück. Sie wollte nicht Logan herbeirufen oder selbst die Hand in die Tasche des Kollegen stecken müssen.

Elliot starrte Leach mit weit aufgerissenen Augen an. Der Deputy schaute zu Boden, wühlte in seiner Tasche herum und förderte dann einen halb gerauchten Joint zutage.

»Sie haben da vielleicht Beweismaterial beschädigt«, sagte Kay frustriert. »Warum, zum Teufel? Sie wissen doch genau, dass Sie das nicht dürfen!« Sie hielt ihm einen offenen Asservatenbeutel unter die Nase und Leach ließ den Joint hineinfallen. »Wenn wir da keine DNA-Spuren drauf finden, dann ...«

»Das ist meiner«, platzte Leach mit hasserfülltem Blick heraus. »Manchmal komme ich hierher, um mir einen durchzuziehen. Das ist mein Joint. Ich weiß doch, wo ich immer sitze und wo ich die Dinger dann hinschnippe. Aber ich schwöre, das Mädel habe ich nicht angefasst!«

»Dafür gibt es eine offizielle Verwarnung«, meldete sich Novack zu Wort und ergriff damit endlich Partei. Kay hob die Hand, um ihn zum Schweigen zu bringen.

»Und warum wollten Sie den Joint dann verschwinden lassen?«, fragte sie Leach.

»Sie wollen mir doch nicht weismachen, dass ich nicht auf der Liste der Verdächtigen landen würde, wenn meine DNA hier oben gefunden wird, oder?«, spottete er mit Verachtung in der Stimme, als halte er Kay für zu beschränkt, selbst auf diesen Schluss zu kommen.

Aber natürlich hatte er recht. Kay konnte über seine Aktion nicht einfach hinwegsehen, aber sie verstand seine Beweggründe. Seine Tat war nachvollziehbar – es sei denn, er hatte etwas anderes zu verbergen.

Sie presste kurz die Lippen aufeinander und fragte dann: »Wo waren Sie gestern Abend zwischen sechs Uhr und Mitternacht?«

Mit knallrotem Gesicht und wütendem Blick klatschte Leach einmal in die Hände. Das Geräusch hallte von den Felswänden wider. »Sehen Sie? Was habe ich Ihnen gesagt? Jetzt verdächtigen Sie mich. Ich war zu Hause, wo auch sonst? Ich habe ein paar hier oben auf dem Berg gequalmt und bin dann wieder nach Hause. Hatte einen langen Tag.«

»Alles klar, Sie sind jetzt hier fertig«, verkündete Elliot. »Fahren Sie mit dem Lift nach unten, wenn er noch läuft, und melden Sie sich auf der Wache. Warten Sie dort auf uns, bis wir zurück sind.«

»Mistkerl«, murmelte Leach und machte sich schnell aus dem Staub.

Kay schaute ihm eine Weile hinterher, wie er den Berg hinabstiefelte, und machte sich dann selbst wieder an den Aufstieg. Vor ihr lagen vielleicht noch fünfzig oder sechzig

Meter, allerdings auf einem tückischen Pfad mit scharfen, moosbewachsenen Felsen.

Spartans Bellen durchschnitt die friedliche Stille der Berge. Aus der Ferne konnte Kay erkennen, dass sich der Hund hingesetzt hatte und wild mit dem Schwanz wedelte.

Offenbar hatten sie den Tatort gefunden.

DREIZEHN

TATORT

Der Bergkamm wurde an dieser Stelle breiter und ging in ein kleines, moosbewachsenes Plateau über. Hier und da standen verkrüppelte alte Bäume, die sich unter dem ständigen Einwirken der böigen Westwinde vom Pazifik in Richtung Osten bogen und im Sommer Schatten für die Wanderer spendeten, die dort oben die wunderbare Landschaft genießen wollten.

Der Wildfire Ridge war der zweithöchste Berggipfel, und seine majestätische Felswand überragte die Ebene im Westen, die sanft zum Meer hin abfiel. Ein umgestürzter Baumstamm war ein beliebter Sitzplatz unter den Wanderern, die hinaufstiegen, um den Sonnenuntergang zu beobachten oder Fotos von der Landschaft zu machen. An einem klaren Sommertag konnte man die sanften Wellen des Pazifiks im Sonnenschein glitzern sehen.

Heute nicht.

Die Wolken türmten sich auf und es drohte Regen, vielleicht sogar ein Gewitter. In der Ferne zuckten gelegentlich Blitze, und die Wolken färbten sich vor der untergehenden Sonne in Orange- und Rottönen.

Kay schloss zu Spartan und seinem Hundeführer auf. Der Hund bellte immer noch in regelmäßigen Abständen und vermeldete so seinen Fund. Unter einem alten Baum mit niedrigen, schweren Ästen stieß Kay auf zerrissene schwarze Leggings und ein blutverschmiertes Höschen.

Sie zog sich ein frisches Paar Handschuhe an und sammelte die Kleidungsstücke ein, nachdem Novack sie mit einem gelben Schild mit der Nummer sieben darauf markiert und fotografiert hatte.

Ein paar Meter weiter fand Kay die Stelle, an der Jenna festgehalten und missbraucht worden war. Weiße Stofffasern klebten an einem Baumstumpf. Scharfkantige Felsen wiesen noch immer die Flecken ihres Blutes auf. Ein paar Tropfen waren auf einem Stein gelandet, und daneben war ein weißer, schmieriger Fleck zu sehen. Kay leuchtete mit einer kleinen Schwarzlichtlampe auf die Stelle, und die Spuren leuchteten im Dämmerlicht auf.

Sperma.

Der Täter war planlos und nachlässig vorgegangen; er hatte eine großzügige Beweisspur hinterlassen, der sie nur zu gerne folgte. Mit einem zufriedenen Grinsen ging Kay neben den Flecken in die Hocke und nahm mehrere Proben. Noch im Hocken fiel ihr etwas Buntes unter einer Tanne auf. Zwei zerrissene Kondomverpackungen fanden ihren Weg in die Asservatentüten. Dieselbe Marke, dieselbe Farbe. Kay suchte nach den dazugehörigen Kondomen, konnte sie aber nicht finden. Vielleicht würde Spartan mehr Erfolg haben, falls der Täter sie nicht über die Kante in den Abgrund geworfen hatte.

Kay stand auf und betrachtete die Szene aus ein paar Metern Entfernung, wobei sie immer wieder die Perspektive wechselte. Ein großer Regentropfen klatschte ihr auf den Kopf.

»Es regnet«, rief sie. »Ich will, dass das ganze Gebiet mit Folie abgedeckt wird. Nehmt die großen Säcke und sorgt mit Steinen dafür, dass sie nicht wegfliegen.«

Die Deputies eilten herbei, breiteten Plastiktüten über bestimmte Stellen und beschwerten sie mit kleinen Felsbrocken. Einer der Kollegen hatte eine Plastikplane über eine Stelle gelegt, die Kay noch gar nicht aufgefallen war.

»Was ist da?«, fragte sie und warf einen missmutigen Blick zum Himmel hinauf.

»Das hier«, antwortete Hobbs. Er war ein junger, etwas pummeliger Hilfssheriff, immer wissbegierig und mit Begeisterung dabei. Er hob die Folie so weit an, dass Kay sehen konnte, worauf er deutete. Das Plastik flatterte im Wind und raschelte böse. »Ich glaube, es ist ein Fingernagel. Ein künstlicher.«

Kay trat heran und ging in die Hocke, um sich selbst zu überzeugen. Sie signalisierte Novack, einen Beweismarker zu holen und Fotos zu machen. Dann hob sie den Fingernagel vorsichtig auf. Bevor sie ihn in einen Beweismittelbeutel steckte, untersuchte sie ihn genau. Er glitzerte rosa und war jemandem mit Gewalt abgerissen worden. Vielleicht Jenna. Wenn sie Glück hatten, hatte das Mädchen dem Angreifer einen Kratzer zugefügt.

»Ich habe hier mehrere Fußabdrücke«, rief Elliot. Er deckte den Bereich neben dem umgestürzten Baumstamm mit mehreren sich überlappenden Plastiktüten ab.

Der Regen hatte bereits wieder aufgehört, aber über ihren Köpfen näherten sich immer noch dunkle Wolken dem Gipfel. Kay streckte die Hand aus, spürte aber keine Regentropfen. »Gut, bringen wir es schnell hinter uns.«

Hobbs brachte Marker mit und Novack machte Fotos von mehreren Fußabdrücken, auf die Kay sie mit schnellen Handbewegungen hinwies. Der Boden direkt vor dem umgestürzten Baumstamm war unbewachsen, wahrscheinlich von zu vielen Wanderern zertrampelt, und übersät mit teilweise verblassten Fußabdrücken. Bei den meisten schien es sich um alte Abdrücke zu handeln, die kaum noch voneinander zu unterscheiden waren, aber drei markante Spuren erregten Kays Interesse.

Zwei davon stammten von Männerturnschuhen, Größe 46 und Größe 47, deutlich zu erkennen und frisch. Bei dem dritten handelte es sich um einen kleineren, schmaleren Abdruck, einen Frauenlaufschuh, Größe 39. Ein zweiter weiblicher Schuhabdruck, höchstwahrscheinlich von einem Converse-Sneaker, war nur teilweise unter einem der männlichen Abdrücke zu erkennen, schien aber auch ziemlich frisch zu sein. Er wirkte kleiner, und Kay schätzte ihn auf Größe 37. Schnell und effizient goss Hobbs Abdrücke von allen relevanten Spuren, welche die Schuhe hinterlassen hatten.

Die Fußstapfen führten nirgendwohin.

Abgesehen von dem Stück kahlen Bodens vor dem umgestürzten Baumstamm und einigen anderen Stellen, an denen dichtes Moos oder Erde Fußabdrücke erkennen ließen, herrschten an diesem Ort hauptsächlich Felsen vor.

Kay trat von dem Baumstamm zurück und betrachtete die gesamte Fläche, um sich den Angriff vorzustellen.

»Zuerst haben sie auf dem Baumstamm gesessen«, sagte Elliot, der an ihrer Seite auftauchte. »Ich glaube nicht, dass das nach dem Angriff war.«

»Nein, da hast du recht«, antwortete Kay und runzelte die Stirn. Irgendetwas an dem Ganzen bereitete ihr Magenschmerzen. Warum zwei frische männliche Schuhabdrücke? Es gab nur einen Spermafleck, eine Kondommarke, aber zwei zerrissene Packungen, die allerdings auf die gleiche Art und Weise aufgerissen worden waren. Bald würden sie wissen, ob die Fingerabdrücke auf den beiden Verpackungen identisch waren.

»Am Baumstamm ist kein Blut zu sehen«, fügte Kay etwas geistesabwesend hinzu, während sie weitere Szenarien im Kopf durchspielte.

»Meinst du, das war ein Date mit anschließender Vergewaltigung?« Elliot nahm den Hut ab, fuhr sich mit den Fingern durchs Haar und setzte ihn wieder auf. »Sie muss mit jemandem hierhergekommen sein, den sie kannte.« Er schaute auf die Uhr und sah sich dann um. Die Sonne war schon vor einer Weile untergegangen, und die Schatten waren lang und undurchdringlich geworden. »Dann wurde es dunkel, und er wusste, dass niemand mehr kommen würde.«

»Möglich«, gab Kay zu und starrte immer noch auf den Baumstamm, dann auf den Felsen neben der alten Tanne, auf dem sie die Blutflecken gefunden hatte. »Hobbs«, rief sie, »machen Sie uns hier drüben Licht, ja?«

Der Deputy öffnete eine große Leinentasche mit Tatortausrüstung und holte eine faltbare, batteriebetriebene LED-Leuchte und ein kleines Stativ heraus. »Wo genau?«

»Hier, bei diesen Fußabdrücken.« Kay drehte sich zu Elliot um. »Die ergeben nicht viel Sinn.« Sie knabberte an der Spitze ihres Zeigefingers, wie sie es immer tat, wenn sie sich mit einem beunruhigenden Gedanken beschäftigte. »Hast du dir zufällig gemerkt, was für Schuhe Jenna getragen hat? Das Muster auf ihren Sohlen?«

»Das Muster nicht«, antwortete Elliot. »Aber ich glaube, sie trug so schwarze Stoffschuhe mit weißen Schnürsenkeln. Du weißt schon. Die, die alle tragen.«

»Chucks«, murmelte Kay. »Verdammt.«

»Du bist gerade so durchschaubar wie ein Eichhörnchenkobel.«

»Was?«, fragte Kay, wie immer überrascht von seinen ungewöhnlichen Metaphern. »Ach, es geht um diese Fußabdrücke. Ich versuche zu verstehen, was hier passiert ist.« Sie ging zum Baumstamm hinüber und blieb kurz davor stehen, um nicht auf die Stelle zu treten, wo die Abdrücke, jetzt gefärbt von den Resten des blauen Silikongießmaterials, immer noch zu sehen waren.

»Was ist damit?«

»Ich meine auch, dass sie Chucks getragen hat«, antwortete

Kay. »Das hier ist von einer Converse-Sohle.« Sie zeigte auf den teilweise verdeckten Schuhabdruck. »Sehr gut zu erkennen, mit diesen Quadraten, die von durchgehenden Linien halbiert werden. Der andere Abdruck ist frischer als der von dem Converse-Sneaker, und er ist bei Weitem kräftiger.«

»Vielleicht stand Jenna zuerst da und ging dann dort hinüber, und der Kerl ist ihr fast auf demselben Weg gefolgt.«

»Und der?« Kay zeigte auf den Abdruck des Damenlaufschuhs in Größe 39.

»Könnte älter sein«, antwortete Elliot achselzuckend. »Er sieht frisch aus, aber man weiß ja nie. Ich würde darauf wetten, dass jeder, der auf diesem Kamm wandert, sich am Ende auf diesen Baumstamm setzt, um eine Pause zu machen.«

Kay zückte ihre Taschenlampe und suchte den gesamten Bereich nach weiteren Fußabdrücken der Größe 39 ab. Es waren keine zu finden. Zufall? Nur eine alte Hinterlassenschaft von Touristen, so wie die vielen anderen Abdrücke, die den kargen Boden säumten? Wie der andere männliche Schuhabdruck? Weil niemand den Berg bestiegen hatte, seit Jennas Leiche gefunden worden war?

Spartans Bellen, gefolgt von einem langen, klagenden Heulen, zerriss die Stille. Kay sah den Hund und seinen Besitzer am Rand der Kante stehen. Auf scharfkantige Felsen und loses Geröll achtend, trat sie so schnell wie möglich zu den beiden.

»Wow, ist das gefährlich hier. Die sollten ein Geländer anbringen. Hier ist sie hinuntergefallen«, erklärte Deramus.

»Warum heult der Hund?«

»Er ist traurig, dass er uns nicht zur Leiche führen kann. Das ist ja eigentlich sein Job.«

Kay leuchtete über den Rand des Felsens und näherte sich vorsichtig. Ein falscher Schritt und sie lief Gefahr, in den Tod zu stürzen, genau wie Jenna.

Ein paar Meter von der Kante entfernt stieß sie auf einen

weiteren Abdruck eines Converse-Schuhs. Jenna hatte dort gestanden, mit dem Rücken zum Abgrund.

Kay stellte einen Marker auf und bat Novack mit einer Handbewegung, ein Foto zu machen. »Elliot, warum würde jemand so nah, aber abgewandt am Rand stehen?«

»Es könnte doch schon dunkel gewesen sein, oder? Sie könnte nach dem Angriff verwirrt gewesen sein. Vielleicht wusste sie nicht, dass sie so nah am Abgrund stand.«

Oder vielleicht ist sie gestoßen worden.

VIERZEHN
MANN UND FRAU

Es war fast zehn Uhr abends, als Richard William Gaskell von seinem besten Freund Rennie nach Hause zurückkehrte. Der hochgewachsene, athletische Achtzehnjährige mit den mittellangen, an den jungen Justin Bieber erinnernden Haaren hasste es, nach Hause zu kommen. In weniger als einem Jahr würde er nach Harvard gehen, um Jura zu studieren, genau wie seine Eltern. Und doch wollte er nichts mit ihnen gemeinsam haben – mit einer Ausnahme.

Geld.

Was für ein Unterschied doch zwischen Rennies Zuhause und seinem eigenen bestand.

Sein bester Freund und Klassenkamerad Renaldo Cristobal war fast ein Jahr jünger als Richard und hatte in der Lotterie des Lebens eher eine Niete erwischt. Rennie war ohne Vater aufgewachsen und von einer Mutter großgezogen worden, die jeden Dollar ihres mageren Physiotherapeutengehalts zweimal umdrehen musste. Dennoch war die kleine, einfache und manchmal unordentliche Wohnung der Cristobals einladender als das weitläufige, zweistöckige, hochmoderne Haus, das Richard sein Zuhause nennen musste.

Manche Anwälte hatten einen Status wie Drogendealer, und er wollte eines Tages genau so sein, auf der Kurzwahltaste der reichsten, gefürchtetsten und mächtigsten Verbrecher des Landes. Richard pflegte zu sagen, dass sein Zuhause die beste Immobilie war, die man nördlich von San Francisco mit Drogengeld kaufen konnte, denn sein Vater war ein bekanntermaßen erfolgreicher Strafverteidiger, dessen Klientenliste sich wie die Gelben Seiten der kolumbianischen Kartelle und Yakuza-Geschäftsleute las. Das Einzige, was Richard wirklich an seinem Vater bewunderte, war das siebenstellige Einkommen.

Seine Mutter, ebenfalls Strafverteidigerin, hatte sich auf Wirtschaftskriminalität spezialisiert, bevor sie beschloss, dass die Arbeit nicht mehr das Richtige für sie war und zu Hause blieb, um das Leben ihres Sohnes zu ruinieren. Sie besaß doch tatsächlich die Frechheit, ihm ihre Faulheit anzulasten und zu behaupten, sie habe auf ihre Karriere und einen beträchtlichen Teil des Familieneinkommens verzichtet, weil ihr Sohn tatkräftige Unterstützung brauchte, um zu lernen, wie man Verantwortung übernahm und die richtigen Entscheidungen für das eigene Leben traf.

Wenige Wochen nach dieser haarsträubenden Aussage wurde sein angenehmes Leben in San Franciscos noblem Viertel Nob Hill jäh beendet und in das Cottage in Mount Chester verpflanzt. Das kubistische Gebilde aus Beton, Stahl und gehärtetem Glas als Cottage zu bezeichnen, war eine Beleidigung für alle richtigen Landhäuser und für die moderne Architektur an sich.

Für Richard hatte das alles keine Bedeutung; er hätte gerne in einem Zelt in Rennies Hinterhof gelebt. Ihm fehlten seine Freunde aus der Stadt, die Mädchen in Miniröcken und High Heels, die teures Make-up und echten Schmuck trugen und immer auf Spaß aus waren. Gerade als er alt genug geworden war, um auf die Piste zu gehen und ein richtiges Leben zu führen, hatte man ihn in eine Kleinstadt aus dem letzten Jahrhundert verbannt, die bald nur zu einer weiteren überteuerten Vorstadt von San Francisco mutieren würde. Statt des geschäftigen Stadtlebens konnte er nachts den Spottdrosseln zuhören. Er war lebendig begraben worden, während seine herrische Mutter sich in der Doppelrolle des Hades und Kerberos pudelwohl fühlte.

Seit er achtzehn geworden war, stellte er sich jeden Tag dieselbe Frage: Sollte er abhauen und alles hinter sich lassen? Das Versprechen, nach Harvard zu gehen und von seinen Eltern die Studiengebühren und die Unterkunft bezahlt zu bekommen, war leider zu verlockend. Also ballte er Tag für Tag die Hände zu Fäusten und überzeugte sich zähneknirschend, durchzuhalten. Nur noch ein Jahr. Mit den Taschen voller Geld würde Harvard bestimmt sehr viel mehr Spaß machen.

Aber er musste nicht so tun, als würde ihm all das gefallen.

Bei jeder sich bietenden Gelegenheit suchte Richard Zuflucht bei Rennie. Als er vor zwei Jahren an die Schule in diesem verlassenen Ort gewechselt hat, hatte er schnell bemerkt, dass Rennie der bevorzugte Boxsack der dortigen Mobber war. Der sensible, blasse und dunkelhaarige Junge war schüchtern und ein bisschen weibisch und nahm die Schläge und Beschimpfungen hin, ohne sich groß zu wehren. Rennie war dünn und nicht sehr groß, aber klug genug, um zu erkennen, dass Widerstand die Tyrannen nur dazu motiviert hätte, noch häufiger und härter zuzuschlagen.

Das Mobbing endete ein paar Tage, nachdem Richard aufgetaucht war. Völlig angepisst und auf der Suche nach einem Ventil war er über die drei idiotischen Rüpel gestolpert, die gerade Anstalten machten, Rennie zu verprügeln, und hatte förmlich den Boden mit ihnen gewischt. Er war allein und höchstens so stark wie ein einzelner der drei Gorillas, aber durch die zahllosen Kampffilme, die er gesehen hatte, hatte er ein paar raffinierte Tricks gelernt. Und er war wütend. Von Anfang an. Verrücktheit schlug Stärke.

Als die Schlägerei vorbei war und die drei Brutalos blutend und sich vor Schmerzen krümmend auf dem Boden lagen, reichte er Rennie die Hand, um ihm aufzuhelfen, und besiegelte damit den Beginn einer dauerhaften Freundschaft. Die Untersuchung des Vorfalls wurde schnell abgeschlossen; alle Schüler, die das Ganze mitangesehen hatten, schworen, dass die drei Schläger sich untereinander ausgeknockt hatten. Und so war Richard in nur wenigen Tagen zum unbesungenen Helden der Schule geworden.

Natalie Gaskell, Richards Mutter, war von der Freundschaft ihres Sohnes mit Rennie begeistert. Sie bezeichnete Rennie als einen netten Jungen, einen guten Einfluss, gebildet, intelligent und höflich, ganz anders als die Straßenrowdys, mit denen Richard in San Francisco herumgezogen war. Sie hatte nichts dagegen, dass er so oft bei Rennie war, also verbrachte Richard so viel Zeit dort, wie er konnte.

Die alte Couch in Rennies kleinem, dunklem Wohnzimmer war mit ihrem abgenutzten Stoff und den zerknautschten Kissen bequemer als die große weiße Ledercouch in Richards Zuhause. Rennies Mutter war nur selten daheim, und wenn, dann stellte sie leise Essen und kalte Getränke für die Jungs bereit, deren Gelächter beim Fernsehen oder Videospielen durch die kleine Wohnung hallte.

Der Nachmittag hatte etwas uncool begonnen. Als Richard bei Rennie eingetroffen war, hatte er seinen Freund beim Nachrichtenschauen vorgefunden. Ein Fernsehsprecher sagte, dass es sich bei der Leiche, die man am Fuße des Wildfire Ridge gefunden hatte, um Jenna Jerrell handelte. Sichtlich geschockt schaute Rennie ihn an. »Hast du das gewusst?«

»Was zum Teufel?«, fragte Richard, trat näher an den Fernseher heran und drehte die Lautstärke auf. »Jenna ist tot?«

Rennie nickte. »Mehr haben sie nicht gesagt.«

Richard zuckte mit den Schultern. »Ich frage mich, was zur Hölle wohl passiert ist.« Nach einem Moment des Schweigens, den er nicht besonders genoss, fügte er hinzu: »Komm, lass uns *Call of Duty* spielen.«

Nach dem Spiel verbrachte er den Rest des Abends damit, seinen schüchternen und ungewöhnlich nervösen Freund mit visuellen Hilfsmitteln von den beliebtesten Erotikwebsites in die Kunst einzuweihen, eine Frau zum Orgasmus zu bringen. Dann musste er widerwillig gehen. Es war fast zehn, und Rennies Mutter war von der Arbeit zurückgekehrt. Richard konnte nicht länger bleiben. Er sprang in seinen Jeep Wrangler und fuhr nach Hause, wobei sich seine Laune mit jedem Kilometer verdüsterte.

Noch bevor er den Motor abstellte, konnte er seine Eltern von der Auffahrt aus hören. Sie stritten sich schon wieder.

Seine Mutter, die einen locker gebundenen blauseidenen Bademantel trug und zerzaust wirkte, schrie seinen Vater an. Der trug immer noch seinen sündhaft teuren dunkelgrauen Anzug, ließ die Tirade feige über sich ergehen, starrte auf den Boden und sagte nichts. Richard beobachtete die beiden von der Auffahrt aus durch die großen, nicht verhangenen Fenster und war versucht, einfach umzudrehen und wegzufahren. Aber wohin sollte er schon flüchten? Und warum sollte er riskieren, dass die Todesfee ihn am nächsten Morgen anschrie, weil er seine Sperrstunde nicht beachtet hatte?

Resigniert betrat er das Haus, wobei er darauf achtete, die Tür leise hinter sich zu schließen. Er plante, sich sofort in sein Schlafzimmer zu verziehen, seine Bose-Kopfhörer aufzusetzen und die Geräusche der Nacht zu dämpfen. Doch etwas ließ ihn innehalten. Dieser Streit klang anders als alle anderen, die er miterlebt hatte.

»Das hast du mit Absicht gemacht, oder?«, sagte seine Mutter. Mit jeder wütenden Handbewegung machte sie einen Schritt nach vorne und kam ihrem Mann Ed näher. »Du hast so getan, als läge dir Richards Wohlergehen am Herzen, dabei wolltest du in Wirklichkeit, dass ich aus San Francisco verschwinde, damit du diese – wie heißt sie noch mal? Bambi? – flachlegen kannst.« Sie schlug mit der Faust in der Nähe von Eds Gesicht in die Luft. Er wich zurück. »Oh, nein, Heidi, stimmt ja ... wie konnte ich das vergessen. Ist sie wenigstens volljährig?«

Mit offenem Mund blieb Richard in dem Bogen am Eingang zum Wohnzimmer stehen und starrte seinen Vater ungläubig an. Wie konnte er eine solche Beschimpfung hinnehmen und nichts sagen? Diese Feigheit bereitete ihm Bauchschmerzen. Edward Gaskell, einer der angesehensten Strafverteidiger in Kalifornien, ließ sich von einer verrückten Schlampe mit giftiger Zunge und haltlosen Anschuldigungen das Maul verbieten. Sie hatte seinen Vater zu einem Weichei gemacht und Richard zu einem Bauernopfer, das sie immer wieder brachte, wenn es ihr gerade in den Kram passte. Einer Flipperkugel, die in einem Streit hin- und hergeschleudert wurde, um Punkte zu sammeln.

Seine Ankunft quittierten beide Elternteile mit einem kurzen Blick, unterbrachen den Streit aber für keine Sekunde, vor allem, weil seine Mutter es niemals zugelassen hätte.

»Ich will, dass du ab sofort von zu Hause aus arbeitest. Von hier aus«, fügte Natalie Gaskell hinzu und deutete wütend mit dem Finger auf den Boden. »Fahr nur in die Stadt, wenn du Gerichtstermine hast. Und kümmere dich um dieses Heidi-Flittchen, bevor ich es tu und sie an ihren künstlichen Extensions aus deinem Büro zerre.«

Richards Vater fuhr sich mit den Händen durch das schüttere Haar, als wollte er es sich aus dem Kopf reißen. »Meine Güte, Natalie, mach dich nicht lächerlich. Heidi hat einen Abschluss in Jura. Sie ist vom Fach.«

»Fragt sich, von welchem Fach«, erwiderte seine Frau mit einem schiefen Grinsen. »Wo hat sie denn gearbeitet, bevor sie auf deinem Schoß gelandet ist? In Tenderloin? An der Ecke O'Farrell und Hyde Street?«, fragte sie und spielte auf einen bekannten Straßenstrich an.

Ed schien mit seinem Verstand am Ende zu sein und schlug die Hände auf die Oberschenkel. »Was willst du von mir, Natalie?«, fragte er, nachdem er mit einem frustrierten Seufzer die Luft aus seinen Lungen gepresst hatte. »Ich kann nicht mehr als einen Tag pro Woche von hier aus arbeiten. Höchstens. Ich habe Termine, Besprechungen mit Klienten, Zeugenaussagen. Dafür muss ich vor Ort sein.«

»Dann fahr eben jeden Abend nach Hause«, verlangte Natalie, die Hände fest auf die Oberschenkel gestützt.

»Hierher?« Ed rieb sich wütend mit der Hand über die Stirn. »Das sind zwei Stunden Fahrt pro Strecke, Geschwindigkeitsüberschreitung schon mit eingerechnet! Du machst dich lächerlich. Völlig hanebüchen.« Er musterte die Wände des Zimmers, als wäre es eine Gefängniszelle, in der er gefangen gehalten wurde. »Warum ziehst du nicht mit mir zurück in die Stadt? Wir haben doch die Eigentumswohnung. Richard würde es gefallen.«

Richards Herz setzte einen Schlag aus. *Ja!*

»Damit er Frauen hinterhersteigt und jeden Tag kifft, genau wie sein Vater?« Sie sah Richard nicht einmal an, als sie von ihm sprach, sondern wedelte nur verächtlich mit der Hand in seine Richtung.

»Er ist einfach nur jung, Natalie. So etwas tun Jungs nun mal. Du interpretierst da zu viel hinein. Lass es einfach gut sein, Schatz ...«

»Ich bin nicht dein verdammter Schatz, klar?« Sie stampfte wütend mit dem Fuß auf das Parkett und erzeugte einen lauten Knall. »Heidi oder Bambi oder wer auch immer nach ihnen an der Reihe ist, ist dein Schatz.« Sie lächelte boshaft. »Nicht wahr, *Liebling*?« Ihre Stimme troff vor Gift, als sie das Wort ausspuckte.

Ed straffte den Rücken, und eine strenge Linie erschien auf seinem Kinn. »Was willst du, Natalie?«

»Ich will, dass Bambi verschwindet.«

»Du meinst Heidi.«

Sie knirschte mit den Zähnen. »Wie auch immer. Ich will sie loswerden. Stelle ab jetzt nur noch männliche Anwälte und Anwaltsgehilfen ein.«

»Was noch?« Er war unerklärlich ruhig.

»Keine Abendessen mit Kunden mehr, nur noch Mittagessen.«

Aus Eds Blick sprachen Verblüffung und der Sarkasmus, der sich auch in seiner Stimme niederschlug. »Im Ernst? Kannst du dir vorstellen, wie das bei meinen Kunden ankommen würde?«

»Das ist mir völlig schnuppe. Und hör auf, mich zu betrügen!«, schrie Natalie, die seine Gelassenheit anscheinend sehr viel mehr reizte als seine Wut.

»Warum behauptest du, dass ich dich betrüge? Ich schwöre, ich habe nicht ...«

»Lass!« Sie hob die Hände, um ihn aufzuhalten. »Überschreite diese Grenze einfach nicht.« Sie hielt einen Moment lang inne, ganz außer Atem. Mit zittrigen Fingern schlang sie den lockeren Bademantel um ihren Körper und zurrte den Gürtel fest. Dann strich sie sich eine Haarsträhne aus dem Gesicht und steckte sie hinter ihr Ohr. »Ich weiß, dass du mich betrügst, Ed. Ich habe die Kondome gefunden.«

»Was?«, fragte Ed leise, die Augen ungläubig aufgerissen. »Durchwühlst du jetzt schon meine Taschen?«

Sie nickte. »Aus der Packung in deiner Tasche fehlen vier Kondome, aus der in deiner Aktentasche zwei.«

»Du kennst auch keine Grenzen, nicht wahr?«, fragte Ed, die Stimme kaum mehr als ein Flüstern.

»Ach, spar dir deine Ausflüchte«, antwortete sie mit einem angewiderten Grinsen. »Du hast es mir beigebracht, weißt du nicht mehr? Du hast gesagt: ›Die Menschen sind für ihr eigenes Schicksal verantwortlich, wenn sie sich nicht dazu durchringen können, nach der Wahrheit zu suchen, so schmerzhaft sie auch sein mag.‹ Habe ich dich richtig zitiert?«

Ed starrte in Richards Richtung, ohne Blickkontakt herzustellen. »Ja, das hast du.«

»Und auf die Kondome zu stoßen war schmerzhaft, weißt du. Aber ich war bereit, dir einen Vertrauensbonus zu gewähren. Vielleicht waren sie ja alt ... Packungen, die du ganz vergessen hattest, weil du keine Kondome mehr brauchst.« Sie schaute Richard einen kurzen Moment lang an und lachte dann bitter auf. »Das Verfallsdatum auf der lila Packung ist in vier Jahren. Ich habe die Firma angerufen und nach der Seriennummer gefragt. Sie haben bestätigt, dass du sie nach dem letzten Februar gekauft haben musst, vorher war diese Packung nämlich noch gar nicht im Handel.« Sie murmelte etwas Unverständliches, während sie irgendetwas mit den Fingern nachrechnete. »In sechs Monaten hast du sechs Kondome benutzt, soweit ich weiß.« Sie blickte zur Seite, gab sich scheinbar geschlagen. »Beweisführung abgeschlossen, Euer Ehren.«

»Natalie, warte einen Moment. Es ist nicht so, wie du denkst.«

»Willst du mir jetzt erzählen, dass du dich ehrenamtlich für eine verantwortungsvolle Sexualaufklärung einsetzt und dass diese Gummis nur Almosen für junge Leute sind, die sie sich nicht leisten können? Erspare mir deine Geschichten«, sagte sie, drehte ihm den Rücken zu und starrte aus dem Fenster. »Welche Ausrede dir auch immer einfällt, ich habe sie mir schon ausgedacht und versucht, dir zu verzeihen.« Einen Moment lang war es still. »Ich wünschte, du hättest das Rückgrat, es wie ein Mann zuzugeben, anstatt zu kuschen und zu lügen wie ein feiger Schakal.« Sie wischte sich eine Träne mit dem Zeigefinger fort. »Ich lasse nicht zu, dass du das Leben dieses Kindes ruinierst, nur weil du deine Hose nicht zulassen kannst.«

Wut stieg in Richards Kehle auf. Warum musste sie ihn in ihren Streit hineinziehen? Und wie konnte sie es wagen, so mit seinem Vater zu sprechen? Männer hatten Bedürfnisse ... es war ihre Entscheidung gewesen, nach Mount Chester zu ziehen. Was sollte sein Vater denn tun? Ein Mönch werden? Richard sah seinen Vater an, aber der wirkte nur verloren, bestürzt und starrte tief betrübt auf den Boden.

Sie hatte es geschafft, einen furchterregenden Mann zu kastrieren. Und wenn Richard nicht aufpasste, blühte ihm bald das gleiche Schicksal.

Ohne ein Wort zu sagen, drehte er sich um, verließ den Raum und schlug die massive Tür hinter sich zu. Mit ein paar hastigen Schritten erreichte er seinen Jeep, sprang einfach über die maßangefertigte Tür und ließ sich auf den Fahrersitz gleiten, während er es schaffte, den Schlüssel ins Zündschloss zu stecken. Der Motor sprang sofort an. Als er rückwärts aus der Einfahrt fuhr, hörte er seine Mutter wieder schreien.

»Siehst du? Jetzt hast du unseren Sohn vertrieben. Wenn ihm etwas zustößt, schwöre ich ...«

Der Rest verklang hinter ihm, als er durch die hügelige, ruhige Straße raste und dann durch die Stadt in Richtung des Skigebiets. Dort oben, auf dem einsamen Berg, unter den Sternen, konnte er etwas zur Ruhe kommen.

FÜNFZEHN
VORLÄUFIG

Die Sonne lugte hinter dem Wildfire Ridge hervor und schickte brennende Strahlen durch den anhaltenden Nebel, der die Täler und Schluchten in ein waberndes Grau tauchte. Es sollte wieder ein schöner Sommertag werden.

Kay registrierte das kaum; ihre Gedanken suhlten sich in der Dunkelheit von Jennas brutalem Tod. Was konnte diesem Mädchen im April zugestoßen sein, dass es sich von einem selbstbewussten und unbeschwerten Teenager in jemanden verwandelt hatte, der aussah, als hätte er alles verloren, was ihm etwas bedeutete? Kay musste es unbedingt herausfinden. Vielleicht hatte es ja gar nichts mit ihrem Tod zu tun, aber Kay wurde das Gefühl nicht los, dass es eine Verbindung gab. Was auch immer im April geschehen war, hatte Jenna zu der Person gemacht, die sie in den letzten Monaten ihres Lebens gewesen war. Aus viktimologischer Sicht ein interessanter Fall. Vielleicht war Jenna durch einen unbekannten Auslöser erzwungenermaßen verletzlich geworden, und jemand wusste davon. Jemand, der ihren Tod wollte.

»Warum bist du Polizistin geworden?«, fragte Elliot und durchbrach damit das Schweigen, das zwischen ihnen herrschte, seit sie Kays Wohnung verlassen hatten. Er fuhr durch fast menschenleere Straßen in Richtung Rechtsmedizin; zu dieser Stunde schlief die Stadt noch. Dr. Whitmore hatte eine weitere schlaflose Nacht hinter sich und sie bei Tagesanbruch in sein Institut zitiert.

Elliot warf Kay unter der breiten Krempe seines Lieblings-Cowboyhuts einen kurzen Blick zu. Es war ein schwarzer Filzhut mit einer kleinen silbernen Schnalle am Hutband und einer ausgeprägten Einbuchtung an der Vorderseite. Er hatte Kay ein paar Minuten zuvor abgeholt. In dem Moment, als sie Docs Einladung per SMS erhalten hatte, hatte sie ihre morgendliche Routine des Spachtelns und Abschmirgelns der Wände unterbrochen, aber trotzdem war ihr kaum Zeit geblieben, sich anzuziehen und abfahrbereit zu sein, bis Elliot auftauchte. Ein Gedanke kam ihr in den Sinn: Hatte sie den Deckel des Eimers mit der Spachtelmasse geschlossen? Oder würde sie alles völlig ausgetrocknet und zu nutzlosen weißen Bruchstücken verklumpt vorfinden?

Elliots Frage stieß sie in einen Strudel der Gefühle und Erinnerungen. »Wie jetzt, hier? Du weißt, warum«, stieß sie hervor. Elliot war einer der Gründe, warum sie beschlossen hatte, in ihrer Heimatstadt zu bleiben, anstatt in ihr früheres Leben in San Francisco zurückzukehren, aber das wollte sie ihm nicht auf die Nase binden.

Er verkniff sich mit Mühe ein Lächeln. »Nein, nicht hier im Speziellen. Als du damals zum FBI gegangen bist.«

»Okay.« Sie dachte einen Moment lang über ihre Antwort nach.

Wie viele traumatisierte Menschen hatte sie sich in dem klischeehaften Versuch, ihren eigenen Problemen auf die Spur zu kommen, für Psychologie als Hauptfach entschieden. Aber als das FBI ihr nach ihrem Abschluss einen Job anbot, hatte sie ein neues Ziel vor Augen. Sie nahm das Angebot begeistert an und verzichtete auf die fetten Gehälter, die Psychologen verdienten, wenn sie eine Karriere als Therapeuten für die überarbeiteten Millionäre des Silicon Valley einschlugen oder selbst zu überarbeiteten Geschäftsleuten wurden. Kay hatte nie wieder zurückgeblickt; sie wollte ihrem Leben einen Sinn geben, und für die dreiundzwanzigjährige Hochschulabsolventin, die sie vor acht Jahren gewesen war, bedeutete das, andere Familien davor zu bewahren, durch ebenjene Hölle zu gehen, durch die sie selbst gegangen war. Wenn sie eine Familie retten konnte, wenn sie eine Tochter davor bewahren konnte, dass sie ...

Nein. Darüber konnte sie nicht schon wieder nachdenken.

Seit ihren Anfängen beim FBI hatte sich ihr Sinnbegriff verändert. Er hatte sich im Gleichschritt mit ihrer Karriere entwickelt, aber in erster Linie ging es ihr immer noch darum, Leben zu retten, den Opfern eine Stimme zu geben, die Wahrheit herauszufinden und Täter an die Justiz auszuliefern.

»Warum? Glaubst du, ich habe nicht das Talent dazu?«, antwortete sie nicht mit einer, sondern gleich zwei Gegenfragen, einem perfekten Beispiel dafür, wie man mit unerwünschtem Nachhaken umgehen konnte.

Elliots Lächeln kehrte zurück und umspielte einen Moment lang seine Lippen. Er hatte ihr Ablenkungsmanöver durchschaut. »Beim Ausweichen von Fragen bist du schneller als ein geölter Blitz.«

Unbeeindruckt überlegte Kay, wie lange sie ihn noch hinhalten musste. Höchstens noch zwei Minuten, bis er vor der Rechtsmedizin halten würde. »Ich wollte etwas Sinnvolles mit meinem Leben anstellen. Und wenn ich nur ein einziges Leben retten kann ...«, sie stockte, als sie merkte, dass sie gefährlich nahe daran war, Elliot hinter ihr Schutzschild blicken zu lassen. »Das heißt aber nicht, dass ich nicht auch meinen Anteil im Bereich der Wirtschaftskriminalität und Unterschlagung abgearbeitet habe.« Sie runzelte kurz die Stirn und überlegte, worauf sie hinauswollte und warum sich das, was sie sagte, so falsch anfühlte. »Das ist auch wichtig, und oft rettet man Leute aus Armut und Verzweiflung, aber es ist nicht ...«

»Wie bist du von Wirtschaftskriminalität zu Serienmördern gekommen?«, fragte Elliot und bog mit leicht quietschenden Reifen ab.

Kay grinste und hielt sich am Türgriff fest, um das Gleichgewicht zu halten. »Ich war wohl auf der Suche nach Ärger. Da gab es einen Fall in San Francisco; das war in meinem zweiten Jahr ...«

Kay verstummte, als Elliot den Motor vor dem einstöckigen grauen Gebäude abstellte, in dem sich Dr. Whitmores Institut befand. »Ich erzähle dir ein andermal davon«, sagte sie und war froh, dass sich jetzt wieder alles um Jenna und nicht um sie selbst drehen würde.

Elliot war schneller als sie auf der Eingangstreppe und hielt ihr die Tür auf. Sie drehte sich um, um sich zu bedanken, als sie das Gebäude betrat, und bemerkte seine angeekelte Grimasse, als die kühle, nach Formaldehyd riechende Leichenschauhausluft in seine Nasenlöcher drang. Kay unterdrückte ein Lächeln, durchquerte den menschenleeren Empfangsbereich und schritt zielsicher durch die Flügeltüren aus rostfreiem Stahl, die zum Autopsieraum führten. Auch hier war der Empfangstresen unbesetzt. Es war noch zu früh für die Anwesenheit von Doc Whitmores Angestellten.

Der Autopsieraum war in grelles Licht getaucht, das von mehreren Deckenleuchten und einer LED-Operationsraumlampe kam, die an einem mobilen, in die Decke geschraubten Flex-Arm angebracht war. Nur einer der beiden Obduktionstische war von einer mit einem weißen Laken abgedeckten Leiche belegt.

Doc Whitmore saß auf seinem vierbeinigen Laborhocker mit Rollen, rutschte leise vom Mikroskop zur Zentrifuge, die an der Wand vor sich hin surrte, wobei er sich mit den Händen an den Tischkanten entlanghangelte. Neben der Zentrifuge lag eine Reihe von Objektträgern mit aufbereiteten Proben zur Untersuchung bereit.

Auf einem langen, gefliesten Tisch, der sich fast über die gesamte Länge der linken Wand erstreckte, war ein ganzes Sammelsurium von Geräten unter dem Röntgenapparat und einem an die Wand montierten Monitor aufgereiht. Docs Rücken war gebeugt, sein Laborkittel zerknittert, und als er die behandschuhte Hand zur Begrüßung hob, schien er ein wenig zu zittern. Sein Blick war immer noch auf die Geräte gerichtet, an denen er arbeitete, und er murmelte: »Das ging aber schnell.«

Kay näherte sich leise dem Tisch. Eine Strähne von Jennas seidig braunem Haar war unter dem weißen Laken hervorgerutscht und hing an der Seite des kalten Stahltisches herab. Kay kämpfte gegen den irrationalen Drang an, es wieder unter das Laken zu stecken. Das war nicht mehr wichtig. Für die Leichen, die auf Doc Whitmores Tisch landeten, war nichts mehr von Bedeutung, außer der Wahrheit und den Beweisen, die sie offenbaren konnten.

Kay blieb an Docs Seite stehen und tätschelte sanft seine Schulter. Er sah sie durch die dicken Gläser seiner schwarz gerahmten Brille an.

»Die Klamotten tragen Sie auch nicht erst seit heute Morgen«, sagte sie, als sie die Schweißflecken auf seinem Hemd unter dem offenen Laborkittel bemerkte.

»Ist es so schlimm?«, fragte er entschuldigend und warf einen ebenso verlegenen wie missbilligenden Blick auf seine Achselhöhle.

»Ach, alles gut«, antwortete Kay. »Bis auf die Falten auf dem Hemd.« Eine Pause. »Und um die Augen.«

»In die habe ich jahrelange Arbeit investiert«, erklärte der Doc und richtete sich mühsam auf, eine Hand in die krumme linke Hüftseite gestützt. Er verzog das Gesicht zu einer schmerzhaften Grimasse, als er sich erhob. »Ich arbeite am liebsten nachts, wenn alle weg sind und ich mich konzentrieren kann.« Er räusperte sich leise und betrachtete den zarten Körper auf dem Tisch. »Manche Beweise erfordern Eile, wie Sie wissen.«

»Wie zum Beispiel?«, fragte Elliot und trat einen Schritt näher an den Tisch heran. Wenn er im Autopsieraum war, hielt er sich immer gern auf Abstand, und wahrscheinlich zählte er die Sekunden, bis alles vorbei war. Einige Polizisten gewöhnten sich mit der Zeit an die kalte Rechtsmedizin, während andere in den Ruhestand gingen, ohne jemals eine Obduktion von Anfang bis Ende überstanden zu haben. Eine gesunde Dosis professioneller Neugier stimmte Kays Partner allmählich um.

»Zum Beispiel die Fingerabdrücke auf der Haut«, erklärte Doc Whitmore, holte eine Lupe aus einer Schublade und reichte sie Elliot. »Sehen Sie sich das an, oberhalb ihres rechten Ellbogens. Das ist der Daumenabdruck des Mörders.« Er zog das Laken ein Stück herunter und legte den Daumenabdruck frei. Der Anblick von Jennas Haut auf dem Stahltisch ließ Kay erschaudern.

»Ich habe einen latenten Abdruck gefunden und ihn mit Cyanacrylatdämpfen konserviert.« Ein kurzer Blick auf Elliots verwirrtes Gesicht und der Doc fügte hinzu: »Sekundenkleber. Sonst wäre er in ein paar Stunden futsch gewesen.« Er zeigte ihnen mit der blauen Spitze seines behandschuhten Fingers die Stelle. »Hier, und hier. Sie wurde so gehalten«, demonstrierte er und tat so, als würde er Kays Arme ergreifen, ohne sie zu berühren. »Höchstwahrscheinlich wurde sie auf dem Boden festgehalten. An der Unterseite ihres Arms ist ihre Haut an mehreren Stellen aufgerissen, wahrscheinlich von scharfkantigen Steinen. Sehen Sie das hier? Dorsalseitig sind die Blutergüsse von den Händen des Täters und auf der Ventralseite die Schnittwunden von der Oberfläche zu sehen, an die sie gewaltsam gedrückt wurde.« Er presste die Lippen aufeinander. »Aber machen wir weiter.«

Er nahm eine Fernbedienung vom Labortisch, klickte ein paarmal darauf und zeigte ihnen in schneller Folge mehrere digitale Röntgenbilder. Dann stoppte er bei einem Röntgenbild von Jennas Schädel. Die weißliche Form zeigte Risse und Dellen an verschiedenen Stellen, vor allem am Hinterkopf, am linken Jochbein und im Schläfenbereich.

»Sie ist in den Tod gestürzt, richtig, Doc?«, fragte Elliot und trat noch einen Schritt näher an den Wandbildschirm heran.

»Ja. Die Todesursache ist ein stumpfes Trauma, das mit dem Sturz aus großer Höhe zusammenhängt. 1233 Meter haben wir mithilfe von Lasern vom Wildfire Ridge bis zum Endpunkt ihres Sturzes gemessen. Jede dieser Schädelfrakturen hätte sie auf der Stelle töten können.« Er klickte erneut auf die Fernbedienung und auf dem Bildschirm erschienen Röntgenbilder von Jennas Rücken. »Ihre Wirbelsäule war an mehreren Stellen gebrochen, was ebenfalls darauf zurückzuführen ist, dass sie mit tödlicher Geschwindigkeit auf felsigem Untergrund gelandet ist. Gebrochene Rippen haben ihr Herz an mehreren Stellen durchbohrt.« Ein weiterer Klick, um Röntgenbilder der Arme und Hände anzuzeigen. »Hier enden die Übereinstimmungen mit einem freien Fall. Beide Oberarmknochen weisen spiralförmige Haarrisse auf, die darauf hindeuten, dass ihre Arme gewaltsam verdreht wurden. Das Gleiche sehen wir hier«, er tippte auf das Bild einer Hand auf dem Bildschirm, »an ihrem dritten Grundglied an der linken Hand. Eine Kopffraktur am zweiten Grundglied der rechten Hand.« Er drehte sich zu ihnen um und zeigte ihnen den Vorgang mit seinen eigenen Händen in der Luft. »Er hat ihre Hände so verdreht und sie auf die Knie gezwungen.« Der Doc schaute einen Moment auf den Bildschirm. »Oh, und sie hat auch eine Spiralfraktur am Handgelenk. Das ist passiert, als er ihre Hand so nach unten gedrückt hat.« Er presste seine linke Hand mit der rechten auf die Tischoberfläche. »Sehen Sie die entsprechenden Wunden auf dem Handrücken?« Er hielt einen

Moment inne, dann fügte er hinzu: »Ich werde den Fall als sexuellen Missbrauch mit Todesfolge einstufen. Kein Zweifel: Das war Mord.«

In der nun folgenden drückenden Stille war nur das ferne Brummen der Kühlregale an der Rückwand des Autopsiesaals zu hören.

Ein Satz hallte in Kays Kopf nach. *Gebrochene Rippen haben ihr Herz an mehreren Stellen durchbohrt.* Sie fragte sich, ob Jenna nach dem Angriff in den Tod gesprungen war, damit der Schmerz aufhörte. Der seelische Schmerz, der sich in ihr schönes Gesicht eingebrannt hatte, und der körperliche Schmerz, den sie oben auf dem Wildfire Ridge erfahren hatte. Oder hatte der Täter sie mit einem schnellen Stoß getötet? Was auch passiert war, sie war schnell gestorben. Das war immerhin gewiss. *Gebrochene Rippen haben ihr Herz an mehreren Stellen durchbohrt.* Und doch jagte Kay der Gedanke daran einen Schauer über den Rücken.

Ihre Kehle war wie ausgetrocknet; sie schluckte, bevor sie fragte: »Ist sie ungebremst heruntergefallen?«

»Das ist schwer zu sagen. Die Rippenbrüche hier, die zu einer tiefen, länglichen Wunde am Rücken passen«, der Doc deutete auf Jennas Brustkorb, ohne das Laken zu entfernen, »deuten darauf hin, dass ihr Körper auf dem Weg nach unten gegen einen Felsvorsprung an der senkrechten Felswand gestoßen ist. Menschen prallen nicht von Felsen ab, vielmehr rollen und rutschen sie. Dafür sehe ich keine Anzeichen, aber vielleicht hat irgendwo ein Felsvorsprung herausgeragt, der sie am Rücken verletzt hat. Wenn Sie wollen, kann ich Scans vom Berg machen und herausfinden ...«

»Das spielt für die Ermittlung eigentlich keine Rolle, Doc«, antwortete Kay schnell. »So oder so, es ist ein und derselbe Täter, den wir finden müssen. Erzählen Sie mir etwas über ihn, wenn Sie können.«

Ein kurzes Lächeln umspielte die Lippen von Dr. Whitmore, schaffte es aber nicht seinen Blick zu erreichen. »Das kann ich, und zwar ausführlich.«

Mit einer sanften Bewegung entfernte er das Laken, das Jennas Körper bedeckte, faltete es rasch zusammen und legte es neben den Tisch, in die Nähe ihrer Füße. Elliot trat einen Schritt zurück und schaute zu Boden.

»Es gibt Hinweise auf sexuelle Übergriffe mit oraler, vaginaler und analer Penetration. Schürfwunden und Prellungen an Wangen, Zahnfleisch, Gaumen und Lippen. Es gibt erhebliche Risswunden, radial auf fünf, sechs und sieben Uhr ausgerichtet, Risswunden an der hinteren Fourchette und Blutergüsse an den Schamlippen – allesamt Verletzungen, die bei gewaltsamen Penetrationen entstehen. Es gibt mehr als genug Gewebeschäden, die den Befund des sexuellen Missbrauchs stützen. Ich habe Spuren von einer Gleitbeschichtung gefunden, die mit den beiden Kondomverpackungen übereinstimmen, die ihr am Tatort gefunden habt.« Er schob seine auffällige Brille mit der Rückseite seines Unterarms hoch. »Aber ich vermute mal, dass dieser Täter unerfahren ist, denn er hat Spermaflecken auf der Innenseite ihres Schenkels und auf ihrer Wange hinterlassen.« Sein trauriges Lächeln von vorhin flackerte kurz wieder auf. »Die DNA von beiden Proben wird gerade untersucht.«

»Gut«, erwiderte Kay und hielt sich davon ab, sich zufrieden die Hände zu reiben. DNA-Spuren bedeuteten, dass sie diesen Täter finden und ihren Fall über jeden Zweifel hinaus wasserdicht würde abschließen können.

Dr. Whitmore schaute erst zu Kay und dann zu Elliot. »Wenn Sie Ihre Aufmerksamkeit auf diese Risswunde in ihrem Gesicht richten könnten«, sagte er und zeigte auf einen wenige Millimeter breiten Kratzer, der von Jennas rechtem Wangenknochen nahe der Schläfe bis zur Nasenspitze verlief. »In dieser Risswunde befand sich eine Substanz, die ich gerade im Massenspektrometer untersuchen lasse. Das kann Proben bis auf die Moleküle hinunter analysieren. Worum auch immer es sich bei dieser Substanz also handelt, wir werden es bald herausfinden. Ich hätte diese Spur fast übersehen, weil sie so klein war, aber dann hat sie ein wenig gespiegelt. Also im Licht geglitzert.«

Kay runzelte die Stirn. »Irgendeine Idee, was das sein könnte?«

»Noch nicht.« Der Doc zog die Handschuhe aus und warf sie in einen Papierkorb. Dann steckte er die Hände in die Taschen.

»In Ordnung, Doc, das ist doch ein guter Anfang. Ich nehme an, wir hören demnächst noch mehr?« Kay verlagerte ihr Gewicht von einem Fuß auf den anderen und wollte unbedingt gehen. Das Geheimnis von Jennas Unglück beschäftigte ihren Geist mit Spekulationen, und es gab nichts Schlimmeres bei einer Untersuchung als Spekulationen, die an die Stelle von Fakten traten.

»Ich bin noch nicht fertig«, antwortete er. Als er Kays Gesichtsausdruck bemerkte, nahm er das Laken und breitete es aus, dann deckte er Jennas Körper zu. Kay half von ihrer Seite aus und achtete darauf, dass das Laken jeden Zentimeter von Jennas Haut bedeckte.

Irgendetwas an diesem jungen Körper, der in dem grellen Lichtkreis lag, nackt und verletzlich, berührte Kay im Inneren. Jenna war nicht das erste Mädchen, dessen Leiche Kay in ihrer achtjährigen Tätigkeit als Gesetzeshüterin in einem Autopsieraum betrachtet hatte, aber dieses Mal fühlte es sich anders an. Als ob Kay den Schmerz des Opfers noch irgendwie lindern könnte. Als ob sie immer noch etwas für das Mädchen tun könnte, über die Ergreifung des Mörders hinaus.

»Ich habe zwei Haare gefunden, die noch an ihrer Kleidung klebten, leider ohne Follikel.« Der Doc ging zum Labortisch und holte einen versiegelten und beschrifteten Asservatenbeutel mit einer aufgerollten Haarsträhne. Er hielt sie gegen das

Licht und dann neben Jennas Kopf. »Ich hatte noch keine Zeit, sie mir anzusehen, aber sie scheint eine andere Farbe als Jennas Haare zu haben, heller, und sie ist auch etwas länger. Ich werde mir die Merkmale später anschauen und mit denen von Jenna vergleichen, um sicherzugehen.«

Vielleicht waren es die Haare des Täters. Viele junge Männer trugen ihr Haar länger, manche blondierten es sogar. Wenn sie es nicht gerade grün oder blau färbten. »Wie lang könnte es sein, Doc?«

»Ungefähr sechzehn Zentimeter. Wenn Sie wollen, kann ich ...«

»Keine Eile, ich habe eine Vorstellung davon, wonach ich suchen muss. Haare können warten, aber Fingerabdrücke nicht. Haben Sie welche auf den Kondomverpackungen gefunden?«

»Ach ja. Hätte ich fast vergessen«, fügte er hinzu und sah einen Moment lang verlegen aus. »Altersschwäche, nehme ich an.« Er griff zu zwei Tüten mit den lilafarbenen Verpackungen, die mit dunklem Fingerabdruckpulver bedeckt waren. »Auf beiden Verpackungen befinden sich Abdrücke, die von derselben Person stammen. Sie waren auch auf genau die gleiche Weise aufgerissen. Auf einem der Kondome war ein Teilabdruck, der wahrscheinlich zu derselben Person gehört, aber ich brauche den Zehnfingerabdruck, um das zu bestätigen.«

Kay zuckte zusammen. Der Missbrauch hatte lange gedauert und war wiederholt worden. Er war brutal gewesen. Der Täter hatte aufgehört, aber dann wollte er mehr und vergewaltigte sie erneut. Sie wünschte sich, Jenna wäre dabei bewusstlos gewesen. »Hast du die Abdrücke durch das AFIS laufen lassen?«

»Es läuft noch. Nichts bislang.« Doc Whitmore setzte sich mit einem leisen Stöhnen auf den Hocker und blätterte dann schnell seine Notizen durch. »Das sind vorläufige Ergebnisse, das ist euch schon klar, oder?«

»Ja, Sir«, antwortete Elliot. »Sie sagen uns Bescheid, wenn Sie etwas Neues gefunden haben?«

Der Doc nickte, starrte immer noch auf sein Notizbuch und fuhr die Kritzeleien auf der Seite mit einer Fingerspitze nach.

»Mageninhalt?«, fragte Kay. »Ich muss die letzten vierundzwanzig Stunden ihres Lebens rekonstruieren, und das würde mir helfen.«

»Das steht als Nächstes auf meiner Liste«, sagte der Doc, nahm die Brille ab und massierte sich den Nasenrücken mit Daumen und Zeigefinger. »Der Tox-Screen steht auch noch aus.«

Kay und Elliot waren schon fast zur Tür hinaus, als Doc Whitmore zu ihnen aufschloss. »Ich wusste, dass ich etwas vergessen habe. Ich habe Fingerabdrücke auf der rosa Plastikhaarspange gefunden, die wir am Tatort entdeckt haben. Sie stimmen nicht mit denen von Jenna überein.«

SECHZEHN
BETRUNKEN

Sie zog sich erst an, als ihre Tochter längst in Nicks rotem BMW auf dem Weg zur Schule war. Lange hatte sie in der weichen Berührung ihres flauschigen Bademantels geschwelgt und sich insgeheim vorgenommen, ein langes, entspannendes Bad im Whirlpool zu nehmen, nachdem Alana gegangen war und die Streitereien erst einmal ein Ende hatten. Was war nur mit diesem Kind los, das jedem Wort, das sie von sich gab, widersprechen wollte, das Grenzen so weit wie möglich austestete und immer bereit war, sie zu übertreten? Alexandria vermisste die Tochter, die Alana bis vor ein paar Jahren noch gewesen war, als sie »Ich hab dich lieb, Mami« gesagt und sich dann auf die Zehenspitzen gestellt hatte, um einen Kuss zu bekommen.

Diese Tage waren unwiederbringlich vorbei gewesen, als die Teenagerjahre über sie hereingebrochen waren, mit stechenden und finsteren Blicken sowie Flüchen bei jedem zweiten Wort, das Alana von sich gab. Alexandria hielt jeden Tag dagegen und investierte jedes Quäntchen Energie und Engagement, um Alana zu dem Mädchen zu machen, das sie selbst in ihrem Alter nicht hatte sein können. Eine Gewinnerin, eine gefeierte Schönheit, die begehrenswerteste junge Frau, die sich Männer und Karrieren und alles andere, was sie wollte, aussuchen konnte. Zu ihrer Erleichterung hatte sie in einer Frauenzeitschrift gelesen, dass auch Teenager alterten und in den Zwanzigern die Liebe zu ihren Müttern wiederentdeckten. Alles, was sie tun musste, war, die Teenagerjahre durchzustehen und keine Brücken zu ihrem rebellischen Kind abzubrechen.

Alexandria badete etwa eine Stunde lang und ließ ihre Gedanken ziellos umherschweifen. Dann schlüpfte sie in ein schwarzes Dessous-Set aus Spitze von Fleur du Mal und wählte ein mitternachtsblaues Seidenhemd von Milano, das hervorragend zu einer Stretch-Jeans passte, die ihren Hintern fester und frecher erscheinen ließ, als er war. Ein Hauch von Concealer unter den Augen, etwas Lipgloss und Rouge, um ihrer blassen Haut Farbe zu verleihen, und schon war sie fertig.

Sie lungerte noch eine Weile in der Küche herum und versuchte zu entscheiden, was sie mit dem Tag anfangen sollte. Sie könnte die Küste hinauffahren, zu diesem malerischen Café mit Blick auf das Meer, wo sie sich mit einem Cappuccino in der Hand in der Sonne aalen und mit dem jungen Barista, der sie immer zu mustern schien, Small Talk betreiben könnte. Oder sie könnte in der Stadt einkaufen gehen; sie war schon eine Weile nicht mehr shoppen gewesen. In der Westfield Mall gab es jeden Monat tonnenweise neue Modeartikel, in Hillsdale ebenfalls. Das würde sich auf jeden Fall lohnen.

Das Läuten der Türklingel unterbrach ihre Gedanken. Sie fuhr sich schnell mit den Fingern durch ihr sorgfältig gestyltes Haar, sah in den Spiegel, als sie zur Haustür ging, und lächelte, zufrieden mit ihrem jugendlichen Aussehen. Ein Blick durch das Seitenfenster und sie erkannte das Auto ihres Liebhabers, das in der Einfahrt parkte.

Ein heißer Schauer durchströmte ihr Blut, als sie die Tür öffnete. Er stand auf der Veranda, knöpfte sein Hemd auf, und sein Blick bohrte sich mit Dringlichkeit in ihren. Sie senkte die Lider und beobachtete seine Finger, die schnell den letzten Knopf öffneten und dann an seiner Gürtelschnalle herumtrödelten. Er war bereits hart für sie, ungeduldig, fordernd. Das Verlangen überkam sie und übernahm die Kontrolle über ihren Verstand, vibrierte in jeder Faser ihres Körpers, brachte ihr Blut in Wallung und ließ ihr Inneres vor Verlangen erzittern.

Sie packte ihn vorne am locker sitzenden Hemd und zog ihn ins Haus, wobei sie seine Lippen berührte, als sie die Tür zuschob. Er hob sie hoch, und sie schlang die Beine um seinen Körper, während er sie ins Schlafzimmer trug. Als sie auf dem Bett landete, griff sie in sein zerzaustes Haar und drückte ihn fest an sich, wollte den Kuss nicht enden lassen, aber er löste sich von ihr, stand über ihr und musterte sie mit einem intensiven, ernsten Gesichtsausdruck, als wollte er entscheiden, was er mit ihr machen sollte. Wie er sie nehmen sollte.

Sie zappelte und wimmerte, begierig und bedürftig, aber er legte ihr einen Finger an die Lippen und brachte sie so zum Schweigen. Dann ließ er diesen Finger nach Süden wandern, bis er auf den sinnlichen Stoff ihres Hemdes traf. Langsam öffnete er einen Knopf nach dem anderen, der Blick so fest, dass sie sich ihm still unterwarf. Ihre Brust hob und senkte sich gequält, als er ihr die Kleider abstreifte, beginnend mit dem Hemd, das er achtlos auf den Boden warf. Ihre Jeans folgte, dann seine. Sie griff mit beiden Händen nach ihm, lechzte danach, seine Haut zu berühren, aber er schnappte sich ihre Handgelenke, hielt sie über ihrem Kopf fest, sodass sie sich nicht bewegen konnte, und beobachtete sie wartend.

»Bitte«, flüsterte sie. »Du machst mich verrückt.«

Er führte die Lippen nahe an ihr Ohr. »Wie war das, bitte?«

Sie wimmerte und verlor sich in einem Strudel von Gefühlen, als er sie liebte, langsam und doch leidenschaftlich, und das Verlangen in ihrem Körper aufbaute, anstatt es zu stillen. Sie war sein. Sie lebte für seine Berührung, für einen Moment der Zärtlichkeit, für einen weiteren Tag wie diesen. Es gab kein Entkommen.

Außer Atem und köstlich ermattet schmiegte sie sich in seine Umarmung und strich mit den Fingerspitzen über seine Brust. »Ich liebe deine Brusthaare«, flüsterte sie. »Fang bloß nicht an, sie zu rasieren.«

Er beugte sich vor und küsste sie auf den Mund. »Ich habe drüber nachgedacht. Stars machen das heutzutage doch alle. Warum also nicht auch ich?«

»Weil ich es so mag«, sagte sie und lächelte. »Es ist ein Zeichen von Männlichkeit, und es macht mich an.«

Er gluckste. »Ob das allein schon reicht? Ich weiß ja nicht.« Seine Miene war ernst, angespannt. Er setzte sich auf die Bettkante und griff nach seinen Kleidern. Er wollte gehen.

Wie immer.

Aber sie hatte auch kein Recht, ihn zum Bleiben zu bitten.

Eine Welle der Traurigkeit brach über sie herein und drohte, den Augenblick zu ruinieren. Sie zwang sich zu einem Lächeln, setzte sich auf und bedeckte sich mit der zerwühlten Bettdecke. »Wann sehen wir uns wieder?«

Seine Lippen verzogen sich zu einem lüsternen Grinsen. »Willst du mehr?«

An dem Tag, als er sie das erste Mal berührt hatte, hatte sie ohnehin all ihre Würde verloren. »Ja«, antwortete sie. Ihre Stimme zitterte, erstickt von rohen Gefühlen. »Du weißt, dass ich das will.«

»Dann sehen wir uns wieder«, sagte er und ging zur Tür, während er noch sein Hemd zuknöpfte und den Gürtel festzog.

Sie eilte ihm hinterher, eingehüllt in die fliederfarbene Decke, die nach ihm und seinem Liebesspiel roch. In der Tür blieb sie stehen, weil sie nicht vorhatte, in diesem Zustand nach draußen zu gehen. »Warte«, rief sie, als er schon fast an seinem Auto war, »ich ...«

Er drehte sich um und eilte zu ihr. Immer noch begierig küsste er sie atemlos und drückte ihren Kopf in einer fiebrigen Umarmung zurück, die ihre Körper miteinander verschmelzen ließ. Dann ließ er sie los. »Bye, Babe. Ich muss los.«

Nachdem sein Auto aus ihrer Einfahrt verschwunden war, schloss sie die Tür hinter sich und verriegelte sie. Die Stille in dem leeren Haus trieb ihr Tränen in die Augen, Tränen, die nicht kommen sollten, Tränen, die sie verachtete.

Sie zwang sich, das Bett zu machen und hinter sich aufzuräumen, dann zog sie sich wieder an, diesmal ein paar Jeans-Shorts und ein T-Shirt. Sie hatte keine Lust mehr, einkaufen zu gehen. Nicht heute.

Sie legte sich aufs Sofa, um ihren zitternden Muskeln eine Pause zu gönnen. Das war doch wahnsinnig ... diese Beziehung war nicht gesund. Sie waren nicht zusammen, sie waren nicht einmal Freunde. Sie wusste sehr wenig über ihn, und er wusste wahrscheinlich noch weniger über sie. Aber die Chemie zwischen ihnen ... so etwas hatte Alexandria noch nie erlebt. Eine Berührung, und sie war sofort Feuer und Flamme für ihn gewesen, begehrte ihn stärker, als sie es je für möglich gehalten hatte.

Aber hatten sie eine Zukunft?

Nein. Nicht im Ansatz. Eines Tages, an einem der vielen Tage, an denen sie sich wünschte, er würde sie besuchen kommen, sich anzog, sich nach ihm sehnte, würde er einfach nicht mehr kommen. Sie würde allein gelassen werden, verbraucht, vergessen, nicht imstande, auch nur zu fragen, warum er verschwunden war, weil sie es bereits wusste.

Er gehörte einer anderen.

Deshalb verabscheute Alexandria sich selbst und ihre heimliche Liebe genauso sehr, wie sie seine Berührung brauchte. Für andere Männer war sie die Freundin, die Verlobte, die Ehefrau gewesen ... was war sie jetzt für ihn?

Eines Tages würde es das letzte Mal sein, dass sie miteinander schliefen, und sie würde es zunächst nicht einmal merken. War heute schon dieser Tag?

Sie wimmerte und erschauderte bei dem Gedanken. Um das Grauen zu vertreiben, stand sie auf und ging in die Küche. Im Kühlschrank stand eine Flasche Wein. Sie hatte ein wenig Mühe mit dem Korkenzieher, aber es gelang ihr, sie zu öffnen. Sie schenkte sich ein randvolles Glas ein. Dann nahm sie es mit zurück zum Sofa und trank es in kleinen Schlucken, bis die Angst nachließ und nur noch die Erinnerung an sein sinnliches Flüstern blieb.

Das zweite Glas war fast leer und stand verlassen auf dem kleinen Couchtisch. Sie war für eine Minute eingenickt, als Alana nach Hause kam und Alexandria durch das Zuknallen der Haustür weckte. Alexandria versuchte aufzustehen, aber sie fühlte sich schwach und ließ sich resigniert in die Kissen sinken.

»Wow, Mom, es ist bestimmt schon irgendwas nach fünf, oder?«, scherzte Alana unbarmherzig und warf ihrer Mutter einen strengen, missbilligenden Blick zu. »Na ja, unterbrich die Party nicht meinetwegen. Ich bin nur hier, um mich umzuziehen. Ich treffe mich um sechs mit Nick. Wir gehen ins Kino.«

Der Neid hinterließ einen schlechten Geschmack in Alexandrias Mund.

Alexandria beneidete ihre eigene Tochter darum, mit ihrem Freund ins Kino zu gehen, um das normale Leben, das sie führte. Einen Moment lang stellte sie sich vor, wie sie selbst für ihren Geliebten Dessous und ein kleines schwarzes Kleid anzog, in Vorfreude auf das Date und das, was nach dem Film folgen würde. Die Schmetterlinge in ihrem Bauch.

Daraus wurde nichts. Nicht für sie. Nicht mit ihm.

Sie schloss die Augen, aber die Tränen, die sie zu unterdrücken versuchte, quollen trotzdem gnadenlos hervor. Sie goss den Rest aus der Weinflasche in ihr Glas und führte den Burgunder an ihre Lippen, um damit die Schmerzen in ihrer Brust zu lindern.

SIEBZEHN

NAME

Eines von Elliots bestgehüteten Geheimnissen war seine Verachtung für soziale Medien. Der in Texas geborene Ermittler, der seine Meinung normalerweise für sich behielt, wenn ihn nicht jemand konkret danach fragte, war der festen Überzeugung, dass die sozialen Medien allein für sämtliche psychologischen Schäden verantwortlich waren, unter denen die Jugend im Allgemeinen litt.

Dieses verflixte Internet spuckte schneller Narzissten aus als eine gut geölte Presse und schuf Horden von Menschen, die nur damit beschäftigt waren, sich selbst auf die Schulter zu klopfen und zu beweihräuchern. Vor allem die jungen Leute. Die Älteren, vielleicht bis zu seiner Generation, hatten noch etwas von der guten alten Erziehung genossen, als Kinder noch ihren Beitrag leisten und ihren Wert beweisen mussten, um sich das Recht zu verdienen, ihre Meinung zu sagen.

Die sozialen Medien hatten auch die Art und Weise der Verbrechensaufklärung verändert. Trotz seiner Abneigung gegen diese zeit- und hirnfressenden, verrückten Plattformen musste Elliot sich durch Tausende von sinnlosen Postings, Fotos und Kommentaren wühlen, um herauszufinden, was ein

Opfer oder ein Zeuge wann gesagt, gesehen oder getan haben könnte.

Niemand redete mehr mit jemandem. Man rief andere nicht mehr an, sondern schrieb ihnen SMS. Alle hatten Follower, die sie nicht kannten, und Online-Freunde, die sie nie getroffen hatten. Manchmal entpuppten sich diese sogenannten Freunde als Stalker, Pädophile und Mörder, die nur auf die richtige Gelegenheit zum Zuschlagen warteten.

Bei aller Fairness gegenüber den besagten Plattformen, und auch wenn Elliot sie deshalb nicht mehr zu schätzen wusste, brachten die sozialen Medien einen gewissen Vorteil mit sich. Die Menschen gaben dort ihre intimsten Gedanken preis, ohne Hemmungen oder Zensur, nicht wissend, dass alles, was sie ins Internet stellten, nicht mehr privat war. Natürlich logen Menschen in den sozialen Medien auch, gaben sich als etwas aus, das sie nicht waren, und verhielten sich wie Löwen, die im Dschungel ihrer Beute hinterherjagten. Manche waren quasi dafür geboren, von Natur aus geschickt darin, sich zu verstecken und ihre Mitmenschen zu täuschen wie ein Chamäleon.

Elliot scrollte durch Jennas Newsfeed und Postings, um einen Einblick zu bekommen, was das Mädchen seit April getan hatte. Kay hatte darauf bestanden, herauszufinden, was die von ihren Eltern beschriebene Verhaltensänderung bei Jenna bewirkt haben könnte. Nicht dass seine Partnerin wirklich darauf bestehen musste; es ergab durchaus Sinn, wie alles andere, was sie vorhatte.

Sie teilten die Aufgaben auf, um sie schneller zu bewältigen und so wenig Zeit wie möglich zu verschwenden. Mit einem verständlichen Stöhnen hatte Kay die eine Aufgabe übernommen und ihm die andere überlassen. Sie benutzte ihren eigenen Computer, um auf Jennas Daten zuzugreifen, während er den Laptop des Mädchens nahm und ihn auf Kays Schreibtisch stellte. Mittlerweile scrollte er schon eine ganze Weile.

Seit April war auf Jennas Accounts nichts mehr gepostet

worden. Sie äußerte sich nicht über das Ereignis, das ihre Welt aus den Angeln gehoben hatte. Sie hörte ganz auf zu reden, antwortete niemandem mehr und ging auch nicht mehr auf die Postings anderer Leute ein.

Vor April, genauer gesagt vor dem siebzehnten April, sahen ihre Profile in den sozialen Medien ganz anders aus.

Die Jugendlichen posteten Tag und Nacht in diesen Portalen, und Jenna war damals nicht anders gewesen. Aus Neugierde nahm Elliot sich einen Moment Zeit, um stichprobenartig nachzuzählen, und an einem Tag hatte Jenna über hundert Beiträge verfasst oder kommentiert. Hatten diese Kinder überhaupt noch Zeit für die Schule? Für irgendetwas?

Als Elliot feststellte, dass seine Gedanken denen eines verbitterten alten Mannes in nichts nachstanden, brummte er ein paar Schimpfwörter und setzte seine endlose Suche durch die Träumereien der Highschool-Schüler von Mount Chester fort. Er war erst fünfunddreißig; kein Grund, sich wie ein alter Knacker zu verhalten. Die traditionelle Polizeiarbeit mochte zugunsten von Videoüberwachung, Social-Media-Ermittlungen und Datenbankrecherchen eine aussterbende Kunst sein, aber jede neue Generation schaffte es doch wieder, selbst die zynischsten Kritiker zu überraschen, zu übertreffen und zu beeindrucken. Diese Jugendlichen würden wahrscheinlich das Gleiche tun und am Ende ganz gut dastehen.

Sein Gebrummel brachte ihm einen kurzen Blick von Kay ein, bevor sie wieder in ihren eigenen Haufen aus digitalem Mist starrte. Er tat es ihr gleich und las ein paar Kommentare zwischen Jenna und ihren engsten Freunden.

Früher hatte sie ein paar enge Freunde gehabt. Da waren zwei Mädchen, Mackenzie Trenton, deren Avatar das Filmplakat von *Twilight* zeigte, und Alana Keaney, deren Fotos eher auf die mittlere Doppelseite einer entsprechenden Zeitschrift gehört hätten als auf das Profil einer Highschool-Schülerin. Alana war besessen von Schmuck jeglicher Art und zeigte stets

Haut in lasziven Posen, sogar auf Fotos mit ihrem vermeintlichen Freund Nick Papadopoulos. Dieser junge Mann stand auf BMWs und Autorennen und schrieb darüber, an Rallyes teilzunehmen, sobald er erst in Harvard war. Es schien, als sei er bereits angenommen worden, aber er postete mindestens einmal alle paar Tage, dass er immer noch seine Optionen abwöge, als wollte er sagen: »Ich gehe nach Harvard, *Bitches*, und das binde ich euch jetzt permanent auf die Nase.« Was für ein selbstbesoffener Idiot.

Jenna hatte auch mal einen Freund gehabt, einen jungen Mann namens Tim Carter. Er mochte Ferraris und Katzen, und er fuhr oft Ski auf dem Mount Chester. Er hatte sogar schon ein paar Wettbewerbe gewonnen. Das war vor April gewesen. Nach einer kurzen Abwesenheit von den sozialen Medien hatte Tim sich mit einem neuen Mädchen gezeigt, einer Schülerin namens Kendra Flannagan. Sein letztes Posting über Jenna war am 14. April gewesen. Sein erstes über ihn und Kendra am 24. Juni.

Verwirrt von den fehlenden Nachfragen zu Jenna, scrollte Elliot zurück zu deren letzten aktiven Tagen im Internet. Kurz vor dem 17. April hatte Jenna täglich gepostet, wenn auch mit nachlassender Häufigkeit. Dann verschwand sie aus dem sozialen Netzwerk. Und niemand hatte sich die Mühe gemacht, sich bei ihr zu melden, nach ihr zu fragen oder ihre Abwesenheit zu kommentieren. Mackenzie postete weiterhin Klatsch und Tratsch über Kristen Stewart und Robert Pattinson, was sie trugen, welche anderen Rollen sie in welchen Filmen spielten und mit wem sie zusammen waren. Bei Alana Keaney ging es nur um sie selbst und um niemanden sonst, sie präsentierte mindestens fünfzehn Selfies am Tag. Jeder Schritt, den sie machte, wurde online dokumentiert. Was sie trug, wo und mit wem sie was genau aß, welche Kleidung sie kaufte. Und sie kaufte eine ganze Menge Kram.

Jenna hatte aufgehört, mit ihrem Freundeskreis zu kommunizieren, und niemand hatte ein Wort gesagt. Nicht einmal aus Neugierde, was bedeutete, dass alle wussten, warum ihre Freundin abgetaucht war. Sie wussten es, aber sie hielten sich bedeckt und äußerten sich nicht dazu. Keiner von ihnen, nicht einmal aus Versehen.

Verdammt!

Vielleicht würde gute altmodische Detektivarbeit seine Fragen beantworten, vorausgesetzt, er oder Kay konnten die Kinder zum Reden bringen.

Ein letzter Schritt, bevor er den Deckel auf Jennas Leben in den sozialen Medien schloss, war die Durchsicht ihrer Messenger-Nachrichten. In ihren Chats offenbarte sich dieselbe Geschichte: viele Interaktionen mit denselben Freunden bis April, dann Stille, bis auf die Nachrichten von einem Profil, einem Mann, den sie in ihrem Chat mit DeGraw ansprach.

Dieser DeGraw war ein neuer Kontakt, jemand, den Jenna erst nach April, genauer gesagt am 7. Mai, online kennengelernt hatte. Sie hatten eine Weile gechattet, und Elliot konnte aus ihren Nachrichten herauslesen, dass sie deprimiert war, nichts Bestimmtes im Sinn hatte und sich mit ihm eher unterhielt, um eine Schulter zum Ausheulen zu haben. Nach fast einer Stunde, in der er sich durch unzählige Nachrichten gewühlt hatte, merkte Elliot, wie ihre Beziehung aufblühte und immer tiefsinniger wurde, wie Jenna sich diesem Mann gegenüber öffnete und Gefühle für ihn entwickelte. Dann verabredeten die beiden ein persönliches Treffen.

Am 9. Juni in Mount Chester.

DeGraw fuhr von San Francisco herüber, nur um Jenna zu treffen. Aus den nachfolgenden Nachrichten ging hervor, dass Jenna ihr erstes Treffen gefallen hatte. Danach trafen sie sich immer wieder, mindestens alle zwei Wochen, wenn der geheimnisvolle Mann anreiste, um den mürrischen Teenager zu treffen, der sich langsam in ihn zu verlieben schien.

Elliot klickte auf DeGraws Namen im Messenger, um sein

Profil zu öffnen. Es gab keine Informationen, kein Profilbild und keine persönlichen Details, keine Fotos oder Interaktionen mit anderen Personen.

»Ich habe nichts«, sagte Kay und stieß einen langen, frustrierten Seufzer aus. »Ich fasse es nicht, was für einen Mist diese Kinder jeden Tag produzieren. Nichts Brauchbares; es scheint, als ob Jenna nach dem 17. April völlig verschwunden wäre und es niemanden interessiert hätte. Nicht ein Tweet, nicht eine einzige E-Mail, nichts.« Sie rieb sich energisch den Nacken, als wollte sie die dort aufgestaute Spannung abbauen. »Ich muss etwas übersehen. Hattest du Glück?«

»Ja«, antwortete er und drehte den Laptop in ihre Richtung. »Wir brauchen eine richterliche Anordnung. Sie hat sich mit jemandem getroffen, einem Mann, der alle paar Wochen aus der Stadt herübergefahren ist, um bei ihr zu sein.«

Kay runzelte die Stirn, als sie die letzten Nachrichten zwischen Jenna und ihrem heimlichen Freund durchlas.

»Das ist ein Erwachsener, Elliot«, flüsterte sie und biss sich auf die Spitze ihres Zeigefingers. »Ein Erwachsener. Es könnte ein Sexualstraftäter sein, ein Perverser, der sie online gefunden hat und ...« Sie verstummte und konzentrierte sich auf das, was sie gerade las. »Dieser Mann ist ein Geist. Wir haben die Daten, an denen er hierhergefahren ist, und die ungefähren Uhrzeiten. Wenn nichts anderes hilft, können wir ihn über die Mautstellen an der Golden Gate aufspüren. Wir müssen wissen, wer er wirklich ist.«

»Wir brauchen eine Vorladung, um das soziale Netzwerk zu verpflichten, seine Identität preiszugeben.«

Kay rümpfte die Nase. »Ich glaube, ich weiß einen schnelleren Weg.«

Natürlich kannte sie einen schnelleren Weg. Das tat sie immer, als ob ihre Minuten nur die Dauer einer Sekunde aufwiesen. Das Wort »warten« existierte im Vokabular seiner Partnerin nicht.

»Ein alter Kumpel von mir vom FBI könnte für uns vielleicht eine inoffizielle Suche durchführen.« Kay holte ihr Handy aus der Tasche und scrollte durch die Liste der gespeicherten Kontakte, bis sie den Gesuchten fand. Sie startete den Anruf und wartete ungeduldig mit dem Telefon am Ohr, mit den Fingern auf die zerkratzte Oberfläche des Schreibtisches klopfend. »Hey, hier ist Kay Sharp«, sagte sie dann leise in den Hörer, stand auf und trat ein paar Schritte zur Seite. »Hast du einen Moment Zeit?« Sie näherte sich dem Fenster zum Parkplatz und wandte ihr Gesicht von Elliot ab, als wäre das, was sie zu besprechen hatte, etwas Persönliches. Rein privat.

Er beugte sich lässig vor und tat so, als würde er immer noch durch Jennas Laptop scrollen, spitzte aber die Ohren, als wäre er auf der Jagd nach einem Wildschwein.

»Ich muss dich um einen Gefallen bitten«, sagte Kay. »Ich habe ein Opfer, das sich mit jemandem getroffen hat, den sie online kennengelernt hatte. Dort heißt er DeGraw, aber ich bin sicher, dass das nur ein Nickname ist. Du findest alles im Messenger meines Opfers.« Eine Pause. »Ja, klar. Ihr Name ist Jenna Jerrell, siebzehn Jahre alt, aus Mount Chester. Ja, Kalifornien, wo sonst?« Sie lachte, ein sanftes, warmes Lachen, wie es nur Menschen austauschen konnten, die mehr als nur ein Büro geteilt hatten. »Sicher, ich warte.« Sie schritt vor dem Fenster hin und her und beobachtete wachsam jede Bewegung. Es war ruhig um diese Zeit, fast vier Uhr nachmittags, und Sheriff Logan war noch nicht zurückgekehrt. »Ja, ich bin noch da«, sagte sie nach ein paar angespannten Minuten. »Sein Name ist wie?« Eine Pause. »Und da bist du dir sicher?«

Elliot hätte schwören können, dass er selbst aus dieser Entfernung einen Schatten der Bestürzung auf Kays Gesicht erkannte. Etwas blass um die Nase beendete sie den Anruf und steckte das Telefon in die Tasche. Dann kehrte sie an ihren Schreibtisch zurück, als ob nichts geschehen wäre.

»Und?«, fragte er beiläufig und sah vom Bildschirm auf. »Hattest du Glück?«

Sie wich seinem Blick aus. »Ach, die melden sich bei mir, wenn sie einen Namen haben.«

Sie log.

Elliot war sich bei vielen Dingen in seinem Leben nicht sicher, aber auf eines hätte er Stein und Bein geschworen: Seine Partnerin hatte ihn noch nie angelogen. Und jetzt sah sie aus, als würde sie gleich in Ohnmacht fallen.

ACHTZEHN

DEGRAW

Kay fuhr Elliots Protesten zum Trotz selbst nach Hause. Sie hatte gesagt, sie fühle sich krank, und das war nicht einmal gelogen; sie musste es nicht vortäuschen, um früher Feierabend zu machen. Es kam ihr so vor, als würde sich der Boden bewegen, außer Kontrolle geraten, und es gab nichts, woran sie sich festhalten konnte, um das Gleichgewicht zu halten. Sie musste ihre Diskussion mit Elliot unterbrechen und zur Toilette rennen, um ihren Magen zu entleeren.

Als sie wieder herauskam, tupfte sie sich mit einem Taschentuch den Mund ab und legte eine Hand an die graue Wand, um sich zu beruhigen. Elliot wartete mit besorgtem Blick auf sie.

»Lass mich dich fahren«, sagte er wieder. »Es macht mir nichts aus, wenn du in meinen Interceptor kotzt. Das haben einige Kriminelle auch schon hinbekommen.« Sein Versuch, ihre Stimmung aufzuhellen, war herzerwärmend, und Kay fühlte sich noch schlechter, weil sie ihn belogen hatte.

Sie vermied es, ihn anzusehen, winkte mit der Hand ab und holte ihre Schlüssel aus dem Schreibtisch. »Das wird schon wieder, Elliot. Ich muss etwas Falsches gegessen haben. Das

Sandwich heute Mittag war wirklich ein bisschen sauer.« Auf eine Lüge folgte immer eine weitere, bis ein ganzer Schwarm von ihnen in ihrem Kopf herumschwirrte und alles noch schlimmer machte.

Du könntest auf dem Heimweg wegdämmern, wenn ...«

»Nein, Elliot, bitte.« Kays Stimme klang streng und kälter, als sie gewollt hatte. »Es tut mir leid ... ich fühle mich einfach nicht gut.«

Sichtlich verwirrt hob er seinen Hut, kratzte sich am Haaransatz und starrte ihr nach, als sie das Gebäude verließ. Irgendwann würde es eine Erklärung geben. Nur noch nicht jetzt und hier.

Kay schloss ihren SUV auf und klemmte sich hinter das Steuer. Die starke Hitze ließ ihre Übelkeit wieder aufflammen, aber endlich war sie allein und konnte die Maske fallen lassen.

Sie startete den Motor und ließ den Tränen, die sie die ganze Zeit unterdrückt hatte, freien Lauf, während sie vom Revier wegfuhr. Als sie auf die Hauptstraße bog, sah sie das Auto des Sheriffs auf sich zukommen. Sie hatte gerade noch Zeit, ihre Sonnenbrille aufzusetzen, bevor die beiden Autos aneinander vorbeifuhren und einander mit Lichthupe grüßten. Ein paar unerträgliche Minuten später war sie zu Hause.

Sie schloss die Tür hinter sich ab und ließ die Schlüssel auf den Küchentisch fallen, dann taumelte sie ins Wohnzimmer und ließ sich auf die Couch fallen. Ihre Tränen waren getrocknet und panischer Fassungslosigkeit gewichen.

DeGraw.

Jetzt verstand sie, warum Jenna ihrem heimlichen Freund den Spitznamen DeGraw gegeben hatte.

Denn sein erster Name war Gavin. Wie bei Gavin DeGraw, diesem Popsänger, dessen größte Hits auch noch zehn Jahre nach ihrem Erscheinen im Radio gespielt wurden. Das musste Jenna zu diesem Spitznamen inspiriert haben. Oder vielleicht hatte er ihn sich selbst gegeben.

Aber das war noch nicht alles. Der volle Name von Jennas heimlichem Freund lautete Gavin Sharp.

Genau wie Kays Vater. Ganz genau. Derselbe Name, dasselbe Alter.

Für einen kurzen, verwirrten Moment fragte sich Kay, ob der Mann ihr Vater sein könnte. Das Herz pochte ihr in der Brust und sie schüttelte den Kopf, als ob diese Geste ihr helfen könnte, den konfusen, unwillkommenen Gedanken loszuwerden, der keinen Sinn ergab.

Ihr Vater konnte nicht Jennas Freund gewesen sein. Er war tot.

Nur Jacob und sie wussten die Wahrheit über den Verbleib ihres Vaters; alle anderen dachten, er wäre eines Nachts weggelaufen, nachdem er seine Frau fast zu Tode geprügelt hatte, und vermuteten ihn irgendwo in Arizona.

Aber dort war er nicht.

Seine Leiche verrottete langsam unter den Weidenbäumen in Kays Hinterhof. Sie blickte auf und schaute nach draußen. Durch das Fenster konnte sie die majestätischen Kronen der Bäume sehen, die sich langsam und ungestört in der Sommerbrise bewegten.

Noch immer schwindelig und mit Übelkeit im Bauch stand Kay auf und wankte in die Küche. Die Wände waren gespachtelt und geschliffen, fast fertig zum Streichen. Nur ein kleiner Teil war noch nicht bearbeitet worden, hatte Kratzer und Dellen, die sich im Laufe der Jahre während der besoffenen Ausbrüche ihres Vaters durch geworfene Gegenstände und Stühle angesammelt hatten. In der Nähe des Kühlschranks waren immer noch die Blutflecken ihrer Mutter zu sehen, obwohl sie ihr Bestes getan hatte, alles zu entfernen.

Ohne sich dessen bewusst zu sein, stand Kay dort, wo sie vor fast achtzehn Jahren gestanden hatte, und durchlebte den Albtraum erneut. Sie war dreizehn gewesen und hatte damals noch auf den Namen Kathy gehört, bevor die abscheuliche

Lüsternheit ihres Vaters den Klang ihres eigenen Namens unerträglich gemacht hatte. Ihr Bruder war kaum zwölf gewesen. Ihr Vater hatte ihre Mutter an die Wand gedrückt, dort, wo früher der Kühlschrank gestanden hatte, sie mit einer Hand gewürgt und mit der anderen befummelt.

Er hatte ihren Kopf gegen die Wand geschlagen, weil es im Haus keinen Wein mehr gab.

»*Gavin, bitte, nein.*« Das Wimmern ihrer Mutter hallte durch den leeren Raum, als wäre sie noch da und würde von seinen Faustschlägen zu Boden geprügelt. »*Ich habe wirklich nichts mehr.*«

Ihre Worte machten ihn so wütend, als hätte ihre doppelte Zurückweisung seine Wut angeheizt und das Feuer in ihm noch verstärkt. Er schleuderte Pearl gegen die Wand und sie fiel zu Boden, zu schwach, um seinem Angriff standzuhalten.

Kathy und Jacob sprangen auf. Beide eilten an die Seite ihrer Mutter, und Jacob versuchte, die Aufmerksamkeit seines Vaters von seiner Mutter abzulenken.

»Wenn du willst, kann ich den Nachbarn fragen, ob er eine Flasche übrig hat«, rief Jacob mit zitternder Stimme.

»Mhm, tu das, mein Sohn«, erwiderte ihr Vater, der inzwischen Kathy anstarrte und sich über die Lippen leckte, die Augen blutunterlaufen und lüstern. »Ich wette, dieses junge Ding wird nicht nein zu mir sagen«, sagte er, während seine ungeschickten Finger sich abmühten, seine Gürtelschnalle zu öffnen. »Kathy, hübsche Kathy, meine süße Kathy, Daddy hat dich wirklich lieb«, sagte er mit einem Singsang, der in einem Hustenanfall endete. »Komm her, Kathy, hab deinen Daddy lieb.«

Kathy starrte ihn mit großen Augen an und wusste nicht, wohin sie laufen sollte. Pearl stöhnte, schaffte es aber, wieder aufzustehen, hielt sich an Kathy fest, um sie zu stützen, und schirmte ihre Tochter mit ihrem geschwächten, schmerzenden Körper ab.

»*Sie ist deine Tochter, Gavin, dein eigen Fleisch und Blut*«, *flehte sie.* »*Rühr sie nicht an.*« *Gavin öffnete den Reißverschluss seiner Hose, fest entschlossen, und machte zwei Schritte auf Kathy zu, aber Pearl schob das Mädchen aus dem Weg und stellte sich zitternd vor ihn.*

»*Hier, nimm mich*«, *rief sie und öffnete mit zögerlichen Bewegungen den obersten Knopf ihrer Bluse.*

Er schubste sie zur Seite und griff nach seinem Kind, wobei er Worte murmelte, die Kathy nicht verstand. Kathy stieß einen kurzen Schrei aus und flüchtete auf die andere Seite des Zimmers, zur Kommode, wo sie verzweifelt nach etwas suchte, das sie als Waffe benutzen konnte. Die Angst machte ihre Finger schwach, zittrig und nutzlos.

Kathy wandte den Blick von ihm ab und durchsuchte die Schubladen, so schnell sie konnte, als sie ein Geräusch hörte. Aus dem Augenwinkel sah sie, wie ihre Mutter ihrem Vater mit einer Bratpfanne auf den Kopf schlug.

Gavin reagierte kaum.

Er brach in schallendes Gelächter aus und stürzte dann, wie von Pearl angestachelt, durch die Küche, wo sie an der Anrichte Schutz gesucht hatte. Er schlug hart zu, so hart, dass sie zu Boden stürzte. Dann drehte er sich um, nahm das größte Messer aus dem Messerblock und hob den Arm, bereit für einen tödlichen Stoß.

»*Ich werde dich vernichten, du Abschaum*«, *brüllte er.*

»*Nein*«, *rief Kathy, die mit bebenden Händen die oberste Schublade durchwühlte und auf die Pistole stieß, von der sie wusste, dass er sie dort aufbewahrte.*

Sie drückte gerade ab, als Jacob sich mit seinem Baseballschläger näherte. Die Kugel verfehlte ihren kleinen Bruder nur knapp. Entsetzt schrie Kathy auf, doch dann sah sie, wie Jacob zurückwich und ihm der Schläger klappernd aus den Händen fiel. Er stand noch aufrecht und war unverletzt.

Ihr Vater stöhnte auf, das Messer noch immer in der Hand, gefährlich auf Pearls Brust zielend.

Kathy drückte erneut ab.

Als sie den Moment noch einmal durchlebte, schnappte Kay erschrocken nach Luft, als ob der Schuss durch Fleisch und Knochen statt durch die Erinnerung ging.

Sie lehnte sich gegen die Anrichte und starrte auf den Boden, auf den die Leiche ihres Vaters an jenem Tag gefallen war. Ihr Verstand spielte ihr Streiche, Erinnerungen überlagerten die Realität, die alten Blutflecken auf dem Linoleum waren mit Staub von Trockenbauwänden und Tropfen von Farbgrundierung bedeckt.

Gavin Sharp war tot.

Und doch war sein Name wieder aufgetaucht, um sie zu verfolgen, um die Erinnerung an ihren betrunkenen, misshandelnden Vater in den Köpfen der örtlichen Strafverfolgungsbehörden wieder aufleben zu lassen, nachdem es so viele Jahre gedauert hatte, bis sie ihn vergessen hatten. Wie sollte sie deren Fragen, deren berechtigte Neugier überstehen? Wie sollte sie Elliot weiterhin anlügen?

Das Geheimnis, das sie jahrelang gehütet hatte, drohte ans Licht zu kommen und ihr und Jacobs Leben zu ruinieren. Eine böse Wendung des Schicksals, die sie nicht erklären konnte.

Und irgendwo da draußen lauerte ein sechsundfünfzigjähriger Sextäter namens Gavin Sharp, der sich mit Jenna getroffen hatte, wenige Tage bevor sie getötet wurde.

NEUNZEHN

STREIT

Nachdem er die Nacht von Mittwoch auf der Restaurantterrasse der Winter Lodge verbracht und sich mit klappernden Zähnen auf einem der Liegestühle zusammengerollt hatte, musste Richard sich mit einer verstopften Nase und Husten herumärgern. Da das Hardtop des Jeeps zu Hause war und die Sitze sich nur um wenige Zentimeter verstellen ließen, war ihm nichts anderes übrig geblieben, als auf der überdachten Terrasse des Restaurants Schutz zu suchen.

Seine Kleidung verströmte einen stechenden Geruch, der sich mit seinem Schweiß vermischte. Es war seltsam, dass er ins Schwitzen gekommen war, obwohl ihm über Nacht so kalt gewesen war; das musste der Schnupfen gewesen sein. Er glaubte nicht daran, dass Menschen, die sich längere Zeit in der Kälte aufhielten, eine Erkältung bekamen. Nein, die Kälte machte sie nur angreifbarer, wenn die Temperaturen unter den Gefrierpunkt rutschten. Er musste in den letzten Tagen Kontakt mit jemandem gehabt haben, der krank war. Dieser jemand und sein beschissenes Pech waren schuld daran, dass er sich so mies fühlte.

Bei Tagesanbruch, als er gezwungen war, sich aus dem

Staub zu machen, bevor das Restaurantpersonal auftauchte, war er versucht gewesen, nach Hause zu fahren, um sich eine heiße Dusche und ein paar frische Klamotten zu gönnen. Aber die Vorstellung, dieser Schlampe über den Weg zu laufen und ihr Geschrei zu ertragen, konnte er nach einer Nacht in der Kälte und mit leerem Magen nicht ertragen. Er traute sich in ihrer Gegenwart selbst nicht. Nicht mehr.

Stattdessen hatte er seinen Hintern auf einem alten Baumstumpf am Fuße des Sessellifts geparkt, wo die Morgensonne den Boden erwärmte, und zündete sich eine Zigarette an. Dann eine zweite. Der Hype um elektronische Zigaretten und das Dampfen von Nikotin mit Zimtgeschmack hatte ihn nicht mitgerissen. Es gab keinen Ersatz für den unvergleichlichen Duft von Tabak, wenn die Flamme des Feuerzeugs zum ersten Mal auf die Zigarette traf. Das Dampfen war für das Rauchen das, was die Selbstbefriedigung für den Sex war. Es erfüllte seinen Zweck, ohne einen wirklich zu erfüllen.

Im schwachen Morgenlicht hatte er überlegt, ob er zur Schule gehen oder sich den Tag freinehmen sollte. Er würde bestimmt schnell auf der Wiese einschlafen, sobald es ein wenig wärmer wurde. Der Gedanke daran war verlockend, aber er war ein rationaler und kontrollierter Mensch, der gern nachdachte, bevor er handelte. Wenn er dort geschlafen hatte, was dann? Er brauchte Geld, Essen und einen Schlafplatz für die Nacht. Er war genauso wenig bereit, obdachlos zu werden, wie er bereit war, auf seinen zukünftigen Gehaltsscheck als Anwalt des reichsten Abschaums Kaliforniens zu verzichten, nur weil sein Vater rückgratlos und seine Mutter ein rachsüchtiges Miststück war.

Also war er pünktlich zum Unterricht erschienen, schmutzig und zerzaust, mit Gras an seinen Kleidern und in den Haaren. Sein Jeep brauchte Benzin, und Richard knurrte der Magen. Seine Brieftasche war leer, bis auf ein paar Dollarscheine, mit denen er sich nicht viel kaufen konnte. Rennie gab ihm sein mitgebrachtes Lunchpaket und beobachtete, wie Richard es noch während des Unterrichts mit großen Bissen verschlang, wenn der Lehrer nicht hinsah.

Richard war noch keine dreißig Minuten in der Schule, als seine Mutter anfing, ihm SMS zu schicken.

Wo bist du?, fragte sie und beendete ihre Nachricht mit einem wütenden Emoji.

Schule, antwortete er schnell.

Das glaube ich dir nicht, schrieb sie zurück.

Er stellte sein Gerät schnell auf stumm, wartete, bis der Lehrer sich umdrehte, machte ein schnelles Foto, um es ihr zu schicken, und tippte dann: *Lass mich verdammt noch mal in Ruhe.*

Das brachte sie immerhin für den Rest der unerträglich langweiligen Stunde Kunstgeschichte zum Schweigen und sogar noch während der folgenden Mathematikstunden. Als die Biologiestunde begann, tropfte Richards Nase wie ein kaputter Wasserhahn und er glühte förmlich.

Komm sofort nach dem Unterricht wieder nach Hause.

Eine weitere Nachricht seiner Mutter. Verdammt sei diese Frau.

»Prokaryoten sind die Einzimmerwohnungen der Zellen«, erklärte der Lehrer mit seiner nervigen, nasalen Stimme und zeichnete mit bunten Kreiden ein Bild an die Tafel. »Was ist so besonders an ihnen? Weiß das jemand?« Er ließ der Klasse einen Moment zum Nachdenken, doch ohne Erfolg. Niemand schenkte ihm großartig Aufmerksamkeit.

In diesem langen Moment der Stille ploppte eine neue SMS auf Richards Handy auf, ebenfalls von seiner Mutter. Diesmal schrieb sie: *Wenn du zum Abendessen nicht zu Hause bist, kündige ich deinen Handyvertrag.*

»Verdammte Scheiße noch mal«, platzte es aus Richard heraus, bevor er sich zurückhalten konnte.

Der Lehrer drehte sich um, als hätte ihn etwas in den Hintern gebissen. Aufgebracht und mit rotem Gesicht sah er Richard direkt an. »Mr Gaskell, stehen Sie auf, erklären Sie Ihren Ausbruch und entschuldigen Sie sich bei der Klasse.«

Richard biss die Zähne so fest zusammen, dass es wehtat, schaffte es aber, vor den etwa fünfzig Schülern in ihren billigen Polyesterklamotten und abgetragenen Schuhen bescheiden und reumütig zu wirken. »Ich habe mich nur verletzt, das ist alles. Ich habe einen Splitter unter dem Fingernagel, und es tut weh wie ...«, er machte eine dramatische Pause und hielt wie zum Beweis den Daumen in die Luft. »Es tut mir wirklich sehr, sehr leid. Ich hoffe, ihr könnt mir verzeihen, dass ich den Unterricht gestört habe.«

Der Lehrer starrte ihn an, offensichtlich unsicher, ob er nicht auf den Arm genommen wurde. Er schaute Richard an, der den Blick ruhig erwiderte und dann hinzufügte: »Prokaryoten haben keine Zellkerne oder andere membrangebundene Organellen. Deshalb sind sie wie Einzimmerwohnungen. Alles in einem Raum.«

Wieder herrschte Schweigen. »Genau«, sagte der Lehrer und wandte sich wieder seiner Zeichnung zu, während Richard immer noch vor Wut schäumte. Den Rest der Stunde dachte er über seine Zukunft nach, in langfristiger und unmittelbarer Hinsicht, und darüber, wie er die Unsicherheiten seiner Mutter zu seinem Vorteil nutzen konnte.

Kurz vor dem Klingeln der Pausenglocke erregte eine Bemerkung des Lehrers seine Aufmerksamkeit und holte ihn in die Realität zurück.

»... vom Tod eurer Klassenkameradin. Wir haben Psychologen und Trauerbegleiter, die persönlich und telefonisch zur Verfügung stehen, wenn ihr mit jemandem über Jenna sprechen wollt. Die Polizei bittet alle, die sachdienliche Informationen haben, die zu einer Verhaftung führen könnten, sich direkt an die Polizeidienststelle zu wenden.«

Richard wandte sich an seinen Hintermann und bat ihn, ihm zehn Dollar zu leihen. Der Junge willigte ein und zwei Fünfer wechselten den Besitzer. Dann beugte Richard sich zu Rennie und reichte ihm das Geld. »Fürs Mittagessen«, flüsterte er. Rennie war kreidebleich und sah ihn an, als hätte er ihn noch nie gesehen. »Reiß dich zusammen«, ermutigte er Rennie und zwinkerte. »Ich muss jetzt nach Hause, aber ich komme später am Nachmittag vorbei. Um wie viel Uhr bist du zurück?«

»Ähm, um sieben«, antwortete Rennie. Seine Lippen waren blass und die Augen so groß, als hätte er einen Geist gesehen.

»Mr Gaskell«, sagte der Lehrer und erhob frustriert die Stimme, »wir wollten gerade eine Schweigeminute für Ihre Klassenkameradin einlegen. Glauben Sie, dass Sie sich so lange zusammenreißen können?«

Richard wollte sich gerade wieder entschuldigen, als die Glocke läutete. Das Timing war urkomisch, und ein paar Lacher beendeten die Situation. In weniger als einer Minute war Richard auf dem Heimweg. Die Tankanzeige auf dem Armaturenbrett blinkte orange und aus dem Radio dudelte »Bad Habits« von Ed Sheeran.

Als er losfuhr, schweiften Richards Gedanken ab. Er konnte sich nicht daran erinnern, einen dieser Stapel von Geschenken, Karten, Kerzen und Teddybären gesehen zu haben, die immer wirkten, als hätte ein Müllwagen eine Panne gehabt und seine Ladung verloren. Wie nannte man so etwas noch einmal? Gedenkstätte? Wie auch immer, er hatte jedenfalls noch nichts dergleichen zum Gedenken an Jenna gesehen. Vielleicht gab es einen auf der anderen Seite des Schulgebäudes bei den Bushaltestellen, aber er hatte auch nicht gehört, dass jemand Geld für sie sammelte oder den üblichen Mist machte, den gelangweilte reiche Mädchen bei solchen Gelegenheiten abzogen. Er hätte erwartet, dass Alana Keaney die Erste sein würde, die so etwas initiierte und eine Million Selfies zu dem Thema postete, natürlich mit dieser voreingenommenen Schlampe im Schlepptau, Mackenzie Trenton.

In wenigen Minuten war er zu Hause und schlich sich durch die Hintertür ins Haus, ohne durch das Wohnzimmer zu gehen, wo seine Mutter gerade ein Buch las. Wenn sie von ihrer Lektüre aufblickte, würde sie seinen Jeep in der Einfahrt bemerken, aber bis dahin konnte er schon unter der Dusche stehen oder, besser noch, bereits eingeschlafen sein.

Sein Plan ging beinahe auf, er verschwendete lediglich ein paar Minuten damit, vor dem offenen Kühlschrank die Reste des gestrigen Abendessens in sich hineinzuschaufeln. Dann schlich er sich in sein Zimmer und schlüpfte unter die Decke. Als seine Mutter nach ihm sah, tat er so, als schliefe er, und sie nahm es mit einem langen Seufzer hin.

Er schlief wie ein Stein bis etwa sechs Uhr, dann stand er auf, zog sich an und machte sich auf den Weg zu Rennie. Sein Freund brauchte heute Abend Gesellschaft; die Nachricht von Jennas Tod schien ihn aufzuregen. Er war ein Softie und hatte so nervös gewirkt, als hätte er sie umgebracht.

Richard wollte gerade gehen, als seine Mutter ihn aufhielt.

»Wo willst du hin?«, fragte sie. Sie trug eine blaue Hose und eine dazu passende blaue Seidenbluse. Ihr Haar war ordentlich frisiert, als wäre sie gerade aus dem Friseursalon gekommen.

»Zu Rennie«, antwortete er und wandte sich ab. »Warum, willst du etwas?«

Sie trat näher an ihn heran. »Ja, dass du mich ansiehst.«

Er gehorchte, steckte die Hände in die Taschen und trat einen Schritt zurück. Obwohl er ihr so vieles an den Kopf werfen wollte, presste er die Lippen aufeinander und hielt den Mund.

Sie streckte zaghaft die Hand aus, um über sein Haar zu streichen, aber er zog sich mit finsterem Blick und schweigend zurück. »Was dein Vater und ich gestern Abend gesagt haben, hat nichts mit dir zu tun«, sagte sie und lächelte entschuldigend. »Das weißt du doch, oder?«

Wut stieg in seiner Brust auf und verbrannte ihn von innen heraus. »Einen Scheiß weiß ich, Mom!« Er stampfte laut knallend mit dem Fuß auf das Parkett. »Was mache ich hier? Was machst *du* hier, an diesem verdammten Ort, weit weg von der Stadt, in der wir so ein gutes Leben hatten?«

Ihr fiel die Kinnlade herunter. Einen Moment lang starrte sie ihn nur sprachlos an. Ihre Hand verharrte in der Luft, unentschlossen zwischen Berührung und Rückzug. »Es war kein gutes Leben, Richard. Du hattest angefangen ...«

»Wage es nicht, mir die Schuld an dieser Scheiße zu geben, hörst du? Ich habe nichts getan, um mir das hier zu verdienen! Du wolltest aufhören zu arbeiten und hast mich benutzt, um das zu rechtfertigen. Jetzt betrügt Dad dich, und das ist allein deine Schuld.«

»Wie kannst du es wagen?«, flüsterte sie mit vor Wut funkelnden Augen. Ihr Gesicht war rot angelaufen, vor Wut oder vor Scham.

»Dann sag mir, dass es nicht wahr ist«, blaffte Richard. »Was soll er denn tun? Warten, bis ihm die Lunte verwelkt und abfällt?«

Der Schlag hallte laut von den Gewölbedecken des großen Wohnzimmers wider. Richards Gesicht brannte an der Stelle, wo seine Mutter ihn geohrfeigt hatte, und unerwartet stiegen ihm Tränen in die Augen. Er wollte nicht weinen; er war kein kleines Kind mehr. Also starrte er sie bedrohlich an, wollte sich selbst beruhigen und war entschlossen, wegzugehen, ohne noch etwas zu sagen oder zu tun.

Natalie hatte die Hand über den weit aufgerissenen Mund geschlagen. »Es tut mir so leid«, stammelte sie. »Ich wollte nicht ...«

»Du machst mich krank.« Er spuckte die Worte aus wie

etwas besonders Bitteres und wandte sich zum Gehen. Sie folgte ihm nicht.

Im Flur, neben der Tür, sah er ihre Chanel-Tasche, die auf dem Konsolentisch lag. Geschwind öffnete er den Reißverschluss und kramte darin herum, bis er ihr Portemonnaie fand. Er nahm das gesamte Bargeld und ihre American-Express-Goldkarte an sich und schob den Geldbeutel zurück in die Handtasche. Als er das Haus verließ, schlug er die Tür hinter sich zu, und die großen Fensterscheiben klirrten protestierend.

Hinter dem Lenkrad rieb er sich über das Gesicht, das noch immer schmerzte, und murmelte einen scheinbar endlosen Schwur. Hoffentlich hatte sie genug Schuldgefühle, um ihn ein paar Tage in Ruhe zu lassen. Und eines Tages, schon bald, würde er die Schlampe dafür bezahlen lassen.

Als sein Jeep mit quietschenden Reifen auf dem Asphalt der Hauseinfahrt anfuhr, erblühte ein Lächeln auf seinen Lippen. Jetzt hatte er Geld und Zeit. Nach oben waren ihm keine Grenzen gesetzt.

Und es gab keinen Grund, die Nacht allein zu verbringen.

ZWANZIG

ALBTRÄUME

Kay war dankbar für den Moment, in dem der Nachthimmel nach Osten hin grau wurde. Sie hatte kein Auge zugetan und konnte es nicht mehr ertragen, sich im Bett hin und her zu wälzen, allein mit den Geistern ihrer Vergangenheit. All die Fragen, die sie sich im Laufe der Jahre gestellt hatte, verfolgten sie. Hätte sie etwas anders machen können? Wäre ihre Mutter an diesem Tag gestorben, wenn sie gezögert hätte?

Sie zog ein gammeliges T-Shirt und Shorts an und tippelte auf Zehenspitzen barfuß in die Küche. Dort schaltete sie das Licht ein, setzte die Kaffeemaschine in Gang und blieb ein paar Sekunden in der Nähe stehen, um den Duft des starken, frischen Gebräus einzuatmen. Dann schnappte sie sich den Spachtel und machte sich daran, die Reste der ausgetrockneten Paste von gestern von der Klinge zu kratzen.

Sie stellte fest, dass der Deckel des Eimers fest geschlossen war, und seufzte erleichtert auf. Das Letzte, was sie wollte, war, um sechs Uhr morgens an die Tür vom Ace-Baumarkt zu klopfen, um einen neuen Eimer mit Spachtelmasse zu besorgen. Sie öffnete den Deckel und machte an der Stelle weiter, wo sie tags zuvor aufgehört hatte. Genau dort, wo früher der Kühlschrank gestanden hatte, wo die Faust ihres Vaters ein Loch in die Wand gerissen hatte, das so groß war, dass Jacob alles mit einem Stück Trockenbauwand verstärken musste, das er zurechtgeschnitten und an das Kantholz geschraubt hatte.

Neben dem Rand des Lochs war noch die alte Wandfarbe zu sehen, hässlich und verwittert und mit einem verblassten Blutfleck besudelt. Dem Blut ihrer Mutter. Mit zitternden Fingern berührte Kay den Rand des Flecks und kämpfte mit zusammengebissenem Kiefer gegen die Tränen an. Sie wünschte, sie könnte in der Zeit zurückspringen und ihre Mutter in den Arm nehmen, ihren Schmerz lindern und ihr sagen, dass alles wieder gut werden würde. Ein Heulen stieg in ihrer Brust auf und brach aus ihrer Kehle hervor. Sie ging in die Knie und musste sich die Hände vor den Mund halten, um das Geräusch zu dämpfen.

Plötzlich spürte sie, wie Jacobs starke Arme sich um sie legten, und sie ließ sich von ihm festhalten und hin und her schaukeln, so wie sie es immer mit ihm gemacht hatte, wenn er sich als Kind verletzt hatte. Dann stand sie auf, hielt sich an seinem Arm fest und wischte sich mit dem Handrücken über die Augen. Ist schon gut«, sagte sie. »Ich trauere nur.«

Jacob verschränkte die Arme vor der Brust und musterte sie mit ungläubigem Blick. Er trug einen zerknitterten Pyjama mit fast ganz aufgeknöpftem Oberteil. Sein Haar war zerzaust und verschwitzt, ein natürlicher *Woke-up-like-this-Look*, für dessen Nachahmung manche Frauen ein kleines Vermögen zahlten.

Der Gedanke daran zauberte ihr ein schüchternes Lächeln auf die Lippen. Achtzehn Jahre war dieser Abend jetzt her, und sie war immer noch nicht darüber hinweg. Sie war eine Seelenklempnerin, die sich nicht selbst heilen konnte. »Er hat uns ganz schön zugesetzt, nicht wahr?«

»Mhm«, antwortete Jacob, ging zum Tresen hinüber und setzte den Deckel auf den Eimer mit der Spachtelmasse. »Das trocknet ganz schnell, Schwesterherz«, sagte er. »Warum lässt du nicht mich den Rest erledigen? Ich bin viel schneller. In einer Stunde bin ich damit fertig.«

Kay nickte, immer noch schniefend. »Ich weiß, und du würdest es besser machen als ich.« Sie sah für einen Moment zur Wand. »Lass mich diesen Raum machen. Komplett, bitte. Neue Böden, neue Schränke. Das ist heilsam. Es hilft mir, diesen Fleck aus meinem Gedächtnis zu löschen, Stück für Stück.«

Ihr Bruder schnaubte leise und senkte den Blick, um seinen Ärger zu verbergen. »Ja, und du wirst ihn vergessen, schon klar, während alle sich mit diesem anderen Gavin Sharp beschäftigen. Echt jetzt, glaubst du das wirklich?« Er ging zum Schrank, holte sich eine Kaffeetasse und füllte sie direkt an der Maschine randvoll. »Das hat mich diese Nacht wachgehalten. Ich kann es noch gar nicht glauben. Wie willst du damit umgehen?«

Kay stieß die Luft aus. »Ich weiß es noch nicht. Die Sache ist, er könnte unser Täter sein. Jennas Mörder. Was hatte ein Sechsundvierzigjähriger mit einem minderjährigen Mädchen zu tun? Ich kann mir keinen guten Grund dafür vorstellen.«

Jacob zuckte mit sichtlichem Abscheu die Schultern. »Ich weiß nicht – Perverslingskram, schätze ich?«

Kay schaute zu den Weidenbäumen, dann weg vom Fenster, als sie Jacobs missbilligenden Blick bemerkte. »Wie sehr uns das auch beunruhigen mag, ich muss den Hinweisen folgen. Wer weiß, wohin sie mich führen. Wenn ich seinen Namen nur ausspreche oder ihn in Polizeiberichten und Datenbanken lese, kommt mir das schon so seltsam vor. Da bekomme ich eine Gänsehaut.«

»Weiß dein Cowboy davon?«, fragte Jacob mit einem Hauch von Belustigung im Blick, während sie zum vorderen Fenster hinausschauten, als erwarteten sie, dass Elliot jeden Moment in ihre Einfahrt biegen würde.

Kay tat, als würde sie ihm auf die Schulter boxen. »Er ist

nicht mein Cowboy, Jacob. Wie oft muss ich dir das noch sagen?«

»Aber er könnte es sein«, erwiderte ihr Bruder verhalten. »Er würde sofort seinen Cowboyhut an deine Garderobe hängen.«

Kay sah ihn für einen Moment scharf an, dann wandte sie sich ab, um ein Lächeln zu verbergen. Vielleicht ... wenn die Sterne günstig standen und Jacob mit seiner Einschätzung nicht falschlag. Aber das würde die Dinge ungemein verkomplizieren. »Nein, er weiß nichts. Ich habe ihm gestern gesagt, ich sei krank ... war ich ja eigentlich auch. Ich musste kotzen, als ich den Namen gehört habe. Es war, als ob ...«

»Ja, das musst du mir nicht erklären, Schwesterherz. Ich habe mich auch wie vor den Kopf gestoßen gefühlt, als du es mir gestern Abend erzählt hast.« Er lächelte traurig. »Aber dafür ist Alkohol doch da, oder?«

»Nicht um sechs Uhr morgens«, widersprach Kay, hob die Kaffeetasse und stieß mit seiner an, als würden sie Wein trinken. »Prost.«

Sie nippten ein oder zwei Augenblicke lang schweigend an der heißen, bitteren Flüssigkeit. Dann stellte Kay die Tasse auf den Tisch und nahm den Spachtel in die Hand. Schon wieder war alles angetrocknet.

Dann wandte sie ihre Aufmerksamkeit der Reparatur zu, die Jacob vorgenommen hatte, riss etwas selbstklebendes Gewebeband von einer Rolle und begann mit dem Auftragen der Paste. Bald würden alle Flecken und Blutspuren verschwunden sein. »Ich frage mich, warum Mom es nicht als Selbstverteidigung gemeldet hat«, dachte sie laut nach. Sie erwartete keine Antwort auf die Frage, die ihr seit Jahren jedes Mal durch den Kopf ging, wenn sie bei einem Lügendetektortest schwitzen musste. Als sie während ihrer Zeit beim FBI am Lügendetektor getestet worden war, hatte man ihr zum Glück keine Fragen gestellt, bei denen sie hätte lügen müssen; nicht einmal die FBI-

Agenten waren auf die Idee gekommen, sie zu fragen, ob sie ihren Vater getötet hatte. Aber sie hatte jedes Mal, wenn sie getestet wurde, den Atem angehalten. »Es war ja rechtmäßig, weißt du.« Als dreizehnjähriges Mädchen war sie entsetzt darüber gewesen, was sie getan hatte, und hatte gleichzeitig gewusst, dass sie keine andere Wahl gehabt hatte. Die Erinnerung daran jagte ihr aber immer noch Schauer über den Rücken.

»Ich kann es dir sagen, weil ich Mom gefragt habe«, antwortete Jacob. Kay sah ihn an und erkannte ihn fast nicht wieder. Er hatte sich über Nacht in einen verantwortungsvollen Erwachsenen verwandelt. Über *jene* Nacht vor achtzehn Jahren. Er war nicht mehr ihr kleiner Bruder, den sie in ihren Armen hin und her schaukeln musste, wenn er sich das Knie aufschürfte; das war er schon lange nicht mehr. Er war ein starker Mann, ein Beschützer. »Sie wollte nicht, dass unsere Namen durch die Medien und das Internet gingen. Und sie hatte Angst, dass du verhaftet würdest und einen Prozess durchstehen müsstest, für den wir kein Geld hatten.« Er schluckte und wandte kurz den Blick ab, die Augen feucht. »Sie hat dich beschützt, mich ... uns. Sie wollte, dass wir frei von ihm sind.« Er drückte Kays Hand. »Was hältst du davon, wenn wir ihr diesen Wunsch erfüllen, Schwesterherz?«

Kay nickte und eine Träne rollte ihr über die Wange. Sie wischte sie weg und lächelte, als das Geräusch von knirschenden Kieselsteinen unter Autoreifen ihre Aufmerksamkeit erregte.

»Oh, Mist«, sagte sie und erkannte Elliots Interceptor. Es war noch nicht einmal sieben. Was zum Teufel hatte *ihn* die ganze Nacht wachgehalten?

Sie rannte ins Bad und sprang unter die Dusche. Während sie sich abtrocknete, hörte sie, wie Elliot und Jacob oberflächlich plauderten und lachten, als ob nichts wäre. Das musste sie Jacob lassen; er war ein besserer Lügner, als sie gedacht hatte.

Ein paar Minuten später wurde sie, jetzt vollständig angezogen, von Elliots besorgtem Blick begrüßt und antwortete mit einem beruhigenden Lächeln. »Guten Morgen. Hat Jacob dir einen Kaffee angeboten?« Unter ihrem frischen Make-up war keine Spur von ihren vorherigen Tränen zu sehen.

»Ja, hat er. Er hat ihn mit einer kleinen Anekdote aus alten Zeiten gewürzt.«

»Aha?« Kay sah kurz zu ihrem Bruder, aber der wirkte entspannt. »Sollte ich mir Sorgen machen?«

»Nur, wenn du heute wieder vorhaben solltest, dir dein Essen aus dem Automaten zu ziehen.«

»Ah, alles klar.« Der Automat, der seinen schlechten Ruf unter den Leuten, die er mit abgestandenen Sandwiches und übertreuertem Junkfood fütterte, vollkommen verdient hatte, war als Ausrede perfekt geeignet gewesen. Allerdings sah Kay schon Elliots hochgezogene Augenbrauen vor sich, wenn sie sich jemals wieder etwas zu essen ziehen sollte.

Sie schlüpfte in ihre Schuhe und schnappte sich die Autoschlüssel. »Komm schon, Partner, wir müssen einen Mörder fangen.«

Elliots Lächeln verblasste. »Deshalb bin ich auch so früh hier. Es gibt noch ein vermisstes Mädchen. Ich dachte, du hättest die Nachricht von der Zentrale schon bekommen.«

EINUNDZWANZIG
FRÜHSTÜCK

Alexandria nieste, dann griff sie nach der Schachtel mit den Taschentüchern, ohne hinzusehen. Ihre Augen tränten und sie blinzelte in Erwartung eines zweiten Niesers. Schnell zog sie drei Taschentücher aus der Schachtel und presste sie sich unter die Nase.

Der zweite Nieser trieb ihr die Tränen in die Augen. Sie hasste es, krank zu sein. Sie hatte jeden Augenblick des Tages durchgeplant, und keiner dieser Pläne sah vor, sich mit verstopfter Nase und Fieber beschissen zu fühlen, endlose Soaps im Fernsehen zu schauen und unter einer Decke vor sich hin zu schwitzen.

Sie war fest entschlossen, dagegen anzukämpfen, und gurgelte mit Apfelessig, das Gesicht vom sauren Geschmack verzogen. Mit dem Kopf im Nacken sah sie nicht, wie Alana in die Küche kam.

»Gesundheit«, sagte Alana, »na ja, nachträglich. Ich habe dich unter der Dusche niesen hören. Ich hoffe, du hast nicht irgendeinen fiesen Scheiß mit nach Hause gebracht.«

Alexandria spuckte aus und wollte sich schon bei ihrer Tochter bedanken; immerhin kam es selten genug vor, dass sie etwas Nettes sagte, selbst wenn sie ihre Worte in Sarkasmus, Unverschämtheiten und Schimpfwörter verpackte. Aber ihr Lächeln erstarb ihr auf den Lippen, und ihr »Danke« war nicht mehr als ein Flüstern.

»Wohin gehst du?«, presste sie heraus und runzelte leicht die Stirn. »Heute ist Schule.«

»Und genau dorthin gehe ich«, erwiderte Alana, zog einen Stuhl heran und setzte sich an den Frühstückstisch, ohne sich die Mühe zu machen, sich am Tischdecken zu beteiligen.

Alexandria schaute schnell vom Gesicht ihrer Tochter zur digitalen Wanduhr und wieder zurück. Es war sieben Uhr morgens an einem Freitag. Sie hatte zwanzig Minuten Zeit, um ihre Tochter dazu zu bringen, sich an die Kleiderordnung der Schule zu halten. »Nicht in diesen Kleidern.«

Alana sprang auf und stemmte die Hände in die Hüften. Ihr Stuhl rutschte nach hinten, fiel um und knallte gegen die Wand, wo er eine Delle hinterließ, bevor er klappernd auf dem gefliesten Fußboden landete. »Ach ja?«, fragte Alana mit angespannter, tiefer, bedrohlicher Stimme.

Alexandria wog ihre Möglichkeiten ab. Vielleicht hatte Alana ihre Tage oder so etwas; sie war schlecht gelaunt, obwohl sie Minuten zuvor noch ganz normal gewirkt hatte. Aber sie trug ein schwarzes Netzoberteil über einem weißen Sport-BH, dazu ausgefranste und verboten kurze Hotpants mit einem schwarzen Nietengürtel. Sie hatte sich mit zahlreichen Armreifen, langen Ohrringen und mehreren Ketten und Anhängern geschmückt, die bei jeder Bewegung klirrten und bimmelten. Grauer Lidschatten und der Strich eines dicken Eyeliners vervollständigten ihr Make-up, das selbst für eine Wochenendparty kaum angemessen war.

»Wie ich sehe, hast du dich heute Morgen für den billigen Biker-Look entschieden«, sagte Alexandria ruhig und ging auf und ab. Es würde ein langer Kampf werden. »Steht dir gut«, fügte sie mit einem engelsgleichen Lächeln hinzu.

Alana runzelte die Stirn. Misstrauisch starrte sie ihre Mutter einen Moment lang an, bevor sie sprach. »Danke ... schätze ich.«

»Veranstaltest du eine Spendenaktion für Jennas Gedenkfeier?«

Alanas Stirnfalte vertiefte sich. »Hatte ich nicht vor.«

»Warum nicht, Schatz? Sie war deine beste Freundin.«

Alanas Blick huschte durch den Raum, dann wieder zu ihrer Mutter. »Ja.«

»Glaubst du, dass dieser Mann schuld ist? Hm? Der Erwachsene, mit dem sie angeblich zusammen war?«

Alana zuckte mit den Schultern; ihr Schmuck unterlegte die Geste mit Geklimper. »Ich weiß es nicht.« Eine kurze Pause entstand, unterbrochen von einem frustrierten, demonstrativen Luftholen. Alanas Hände wanderten von ihrer Hüfte in ihre Hosentaschen. »Und es ist mir auch egal, wirklich.«

»Oh, Schatz«, sagte Alexandria und trat mit offenen Armen auf sie zu. »Es tut mir so leid, dass sie fort ist. Das muss schrecklich für dich und Mackenzie sein. Ihr habt so viel miteinander gemacht.«

Alana schaute aus dem Fenster wie ein gefangenes Tier auf der Suche nach einem Fluchtweg. Ihr linker Absatz tippte ein paarmal nervös gegen den Boden. »Tja, in letzter Zeit hat sie nichts mehr gemacht. Jedenfalls nicht mit uns.«

Alexandria streichelte über das lange blonde Haar ihrer Tochter und steckte ihr eine Strähne hinter das Ohr. »Aber du hast sie trotzdem gemocht, oder?«

Alana senkte den Blick und antwortete erst nach einer langen Pause. »Ich denke schon.«

Alexandria umarmte sie erneut und ignorierte die fehlende Reaktion ihrer Tochter. »Dann tu das für sie, Baby. Danach wirst du dich viel besser fühlen.« Sie drehte sich zur Anrichte und holte ihr Portemonnaie aus der Handtasche. »Ich bin die

Erste, die etwas beisteuert.« Sie zückte zwei Zwanzigdollarscheine.

Alana beäugte das Geld wie eine Maus ein Stück Käse, das als Köder in einer Falle lag. Dann nahm sie es an sich und steckte es ein. »Danke«, murmelte sie widerwillig.

»Denkst du, wir sollten der Polizei von diesem Mann erzählen?«

Prompt verdrehte Alana die Augen. »Das Letzte, was ich brauche, ist ein Gespräch mit einem Haufen Bullen.«

»Es ist wichtig, dass sie von diesem Mann erfahren, Süße.« Einen Moment lang herrschte eine schwere und missbilligende Stille im Raum. »Darf ich es ihnen sagen, wenn du nicht dazu in der Lage bist?«

Alana presste die Lippen zusammen und versuchte, nicht laut zu fluchen. »Wenn diese blöden Bullen etwas taugen, dann finden sie den Typen schon selbst.«

Da hatte sie nicht ganz unrecht. »Na schön. Geben wir ihnen ein paar Tage Zeit, und wenn wir im Fernsehen nichts darüber hören, dann rufen wir an. In Ordnung?«

»Mir egal«, antwortete Alana und tippte auf ihrem Handy herum. Ihre Daumen flogen über den Bildschirm, und gedämpfte Töne verkündeten das Senden und Empfangen jeder neuen Nachricht. Sie führte ein Gespräch mit jemandem.

Es war schon recht spät für die Schule. »Warum ziehst du dir nicht etwas Angemesseneres an, wo du doch Jennas Spendenaktion leitest und so?« Alexandria hielt einen Moment die Luft an und erwartete, dass Alana explodieren würde. »Ich bin sicher, Nick hat nichts dagegen, wenn du heute Jeans und ein T-Shirt oder so trägst.«

Bei der Erwähnung seines Namens bohrte sich Alanas Blick in ihre Augen. »Seit wann bist du eine Expertin dafür, was Nick gefällt und was nicht?« Frustriert knallte Alana das Telefon auf den Tisch und begann auf und ab zu gehen. »Weißt du überhaupt noch, wie es ist, jung zu sein?«

Alexandrias Atem stockte in ihrer Brust. Natürlich erinnerte sie sich noch ... sie *war* noch jung. Sie ging zu dem umgekippten Stuhl hinüber, hob ihn auf und schob ihn mit einem kratzenden Geräusch unter den Tisch. »Ich erinnere mich, Alana. Ich war genau wie du, bereit, mich zu verlieben, allen zu zeigen, wer ich bin, da rauszugehen und mir einen Namen zu machen. Aber das hat Zeit. Und du solltest dich nicht so bemühen ... Die Leute lachen über verzweifelte Frauen, egal welchen Alters. Vor allem Männer.«

Alana starrte sie eine Weile an, stocksteif und mit weit aufgesperrtem Mund. Dann begann sie langsam, ihren Armreif zu entfernen, dann ihre langen Ohrringe. »Bringst du es mir bei, Mama?«, fragte sie schließlich.

»Was, Schätzchen?« Ihre Tochter war nur schwer zu durchschauen.

»Wie ich jemanden dazu bringe, sich in mich und nur in mich zu verlieben«, flüsterte sie und errötete unter der leuchtenden Make-up-Schicht. »Für immer?«

Oh Gott, dachte Alexandria. *Nick Papadopoulos wieder. Der Fluch unseres Lebens.* Aber sie lächelte aufmunternd und versuchte, ihrer Tochter etwas Mut zu machen. »Natürlich, das tu ich gern. Versprochen.« Sie küsste Alana auf die Stirn, ohne auf Widerstand zu stoßen.

Aus dem Augenwinkel sah Alexandria, wie Nicks rotes Cabrio in die Einfahrt fuhr. »Dein Wagen ist da.«

Alana warf einen Blick aus dem Fenster und fing sofort an zu strahlen. »Sag ihm, ich bin gleich da«, sagte sie und eilte in ihr Schlafzimmer, um sich umzuziehen. »Wir gehen nach der Schule ins Kino und dann zu Tims Geburtstagsparty.«

Alexandria runzelte die Stirn, irritiert von der Vorstellung, dass jemand so kurz nach dem Tod einer Freundin eine Geburtstagsparty feierte. »Tim Carter? Ist das nicht der Freund von Jenna?«

»War er mal«, kam Alanas zögerliche Antwort aus dem Schlafzimmer. »Seit April oder Mai nicht mehr.«

»Und ihr feiert eine Party, obwohl sie gerade, ähm, gestorben ist?«

Alana kam aus dem Schlafzimmer und trug eine Stretch-Jeans und ein schwarzes Hemd mit zwei offenen Knöpfen, das ein bisschen zu viel Dekolleté zeigte, aber immerhin ein Fortschritt war. Sie hatte ihr Make-up entfernt und trug nur noch rosa Lipgloss. Jetzt gestikulierte sie mit den Händen herum und zeichnete zwei Kreise in die Luft, die sich nicht überschnitten, wich aber dem prüfenden Blick ihrer Mutter aus. »Komplett unterschiedliche Welten, Mom.« Sie errötete, als sie das sagte. Egal, wie cool sie sich gab, Alexandria konnte erkennen, dass ihre Tochter vom Tod ihrer Freundin betroffen war.

»Sie wurde noch nicht einmal beerdigt«, protestierte Alexandria schwach.

Alana zog sich ein Paar weiße, hochhackige Sandalen an. »Wie lange muss man denn warten, um nach dem Tod eines Menschen eine Party zu feiern? Und wer hat das zu entscheiden?« Sie drückte ihrer Mutter einen flüchtigen Kuss auf die Wange und griff nach der Türklinke. »Sie wäre auf jeden Fall damit einverstanden. Ich sorge dafür, dass wir eine Schweigeminute einlegen oder so.« Nervös wich sie dem Blick ihrer Mutter wieder aus.

Alexandria hätte ihren letzten Cent darauf verwettet, dass keine Party geplant war, sondern nur Sex mit Nick, irgendwo, wahrscheinlich in seinem Haus. Alana musste sich diese Lüge schon vor einer Weile ausgedacht haben, vor Jennas Tod, und hatte einfach nicht bemerkt, dass das jetzt nicht mehr passte. »Komm nicht zu spät«, rief sie ihr hinterher, aber die Tür hatte sich bereits hinter ihr geschlossen.

Durch das Fenster sah sie, wie Alana in Nicks roten BMW einstieg. Mit angehaltenem Atem und ungewollten Tränen der

Frustration beobachtete sie, wie er die Arme um Alanas schlanken Körper schlang und ihr einen langen Kuss gab.

Sie waren schon eine Weile weg, aber Alexandria starrte immer noch auf die nun leere Einfahrt, und ein Gefühl der unerträglichen Angst nistete sich in ihrem Magen ein. Sie wünschte, ihre Tochter hätte Nick Papadopoulos nie kennengelernt, hätte sich nie in ihn verliebt.

Wenn sie nur die Zeit zurückdrehen könnte.

ZWEIUNDZWANZIG

AUFGABEN

Elliot konnte sehen, dass Kay nicht glücklich darüber war, dass die Zentrale es versäumt hatte, sie über den neuen Vermisstenfall zu informieren. Gleich nachdem Elliot es erwähnt hatte, überprüfte sie ihr Telefon und fand nichts. Keine E-Mail, keine Textnachricht, keine verpassten Anrufe.

»Vielleicht wussten sie ja, dass du krank bist«, sagte er und erntete prompt einen missbilligenden, ungläubigen Blick. »Ich bin mir sicher, dass sie es nicht böse gemeint haben, Kay.«

Sie nickte nur und schloss ihr Auto auf, während Elliot in seins kletterte. Sie fuhren getrennt zum Revier, was selten vorkam. Ohne eine formelle Vereinbarung zwischen ihnen hatte er begonnen, sie nach Feierabend nach Hause zu fahren und am nächsten Morgen wieder abzuholen, während ihr eigener Ford Interceptor die Nächte auf dem fast leeren Parkplatz hinter der Polizeiwache verbrachte.

Er versuchte, nicht darüber nachzudenken, denn Jennas Tod und das Verschwinden des anderen Teenagers beschäftigten ihn sehr. Er sah eine Verbindung zwischen den beiden Fällen, aber gab es die wirklich?

Als er Kay in geringem Abstand folgte, musste er feststellen, dass seine Partnerin ihn nicht angerufen hatte, um die Einzelheiten über das verschwundene Mädchen zu erfahren. Er ließ die gestrigen Ereignisse in seinem Kopf Revue passieren und war sich sicher, dass er nichts getan oder gesagt hatte, was sie verärgert haben könnte. Anstatt sich darüber aufzuregen wie ein Geier ohne Kadaver, sollte er lieber seinen ganzen Mut zusammennehmen und sie direkt fragen.

Unglaublich, wie kompliziert die Dinge werden konnten, wenn er mit einer Partnerin zusammenarbeitete, vor allem mit einer, in die er sich verliebt hatte. Es war nicht sein erstes Rodeo, und das letzte hatte mit einem gebrochenen Herzen und einem Umzug in einen anderen Staat geendet. Es war sinnlos, sich zu fragen, wie es dieses Mal enden würde, denn es hatte noch gar nicht begonnen. Und würde es das jemals?

Frustriert presste er die Lippen aufeinander und unterdrückte einen Fluch. Er wollte sich nicht so verhalten, als wären sie ein Paar; sie waren keines. Er wollte nicht einmal daran denken, daran, dass Kay und er zusammen sein könnten, denn es war einfach falsch. Und doch wollte er nichts anderes. Aus ganz heiß wurde ganz kalt, wenn es die Gier zuließ, hieß es. Alles zu seiner Zeit, wenn er den Ball flachhielt, und das bedeutete in den meisten Fällen, den Mund gleich mit. Die Klappe zu halten. Keine dummen Fragen zu stellen. Nicht mehr überfürsorglich zu sein; seine Partnerin konnte sich sehr wohl behaupten. Hieß es nicht ständig in irgendeiner Zeitschrift oder Fernsehsendung, dass es eine Beleidigung für die Fähigkeiten und den Intellekt einer unabhängigen Frau sei, wenn man sie überbehütete? Warum zur Hölle wollte er dann nichts anderes, und das um jeden Preis?

Er fuhr direkt neben Kay auf den Parkplatz und traf sie an der Tür des Polizeireviers. Sie beachtete ihn kaum und wandte den Blick sofort von ihm ab. Sie schien weder verärgert zu sein noch irgendetwas sagen zu wollen. Sie schien nur müde zu sein.

Verdammt.

Wenn sie ihm nur sagen würde, was los war, könnte er ihr helfen.

»Guten Morgen, Sheriff«, sagte Kay kalt. Ihre Stimme klang ein wenig nasal, als hätte sie geweint.

In der Mitte des Flurs wartete Logan auf sie, die Hände in die Hüften gestemmt. Seine Miene verhieß nichts Gutes; aus irgendeinem Grund schien er auf Kay fixiert zu sein.

»Ah, wenn das nicht Detective Kay Sharp ist.« Er klatschte in die Hände und rieb sie in gespielter Begeisterung. »Die großartige Kay, die versprochen hat, mir die Presse vom Hals zu halten. Und dann genau nichts getan hat.«

Kay senkte für einen kurzen Moment den Kopf. »Sie haben recht, Boss, und es tut mir leid. Ich habe Barb Foster eine Sprachnachricht hinterlassen, aber ich hätte nachhaken sollen, was ich nicht getan habe.«

»Nun, sie hat am Mittwochabend im Fernsehen die Nachricht von Jennas Tod gebracht, die nicht mit mir abgestimmt war. Ich bin überrascht, dass sie sich die Mühe gemacht hat, zu warten, bis die nächsten Angehörigen informiert waren.«

»Sheriff, ich ...« Kay wollte etwas sagen, wurde aber sofort unterbrochen.

»Gestern Abend war sie auch im Fernsehen, und zwar zur besten Sendezeit, und hat behauptet, unsere Zentrale hätte sich geweigert, ihre Anrufe zu beantworten. Stimmt das, Detective?«

Kay runzelte die Stirn. Sie holte ihr Handy aus der Tasche und begann, schnell durch die Nachrichten zu scrollen, dann presste sie die Lippen zu einem schmalen Strich zusammen und sah den Sheriff kurz an. »Ich habe nichts. Vielleicht hat sie es übers Festnetz versucht, aber ich war nicht ...«

»Ja, ich weiß«, unterbrach Logan sie erneut. »Ich hoffe, es geht Ihnen besser«, fügte er hinzu und warf ihr einen langen, eindringlichen Blick zu, als wollte er herausfinden, ob sie bereit war für das, was er vorhatte. »Ihre erste Aufgabe für heute ist es,

Barb Foster zu finden und für sie zu tanzen, bis sie uns in den Abendnachrichten wie Superstars aussehen lässt. Und ich habe nicht die leiseste Ahnung, wie Sie das anstellen wollen, denn, ähm, haben wir irgendwelche Verdächtigen?« Er hielt einen Moment inne, rieb sich das Kinn, aber Kay zögerte mit der Antwort. »Irgendwelche Spuren? Irgendetwas? Eine Verhaftung wegen des Mordes an Jenna Jerrell zu melden, wäre eine Möglichkeit, die Sache unkompliziert anzugehen.«

Er wartete noch eine Sekunde, dann machte er auf dem Absatz kehrt und ging in Richtung seines Büros. »Mitkommen«, ordnete er an.

Sie folgten ihm. Kay, die nicht so gesprächig und zuversichtlich war wie sonst, nahm auf einem der schwarzen Ledersessel Platz, die für Sheriff Logans Besucher reserviert waren, und schien erleichtert, nicht mehr stehen zu müssen. Elliot blieb hinter Kay stehen, die Arme verschränkt.

Logan öffnete eine blaue Mappe, die auf seinem Schreibtisch auf einem zehn Zentimeter hohen Stapel auf ihn wartete. Sie trug ein weißes Etikett mit einer Fallnummer in der oberen rechten Ecke; wahrscheinlich handelte es sich um Jennas Fall. »Ich sehe hier drin nicht sehr viel. Was ist hier los?«

»Es steckt mehr hinter Jennas Tod, als wir anfangs angenommen haben«, antwortete Kay in ruhigem und gefestigtem Ton. »Eine gründliche Überprüfung ihrer Social-Media-Konten hat ergeben, dass sie mit einem Mann aus San Francisco liiert war, der gelegentlich nach Mount Chester fuhr, um sich mit ihr zu treffen. Wir vermuten, dass es sich um eine viel ältere Person handelt«, fügte sie beiläufig hinzu. »Wir versuchen, diesen Mann zu identifizieren. Ich habe einige Anrufe getätigt.«

Diese Aussage überraschte Elliot ein wenig. Er hatte keine Ahnung, dass sie vermuteten, dass es um einen viel älteren Mann ging. Älter als Jenna, ja. Ein erwachsener Sexualstraftäter? Höchstwahrscheinlich. Aber viel älter? Was hatte Kay ihm noch verheimlicht?

»Haben Sie erste Ergebnisse von Doc Whitmore bekommen?«, fragte der Sheriff, etwas leiser als zuvor. Er wirkte weniger verärgert.

Kay nickte zur gleichen Zeit wie Elliot. »Sie wurde brutal vergewaltigt. Wir haben Fingerabdrücke und DNA-Proben. Keine Treffer im AFIS, aber Sie wissen ja, dass CODIS länger braucht.«

Logan schnippte ein paarmal mit den Fingern, so wie er es immer tat, wenn er die nächsten Schritte plante. »Ich kann immer noch nicht glauben, dass der Rechtsmediziner sein eigenes Geld in eine DNA-Maschine investiert hat. Das hilft uns sehr, denke ich. Der Doc muss stinkreich sein, oder so.«

Kay lächelte, wie man es tut, bevor man ein Kind korrigiert. »Er ist ein leidenschaftlicher Profi mit finanziellen Mitteln, durchaus. Wir haben Glück. Sonst hätte es sechs Monate gedauert, bis wir die DNA-Ergebnisse bekommen hätten.«

»Wann können wir mit der DNA aus der Wundermaschine des Arztes rechnen?«

»Spätestens in ein paar Tagen.«

»Keine Fingerabdruckübereinstimmung, sagten Sie?«

Kay schüttelte den Kopf. »Wir werden ihn finden. Und dann haben wir jemanden, mit dem wir die Abdrücke abgleichen können. Weniger als ein Drittel der Bevölkerung des Landes ist im AFIS eingespeichert; wenn er keine Vorstrafen hat, ist er wahrscheinlich nicht drin.«

»Ich kenne die Statistiken, Sharp. Ich mag ein alter Polizist vom Lande sein, aber das ist nicht mein erstes Spiel.« Er schloss Jennas Akte und nahm eine andere in die Hand. »Es wird eine weitere Jugendliche vermisst, Kendra Flannagan. Gestern Abend hat sie mit ihrer Familie gegessen und ist dann verschwunden. Heute Morgen um fünf Uhr fanden die Eltern ihr Zimmer leer vor, ihr Bett unbenutzt. Sie ist sechzehn, in der elften Klasse. Ich möchte, dass Sie beide …«

»Sie hatten eigentlich recht mit Ihrem ersten Instinkt,

Sheriff, als Sie mich nicht über Kendra benachrichtigt haben. Ich glaube, es ist das Beste, wenn mein Partner diesen Fall übernimmt, während ich mich auf die Untersuchung des Mordes an Jenna konzentriere.«

Ein tiefes Stirnrunzeln zeichnete sich auf Logans Stirn ab. »Sie glauben nicht, dass diese Fälle zusammenhängen?«

»Ich sehe noch keine Gemeinsamkeiten, Sheriff«, antwortete Kay. »Jenna ging aus, um sich mit Freunden zu treffen, und war innerhalb weniger Stunden nach einem gewalttätigen Missbrauch tot. Was wissen wir über Kendra? Vielleicht ist sie nur ausgerissen.«

Elliot nahm dem Sheriff die Mappe aus der Hand und las den Bericht schnell durch. »Die Mädchen gehen auf dieselbe Schule, die Ash Creek High.«

Kay schaute ihn über die Schulter hinweg an. »Aber natürlich tun sie das. Es gibt nur eine Highschool in dieser Stadt, Austin.« Sie nannte ihn immer so, wenn sie ihn auf die vielen Unterschiede zwischen Kleinstädten und Großstädten wie Austin, Texas, aufmerksam machen wollte. Bis zu diesem Tag hatte sie das nur unter vier Augen und auf eine liebenswerte Art getan, mit warmer Stimme, und er liebte es, wenn sie den Namen seiner Heimatstadt so aussprach. Aber heute war es anders, ihr Ton war kalt und unpersönlich.

Kay war fest entschlossen, ihn auf Distanz zu halten und spielte ihr Spiel.

»Findest du es nicht verdächtig, dass gleich zwei Highschool-Mädchen eines Nachts ihr Zuhause verlassen, eine umgebracht und eine noch immer vermisst wird, und das innerhalb weniger Tage?«, beharrte Elliot, wenn auch etwas widerwillig. Wenn sie ihn nicht an ihrer Seite haben wollte, was hatte es dann für einen Sinn, sie zu drängen?

»Ich muss mich um die Presse kümmern«, antwortete Kay. »Sich mit mir an Barb Foster zu hängen, wäre eine totale Zeitverschwendung. Ich schlage vor, du befragst Kendras Familie, findest heraus, wo sie sich aufhält, überprüfst ihren Laptop und ihre Social-Media-Accounts, während ich mich um die Presse kümmere und die Identität des Mannes aus San Francisco herausfinde.« Sie wartete und sah ihn mit einem höflichen Lächeln an. Dann wandte sie den Blick zum Sheriff, der zweimal mit der Hand auf den Schreibtisch klopfte. Er hatte eine Entscheidung getroffen.

»Dann wissen Sie Bescheid«, antwortete Logan und stand auf. »Besorgen Sie mir ein paar Antworten. Beide.«

Elliot folgte Kay aus dem Büro des Sheriffs und sah zu, wie sie sich an ihren Schreibtisch setzte. Sie sah ihn nicht ein einziges Mal an und wirkte so in ihre Gedanken vertieft, als wäre er nicht da.

»Und so wirft man einen alten Reifen an den Straßenrand«, murmelte Elliot, verließ das Gebäude und ging zügig zu seinem Ford. Als er den Motor startete, fragte er sich, ob er zu viel in das Verhalten seiner Partnerin hineininterpretierte, aber sein Gefühl sagte ihm, dass er Vorsicht walten lassen musste.

Er hatte keine Ahnung, wie er behutsam mit Kay Sharp umgehen sollte. Oder warum.

DREIUNDZWANZIG
VERDÄCHTIG

Kay rührte den Kaffee in ihrer Tasse um, als hätte sie Zucker hineingetan, und verfolgte Elliots Aufbruch diskret. Sie war noch nicht bereit, eine seiner Fragen zu beantworten. Im schmerzlichen Bewusstsein, dass sie Elliot nicht mehr lange in Schach halten konnte, setzte sie sich an ihren überladenen Schreibtisch und verzichtete darauf, mit einer weiten Bewegung alles von der zerkratzten Oberfläche zu fegen.

Ihr Partner war ein starker, stiller Typ, aber er war auch klug und ein ausgezeichneter Polizist. In den fast zwei Jahren, in denen sie zusammenarbeiteten, hatte sie seine Instinkte in Aktion erlebt. Wenn er es nicht schon getan hatte, würde er sich bald alles zusammenreimen und herausfinden, dass sie nicht ganz ehrlich zu ihm war. Für diesen Moment und für ihren eigenen Seelenfrieden brauchte sie Antworten.

Schnell stapelte sie den Papierkram, räumte einen Teil ihres Schreibtischs frei und fuhr den Computer hoch. Mit der Kaffeetasse an ihrer Seite warf sie dem Telefon einen langen Blick zu und wählte dann Barb Fosters Nummer. Der Anruf ging direkt auf die Mailbox. Sie wählte erneut und hinterließ eine Nachricht.

»Hallo, Barb, hier ist Detective Kay Sharp vom FCSO. Ich hatte gehofft, dass wir beide uns heute austauschen könnten. Vielleicht interessieren Sie sich für die jüngsten Entwicklungen im Fall Jenna Jerrell. Ich bin gerne bereit, ein Exklusivgespräch mit Ihnen zu führen«, sagte sie und sprach gerade so leise weiter, dass sie den Köder wirkungsvoll auslegen konnte. »Aber ich kann nicht ewig warten. Rufen Sie mich bitte auf meinem Handy zurück.« Dann legte sie mit einem amüsierten Gesichtsausdruck auf. Wie lange würde es dauern, bis diese Fernsehreporterin anbiss, wenn erst das Wort »exklusiv« gefallen war?

Aber was sollte sie Barb sagen? So wenig wie möglich, zumindest bis sie die Verbindung zwischen dem Gavin Sharp, der mit Jenna zusammen war, und ihrem Vater herausgefunden hatte.

Welche Verbindung?

Der andere Gavin war nicht ihr Vater; diese ganze Situation war nichts als ein seltsamer Zufall. Sie begann, an ihrem Verstand zu zweifeln, und gab den Namen in das Suchfeld der CLETS-Datenbank ein. Das California Law Enforcement Telecommunications System ermöglichte ihr den Zugriff auf staatliche Datenbanken wie die Zulassungsstelle DMV oder das Straftäterregister CORI sowie auf nationale Datenbanken des FBI wie das NCIC, das National Crime Information Center.

Ihr Vater stand dort ganz oben aufgelistet, mit mehreren Vergehen und zwei Ordnungswidrigkeiten unter Alkoholeinfluss sowie einem offenen Haftbefehl wegen eines Angriffs mit einer tödlichen Waffe vor achtzehn Jahren, als er auf seine Frau eingestochen hatte. Die Verjährungsfrist war inzwischen abgelaufen; sie betrug nur drei Jahre.

Tränen brannten ihr in den Augen, als Kay auf den Bildschirm starrte. Eine so unsägliche Tortur und nur drei Jahre? Das war doch nicht gerecht, spielte aber seit achtzehn Jahren keine Rolle mehr. Sie zwang sich, Luft zu holen, vertrieb die

Geister der Vergangenheit und konzentrierte sich auf den anderen Gavin Sharp, den Verdächtigen im Fall der Vergewaltigung und des Mordes an Jenna Jerrell.

Auch der Gavin Sharp aus San Francisco hatte ein Vorstrafenregister. Er hatte vor zweiunddreißig Jahren sechs Monate wegen Körperverletzung abgesessen und sich seitdem nichts mehr zu Schulden kommen lassen. Auf dem Papier war er ein unbescholtener Mann, in Wirklichkeit hatte er sich an minderjährige Mädchen rangemacht. Ansonsten war mit seinem Führerschein alles in Ordnung und auf ihn war ein blauer Hyundai Santa Fe zugelassen.

Kay starrte auf das Foto des Mannes, ihre Gefühle ein Wirbelsturm, den sie kaum kontrollieren konnte. Er war sechsundfünfzig Jahre alt, sah aber nicht einen Tag älter als fünfundvierzig aus. Auf seinem Führerscheinfoto wirkte er attraktiv, was erklärte, dass Jenna etwas in ihm gesehen hatte, abgesehen von einer Vaterfigur. Der Mann, der sich den Kopf rasierte, um seine Glatze zu verbergen, war groß und schlank und hatte ein sinnliches Lächeln. Sein verführerisches Auftreten war kalkuliert, sorgfältig konstruiert.

Er war auf eine seltsame, vertraute Art und Weise charismatisch, die Kay aufwühlte und ihr Unbehagen und Abscheu einflößte. Stirnrunzelnd starrte sie auf den Computerbildschirm, rückte ihren Stuhl näher an den Schreibtisch und legte das Foto ihres Vaters neben das des Verdächtigen.

Die Ähnlichkeit war unheimlich. Ihr Vater, der auf dem letzten Foto, das dem CLETS zur Verfügung stand, etwa vierzig Jahre alt war, sah aufgrund seines Alkoholkonsums älter aus, als er war. Der Gavin Sharp aus San Francisco sah jünger aus, als er tatsächlich war. Auf dem Bildschirm, wo ihre Bilder nebeneinanderstanden, hätten sie Brüder sein können. Die gleiche Form des Haarausfalls, nur dass Kays Vater sich nie den Kopf rasiert hatte. Das gleiche Grübchen im Kinn. Dunkles Haar. Braune Augen. Gleiche Statur.

Die einzige Diskrepanz, die sie feststellen konnte, war das Alter. Dieser Mann war sechsundfünfzig. Ihr Vater, würde er noch leben, wäre jetzt sechzig. Nah dran.

Ihr FBI-Kontakt, ein Analyst aus ihrem früheren Team, hatte ihr die Social-Media-Kanäle des Verdächtigen zur Verfügung gestellt. Als sie seine Nachrichten durchsuchte, stieß sie auf seinen Austausch mit Jenna und die Termine, an denen er sich mit ihr in Mount Chester verabredet hatte. Für einen Sextäter wie ihn war es seltsam, dass er zur gleichen Zeit keine anderen Mädchen im Visier hatte, sondern nur Jenna.

Das wachsende Glück des Mädchens in der Beziehung rührte Kay sehr; sie war das perfekte Opfer für einen Typen wie Sharp gewesen. Verletzlich und deprimiert glaubte sie der ersten Person, die ihr sagte, was sie so dringend hören wollte. Und jetzt war sie tot.

Ob Zufall oder nicht, Kay war es Jenna schuldig, ihren Mörder zur Rechenschaft zu ziehen, ungeachtet aller Konsequenzen.

Kay starrte auf den Bildschirm, fasziniert und wie an den Rand eines bodenlosen Abgrunds gezogen, und setzte ihre Nachforschungen über den zweiten Gavin Sharp fort. Mit trockener Kehle und wild klopfendem Herzen trug sie die Vergangenheit des Verdächtigen Schicht für Schicht ab.

Mit jeder Entdeckung fand sie noch mehr Gemeinsamkeiten zwischen ihrem Vater und diesem Mann. Die Fakten gingen über das hinaus, was der Zufall erklären konnte. Die beiden Männer waren in der gleichen Stadt geboren. Sie hatten dieselben Schulen besucht. Jede neue Gemeinsamkeit, die sie in ihrer Vergangenheit entdeckte, zeichnete ein albtraumhaftes Bild, für das es nur eine mögliche Erklärung gab: Einer der beiden Männer hatte die Identität des anderen gestohlen.

Sie betrachtete die beiden Fotos, als ob ihnen die Wahrheit irgendwie ins Gesicht geschrieben stünde. Der eine führte seit seiner Entlassung aus dem Gefängnis ein offenes Leben, war in den sozialen Medien aktiv und versteckte sich nicht, soweit sie das beurteilen konnte. Der Gavin Sharp aus San Francisco hatte Freunde und ein soziales Leben, machte Urlaub, stellte Fotos von sich ins Netz. Selbst wenn er ein Sexualstraftäter war, fiel auf dem Papier und im Internet nichts auf; keine Warnsignale.

Der andere Mann, ihr Vater, hatte sich in einer Kleinstadt verschanzt und sich nie darum gekümmert, mit jemandem aus seiner Vergangenheit in Kontakt zu treten. Sie konnte sich nicht erinnern, dass seine Familie oder Freunde ihn je besucht oder angerufen hätten, weder vor noch nach jener schicksalhaften Nacht vor achtzehn Jahren.

Die Schlussfolgerung war offensichtlich. Ihr Vater hatte die Identität dieses Mannes gestohlen und war dann untergetaucht, um sich vor wer weiß wem und aus welchen Gründen auch immer zu verstecken.

»Stiehl immer von Kriminellen«, murmelte sie und zitierte die Worte ihres Vaters von vor vielen Jahren, »denn die hetzen dir nicht die Bullen auf den Hals.« Das hatte er einmal zu Kays Mutter gesagt, nachdem er einem Kollegen den Werkzeuggürtel gestohlen und damit während einer seiner täglichen Rauschzustände geprahlt hatte.

Es schien, als hätte ihr Vater den perfekten Kriminellen gefunden, dem man die Identität stehlen konnte. Das ergab Sinn.

Aber wenn das stimmte, wie lautete dann die wahre Identität ihres Vaters?

VIERUNDZWANZIG
KENDRA

Das Erste, was Elliot am Haus der Flannagans auffiel, war der Geruch von Wein. Nicht von frischem Wein, nicht von verschüttetem, sondern der Geruch alter Fässer, in denen der Wein lange gelagert wurde, eine Mischung aus vergorenen Trauben und Eichenholz. Ein Geruch, der einem in die Nase stieg, sobald man den Verkostungsraum einer Weinkellerei betrat.

Die Flannagans besaßen ein kleines Weingut südlich von Mount Chester, nur ein paar Hektar Hügelland, die mit Reihen fein säuberlich ausgerichteter Reben bedeckt waren. Obwohl Elliot kein großer Weintrinker war, kannte er ihre beiden beliebtesten Marken, beides Cabernet Sauvignons. Blue Mountain hieß die eine, die hauptsächlich über lokale Geschäfte und ein oder zwei Lebensmittelketten vertrieben wurde. Elliot hatte ihn vor ein paar Jahren in einem Safeway-Laden in San Francisco gesehen, ohne zu wissen, dass der Wein nur sechzehn Kilometer von seinem neuen Zuhause entfernt hergestellt wurde. Die zweite Sorte, Black Rose, war ein Boutiquewein, der in kleinerer Menge produziert wurde und für lokale Kenner mit tiefen Taschen und einer persönlichen Verbindung zur Familie reserviert war.

Die Flannagans waren Neulinge im Weingeschäft, Winzer der ersten Generation, aber mit Leidenschaft dabei. Elliot hatte sie bei Bezirksveranstaltungen, Weinverkostungen und Jahrmärkten gesehen, aber nie mit ihnen gesprochen. Sie lebten in unterschiedlichen Welten.

Er stand mitten im Verkostungsraum und wartete darauf, dass der Kellereiführer den Flannagans sagte, dass er da war. Für elf Uhr morgens war das Weingut unerwartet gut besucht; anscheinend begannen die Weinverkostungen früh. Ein bunter Reisebus hatte eine Schar älterer Touristen ausgespuckt, deren lebhaftes Geplapper den Raum mit einem Echo der guten Laune erfüllte.

Kurz darauf wurde Elliot der Weg in einen Flur gewiesen, der zum Haupthaus führte, einem älteren Bauernhaus, das zwar renoviert und mit modernen Geräten ausgestattet war, aber immer noch breite, rauchgeschwärzte, dunkel gefärbte Eichenbalken aufwies, die die Deckengewölbe stützten. Es erinnerte ihn an eine alte Taverne aus der Zeit der Jahrhundertwende. Es roch auch wie eine solche, vielleicht ohne den Zigarrenrauch und den Geruch von verschwitztem Sattel- und Zaumzeug.

Mr und Mrs Flannagan empfingen ihn an der Tür. Die Frau war etwa vierzig Jahre alt und trug eine schwarze Hose und ein schwarzes Hemd. Ihre Haut war blass und ihre Lippen bebten, als sie ihn mit ängstlichem, aber hoffnungsvollem Blick musterte.

»Haben Sie meine Tochter gefunden?«, fragte Mr Flannagan. Er war älter als seine Frau, vielleicht um die fünfzig, und trug ebenfalls schwarze Kleidung, Jeans und ein Poloshirt. Nach der etwas groben, geröteten Haut auf seinen Wangen und seiner Nase zu urteilen, schien er derjenige zu sein, der sich am meisten für Wein begeisterte.

Kopfschüttelnd zeigte Elliot seine Dienstmarke vor, aber sie schenkten dem gar keine Beachtung. »Detective Elliot Young, Polizeirevier Franklin County. Ich habe ein paar Fragen, wenn es Ihnen nichts ausmacht.«

»Sie sehen nicht wie ein Detective aus«, kommentierte Mr Flannagan und musterte Elliot von Kopf bis Fuß neugierig. Seine blutunterlaufenen Augen klebten sich an Elliots Hut, studierten dann einen Moment lang seine Gürtelschnalle und starrten schließlich auf seine Reitstiefel.

»Ja, das höre ich des Öfteren«, antwortete Elliot ruhig.

Mrs Flannagan wies ihm den Weg in ein mit alten Ledersofas und Sesseln eingerichtetes Wohnzimmer. Elliot nahm ihnen gegenüber Platz, in einem Sessel, der unter seinem Gewicht quietschte.

»Bitte führen Sie mich durch den gestrigen Nachmittag, nach und nach, bis Sie das Fehlen von Kendra bemerkt haben«, bat er.

Herr Flannagan entkorkte eine Flasche Wein und schenkte drei Gläser ein. Er stellte sie auf den Couchtisch, setzte sich mit seinem Glas in der Hand neben seine Frau, hob es an die Lippen und nahm einen durstigen Schluck. »Sie ist gestern nach der Schule losgezogen«, sagte er und wischte sich mit dem Ärmel die Weintropfen von den Lippen. Dann sah er seine Frau an, als suchte er nach Hilfe.

»Sie ist nach der Schule mit Freunden ausgegangen«, spezifizierte Mrs Flannagan, »aber sie war um acht zurück, als wir zu Abend gegessen haben.« Ihr Blick huschte durch den Raum, als ob sie etwas suchte, das nicht da war. »Wir essen immer um acht Uhr zu Abend, dann geht Vern zurück in den Verkostungsraum und verbringt Zeit mit den Stammgästen. Wir schließen um zehn.«

Die beiden rückten enger zusammen, hielten sich an den Händen und sahen Elliot an, als ob er alle Antworten in sich trüge. Mrs Flannagan standen die Tränen in den Augen, aber sie kämpfte tapfer dagegen an.

Elliot öffnete sein Notizbuch. »Wissen Sie, mit wem Kendra ausgegangen ist und wohin sie gegangen sind? Jedes Detail könnte von Bedeutung sein.«

Mrs Flannagans Blick richtete sich kurz auf ihren Mann. »Kendra hängt mit einem Haufen älterer Schüler herum. Vern ist nicht sehr glücklich darüber, aber wenn sie ... ich meine, wenn sie sie akzeptieren, warum nicht, oder?«

»Haben Sie ein paar Namen für mich?«, drängte Elliot weiter.

»Ähm, ja, tut mir leid. Es gibt zwei Mädchen, mit denen sie eng befreundet ist, Mackenzie Trenton und Alana, ähm, ich habe ihren Namen vergessen.«

Diese beiden schon wieder. Anscheinend hatten Kendra und Jenna die gleichen Freunde.

»Keaney«, sagte Mr Flannagan, ohne von dem auf dem Tisch abgestellten Glas aufzusehen. Die verbliebene weinrote Flüssigkeit bedeckte kaum den Boden des Glases.

»Ja, das war es. Keaney«, sagte Mrs Flannagan. »Es gibt ein paar Jungs in der Gruppe ...«

»Natürlich gibt es die«, sagte Mr Flannagan mit sarkastischem Unterton in der Stimme. »Wo Blumen sind, sind die Bienen nicht w...«

»Ach, sei doch still«, erwiderte Mrs Flannagan und entzog ihre Hände dem Griff ihres Mannes. »Sie ist ein hübsches Mädchen, Vern, was erwartest du? Das ist ganz normal. Sie ist sechzehn.« Sie starrte ihren Mann an, bis er sich mit einem resignierten Seufzer in die Couch fallen ließ. »Ein paar von diesen Jungs sind die Freunde der Mädchen. Nick, ich glaube, so heißt er, geht mit Alana, richtig?« Vern murmelte etwas Zustimmendes. »Dann gibt es noch einen Tim Carter und einen Richard, ähm, ich weiß seinen Nachnamen nicht.«

Diesmal hatte Vern nichts mehr hinzuzufügen.

»Sind all diese anderen Jugendlichen im Abschlussjahrgang?«, fragte Elliot.

»Ja«, antwortete Mrs Flannagan schnell. »Da bin ich mir ziemlich sicher.«

»Wissen Sie, wo sie hingegangen sind?«

Die Eltern sahen sich an. »Ich weiß nicht genau, wohin sie gestern Abend gegangen sind, aber normalerweise gehen sie in den Coffeeshop oder in die Winter Lodge. Hier gibt es nicht so viele Möglichkeiten.«

»Und Kendra ist gestern Abend pünktlich zum Abendessen nach Hause gekommen?«, fragte Elliot, den Stift in der Schwebe haltend, wenige Zentimeter über dem Notizbuch.

Beide Eltern nickten. Mr Flannagan starrte immer noch auf das fast leere Glas, aber sein Blick war nicht fokussiert; er war abwesend und so widerstandsfähig wie ein platter Reifen. Mrs Flannagan sah Elliot mit einem stummen, eindringlichen Flehen an.

»Kam sie Ihnen normal vor? Wie sonst auch?«

Die beiden sahen sich kurz an. »Ja«, antwortete Mrs Flannagan. »Nach dem Essen sagte sie, sie müsse noch Hausaufgaben machen. Wir gaben ihr einen Gutenachtkuss und sie ging auf ihr Zimmer.«

»Und Sie haben erst heute Morgen wieder nach ihr gesehen?«

»J-ja«, stammelte Mrs Flannagan. Sie schlug nervös die Hände zusammen und knetete sie, als wären sie aus Lehm und nicht aus Fleisch und Knochen. »Ich kümmere mich um die Buchhaltung des Weinguts, und das ist eine Menge Arbeit. Vern war fast bis Mitternacht bei den Gästen. Ich war bis elf in der Kellerei und habe mich um das Geschäftliche gekümmert.«

Elliot runzelte die Stirn. »Ich dachte, Sie hätten gesagt, der Verkostungsraum schließt um zehn.«

Mrs Flannagan warf ihrem Mann einen langen, missbilligenden Blick zu. »Eigentlich schon. Aber einige der Gäste am späten Abend sind Stammgäste, und die werfen wir nicht einfach hinaus. Vern bereitet ihnen eine schöne Zeit. Sie kaufen ein paar Kisten Wein, bevor sie gehen, und eine Woche später kommen sie wieder und wollen mehr. Das ist gut fürs Geschäft, solang Verns Leber das aushält.« Sie presste die Lippen aufeinander und senkte den Kopf. Eine Träne fiel auf ihre verschränkten Hände. »Das Licht in Kendras Zimmer war aus; ich dachte, sie würde schlafen, und wollte sie nicht wecken.« Sie hielt sich die Hand vor den Mund, um ein bitteres Schluchzen zu unterdrücken. »Oh Gott ... meine arme Kleine.«

Vern legte den Arm um seine Frau und drückte sie fest an sich, während sie schluchzte und Elliot die ganze Zeit aufmerksam anstarrte. »Bitte, finden Sie unser kleines Mädchen. Sie ist alles, was wir haben.«

Elliot nickte und hielt Blickkontakt mit all der Ruhe, die er aufbringen konnte. Dann stand er auf und ging zur Tür, blieb aber noch einmal kurz stehen und fragte: »Darf ich bitte Kendras Zimmer sehen?«

In ihrer früheren Aussage hatte es geheißen, Kendra sei aus ihrem Schlafzimmer verschwunden, und am Morgen hatten sie das Fenster offen vorgefunden, ohne jede Spur von ihr. Ein Techniker hatte die Fensterbank bereits auf Fingerabdrücke untersucht und keine Anzeichen für ein gewaltsames Eindringen festgestellt, aber ein weiteres Paar Augen konnte nicht schaden.

Mrs Flannagan führte ihn zu einem Schlafzimmer am anderen Ende des Hauses. Es war ein ziemlich großer Raum, der mit Postern von Popbands an den Wänden und ein paar Traumfängern dekoriert war. Das Fenster war geschlossen, die Jalousien heruntergelassen. Gedämpftes Sonnenlicht fiel durch das von Fingerabdruckpulver befleckte Glas. Elliot schaute nach draußen; das Fenster befand sich nur einen Meter über dem Boden, ein leichtes Unterfangen für einen Teenager, der sich zu einer Verabredung am späten Abend hinausschleichen wollte.

War Kendra weggelaufen? Oder war sie von ihrem Elternhaus weggelockt worden? Hatte ein geschicktes Raubtier in dem dichten Gebüsch, das sich jenseits des ordentlich gemähten Rasens erstreckte, auf sie gewartet?

Er zog die Jalousien auf und hob das Fenster an. Es ließ sich mühelos öffnen; der Fensterrahmen war neu und leicht. Draußen war der Boden mit Grasresten vom kürzlichen Mähen und etwas Laub von den Eichen in der Nähe bedeckt; der Duft von frisch gemähtem Gras wurde von der leichten Brise getragen. Wenn Kendra irgendwelche Fußspuren hinterlassen hatte, waren sie längst verschwunden.

Elliot schloss das Fenster und warf einen weiteren Blick in das Zimmer. Das Bett war mit rosafarbener Bettwäsche bezogen und mit Kissen und Stofftieren dekoriert, das Durcheinander darauf wirkte gemütlich, warm und freundlich. Kendras Schreibtisch verschwand unter Schulbüchern und Heften. In der Mitte der Arbeitsfläche stand ein zugeklappter Dell-Laptop, der mit mehreren Aufklebern verziert war.

»Den müsste ich mitnehmen, wenn das in Ordnung ist«, sagte Elliot. Mrs Flannagan nickte.

Er zog den Stecker aus der Wand, wickelte das Kabel auf, klemmte ihn sich unter den Arm und ging zur Tür. Im Flur wartete Mr Flannagan, der ein Foto seiner Tochter in den zitternden Händen hielt.

»Das ist Kendra«, sagte er und hielt Elliot das Bild hin. »Nehmen Sie es, damit Sie wissen, wie meine Tochter aussieht.« Er lallte ein wenig, und seine Augen waren wässrig, rot und geschwollen. »Damit Sie sie nicht vergessen.«

Elliot nahm das Foto und betrachtete es einen Moment lang. Kendra war ein wunderschönes Mädchen mit langen braunen Haaren, die ihr in lockeren Wellen auf die Schultern fielen. Auf dem Bild war ihr Kopf leicht zur Seite geneigt. Sie hatte ein verschmitztes Lächeln, das ein Funkeln in ihre großen braunen Augen zauberte. »Mr Flannagan«, sagte er schließlich und steckte das Foto in die Tasche, »meine Partnerin und ich werden alles in unserer Macht Stehende tun, um Ihre Tochter zu finden. Wir werden nicht ruhen, bis wir Ihnen Antworten geliefert haben.«

»Danke«, flüsterte der Mann. Dann wandte er sich ab und ging zurück zur Couch.

Elliot berührte die Krempe seines Hutes mit zwei Fingern und ging. Die Tür schloss sich hinter ihm mit einem dumpfen Schlag, der durch den großen Flur hallte, und seine Absätze klapperten auf den Steinfliesen, als er zügig in Richtung Verkostungsraum ging. Von dort drang lautes Gelächter herbei, gedämpft durch eine geschwungene, rustikale Eichentür mit schwarzen Eisenverzierungen.

Kendra hätte sich in der Nacht zuvor die Lunge aus dem Leib schreien können; im Verkostungsraum hätte sie niemand hören können.

Zehn Minuten später ließ Elliot Kendras Laptop auf Kays Schreibtisch fallen und schreckte sie damit aus ihrer Arbeit auf. Dann legte er Kendras Foto daneben und tippte mit dem Finger darauf.

»Es ist mir egal, was du denkst. Diese Fälle hängen zusammen. Früher, als du mir noch in die Augen geschaut und die Wahrheit gesagt hast, wärst du die Erste gewesen, die das erkannt hätte.«

Kay lehnte sich zurück und sah ihn einen Moment lang schweigend an. »Ja, du hast recht. Wir müssen reden.«

FÜNFUNDZWANZIG

MITTAGESSEN

Die Luft in der Schulcafeteria war ein wenig stickig. Das Kartoffelpüree stank nach Knoblauch; Alana musste sich davon fernhalten und hoffte, Nick würde das auch tun. Ihre Pläne für Freitagabend sahen keine langen, leidenschaftlichen Küsse vor, bei denen der Gestank des knolligen Höllengewächses in der Luft lag.

Leider enthielt der Salat Zwiebeln, ein weiteres Tabu. Es war, als ob die Cafeteria das absichtlich machte. Sie stellte sich eine Zeitungsüberschrift vor und lächelte: SCHULE ZÜGELT LIBIDO DER SCHÜLERSCHAFT MIT ÜBELRIECHENDEM GEMÜSE. Wahrscheinlich lachten sie sich ins Fäustchen, wenn sie all die Mädchen sahen, die mit den Tabletts in der Hand vor der Essensausgabe zögerten. Die zickige alte Hexe, die die Teller abräumte, amüsierte sich jedes Mal köstlich, wenn sie fragte: »Etwas Püree dazu?«, und ein Mädchen mit Bedauern Nein sagte.

Stattdessen schaute Alana der alten Hexe direkt in die Augen und sagte: »Ich bevorzuge Mais, danke.« Dann schnappte sie sich einen Apfel aus dem Korb, während die Frau ihr ein Stück Maiskolben auf den Teller legte.

»Kein Salat für dich heute?«, fragte das alte Weib mit einem schiefen, allwissenden Lächeln. Ihre Zähne waren unregelmäßig und gelb. Auf ihrem Namensschild stand »Betsy«, und das passte zu ihr.

»Nein, Ma'am«, antwortete Alana devot. Im Gegensatz zu Betsy hatte sie an diesem Abend schon etwas vor. Sie spürte die Hand von Nick auf ihrer Schulter. Strahlend drehte sie sich zu ihm um.

»Chicken Nuggets?«, fragte er und starrte auf ihren fast leeren Teller.

»Du musst mich heute Abend ausführen«, flüsterte sie dicht an seinem Ohr. Er strich ihr mit den Lippen über die Wange, als sie sich zurückzog. Aufgeregt sah sie sich in der vollen Cafeteria um, um zu sehen, ob jemand sie beobachtete.

Ein paar Schlampen durchaus. Einige tuschelten, die Köpfe eng zusammengesteckt, die Blicke auf sie und Nick gerichtet. *Erstickt daran, ihr Miststücke*, dachte sie, lächelte und warf ihr Haar über die Schulter, bevor sie einen der wenigen leeren Tische ansteuerte.

Sie stellte das Tablett auf den Tisch und setzte sich. Nick ließ sich auf den Stuhl zu ihrer Seite fallen. Um sich Störenfriede vom Leib zu halten, stellte Alana ihren Rucksack auf einen der leeren Stühle. Dann wandte sie ihre Aufmerksamkeit Nick zu, führte den Apfel an die Lippen, biss aber noch nicht hinein. »Wohin gehen wir heute Abend?«

Er biss von seinem Schinken-Käse-Sandwich ab und kaute schnell, mit dem typischen Appetit eines gesunden Teenagers. »Willst du später einen Film sehen?«

Sie angelte mit dem Fuß unter dem Tisch herum, bis ihr Schuh seinen berührte, senkte die Augenlider, klimperte ein paarmal mit den Wimpern und schaute zur Seite. »Was immer du willst.« Dann sah sie ihn direkt an, während sie in den Apfel biss. Er lächelte und verstand die Metapher.

»Dürfen wir uns zu euch setzen?«, unterbrach eine

Mädchenstimme sie dabei, wie sie bedeutungsvoll ihren Apfel aß. Eine Dreiergruppe stand mit ihren beladenen Tabletts in der Hand vor dem Tisch und wartete.

Alana starrte das Mädchen an, das gesprochen hatte, eine Rothaarige mit einem Nasenpiercing, bei dem gerade der Ring fehlte, ohne dass sie es zu bemerken schien. Sie schaute Nick direkt an, legte den Kopf schief, biss sich auf die Unterlippe und kokettierte schamlos. Und er fiel darauf herein, lächelte und fühlte sich wahrscheinlich unwiderstehlich bei all der Aufmerksamkeit. Mit einer Handbewegung lud er sie ein, sich an ihren Tisch zu setzen.

Als Alana sich umsah, stellte sie fest, dass die Cafeteria voll war. Einige Schüler saßen auf der Treppe und aßen mit ihren Tabletts auf dem Schoß. Sie hätte diesen Mädchen gerne gesagt, dass sie verschwinden sollten, aber das wäre nicht richtig gewesen. Sie hatte nicht vor, besitzergreifend, verzweifelt und fies zu werden. Sie war so viel mehr als das.

Also setzte sie einen einladenden Blick auf und schnappte sich ihren Rucksack von dem Stuhl an ihrer Seite. »Klar, setzt euch doch zu uns.«

Zwei der Mädchen setzten sich gleich, während die Dritte sich einen freien Stuhl suchen musste. Sie kehrte nicht zurück; kurz darauf sah Alana sie auf der Treppe neben einem Typen in einem Mannschaftstrikot sitzen.

Nick plauderte zwanglos mit den beiden Mädchen, während er sein Sandwich aß. Sie unterhielten sich über Filme; was sie kürzlich gesehen hatten und ob es ihnen gefallen hatte. Was sie empfehlen würden, was sie gerne noch sehen wollten. Es schien, als hätte Nick sie völlig vergessen.

Als Alana spürte, wie ihr die Tränen kamen, trank sie etwas Wasser und schob das Tablett beiseite. Die Hälfte der Nuggets durften dem Maiskolben auf dem Weg zum Mülleimer Gesellschaft leisten. Sie hasste es, wie verletzlich sie sich durch Nick fühlte, wie sie in jedem Mädchen, das vorbeilief, eine Bedrohung sah. Aber am meisten hasste sie die Aufmerksamkeit, die Nick ihnen schenkte, während sie danebenstand, an seiner Seite, ignoriert und unglücklich.

Es war nicht das erste Mal. Wahrscheinlich würde es wieder und wieder passieren. Nick sah gut aus, war intelligent, charmant, ein wahrer Frauenmagnet. Seine griechischen Züge kamen dem nahe, was sein antikes Volk in Adonis gesehen haben musste. Er war groß und dunkelhaarig. Mit schwarzen Augen, die sich in die Seele einer Frau bohren konnten, und einem Lächeln, das ihr Blut in Wallung brachte, war Nick einfach unwiderstehlich. Wenn man dann noch sein rotes Cabrio und seine eleganten Umgangsformen hinzunahm, verstand sie, warum die Konkurrenz um ihren Freund immer sehr groß sein würde.

Aber sie war bereit, die Mauern ihres Schlosses zu verteidigen, so gut sie konnte. Zumindest redete sie sich das ein, während sie die Minuten zählte, bis sie wieder in den Unterricht musste, Minuten, die Nick mit den schwatzhaften Zehntklässlerinnen verschwendet hatte.

Sie wollte sich gerade vom Tisch entfernen, als Nick sich zu ihr beugte und flüsterte: »Was hältst du davon, wenn wir uns heute Abend *Iron Man* ansehen?«

Sein Atem kitzelte auf ihrer Haut und schickte Wellen der Lust durch ihren Körper. »Mhm«, antwortete sie, lächelte und schmiegte sich an ihn.

»Bei mir?«

Sie wich ein wenig zurück und schaute ihn an. Sie wusste genau, was das bedeutete. »Mhm«, wiederholte sie. Sein Blick verweilte auf ihren vollen Lippen.

»Meine Eltern sind übers Wochenende in San Fran«, fügte er hinzu und rückte näher an sie heran, immer noch leise raunend. »Oder hast du stattdessen Lust auf eine Party?«

Für einen kurzen Moment stellte Alana sich Horden von spärlich bekleideten Mädchen vor, die zu seinem Vergnügen mit ihren Hinterteilen wackelten, und sie erschauderte bei dem Gedanken. »Wir tanzen ein andermal«, erwiderte sie mit den Lippen nahe an seinem Ohr. »Bleiben wir heute Abend unter uns. Nur du und ich.«

SECHSUNDZWANZIG
TAGEBUCH

»Du bist einverstanden?« Überrascht stand Elliot auf und steckte die Hände in die Taschen. Unter der Krempe seines Hutes suchte sein Blick den von Kay, in der Erwartung einer Antwort.

Kay erhob sich ebenfalls und schnappte sich ihre Schlüssel.
»Fahren wir. Ich erzähle dir alles unterwegs.«
»Wohin fahren wir denn?«
»Zu Jennas Elternhaus«, antwortete sie und führte ihn aus dem Bürogebäude. Auf dem Parkplatz stand sie zögernd zwischen den beiden Interceptors, aber Elliot drückte auf seine Fernbedienung und entriegelte seinen Dienstwagen. Kay stieg auf den Beifahrersitz. Die Sonne hatte das Innere des schwarzen Fahrzeugs auf eine fast unerträgliche Temperatur aufgeheizt.

Elliot ließ den Motor an und drehte die Klimaanlage auf die höchste Stufe, sodass eisige Luft aus den Lüftungsschlitzen strömte, als er vom Parkplatz abbog. Ihn schien etwas zu beschäftigen, und Kay wartete darauf, dass er es zur Sprache brachte.

»Du hast so viel mehr Erfahrung als ich«, sagte er schließlich, »vor allem, wenn es um Mordfälle der verdrehten, psychopathischen Art geht.« Er bog auf den Highway ab, der zur Interstate führte. »Aber sollten wir uns nicht erst einmal auf Kendra konzentrieren? Solang wir nichts anderes wissen, ist sie noch am Leben. Sie wird erst seit fünfzehn Stunden oder weniger vermisst.«

Kay rutschte auf ihrem Sitz herum und sah Elliot an, ohne den Kopf zu sehr drehen zu müssen. »Das ist genau das, was wir tun. Wenn du glaubst, dass diese Fälle zusammenhängen, verstehst du doch sicher, dass wir in Jennas Umfeld wahrscheinlich mehr Beweise finden können als in Kendras.«

»Und warum? Kendras Verschwinden ist frisch, neu, und wir könnten mehr über ihren Geisteszustand herausfinden, wenn wir ihre Freunde befragen und ihre Profile in den sozialen Medien überprüfen.«

»Das ist eine Möglichkeit«, antwortete Kay. »Genauso wie es auf einer Reise von hier nach New York City Dutzende von möglichen Routen gibt, die von Entscheidungen an verschiedenen Knotenpunkten abhängen, kann eine Ermittlung über eine Reihe von Wegen ans Ziel führen. Wenn man es richtig anstellt, führen sie alle zu demselben Ergebnis.«

»Aber nur einer dieser Wege ist der schnellste«, erwiderte Elliot. »Nach New York, meine ich, und auch zu Kendras Aufenthaltsort. Ich weiß nicht ...«

»Meinst du nicht, dass mir jede einzelne Minute, in der wir nicht wissen, wo Kendra ist, schmerzlich bewusst ist?« Kay hatte ihre Stimme erhoben; der Stress der letzten Stunden forderte seinen Tribut. »Jedes Mal, wenn wir eine Entscheidung treffen, ob wir diesen Zeugen befragen oder einen anderen, spielen wir mit dem Leben von Menschen. Das ist die unsichtbare Bürde im Leben eines Polizisten. Sein Bestes zu geben und immer wieder an sich selbst zu zweifeln. Sich selbst die Schuld zu geben, wenn das Ergebnis nicht perfekt ist.« Sie atmete durch und zwang sich, die Stimme zu senken. Elliot war nicht für alles verantwortlich, was in ihrem Leben falsch lief. »Aber wir können es uns nicht leisten zu zögern; das ist schlimmer als alles andere. Wir treffen diese Entscheidungen auf der Grundlage unserer Fähigkeiten, unserer Erfahrung und unseres Instinkts.« Sie hielt einen Moment inne und betrachtete abwesend die vorbeiziehende Landschaft. Die satten Farbtöne der sommerlich grünen Gräser trafen auf die kühleren Schattierungen des Blau- und Viridiangrüns der weiter entfernten Nadelbäume, die hoch und stolz in den azurblauen Himmel ragten. Kay richtete ihre Aufmerksamkeit wieder auf Elliot. »Mein Bauchgefühl sagt mir, dass es in Jennas Welt mehr zu erfahren gibt als in Kendras.«

Die Krempe von Elliots Hut bewegte sich nach unten, dann nach oben, als er fast unmerklich nickte. »Warum?«

»Vor allem, weil Jennas Leben in letzter Zeit von ungewöhnlichen Ereignissen geprägt war. Was auch immer ihr im letzten April zugestoßen ist, wir wissen es immer noch nicht, aber es könnte die Ereignisse in Gang gesetzt haben. Der Mann, mit dem sie sich getroffen hat, der ältere Typ aus San Francisco ...«

»Ja, der. Was habe ich verpasst?« Elliot warf ihr einen kurzen Blick zu.

Einen Moment lang herrschte betretenes Schweigen, und das einzige Geräusch war das rhythmische Klopfen der Reifen auf den Fugen der Straße. »Tja, sein Name ist Gavin Sharp«, antwortete Kay und atmete heftig aus.

Elliot schaute sie wieder an. »Was? Ist das jemand, den du kennst?«

Sie gluckste traurig. »Das ist der Name meines Vaters.« Sie hielt eine Sekunde lang inne und wog die Worte ab, bevor sie sie aussprach. »Was du wahrscheinlich nicht weißt, ist, dass mein Vater vor achtzehn Jahren verschwunden ist, nachdem er meine Mutter fast umgebracht hätte.«

Sie schluckte schwer, ihre Kehle war wie zugeschnürt und

weigerte sich, den Namen deutlich auszusprechen. Sie hoffte, dass Elliot ihre Körpersprache nicht lesen konnte und ihre Lügen nicht durchschaute.

Elliot pfiff. »Wow ... willst du damit sagen ...«

»Nein. Jenna war nicht mit meinem Vater zusammen«, antwortete sie und flößte ihrer brüchigen Stimme so viel Ruhe ein, wie sie konnte. »Aber du verstehst sicher, dass ich etwas Zeit gebraucht habe, um dieses Durcheinander zu sortieren.«

Eine Weile herrschte Schweigen zwischen ihnen. »Du hattest das Gefühl, dass du mir nicht vertrauen kannst?« Elliot klang verletzt, und er hatte allen Grund, sich so zu fühlen.

»Nein, so ist es nicht, Elliot. Es war nur der Schock, das ist alles. Seit achtzehn Jahren habe ich seinen Namen nicht mehr gehört, außer wenn ich gefragt wurde, ob wir etwas über ihn wissen. Gegen ihn liegt ein Haftbefehl vor. Mein Vater ist ein gesuchter Straftäter.«

Pause. »Ich schätze, die Sandwiches aus dem Automaten sind doch nicht so übel?«

Kay lächelte schwach. Er hatte sich schnell zusammengereimt, was passiert war. »Ich würde sie trotzdem nicht empfehlen.«

»Also, wer ist dieser Typ? Steht er in irgendeiner Beziehung zu dir?«

»Nicht dass ich wüsste.« Ein weiterer Seufzer entschlüpfte ihrer Kehle. »Aber das wird wieder eine alte Geschichte ausgraben.«

»Wie alt warst du, als es passiert ist?«

Kay sah ihn kurz an und merkte erst jetzt, dass sie die ganze Zeit zu Boden gestarrt hatte. »Dreizehn. Aber die Misshandlungen liefen schon seit Jahren. Ich ... ich kannte es einfach nicht anders, bis er dann weg war.«

Elliots Hand löste sich vom Lenkrad und suchte nach der ihren. Er drückte sie sanft und gab ihrem Herzen neue Kraft. »Was wissen wir über diesen Gavin Sharp?«

»Na ja, er ist vorbestraft.« Sie war froh, das Thema zu wechseln.

»Sag mir, dass es um Vergewaltigung geht.«

»Nee, tut mir leid. Nur einfache Körperverletzung, eine Schlägerei bei irgendeinem Sportmatch, die übel ausgegangen ist. Hat sein halbes Jahr abgesessen, und dann *nada*. Ich schätze, er hat sich im Knast ein paar neue Fähigkeiten angeeignet und gelernt, wie man sich unauffällig verhält.«

Elliot brachte den Geländewagen vor dem Haus der Jerrells zum Stehen. »Was erwartest du hier zu finden?«

»Antworten«, sagte Kay, bevor sie aus dem Ford kletterte.

Es dauerte eine Weile, bis Brenda Jerrell die Tür öffnete. Kay hatte darauf bestanden, zu warten, da ihr Auto in der Einfahrt stand. Einige Eichenblätter waren auf die Windschutzscheibe gefallen; der Wagen war schon seit ein paar Tagen nicht mehr bewegt worden.

Mrs Jerrell war blass wie ein Bettlaken und trug einen gequälten, leeren Blick zur Schau. Nach kurzem Zögern erkannte sie die beiden, trat zur Seite und ließ sie eintreten.

Das Wohnzimmer war in Dunkelheit gehüllt, die Vorhänge noch zugezogen, obwohl es schon zwei Uhr nachmittags war. Die Luft roch abgestanden und aufgewirbelte Staubpartikel waren zu sehen, sobald ein Lichtstrahl durch die Vorhänge brach. Die Tür zum Schlafzimmer, in dem Mr Jerrell sich umgebracht hatte, stand einen Spalt offen, und auf dem Teppich am Fußende des Bettes war ein Blutfleck zu erkennen, zu einem tiefen Kastanienbraunton vertrocknet. Eine Decke und ein Kissen lagen auf der Couch; Mrs Jerrell musste die letzten Nächte im Wohnzimmer geschlafen haben.

»Bitte sagen Sie mir, dass Sie Hilfe haben«, flüsterte Kay und nahm die Hände der Frau in ihre. Sie fühlten sich kalt an, leblos.

Sie starrte Kay mit leerem Blick an, als könnte sie ihre

Worte nicht verstehen. Irgendwann sagte sie: »M-meine Schwester kommt aus Detroit hierher. Heute Abend.«

»Gut«, erwiderte Kay sanft. »Sie sollten in dieser Zeit nicht allein sein. Bitte rufen Sie mich an, wenn Sie Hilfe brauchen«, fügte sie hinzu und drückte ihr ihre Karte in die Hand.

Mrs Jerrell nickte. »Ich weiß nicht, wie ich ohne sie leben soll. Ich weiß es einfach nicht«, flüsterte sie mit brüchiger Stimme. »Haben Sie herausgefunden, wer meinem Kind das Leben genommen hat?«

»Wir ermitteln noch«, antwortete Kay sanft. »Eigentlich brauchen wir Ihre Hilfe.«

Sie nickte und schlang den Bademantel um ihren Körper, als ob sie sich vor einer Erkältung schützen wollte.

»Erinnern Sie sich noch an irgendetwas anderes im Zusammenhang mit Jennas verändertem Verhalten im letzten Frühjahr?«

Keine Antwort, als hätte Mrs Jerrell die Frage nicht gehört.

»Vielleicht hat sie jemanden kennengelernt oder jemanden verloren?« Immer noch keine Antwort. »Wurde sie in der Schule gemobbt?« Beim letzten Gespräch mit Jennas Mutter hatten beide Elternteile Mobbing erwähnt. Kay hoffte, dass es leichter sein würde, Mrs Jerrell zum Reden zu bringen, wenn sie sich an etwas erinnerte.

»Ja«, flüsterte sie jetzt. »Aber wir wissen nicht, von wem.«

»Hat sie Ihnen davon erzählt?«

Sie schüttelte den Kopf, während ihr Blick den Boden suchte. »Sie hat es uns nicht gesagt. Wir hätten etwas unternommen, mit jemandem gesprochen. Sie hat sich einfach ... verschlossen, alles in sich hineingestopft.« Mrs Jerrell klopfte ein paarmal mit der Faust auf die Brust, hart, strafend. »Weil ich nicht da war. Ich war weg.«

»Es ist nicht Ihre Schuld, Mrs Jerrell«, sagte Kay in ruhigem, aber bestimmtem Ton. »Sie haben dafür gesorgt, dass Ihre Familie immer etwas zu essen auf dem Tisch hatte. Wissen Sie, wer das tut?« Sie antwortete nicht. »Helden tun das, Mrs Jerrell. Helden wie Sie.«

Die Frau schaute zu Kay auf, das Gesicht immer noch ausdruckslos. Eine Träne rann ihr über die Wange. »Jetzt ist es zu spät.«

Es gab nicht viel, was sie jetzt tun konnte, nicht, solang Kendra noch vermisst wurde. Ihr Leben hing vielleicht an einem seidenen Faden, und die Zeit lief ihr davon. Kay hasste sich für ihre Eile und fragte: »Dürfen wir Jennas Zimmer sehen?«

Mrs Jerrell ging voraus und öffnete ihnen die Tür. Kay trat ein und studierte jedes Detail dessen, was sie sah, und setzte ein Bild von der Person zusammen, die Jenna einmal gewesen war. Ihr Bett stand unauffällig in der Ecke. Darüber, an der Seitenwand, prangte ein großes Poster, das die Veröffentlichung von Gavin DeGraws neuer Single »Soldier« ankündigte. Der Künstler mit dem braunen Filzhut spielte im Regen auf dem Klavier.

Kay starrte auf das Gesicht des echten DeGraws und erkannte eine vage Ähnlichkeit mit dem Gavin Sharp aus San Francisco, die möglicherweise auch nur ihrer Fantasie entsprang. Ihrer und der eines verliebten jungen Mädchens, eines Mädchens, das mit Mobbing zu kämpfen hatte und einen Beschützer suchte, jemanden, der sie verteidigte und ihren Schmerz linderte. Ihren ganz persönlichen Soldaten.

Ein vertrauter Refrain kam Kay in den Sinn. Sie brummte ein paar Worte aus dem Gedächtnis, traf den Ton aber nicht ganz.

»Was?«, fragte Elliot.

»Das«, antwortete Kay und zeigte auf das Poster von DeGraw. »Er ist der Grund, warum sie sich in ihn verliebt hat, und sie wollte es unbedingt jemandem erzählen.«

»Verliebt in wen?«, fragte Mrs Jerrell. In ihren Augen leuchtete ein Hauch von Interesse auf.

Kay drehte sich zu der blassen Frau um und wünschte, es gäbe eine Möglichkeit, ihr eine Antwort zu ersparen. »Wir haben Grund zu der Annahme, dass Jenna mit einem älteren Mann aus San Francisco zusammen war.«

»Zusammen?« Mrs Jerrell wandte den Blick ab, als wollte sie ihr Gedächtnis durchforsten. »Meine Tochter war depressiv und verließ nur selten das Haus. Sie verbrachte die meiste Zeit an ihrem Computer.«

»Und dort hat sie diesen Mann kennengelernt«, fügte Kay hinzu.

Mrs Jerrell fuhr sich mit der Zunge über die trockenen, rissigen Lippen. »Ist er, ähm, hat er sie umgebracht?« Ihre Stimme brach.

Kay nickte. »Sieht so aus, ja.«

»Wissen Sie, wer er ist?«

»Ja, das tun wir, und es wird ein Haftbefehl gegen ihn ausgestellt.«

»Wer ist er?«, drängte sie weiter und umklammerte Kays Arm mit ihren zitternden Händen.

Kay zögerte und fragte sich, was Mrs Jerrell wohl denken würde, wenn sie den Namen des Verdächtigen hörte.

»Leider können wir diese Information noch nicht weitergeben«, antwortete Elliot. »Es handelt sich um eine laufende Ermittlung.«

»Das verstehe ich«, antwortete Mrs Jerrell, ließ Kays Arm los und wich zurück.

»Hatte Ihre Tochter ein Tagebuch?«, fragte Kay. Wie die meisten verliebten Teenager musste Jenna darauf gebrannt haben, mit jemandem über ihre neue Romanze zu reden, nur dass sie niemanden hatte, mit dem sie reden konnte. Ein Tagebuch wäre das Naheliegendste gewesen.

»Nicht dass ich wüsste«, antwortete Mrs Jerrell.

»Macht es Ihnen etwas aus, wenn ich ...«

Kay brach mitten in der Frage ab und bemerkte Mrs Jerrells

einladende Geste. Sie sah sich in dem kleinen Schlafzimmer um und fragte sich, wo Jenna wohl ein Tagebuch versteckt haben könnte. Nicht in den Schreibtischschubladen; zu offensichtlich. Trotzdem zog sie sie auf und tastete mit den Händen an der Unterseite entlang, um nach einem Gegenstand zu suchen, der vielleicht mit Klebeband außer Sichtweite gehalten wurde.

Nichts.

Elliot fing an, im Schrank zu suchen, öffnete Schuhkartons und ließ die Hände durch die größeren Taschen der Wintermäntel gleiten, während Kay auf das Bett starrte. Sie ging daneben in die Hocke und schaute darunter. Die Matratze lag auf einem Holzrahmen mit drei Zentimeter breiten, quer verlaufenden Streben auf. Mit ihrer Taschenlampe leuchtete Kay die Unterseite der Matratze Zentimeter für Zentimeter ab. Etwa auf halber Höhe bemerkte sie eine dunklere, rechteckige Fläche mit unregelmäßigen Rändern.

Jenna hatte ein Loch in die Matratze geschnitten.

»Ich habe etwas.« Kay zog sich frische Handschuhe an und griff unter das Bett, um an das Loch zu gelangen. Elliot packte die Matratze an den Rändern und hob sie an, sodass der Schnitt sichtbar wurde. Im Inneren der Matratze waren die Ränder eines kleinen Notizbuches und das Ende eines roten Lesebändchens zu sehen. Vorsichtig, um sich nicht an den Matratzenfedern zu verletzen oder das Tagebuch zu beschädigen, zog Kay das kleine Notizbuch Zentimeter für Zentimeter heraus. Vielleicht enthielt es die Antworten, nach denen sie gesucht hatte. Oder zumindest eine Spur – etwas, das ihnen die richtige Richtung wies, um herauszufinden, was im letzten April mit Jenna geschehen war.

Das Tagebuch war grün, mit einer verschlungenen floralen Goldfolienprägung auf dem Einband und einem Magnetverschluss, der die Seiten zusammenhielt. Nach den Verfärbungen an den Seitenrändern zu urteilen, hatte Jenna etwa die Hälfte des Tagebuchs gefüllt. Kay löste den Verschluss, und es öffnete sich an einer Seite, auf der eine vertrocknete Rose gepresst worden war, die Blütenblätter nur noch ein verblichenes Rosa.

Eine Rose, eingeklemmt zwischen den mit endloser Schreibschrift fein säuberlich beschriebenen Seiten, die Quintessenz jugendlicher Liebe. Einen Moment lang war Kay versucht, sich auf den abgewetzten Teppich zu setzen und mit dem Lesen zu beginnen, aber das musste warten.

Mrs Jerrell starrte das kleine Objekt an, als käme es aus einer anderen Welt. »Darf ich, ähm, bitte? Es ist von meiner Tochter.« Ein erstickter Schluchzer raubte ihr den Atem.

Kay nahm ihre Hand und drückte sie. »Ich verspreche, dass ich es Ihnen zurückgebe. Es ist ein Beweisstück, und wir müssen es uns so schnell wie möglich ansehen. Das können wir nicht, bevor es nicht auf Fingerabdrücke untersucht wurde.«

Elliot öffnete einen Asservatenbeutel, schob das Tagebuch hinein, faltete den Umschlag und versiegelte ihn.

Scheinbar resigniert stand Mrs Jerrell in der Tür des Schlafzimmers, untröstlich, sprachlos, und sah ihnen hinterher. Im Wohnzimmer blieb Kay stehen, hielt das versiegelte Tagebuch hoch und fragte: »Wer hätte davon wissen können?«

Mrs Jerrell wischte sich eine Träne aus dem Auge. »Ich wusste ja nicht einmal davon. Ich … ich weiß es nicht.« Sie schüttelte den Kopf und faltete die Hände fest zusammen. »Vielleicht Mackenzie oder Alana, ihre besten Freundinnen. Sie standen sich nahe … bis April zumindest. Früher.«

SIEBENUNDZWANZIG

FEHLER

Sie waren nur etwa eine Meile in Richtung von Mackenzie Trentons Zuhause gefahren, als eine SMS von Doc Whitmore Elliot dazu veranlasste, auf die Bremse zu treten und eine Kehrtwende zu machen, mit eingeschalteter Sirene, um den entgegenkommenden Verkehr auf Abstand zu halten. Er schlängelte sich schnell durch den Nachmittagsverkehr und ließ Kay nicht viel Zeit, um über das Tagebuch nachzudenken. Sie hatte vorgehabt, ein paar Seiten zu lesen, bevor sie Mackenzie Trenton befragte, um eine Vorstellung davon zu bekommen, was in Jennas Kopf vorging, um vielleicht einen Einblick in ihre Beziehungen zu ihren besten Freundinnen zu bekommen.

»Danke, dass du mich da drin gerettet hast«, sagte sie, als Elliot die Sirene wieder ausgeschaltet hatte, und ihre Wangen wurden rot. Sie hatte noch nie gerettet werden müssen; das Gefühl war neu für sie und ein bisschen überwältigend. Sie war wie erstarrt gewesen, als Mrs Jerrell nach dem Namen des Verdächtigen gefragt hatte. Erstarrt, sie, mit all ihrer Erfahrung. Unglaublich.

Elliot antwortete nicht sofort. Er schenkte ihr nur ein

kurzes Lächeln, ein freundliches und unterstützendes Lächeln. »An diesem Fall zu arbeiten, wird sich anfühlen, als würde man einen Sack Flöhe hüten, wenn du versuchen willst, die Reaktionen der Leute auf den Namen des Täters einzudämmen. Das geht nicht. Sie werden sich so sehr das Maul zerreißen, dass man sich fragen muss, ob sie Rasierklingen zum Frühstück gegessen haben. Aber so sind die Menschen, und das weißt du. Sie tratschen.«

Kay gluckste, senkte den Blick und fühlte sich verletzlich. Sie war diejenige mit einem Doktorgrad in Psychologie, doch ihr bodenständiger Partner musste sie zur Vernunft bringen. Er hatte recht, auch wenn er nicht die ganze Geschichte kannte. Sie durfte sich nicht wieder von ihren eigenen Ängsten einschüchtern lassen. Bevor sich der Staub wieder über den Namen Gavin Sharp legte, würde es zwangsläufig zu Stürmen kommen, zu Fragen, mit denen sie nicht gerechnet hatte, Klatsch und Tratsch, Spekulationen und Irreführungen.

Sie konnte damit umgehen. Das musste sie auch.

»Danke, Partner«, erwiderte sie. »Jetzt wollen wir mal sehen, wie der Doc darauf reagiert. Nennen wir es einen Testlauf.«

»Ja, Ma'am«, antwortete Elliot und hielt vor dem Gebäude der Rechtsmedizin an.

Drinnen waren die Untersuchungstische aus Edelstahl leer und die starken Deckenleuchten ausgeschaltet. Dr. Whitmore und eine seiner Assistentinnen arbeiteten leise, wie eine gut geölte Maschine, die Proben austauschte und die Laborgeräte reibungslos bediente. Der Rechtsmediziner nahm die auf dem Tablett aufgereihten Objektträger, ohne den Blick vom Okular des Mikroskops abzuwenden, während seine Assistentin sie geschickt und schnell präparierte und die Ergebnisse auf einem Klemmbrett notierte.

Kay blieb stehen, lächelte anstelle einer Begrüßung und reichte dem Doc den Asservatenbeutel mit Jennas Tagebuch.

»Könnten Sie das bitte schnell auf Fingerabdrücke untersuchen lassen? Wir haben es eilig.«

Doc Whitmore winkte seine Assistentin herbei, eine junge Brünette in einem verblichenen rosa Laborkittel. Sie ließ das Klemmbrett auf dem Tisch liegen und nahm den Beutel mit sichtbarer Neugierde an sich, öffnete ihn, holte den Inhalt vorsichtig heraus und legte ihn auf einen sauberen Labortisch auf Rollen. Kay beobachtete, wie sich ihre Hände schnell bewegten und mit den präzisen Bewegungen ihrer langen, dünnen, mit blauem Latex bedeckten Finger den Pinsel für das Abdruckpulver drehten. Das schwarze Pulver setzte sich auf den Einbänden und dem Buchrücken des Tagebuchs ab und brachte Strudel, Bögen und Schleifen zum Vorschein, die sie dann mit durchsichtigem Klebeband sicherte.

Kay drehte sich um und sah Dr. Whitmore an. »Gibt es schon DNA-Ergebnisse?«

Der Rechtsmediziner deutete auf einen Computer, der stillschweigend die Datenbanken durchsuchte, was sich nur am leisen Surren der Festplatte erkennen ließ. »Ich habe gerade die erste Probe in das System geladen. Die anderen DNA-Proben stecken noch im Sequenzierautomaten. Es wird eine Weile dauern.«

»Was, wenn ich Ihnen sage, gegen wen Sie es laufen lassen sollen? Würde das die Sache beschleunigen?«

»Ja«, antwortete er begeistert, »aber nur die CODIS-Suche, nicht die Sequenzierung. Wenn der Gesuchte im CODIS eingetragen ist, dauert es nur ein oder zwei Minuten.«

»Ja, es existiert schon ein Eintrag«, antwortete Kay. Elliot sah sie aufmunternd an. »Sein Name ist Gavin Sharp.«

»Wer?«, fragte Doc Whitmore und sah Kay über den dicken Rand seiner Brille hinweg mit einem strengen Gesichtsausdruck an.

»Gavin Sharp«, wiederholte sie, immer noch verstört, als sie seinen Namen mit ihrer eigenen Stimme aussprach. »Nicht der aus Mount Chester, der vermisst wird ... nicht mein Vater. Es gibt einen anderen, in San Francisco.«

Doc Whitmores Blick verweilte noch einen Moment auf ihr, prüfend, undurchdringlich. »Ist das nicht ein merkwürdiger Zufall? Würde ich schon sagen.« Er stand auf, zog seine Handschuhe aus und wusch sich die Hände an einem kleinen Waschbecken am Ende des langen Labortisches. Er trocknete sie ab und sah Kay einen Moment lang prüfend an, um zu sehen, ob sie wirklich meinte, was sie gesagt hatte. Dann trat er zu dem Computer mit der CODIS-Datenbank und begann, auf der kunststoffbeschichteten Tastatur herumzutippen. »Gavin Sharp, sagten Sie?«

»Ja«, antwortete Kay und hielt den Atem an. Alles deutete auf den Mann aus San Francisco hin, der Jenna zu einem Treffen gelockt hatte.

Doc Whitmore tippte den Namen in das Suchfeld ein und wartete dann einen Moment. Das System lieferte zwei Ergebnisse. »Ich wähle den in San Francisco«, sagte er, markierte den zweiten Datenbankeintrag und drückte die Eingabetaste. Das System piepte leise, und auf dem Bildschirm erschien eine rot umrahmte Meldung.

»Keine Übereinstimmung«, sagte Doc Whitmore und warf Kay einen Blick zu, die versuchte, ihre Enttäuschung zu verbergen.

Wenn nicht Gavin Sharp, wer dann? Was hatten sie übersehen? Sie schaute zu Elliot, der genauso bestürzt aussah, wie sie es war.

»Es ist nur ein Täter, oder?«, fragte sie, nicht bereit zu glauben, dass Gavin Sharp unschuldig war.

»Auf beiden Kondomverpackungen wurden die gleichen Fingerabdrücke gefunden, und die sind nicht im AFIS. Sie stimmen nicht mit den Abdrücken dieses Mannes überein.« Sie hatten nichts ... und Kendras Zeit lief ab.

»Wenn ich fragen darf«, sagte Doc Whitmore, »wie sicher

sind Sie sich bei der Identität dieses Mannes? Diese Namensübereinstimmung ... das ist gelinde gesagt seltsam.«

Kay presste die Lippen fest aufeinander und nickte. Natürlich war er misstrauisch. Jeder, der nur halbwegs bei Verstand war, wäre das, und Doc Whitmore war schlau wie ein Fuchs. »Es ist die Weise, wie wir ihn gefunden haben, Doc. Er ist der Mann, mit dem Jenna online gechattet und sich zeitweise getroffen hat. Er ist aus der Stadt gekommen, um sie zu besuchen.«

Der Rechtsmediziner lehnte sich näher an den Computerbildschirm und blinzelte. »Dieser Mann ist sechsundfünfzig Jahre alt! Getroffen? Das ist kein Treffen, das ist ...« Er erhob die Stimme, verstummte dann aber abrupt und senkte den Blick. »Ich habe wohl schon Schlimmeres gesehen. Das haben wir alle. Ich habe mich nur gefragt, ob es Ihnen etwas ausmacht, wenn ich den anderen Gavin Sharp überprüfe, das ist alles.«

Kay zuckte mit den Schultern, da sie die Antwort bereits kannte. »Machen Sie nur, Doc. Sie wollten die Probe doch sowieso mit dem gesamten CODIS abgleichen, oder?«

Der Rechtsmediziner ließ die Namenssuche erneut laufen, wählte Kays Vater aus und drückte die Eingabetaste. Kurz darauf sagte ihnen der enttäuschende Piepton, dass keine Übereinstimmung gefunden wurde. »Oh, nun gut. Ich setze die Suche fort, und hoffentlich bekommen wir bald einen Treffer. Aber es könnte eine Weile dauern.«

»Warum haben Sie uns gerufen, Doc?«, fragte Elliot. Er hielt Abstand und beobachtete alles. Er mochte ruhig wirken, aber seine scharfe Auffassungsgabe bekam manchmal Dinge mit, die Kay übersah.

»Ah, ja«, antwortete Doc Whitmore, richtete sich auf und schob die Hände in die Taschen seines Laborkittels. »Ich habe ein paar interessante Ergebnisse.« Er ging zum Tisch hinüber und griff zur Fernbedienung. Der an der Wand montierte Fernseher erwachte zum Leben. Er drückte ein paarmal auf die

Knöpfe, dann blieb er bei einer parallelen Aufnahme zweier Haare stehen. »Die beiden Haare, die wir an Jennas Kleidung gefunden haben, waren nicht ihre. Das hatte ich angesichts der Länge und der Farbe schon vermutet; ich glaube, das habe ich Ihnen auch schon gesagt.«

Kay hatte die Haare schon fast vergessen ... ihre erste Vorstellung des Täters war die eines Mannes mit längerem, möglicherweise gebleichtem Haar gewesen. Als sie auf Gavin Sharp aus San Francisco gestoßen war, war sie so schockiert gewesen, dass sie alles andere ganz vergessen hatte.

Verdammt ... das war schlampig gewesen, ein unverzeihlicher Fehler. Ihre Logik war durch Gefühle vernebelt worden. Scheiß auf alle Gavin Sharps dieser Welt.

»War es gebleicht, Doc?« Ihre Stimme klang zögerlich, keine Spur von ihrem üblichen selbstbewussten Ton.

»Ja, das war es. Ich dachte, ich hätte ... nun, es tut mir leid. Ja, es ist gebleicht. Hier«, er deutete mit seinem Zeigefinger auf den Bildschirm, »das ist die natürliche Haarfarbe, ähm, karamellbraun. Schade, dass wir keine Wurzelfollikel haben.«

»Alles klar«, sagte Kay und machte sich bereit zum Aufbruch. Doc Whitmores Assistentin Cheryl, wie auf ihrem Namensschild stand, legte Jennas Tagebuch in Kays Hände und verschwand. Sie hatte es in einen neuen Asservatenbeutel gesteckt, beschriftet und datiert.

»Danke, Cheryl. Bitte lassen Sie mich wissen, wenn Sie einen Treffer haben.«

»Sie sind alle von Jenna«, antwortete sie. »Ich habe nicht alle Seiten untersucht, aber ...«

Kay schüttelte den Kopf. »Das ist auch nicht nötig. Danke.« Sie wandte sich an den Doc, aber der hielt nur die Hand in die Luft, um sie aufzuhalten.

»Ich bin noch nicht fertig. Wir haben noch mehr.« Das Bild auf dem Bildschirm wechselte zu einem Foto von zwei lilafarbenen Kondomverpackungen, das am Tatort aufgenommen worden war. »Ich glaube, ich habe Ihnen gesagt, dass die Fingerabdrücke auf diesen Verpackungen zu demselben Mann gehören, aber er ist nicht im AFIS.«

Kay spürte, wie Panik durch ihre Adern schoss. Noch etwas, das sie übersehen hatte ... Gavin Sharps Fingerabdrücke wären im AFIS gewesen; er war ein Ex-Sträfling. Sie hatte wertvolle Zeit damit verschwendet, diesen Mann zu jagen, obwohl alle Beweise dafür sprachen, dass er nicht der Vergewaltiger von Jenna war.

Unbeeindruckt von ihrem inneren Aufruhr fuhr Doc Whitmore fort. »Ich konnte das Gleitmittel, das in diesen Verpackungen gefunden wurde, mit den Spuren an Jennas Körper abgleichen. Es stimmt genau überein. Das wird Sie freuen, denn diese Verpackungen wurden an einem öffentlichen Ort gefunden, und die Verteidigung könnte sie im Laufe des Prozesses als nicht zulässige Beweismittel beanstanden. Die Übereinstimmung erfolgte jedoch auf enzymatischer Ebene, wobei wir die Dauer berücksichtigt haben, die das Gleitmittel nach dem Öffnen der Verpackung der Luft ausgesetzt war. Seine chemische Zusammensetzung ändert sich nämlich leicht im Kontakt mit Sauerstoff. Beide Proben, die der Verpackungen und die der Spuren auf Jennas Körper, waren dem Sauerstoff ungefähr gleich lange ausgesetzt. Das ist eine solide Übereinstimmung, die vor Gericht Bestand haben wird.« Gericht.

Das Wort hallte in Kays Kopf nach, als wäre es eine Äonen entfernte Vorstellung. Vor Gericht brauchten sie einen Verdächtigen, eine Spur, die sie zu Kendra führte, und zwar schnell, wenn sie das Mädchen noch lebend finden wollten. Sie erschauderte bei dem Gedanken, dass jede Minute, die Kendra in Gefangenschaft verbrachte, von ihr und ihren verqueren Gedanken abhing. Wenn das Mädchen starb, würde sein Blut an Kays Händen kleben.

»In Ordnung, Doc«, sagte sie und legte die Hand auf die

Schulter des Arztes. »Was noch? Geben Sie mir etwas, das ich sofort benutzen kann, um ...«

»Sie wurde unter Drogen gesetzt.« Seine Stimme klang streng und stand im Widerspruch zu dem Verständnis, das Kay aus seinem versöhnlichen Blick herauslas. »Sie hatte GHB im Körper. Sie muss betäubt gewesen sein, beweglich, aber kaum in der Lage, sich gegen ihren Angreifer zu wehren, und dennoch wach. Wahrscheinlich hat sie sich ein wenig schwindlig gefühlt, vielleicht sogar flau. Hätte sie den Angriff überlebt, wäre sie am nächsten Tag wahrscheinlich nicht mehr in der Lage gewesen, sich an irgendetwas davon zu erinnern.«

»Jemand hat ihr K.-o.-Tropfen verabreicht?«, fragte Elliot.

»Genau«, antwortete Doc Whitmore. »Als ich das gesehen habe, habe ich der Analyse des Mageninhalts Vorrang gegeben. Spätestens morgen Früh werden wir etwas Belastbares haben.«

Kay schaute auf die Digitaluhr an der Wand. Es war fast fünf Uhr. Sie lächelte. »Danke, Doc.«

»Glauben Sie, dass dieser Fall etwas mit dem vermissten Mädchen Kendra Flannagan zu tun hat? Ich kenne ihre Eltern. Ich kenne sie schon seit Jahren. Das sind gute Menschen.«

»Es könnte derselbe Täter sein, Doc«, antwortete Kay und legte die Stirn in Falten. »Ich denke, Jenna war seine erste Vergewaltigung, vielleicht ungeplant, vielleicht aus einer Laune heraus. Chaotisch ... unorganisiert. Aber er hat gemerkt, wie sehr es ihm gefällt, so sehr, dass er mehr Zeit brauchte ... er hat zwei Kondome benutzt, richtig?«

Doc Whitmore nickte und starrte sie düster durch seine schwarz gerahmte Brille an.

»Vielleicht hat er Kendra entführt, weil er mehr Zeit mit seinem Opfer verbringen möchte, an einem Ort, an dem er herausfinden kann, wer er wirklich ist, und sie besser im Griff hat.« Kay erschauderte, als der Gedanke langsam Gestalt annahm. »Einem Ort, von dem sie nicht fliehen kann ... einem Ort, an dem niemand ihre Schreie hört.«

ACHTUNDZWANZIG

SCHERBEN

Natalie Gaskell beobachtete wie besessen den Wechsel der Ziffern, unfähig, sich auf etwas anderes zu konzentrieren, obwohl ein aufgeschlagener Bestseller in ihrem Schoß lag. Ihr Blick wanderte nervös zwischen der Uhr und der leeren Einfahrt hin und her, beides Symbole für ihre Bedeutungslosigkeit.

Weder ihr Mann noch ihr Sohn nahmen sie ernst genug, um sich nach Hause zu bequemen.

Sie hasste sich dafür, dass sie leere Drohungen aussprach ... wie konnte sie Richards Handy abschalten, wenn dieses Telefon ihre letzte Verbindung zu ihm war? Es war ihre Lebensader, ihre einzige Hoffnung, wieder mit ihrem Sohn zu sprechen. Es schien, dass jede Drohung die Dinge zwischen ihnen nur noch schlimmer machte. Sie konnte seinen Hass spüren, als hätte er sich physisch zwischen ihnen aufgebaut. Roh, unversöhnlich, brennend, ein Ort, von dem sie nicht weggehen konnte.

Die Erinnerung an ihren letzten Streit schnürte ihr die Kehle zu. Sie klappte das Buch zu und ließ es auf dem Sofa liegen, dann stand sie auf und ging zur Bar hinüber. Sie sah immer noch auf die leere Auffahrt, die sich vor dem Panoramafenster ausbreitete. Die Schatten auf dem perfekt gepflegten Rasen wurden länger und machten bald der Dämmerung Platz.

Wenn Richard vorgehabt hätte, nach der Schule nach Hause zu kommen, wäre er schon hier gewesen.

Sie überlegte, ob sie bei Renaldo anrufen sollte, wo Richard die meiste Zeit zu verbringen schien. Aber ihr Anruf wäre nicht willkommen. Er würde sie anschreien, ihr drohen, sie beschuldigen, ihm zu folgen, seine Beziehungen zu seinen Freunden zu beschädigen. Da würde nichts Gutes bei herauskommen.

Stattdessen wählte sie die geschliffene Kristallflasche mit zwölf Jahre altem Scotch und schenkte sich einen dreifachen Drink in ein passendes Glas ein. Es folgten ein paar Eiswürfel, die sie kurzerhand in das Glas schüttete, nachdem sie sie mit den Fingern aus dem Behälter gefischt hatte. Ein paar Tropfen landeten auf der lackierten Theke, ein paar weitere auf ihrer Seidenbluse, aber sie bemerkte es nicht.

Zum bestimmt fünfzehnten Mal an diesem Morgen griff sie zum Telefon und wählte die Kurzwahlnummer ihres Sohnes. Es ging direkt die Mailbox an. Ihr Sohn, ihr eigen Fleisch und Blut, machte sie wahnsinnig. Es war diese Anspruchshaltung, die rebellische Art, aber auch die Arroganz, die er ausstrahlte. Er war ein süßer kleiner Junge gewesen, im Verstand seinen Altersgenossen weit voraus, der bald gemerkt hatte, dass er klüger war als die meisten anderen. Mit dieser Erkenntnis kam die Unnahbarkeit, das Null-Bock-Verhalten, das sie in den Wahnsinn trieb.

Eins war sicher: Wenn er nicht nach Hause kommen wollte, konnte sie ihn auf keinen Fall dazu zwingen. Das Gleiche galt für ein Gespräch. Es schien, als ob alles zu seinen Bedingungen ablaufen musste.

Das Geräusch von knirschenden Reifen erregte ihre Aufmerksamkeit. Es war nicht Richards Jeep. Edwards Maybach fuhr langsam in die Einfahrt und dann in die Garage.

Sie lauschte, als das Garagentor rumpelte, und nahm einen letzten Schluck Scotch, bevor sie das leere Glas auf dem Couchtisch neben dem Sofa abstellte.

Als sie seine Schritte hörte, das leichte Tappen der Ledersohlen auf den teuren Marmorfliesen, schwoll die Wut in ihrer Brust an. Es war seine Schuld, dass Richard weg war. Der Junge vergötterte seinen Vater, den lügenden, betrügenden Mistkerl, der er war, und hasste sie deswegen umso mehr.

»Du hast es also endlich geschafft«, sagte sie in dem Moment, als Edward das Wohnzimmer betrat.

Er warf ihr einen müden Blick zu und lockerte seine Krawatte. Dann zog er sein Jackett aus und legte es zusammen mit seiner Aktentasche auf einem Stuhl ab, auf dem Weg zu derselben Bar, an der sie sich Minuten zuvor bedient hatte.

Der Architekt, der ihr Haus entworfen hatte, hatte die Bar in der Ecke des Raumes platziert, direkt neben dem Panoramafenster mit Sicht auf die kargen Felsgipfel des Mount Chester. Sie war komplett ausgestattet, mit vierbeinigen Hockern, einer steinernen Arbeitsplatte mit einem kleinen Waschbecken, einem Weinkühler, einem Minikühlschrank mit Eisspender und mehreren Glasregalen an der Rückwand, für Flaschen, die nicht gekühlt werden mussten.

Edward trat hinter den Tresen und öffnete den Kühlschrank. »Möchtest du etwas?«

Sie wollte gerade eine weitere Bemerkung über Bambi oder wie auch immer sie heißen mochte machen, aber seine Frage löste einen brennenden Durst in ihrer Kehle aus. »Ja.« Sie nahm ihr leeres Glas vom Couchtisch und ging zur Bar hinüber, wobei sie merkte, dass sie mit den Hüften wippte. Sie trug eine gebleichte Stretch-Jeans mit schwarzen High Heels und eine blaue Seidenbluse, die im künstlichen Licht schimmerte. »Ich bleibe beim Scotch, wenn es dir nichts ausmacht.«

Ohne sie anzuschauen oder etwas zu sagen, nahm er ihr das Glas aus der Hand und leerte den Rest in die Spüle. Dann füllte er es etwa zur Hälfte auf und fügte ein paar Eiswürfel hinzu. Er stellte es vor sie hin und sagte: »Es macht mir nichts aus.«

Natürlich machte es ihm nichts aus. Damit es ihm etwas ausmachte, müsste sie ihm ja zunächst etwas bedeuten.

»Wo ist Richard?«, fragte er, nachdem er sich einen großen Schluck Wodka direkt aus der Kühlung genehmigt hatte.

»Oh, du hast gemerkt, dass er nicht zu Hause ist?«, fragte sie, und ihre Stimme klang giftig. »Interessant, welche Dinge man bemerkt, wenn man sich die Mühe macht, hier zu sein.«

Er warf ihr einen kurzen Blick zu und öffnete die beiden obersten Hemdknöpfe. »Vergiss, dass ich gefragt habe.«

»Nein«, rief sie und knallte das Glas so fest auf den Tresen, dass die durchscheinende, goldene Flüssigkeit überschwappte und eine kleine Pfütze hinterließ. »Du hast mir nicht zu sagen, was ich zu tun habe, nur wenn Miss Bambi dich mal von der Leine lässt.«

»Mensch, Frau«, sagte er und fuhr sich mit den Händen durch die Haare. »Und du fragst dich, warum ich nicht mehr nach Hause kommen will?« Sie starrte ihn entgeistert an und forderte ihn auf, fortzufahren, wenn er sich traute. »Das ist kein Zuhause, das ist die pure Hölle! Ich verbringe meine Abende lieber mit meinen mörderischen Klienten und warte darauf, dass ihre Kaution gestellt wird. Ja ... ich verbringe meine Zeit lieber im Gefängnis als hier bei dir«, fügte er hinzu, wobei seine Stimme wieder die normale, für den Gerichtssaal reservierte Tonlage annahm. Kalt, sachlich, kompromisslos, jedes Wort ein Stich in ihr Herz.

Ohne etwas zu sagen, ging Natalie über den großen Orientteppich zu dem Stuhl, auf dem Edward seine Jacke und seine Aktentasche abgelegt hatte. Mit einem lauten Klacken entriegelte sie die Schnallen, öffnete die Aktentasche und durchwühlte sie.

»Hey«, rief Edward. »Was zum Teufel machst du da?«

Verzweifelt suchte sie unter dem Stapel Papiere und in der Tasche, aber sie fand die Kondome nicht, von denen sie wusste, dass er sie immer bei sich hatte. »Wo sind sie, Edward?«, fragte sie und drehte sich zu ihm um, als sie spürte, dass er in der Nähe war.

Er sah sie mit einem seltsamen Ausdruck in den Augen an. Es war Überraschung, Abscheu, aber auch Mitleid. Keine Spur von der Liebe, die es einmal gegeben hatte ... nichts. »Sie sind weg, Natalie. Ich benutze sie nicht mehr.«

Eine Million Dinge wollte Natalie sagen, aber sie erstickten sie. Ihre Wut verlangte es, dass sie fragte, ob Bambi – oder wie auch immer sie dieses Mal hieß – jetzt eine Spirale benutzte. Die Logik wollte, dass sie nachforschte und herausfand, wo er sonst noch seine Kondome versteckte, außerhalb ihrer Reichweite, damit sie nicht nachzählen konnte, wie viele er benutzte.

Die verletzte Frau, die betrogen worden war und ihn immer noch liebte, gewann den Kampf.

»Ich glaube dir nicht«, sagte sie und lehnte sich an die Wand, um sich abzustützen. Ihre Knie fühlten sich schwach und zittrig an.

»Was willst du von mir, Natalie?«, fragte er wieder ruhig und blieb vor ihr stehen, die Hände in die Hüften gestemmt. »Egal, was ich sage, es macht dich wütend. Wenn du willst, dass ich gehe, brauchst du es nur zu sagen.«

Der Gedanke, endlose Tage mit dem Getränk in der Hand allein durch das Haus zu wandern, ließ ihr die Galle hochkommen. Die Dämme drohten zu brechen und ihre Stimme brüchig zu machen. »Ich will meinen Sohn zurück. Und ich will, dass du bleibst.«

Edward seufzte, wandte sich ab und starrte einen Moment lang aus dem Fenster. Draußen wurde es bereits dunkel. »Du hast ihn weggestoßen«, sagte er sachlich. »Du musst aufhören, ständig herumzuschreien. Er ist noch ein Kind. Unser Umgang ist zu viel für ihn.«

Natürlich war das alles ihre Schuld. Typisch Edward ... verdammte Narzissten, es war nie deren Schuld, selbst wenn es nicht zu leugnen war.

»Du hast mich betrogen«, sagte sie mit unterdrückter Wut. »Und er gibt mir immer noch die Schuld. Das ist nicht fair.«

Ed rückte näher an sie heran und streckte beide Hände aus, um ihre Schultern zu berühren. »Das Leben ist nicht fair, Nat. Das war es nie und wird es nie sein.« Als sie seine Berührung durch den dünnen Stoff ihrer Bluse spürte, bemerkte sie, wie eine Welle der Verärgerung durch ihren Blutkreislauf schoss. Sie war noch nicht bereit für Nähe. Nicht, wenn sie jedes Mal, wenn sie die Augen schloss, vor sich sah, wie er dieses dürre Flittchen hart und schnell fickte, genau so, wie es ihm gefiel.

Sie wich zurück und sah ihn eindringlich an. »Er soll nach Hause kommen, oder ich werde ihn als vermisst melden. Ich werde die Polizei einschalten, wenn du deinen eigenen Sohn nicht unter Kontrolle bekommst.«

Mit offenem Mund starrte Edward sie einen Moment lang an. Sie machte auf dem Absatz kehrt und schritt davon. Als sie die Treppe erreichte, hörte sie, wie ein Gegenstand in die Glasregale der Bar krachte und alles in einer donnernden Explosion von Scherben zum Einsturz brachte.

Sie drehte sich nicht um.

Edward musste sein Glas in einem Anfall von Wut an die Wand gepfeffert haben. Er konnte sein Temperament nur schwer kontrollieren, genau wie Richard.

NEUNUNDZWANZIG

MACKENZIE

Die Farben der untergehenden Sonne begannen, den Wildfire Ridge zu färben, und es drohte dunkel zu werden, sobald sie hinter den Hügeln verschwand. Die Nacht brach in den Bergregionen schnell herein.

Elliot fuhr schnell auf dem Weg zu Mackenzie Trentons Haus, was Kay ein mulmiges Gefühl bereitete, aber sie löste den Blick nicht von den Seiten von Jennas Tagebuch.

20. April
Mein Name ist Hure.
Flittchen. Schlampe. Nutte. Luder.
So nennen sie mich, wo immer ich hingehe. Egal, was ich tue.
Sie sagen es mir nicht ins Gesicht, denn das würde Mut erfordern, und sie sind nichts anderes als Feiglinge. Ich weiß das, aber es tut trotzdem weh. Ich dachte, sie wären meine Freunde.
Einige von ihnen tun immer noch so, als wären sie es, aber wenn ich den Raum betrete, hören sie alle auf zu

*reden und wechseln das Thema, sprechen über etwas
wie Sport oder Schularbeiten.
Was am meisten wehtut, ist, dass sich niemand die
Mühe macht, mich zu fragen, ob das alles stimmt. Und
mir eine Chance zu geben, es zu erklären.
Sie beschimpfen mich nur hinter meinem Rücken und
verbreiten Lügen über mich.*

23. April
*Dad hat mich gefragt, ob ich in der Schule gemobbt
werde. Oh, Daddy ... Ich könnte dir nie sagen, was los ist.
Es würde dir das Herz brechen. Mama auch. Aber ich
wünschte, ich könnte es dir sagen. Ich wünschte, ich
könnte jemandem sagen, dass ich nicht verstehe, warum
die Welt verrückt geworden ist und alles an mir auslässt.
Alana kam heute vorbei. Ich schäme mich, ihr in die
Augen zu sehen. Ich bin mir sicher, dass sie gehört hat,
wie mich alle nennen, aber sie hat nie ein Wort gesagt.
Nicht zu mir. Sie ist so süß ... Ich kann sie nicht ansehen,
ohne mich zu fragen, was sie weiß und mir verschweigt.
Ich wünschte, sie würde nicht mehr vorbeikommen. Das
macht es nur noch schlimmer. Ich würde lieber allein
sein. Noch zwei Monate bis zu den Sommerferien, und
dann noch ein Jahr in dieser Hölle.
Das schaffe ich niemals. Ich schaffe es einfach nicht.*

27. April
*Als ich heute das Chemielabor betrat, hörten alle auf zu
reden, außer Rennie und Richard. Dann flüsterte
jemand: »Pssst, die Schlampe ist da.«
Das wird wohl nie aufhören. Ich weiß nicht, was sie
gesagt haben. Ich will es auch nicht mehr wissen.
Warum können sie es mir nicht einfach ins Gesicht*

sagen? Warum habe ich nicht das Recht, mich zu verteidigen?
Schlampe. Das ist alles, was ich jetzt für alle hier bin, die ich mal für meine Freunde gehalten habe.
Ich ertrage es nicht mehr.
Ich wünschte, ich wäre tot. Dann wäre alles vorbei.

Der SUV bremste abrupt ab, und Kay löste sich von den tränenverschmierten, cremefarbenen Seiten mit der ordentlichen, schrägen Handschrift. Sie klappte das Tagebuch zu und steckte es in den unverschlossenen Asservatenbeutel.

»Warum sollten diese Schüler Jenna hinter ihrem Rücken eine Hure nennen?«, fragte Kay und runzelte die Stirn, als sie Elliot ansah. Sie tippte anklagend auf das geschlossene Tagebuch in ihrem Schoß und fügte hinzu: »Sie war ein siebzehnjähriges Schulmädchen, verdammt noch mal.«

Elliot stellte den Motor ab und zeigte dann auf das kleine Haus mit den Petunienbeeten zu beiden Seiten des Eingangs. »Das werden wir noch früh genug herausfinden.«

Sie waren schon fast auf der Veranda, als die Tür aufschwang und ein junges Mädchen heraustrat. Sie trug ein ärmelloses Top mit einem Blumenmuster und weiße Shorts. Ihr langes blondes Haar hatte sie hinter die Ohren gesteckt. Sie lächelte die beiden an und hob schüchtern die Hand zu einem zaghaften Gruß.

»Ich habe mich schon gefragt, wann Sie kommen würden«, sagte sie. »Alle schreiben Nachrichten und sagen, dass die Polizei mit Leuten spricht, die Jenna kannten. Ich war ihre beste Freundin«, verkündete sie mit einem Hauch von Traurigkeit in der Stimme.

Woher wussten diese Jugendlichen das?, fragte sich Kay. Sie fingen doch gerade erst mit Mackenzie an. Irgendein Klugscheißer hatte vielleicht einfach eins und eins zusammengezählt. Natürlich würden die Cops mit Leuten reden, die Jenna kannten.

Sie hielten auf dem betonierten Weg an, und Elliot zeigte seine Dienstmarke vor. »Stimmt, wir haben ein paar Fragen.« Das Mädchen grinste weiterhin nervös, zwirbelte eine Haarsträhne mit langen, nervösen Fingern und ging Kay ein wenig mit ihrer Flatterhaftigkeit auf die Nerven. Mackenzie rührte sich nicht von der Veranda; sie schien sie nicht hereinbitten zu wollen. Die Farbe ihres Haares hätte zu den beiden Haaren passen können, die Doc Whitmore an Jennas Körper gefunden hatte, aber Mackenzies Locken fielen ihr fast bis zur Taille hinab. Zu lang für eine Übereinstimmung.

Kay lächelte ermutigend. »Dürfen wir reinkommen?«

Das Mädchen runzelte die Stirn. »Ähm, sicher«, sagte sie, immer noch zögernd, und verlagerte ihr Gewicht von einem Fuß auf den anderen. »Es ist unordentlich, wissen Sie.«

In Mackenzies Kopf schien ein Kampf stattzufinden. Schließlich öffnete sie die Tür, hielt den Knauf fest, als Kay und Elliot eintraten, und schloss sie hinter ihnen. Dann führte sie sie in ihr Schlafzimmer.

»Meine Eltern sind nicht zu Hause, und sie sagten, ich soll niemanden reinlassen, wenn sie nicht da sind.« Ihr Lächeln verwandelte sich in ein ängstliches Kichern. »Aber ich nehme an, bei Ihnen ist das in Ordnung.«

»Ich glaube schon«, antwortete Elliot lächelnd und berührte die Krempe seines Hutes.

In Mackenzies Schlafzimmer drehte sich alles um Vampirromanzen, vor allem um *Twilight*, großzügig zur Schau gestellt mit großformatigen Filmplakaten aller Teile. Das Bücherregal neben dem kleinen Schreibtisch war ebenfalls voll mit Vampirbüchern.

Kay sah sich um und machte eine kurze Bestandsaufnahme der Gegenstände und der Art und Weise, wie sie ihre Zeugin charakterisierten. Die Möbel wirkten billig, aber ordentlich und sauber. Genau wie das Haus zeugte auch dieses Zimmer von einem Familienleben mit einfachen Werten wie Harmonie und Sparsamkeit. »Magst du lieber Bücher als Filme?«

»Ich mag beides«, antwortete Mackenzie und trat von einem Fuß auf den anderen. Sie machte sich instinktiv klein, was auf eine tiefsitzende Unsicherheit und Schüchternheit hindeutete. »Aber bei Büchern kann man über längere Zeit in die Geschichten eintauchen«, erklärte sie kichernd, ließ die Haarsträhne los, die sie verdreht hatte, und verknotete ihre langen, dünnen Finger.

Mackenzie Trenton war ein reines Nervenbündel.

Außer dem Bett und dem Schreibtischstuhl gab es in dem kleinen Raum keinen anderen Platz zum Sitzen, also beschloss Kay, stehen zu bleiben. »Standest du Jenna nahe?«

»Hm, ja, schon«, antwortete das Mädchen wie aus der Pistole geschossen. »Wir beide und Alana. Haben Sie schon mit Alana gesprochen?«

»Noch nicht, nein«, antwortete Kay und fragte sich, warum Mackenzie das wissen wollte. Hatten die beiden Mädchen ihre Geschichten einstudiert? »Wie oft habt ihr euch denn getroffen?«

»Bestimmt ein paarmal in der Woche«, antwortete Mackenzie und ließ den Blick durch den Raum schweifen. »Aber seit letztem Frühjahr wollte sie nicht mehr mit uns ausgehen. Nicht mehr so oft.« Sie verlagerte wieder ihr Gewicht und starrte angestrengt an die Decke. »In letzter Zeit.«

»Warst du bei dem Tagesausflug am siebzehnten April dabei?«

Sie schüttelte den Kopf. »Mom hat mich nicht gehen lassen. Ich war an dem Tag erkältet.«

Elliot lehnte sich gegen die Schlafzimmertür. »Inwiefern hatte Jenna sich genau verändert?« Mit einer schnellen Kopfbewegung lenkte er Kays Aufmerksamkeit auf eine Collage mit kleinen Fotos an der Wand. Sie zeigten Mackenzie mit Alana und Jenna an verschiedenen Orten. Im Einkaufszentrum, beim Essen von Bagels im Katse Coffee Shop, beim Wandern auf dem Mount Chester. Immer lächelnd, glücklich, sorglos.

Mackenzie kaute auf der Spitze ihres Fingers, eine Geste, die Kay vertraut war. Das tat sie auch, wenn sie sich unsicher fühlte und überlegte, was sie sagen oder tun sollte.

»Ich will nichts sagen, ähm – sie ist jetzt tot, und man sollte nur gute Dinge ...« Ihre Stimme geriet ins Stocken, während sie Kay auf der Suche nach Verständnis ansah.

»Schon in Ordnung«, sagte Kay. »Ich bin sicher, dass es ihr nichts ausmacht, solang es die Wahrheit ist. Wir versuchen, den Mann zu fangen, der sie getötet hat.«

»Ich habe gehört, dass sie auch vergewaltigt wurde«, flüsterte Mackenzie. »Ich kann mir niemanden vorstellen, der, ähm, Sie wissen schon, so etwas tun würde.«

»Sag uns, was Jenna im April verändert hat«, beharrte Kay.

Mackenzie schaute zur Tür, als ob sie sehen wollte, ob jemand kommen und sie vor den Antworten bewahren würde, die sie geben musste. »Ähm, sie hat sich in eine ganz andere Person verwandelt. Sie wurde kalt, paranoid und launisch.« Sie biss noch einmal in ihren Finger. »Ein bisschen billig.« Das letzte Wort flüsterte sie nur noch, während ihr Blick durch den Raum huschte, als hätte sie Angst, belauscht zu werden. »Viel zu sehr darauf bedacht, rauszugehen und sich auszuleben.« Die Aussage schien ihr wehzutun. Sie fühlte sich sichtlich unwohl.

Aber was meinte sie damit? Jennas Eltern hatten gesagt, sie hätte im April aufgehört, das Haus zu verlassen, während Mackenzie das Gegenteil behauptete.

»Erzähl mir mehr«, ermutigte Kay sie. »Das wird uns helfen, ihren Mörder zu finden. Du tust deiner Freundin damit einen Gefallen.«

Aus Mackenzies Augen quollen nun Tränen. »Ich vermisse sie, wirklich.« Sie schniefte und räusperte sich, starrte aber die ganze Zeit auf den Boden, als würde sie sich für ihren Moment der Schwäche schämen. »Sie war nicht mehr ehrlich zu mir. Zu uns beiden, zu Alana und mir.«

»Wie? Was meinst du damit?«

Mackenzies Brust hob sich, als sie seufzte. Sie schien nun im Muster des Teppichs unter ihren Füßen nach Antworten zu suchen. »Sie hat mir gesagt, dass sie zu Hause sei, lerne und nicht mit uns abhängen wolle, aber am nächsten Tag gab es immer Geschichten. Mit wem sie ausgegangen war. Was sie gemacht hatte.«

»Du meinst, sie hat sich wild herumgetrieben?«, fragte Kay.

»Ja«, antwortete Mackenzie und klang erleichtert, dass sie es nicht aussprechen musste. »Aber ich weiß es nicht genau. Das habe ich nur immer wieder gehört. Sie wissen schon, Teenager, die miteinander reden, SMS schreiben, so was halt.« Sie hielt einen Moment inne, sah Kay an und hoffte, nun genug gesagt zu haben.

Hatte sie aber nicht. Kay schaute sie aufmunternd an, um sie zu ermutigen, weiterzusprechen.

Mackenzie knabberte wieder an ihrem Finger und trat auf der Stelle, wobei sie immer wieder zur Tür sah. »Ähm, das eine Mal, als alle sagten, sie hätte mit Renaldo geschlafen. Ich habe sie gefragt, ob das stimmt, und sie hat mich nur angestarrt. Sie hat kein einziges Wort gesagt. Ich habe versucht, mit ihr zu reden, aber sie war beleidigt, weil ich sie überhaupt erst gefragt hatte.«

Kay und Elliot sahen einander kurz an. Selbst wenn das Mädchen mit jemandem geschlafen hätte, wäre das nichts Ungewöhnliches gewesen. Sie waren Teenager; unbekümmert, impulsiv, von rasenden Hormonen und wenig gesundem Menschenverstand getrieben. Etwas anderes musste dazu geführt haben, dass sie angegriffen und getötet wurde.

»Was ist dann passiert?«, fragte Kay geduldig und setzte sich auf den Schreibtischstuhl, als unausgesprochene Botschaft an Mackenzie, dass sie nicht eher gehen würde, bis sie herausgefunden hatte, was hier vor sich ging.

Mackenzies Schultern sackten nach unten, aber ihr Blick schweifte noch einmal zur Tür, bevor sie wieder das Wort ergriff. »Dann kam die Website«, flüsterte sie. »Das war im Mai, glaube ich, kurz vor den Sommerferien. Das war es, was Tim vertrieben hat.«

»Wer ist Tim?«, fragte Elliot.

»Tim Carter, er war Jennas Freund. Er ist ein netter Kerl, ein bisschen schüchtern, treu wie ein Hund.« Ihr Lächeln wurde für den Bruchteil einer Sekunde breiter, dann verblasste es wieder. »Das ganze Gerede hat er nicht geglaubt. Er wollte es nicht glauben. Aber als er die Website sah, hat er sie abserviert. Ich war dabei, als sie sich getrennt haben. Er hat ihr die Website gezeigt, und sie hat nichts gesagt … sie hat nur auf den Bildschirm gestarrt. Ich wusste nicht, wovon er sprach … Ich habe es erst später herausgefunden, und, oh mein Gott.« Sie schlug die Hand über den Mund. »Es war furchtbar.«

»Welche Website?«, fragte Kay und wunderte sich, dass sie immer weniger verstand, je mehr sie erfuhr. Diese Kinder schienen in einem Paralleluniversum zu koexistieren.

Mackenzies Wangen färbten sich rot, sie biss sich nervös auf die Lippe, dann auf die Spitze ihres Fingers. »Ich weiß es nicht mehr genau.« Als sie Kays Gesichtsausdruck sah, fügte sie schnell hinzu: »Aber ich kann sie auf meinem Handy abrufen. Es war so etwas wie ›Beine-breit-Dot-irgendwas‹, genau weiß ich das nicht mehr.« Sie holte ihr Handy aus der Tasche und tippte unglaublich schnell darauf herum. Dann zeigte sie Kay mit abgewandtem Blick den Bildschirm.

Kay nahm das Telefon aus Mackenzies zitternder Hand und starrte es ungläubig an. Die Website trug den Namen ›Jenna macht die Beine breit‹. Jennas unschuldig lächelndes Gesicht erinnerte Kay an das Foto aus der Zeit vor April, das Mrs Jerrell ihnen gezeigt hatte. Das Foto, das sie für Jennas

College-Bewerbungen verwendet hatten. Es hätte dasselbe Foto sein können, leicht gekippt und beschnitten. Es folgten ein paar gut gewählte Worte in einem kurzen Absatz, in dem die Bereitschaft des Mädchens hervorgehoben wurde, sich mit einem oder mehreren Partnern zu sexuellen Aktivitäten zu verabreden, »um alles zu erforschen, was die jugendliche Sexualität zu bieten hat«. Dann folgte eine Reihe von Fotos, künstlerische Nahaufnahmen und verschiedene Blickwinkel von nackten Brüsten, gewachsten Schambereichen und dem unteren Rückenabschnitt mitsamt dem Gesäß.

Sprachlos reichte Kay das Telefon an Elliot weiter. Auf seinem Gesicht zeichnete sich dieselbe Bestürzung ab, gekrönt von einem tiefen Stirnrunzeln, das unter der Hutkrempe kaum zu sehen war.

»Das war Jennas Website?«, fragte Kay.

Mackenzie zuckte mit den Schultern. »Sie hat eine Zeit lang nichts darüber gesagt. Dann, irgendwann im Juli, nachdem sie sich die Haare kürzer geschnitten hatte, sagte sie mir, dass sie auf diesen, ähm, Körperfotos nicht zu sehen sei und dass sie nicht wisse, wer die Seite gemacht habe und warum. Es hat ihr das Herz gebrochen, dass wir alle geglaubt haben, das sei sie.« Mackenzie war immer noch aufgewühlt und wich Kays Blick aus, wahrscheinlich aus Verlegenheit. »Bis zum vierten Juli hatten es alle gesehen und machten ihr das Leben zur Hölle. Aber ich vermute, dass einige schon seit Monaten davon wussten ... das würde erklären, warum sie ihr ständig diese schrecklichen Namen gaben.«

»Was für Namen?«, fragte Elliot.

»Sie wissen schon«, sagte Mackenzie und verknotete die Hände. »Wie Hure und Schlampe. So was in der Art. Ich wusste es zuerst nicht. Sie haben es vor Alana und mir versteckt, weil sie wussten, dass wir ihre Freundinnen sind.«

Kay starrte Mackenzie an und dachte nach. Es schien, als wäre Jenna das Opfer einer Verleumdungskampagne gewesen, die eines Präsidentschaftskandidaten würdig gewesen wäre und nicht irgendeiner Highschool-Schülerin aus einer kalifornischen Kleinstadt. Wer könnte so viel Wissen und die Bosheit in sich tragen, um so etwas zu tun – und warum?

Ein solches Schicksal in ihrem jungen Alter würde Jennas Depressionen erklären, ihre sichtbare Veränderung von einem selbstzufriedenen und glücklichen Teenager zu jemandem, der so mutlos wirkte wie das Mädchen auf den letzten Fotos. Sie verliebte sich in Gavin Sharp, eine Vaterfigur, einen Mann, der wahrscheinlich nichts von dieser schrecklichen Website wusste.

Aber was hatten diese Verleumdungen und das Cybermobbing mit Kendra zu tun?

»Erzähle uns von Kendra Flannagan«, bat Kay und reichte Mackenzie ihr Handy zurück.

Ein kurzes Stirnrunzeln trübte den erleichterten Blick des Mädchens. »Kendra? Sie ist eine Stufe unter uns. Ich weiß nicht so viel über sie. Sie hat letzten Monat oder so angefangen, mit Alana und mir abzuhängen, nachdem Jenna nicht mehr da war.«

»Wird Kendra auch im Internet gemobbt?«, fragte Elliot.

»Was?«, platzte Mackenzie heraus. »So habe ich das noch nie gesehen, aber ja, ich schätze, man kann es Cybermobbing nennen.« Sie dachte eine Minute lang nach und biss sich auf die Lippe. »Nein, ich habe nichts von Kendra gehört.«

»Hat Kendra Jenna gekannt?«, fragte Kay. Ein Schuss ins Blaue. Ein Achselzucken war die Antwort. »Ich weiß es nicht ... vielleicht. Unsere Schule ist nicht so groß, wissen Sie. Jeder kennt jeden.«

»Wann hast du sie das letzte Mal gesehen?«

»Kendra? Gestern, sie war in der Schule. Danach weiß ich es nicht mehr. Wir sind ausgegangen, in einer größeren Gruppe, und haben im Einkaufszentrum abgehangen. Aber ich weiß nicht mehr, ob sie dabei war ... Vielleicht. Alana und ich haben Geld für Jennas Gedenkveranstaltung gesammelt.«

»Hat sie einen Freund? Mit wem geht sie aus?«, fragte Kay.

Mackenzies Lippen pressten sich zu einem Strich zusammen. »Ich weiß es nicht. Ehrlich.« Sie breitete die Arme in einer entschuldigenden Geste aus. »Meine Eltern lassen mich nicht bei ihr abhängen, wegen dem Wein und den ganzen Betrunkenen.« Sie lachte. »Als ob wir dorthin gehen würden, um Wein zu trinken.«

Kay sah Elliot kurz an und bedankte sich dann bei Mackenzie für ihre Hilfe. Das Mädchen führte sie hinaus, sichtlich erleichtert, dass das Gespräch beendet war.

»Eine Sache noch«, sagte Kay von der Türschwelle aus. »Was wir besprochen haben, ist streng vertraulich. Du darfst niemandem davon erzählen und niemandem eine Nachricht deswegen schicken. Das ist gegen das Gesetz.«

Plötzlich erblassend nickte Mackenzie. »Ich hab's verstanden. Ich sehe viel fern. Ich weiß, wie das läuft.«

Kay unterdrückte einen Seufzer. Das wussten sie alle.

DREISSIG
HÜTTE

Die Hütte war schon lange verlassen.

Sie bestand aus einem einzigen Raum, war aus gestapelten Baumstämmen gebaut und von Rauch und Schmutz geschwärzt. Die Lücken zwischen den Holzstämmen waren irgendwann einmal abgedichtet worden, aber an manchen Stellen war das Dichtungsmittel längst verschwunden, und der Wind pfiff durch die Spalte und wehte die abendliche Kälte ins Innere.

Dicker Staub bedeckte die spärlichen Holzmöbel. Ein kleiner Tisch und zwei Stühle, nichts weiter als Baumstammscheiben, unter die vier Beine geschraubt worden waren. In einer Ecke stand ein Ofen mit einem zerfallenen Schornstein, der nichts weiter leistete, als ein weiteres Loch zu schaffen, durch das der Wind Blätter und Staub ins Innere wehen konnte. An der Wand neben dem Ofen befand sich die Tür, die bei jeder starken Windböe klapperte, aber geschlossen blieb. Durch den Spalt darunter konnte Kendra das schwindende Tageslicht sehen.

An der gegenüberliegenden Wand waren mehrere Ketten mit Haken an die Holzstämme genagelt worden. Wahrscheinlich wurden sie früher benutzt, um Wild zum Häuten oder Ausnehmen aufzuhängen. Kendras Hände waren mit einem Seil, das an einem dieser Haken hing, fest zusammengebunden, gerade so hoch, dass sie sich nicht auf den schmutzigen Boden setzen konnte. Ihr ganzer Körper schmerzte und verlangte nach Wärme und Ruhe.

Sie konnte sich nicht mehr erinnern, wie sie dorthin gekommen war. Vor ein paar Stunden war sie aufgewacht und hatte sich miserabel gefühlt. Ihr war übel und schwindelig, außerdem war sie durstig und schwach. Und völlig verängstigt. Aber wenigstens war ihr eine Zeit lang warm gewesen, so lange die Sonne geschienen hatte. Mit der anbrechenden Nacht kam die Kälte, die mit jedem Windstoß, der durch die Ritzen in den Wänden drang, in ihr Fleisch schnitt. Verängstigt hatte Kendra zugesehen, wie die Schatten länger wurden und die heimtückische, schreckliche Dunkelheit hereindrang und sie verschlang, bis sie nichts mehr sah.

Sie hatte versucht, sich zu befreien, hatte an den Fesseln gezerrt und gehofft, dass sie die rostigen Beschläge von den Wänden lösen und abbrechen könnte, aber es hatte nicht funktioniert. Stattdessen hatte sie ihre Handgelenke am Seil aufgescheuert, bis sie vor Schmerz pochten.

Hin und wieder schrie sie, in der Hoffnung, jemand würde sie hören, aber es kam keine Antwort. Nur der heulende Wind meldete sich mit starken Böen und dem Geruch von Regen in der Luft. In der Ferne grollte der Donner, und gelegentliche Blitze erhellten die Hütte für einen kurzen Moment, bevor es wieder dunkel wurde.

Kendras Zähne klapperten und ihr Atem wurde von Schluchzern unterbrochen. Wer hatte sie dorthin gebracht? Warum konnte sie sich nicht erinnern? Sie trug immer noch die gleichen Klamotten wie zu dem Zeitpunkt, als sie das Haus verlassen hatte; daran erinnerte sie sich. Sie hatte sich mit einem T-Shirt mit V-Ausschnitt und einer ausgefransten Jeans hinausgeschlichen, und mit einem neuen Paar Turnschuhe, das sie in einer ungeöffneten Schachtel in ihrem Schlafzimmerschrank aufbewahrte. Sonst hätte sie zur Tür gehen müssen, um ihre Schuhe zu holen, und hätte riskiert, erwischt zu werden.

Sie wünschte, sie wäre erwischt worden, anstatt hier zu landen, auch wenn ihre Mutter ihr dann ein Jahr Hausarrest aufgebrummt hätte. Sie schluchzte bitterlich und rief nach ihrer Mutter, obwohl sie wusste, dass sie nicht antworten konnte.

Niemand war da, nur sie, allein in der Dunkelheit, angekettet an der Wand einer baufälligen Hütte, die im Sturm zusammenzubrechen drohte.

Noch immer stehend, wäre sie fast eingeschlafen, doch sie erwachte erschrocken, als ihr Kopf zur Seite sank und ihren Arm berührte. Es herrschte völlige Dunkelheit, kein einziger Lichtstrahl kam von irgendwoher. Die Blitze, die nun weiter entfernt waren, flackerten nur leicht und schafften es nicht, den über allem liegenden schwarzen Schleier zu zerreißen. Noch immer drangen Windböen durch die Spalten zwischen den Baumstämmen und ließen ihr das Blut in den Adern gefrieren.

Dann veränderten sich die Geräusche. Die Art, wie der Wind über ihre Haut strich, fühlte sich anders an. Eine starke Böe erfasste ihren ganzen Körper, und ein Quietschen ließ ihr die Haare zu Berge stehen. Die Tür hatte sich geöffnet. Durch die Öffnung konnte sie im schwachen Licht die grauen Wolken erkennen, die den Mond verdeckten. Dann war das Quietschen wieder zu hören, als der Wind abflaute und mit ihm der leichte Schimmer der mondbeschienenen Wolken verschwand.

Die Tür war wieder ins Schloss gefallen.

Sie war nicht mehr allein.

Panik durchfuhr ihren Körper wie unzählige Nadeln, die in ihre Haut stachen und sie zur Flucht zwangen. Schreiend zerrte sie an ihren Fesseln, so fest sie konnte, aber nichts geschah. Die Kette rührte sich nicht, sie klirrte und knirschte nur in dem gedämpften Protest rostigen Eisens.

Wie erstarrt lauschte sie, hoffte, etwas zu hören. Und das tat sie. Jemand atmete neben ihr, ganz nah. Erschreckend nah. Sie wich zurück, bis sie mit dem Rücken an der Wand stand, und stieß ein Wimmern aus. Der Atem kam immer näher und näher, bis sie ihn spüren konnte, heiß und nach Zigaretten riechend. Er drohte ihre Haut zu versengen. Ein Blitz erhellte den Raum so weit, dass sie die Silhouette eines Mannes erkennen konnte.

»Bitte«, flüsterte sie, »bitte nicht.« Sie schluchzte, nicht imstande, sich zu beherrschen, und schnappte nach Luft.

Seine Hände strichen langsam über ihren Körper, ließen sich Zeit, alles zu erforschen, und ließen ihr das Blut in den Adern gefrieren. Als er den Halsausschnitt ihres T-Shirts erreichte, packte er es mit beiden Händen und riss es mühelos entzwei.

Sie schrie, strampelte und wand sich in den Fesseln, aber nur der Wind antwortete auf ihren Ruf.

Der Wind und sein Lachen.

EINUNDDREISSIG

ALANA

Manchmal hatte Kay das Gefühl, nicht mehr nach Mount Chester zu gehören. Jedenfalls nicht beruflich. Die Stadt wuchs schnell und wurde zu einem weit entfernten Vorort des Silicon Valley, aber sie funktionierte immer noch sehr gut als Kleinstadt.

Es schien, als ob die Kniffe und Methoden, die sie als Profilerin beim FBI so erfolgreich gemacht hatten, hier auf dem Kaff nicht unbedingt anwendbar waren. Viktimologie, zum Beispiel. Sie hatte sich die Hintergründe der beiden Mädchen Jenna und Kendra genau angesehen und nach Schnittstellen gesucht. Möglich, dass der Täter sie irgendwo gesehen hatte, und das war ein sicherer Weg, um herauszufinden, wo das passiert sein könnte.

Aber in Mount Chester überschnitt sich das Leben der beiden Mädchen fast vollständig. Sie gingen in dieselbe Schule, hingen im selben Einkaufszentrum ab, besuchten denselben Coffeeshop und gingen in dasselbe Kino, ein kleines, das sich in der Winter Lodge befand. Und warum? Weil es in Mount Chester von jedem dieser Orte nur einen gab.

Ihre bewährten Methoden versagten bei der Identifizierung

des Täters, und Kendra war immer noch verschwunden. Sie wurde seit fast vierundzwanzig Stunden vermisst. Kay wusste genau, was das bedeutete.

Sie hatte sich gemeinsam mit Elliot Telefonauswertungen angesehen und Kendras Social-Media-Streams untersucht. Diesmal kam nichts von Bedeutung heraus. In der Zwischenzeit wurde immer noch nach Gavin Sharp gefahndet, aber es schien immer unwahrscheinlicher, dass er etwas mit Jennas Tod oder Kendras Verschwinden zu tun hatte. Gehörte er in den Knast? Auf jeden Fall. Allerdings hatte sie den bestehenden Haftbefehl zurückziehen und durch einen anderen ersetzen müssen, wobei die Anklage von schwerer sexueller Nötigung und Mord zu banaler Unzucht mit Minderjährigen reduziert worden war. Ein Kavaliersdelikt.

Er würde wahrscheinlich nie gefasst werden. Die überlastete und unterbesetzte Polizei in San Francisco würde die Vollstreckung des neuen Haftbefehls immer zugunsten anderer, schwerwiegenderer Fälle zurückstellen. Gefährliche Verbrecher hatten Priorität, und Gavin Sharp war nicht mehr als solcher gelistet. Wenn er ein Jahr lang ungestraft davongekommen war, würde er auch für immer ungestraft davonkommen. Dann würde die Verjährungsfrist greifen.

An diesem Tag hatte Kay zwei Stunden damit verbracht, sich in Daten zu vertiefen, während Elliot Tim Carter befragt hatte. Er war mit wenig nützlichen Informationen zurückgekommen, die nur das bestätigten, was sie bereits wussten. Jenna hatte irgendwann im letzten April angefangen, mit verschiedenen Leuten zu schlafen, und kurz darauf war die Website aufgetaucht. Kay hatte ihren alten Analysten beim FBI gebeten, ihr zu helfen und herauszufinden, wer diese Website finanzierte. Jemand musste dafür bezahlt haben, dass sie online ging; so etwas gab es nicht umsonst.

Frustriert wandte sie ihre Aufmerksamkeit wieder der

Viktimologie zu, während Elliot sie zu Alana Keaneys Haus fuhr.

Was hatten die beiden Mädchen gemeinsam, abgesehen von ihrem kompletten Umfeld?

Beide waren brünett und hatten blonde Strähnchen im Haar. Bei Jenna war es der alte Look gewesen, den sie auf ihrem Bewerbungsfoto für das College trug; dann hatte er sich zu einem robusteren Look gewandelt, einem ungleichmäßigen Schnitt ohne Strähnchen. Jenna stammte aus einer schwierigen Familie; ihre Mutter war Krankenschwester, ihr Vater ein Kriegsveteran mit Behinderung. Kendras Familie war wohlhabend, ihre Eltern waren erfolgreiche Weinbau-Unternehmer. Dennoch war kein Lösegeldanruf eingegangen, was Kays Verdacht bestätigte, dass es sich um denselben Täter handelte.

Die Spürhunde hatten Kendras Spur bis zu dem nahe gelegenen Gästeparkplatz des Weinguts verfolgen können, wo sie in ein Auto gestiegen und verschwunden sein musste. Es gab keine Kameraüberwachung in diesem Bereich. Sie hatten keine Nummernschilder und keine Ahnung, wer der Täter sein könnte. Die Beamten hatten den ganzen Tag über potenzielle Zeugen befragt: Kunden der Weinkellerei, Lieferanten, den Postbeamten, der die Post zustellte. Niemand hatte etwas gesehen.

Beide Mädchen hatten ihre Verhaltensweisen aufgegeben – Jenna ihre selbst auferlegte Isolation und Kendra ihre friedliche Routine – um mit dem Täter auszugehen. Diese Person musste jemand gewesen sein, den sie beide kannten, jemand mit genug Anziehungskraft, genug Attraktivität, um sie dazu zu bringen, ihr Zuhause zu verlassen, ohne mit jemandem darüber zu sprechen.

Wie sollten sie herausfinden, wer das gewesen sein könnte, wenn sie die Liste der Verdächtigen nicht eingrenzen konnten? Jeder kannte jeden und traf sich überall mit jedem, das war in ländlichen Gemeinden eben so. Dennoch war es schwierig,

Menschen zu entführen und als Geiseln zu halten. Der Täter brauchte Platz und Privatsphäre. Ein angehender Sexualstraftäter wäre jünger, vielleicht Anfang bis Mitte zwanzig, und nicht der typische Mittzwanziger bis Mittdreißiger, den sie bei ihren Serienmörder-Profilen aufgrund der höchsten Altersgruppenwahrscheinlichkeit am ehesten verdächtigte. Diese Wahrscheinlichkeit beruhte auf Tausenden von untersuchten und analysierten Fällen. Die Karriere eines Serienmörders erstreckte sich in der Regel über mehrere Jahre, sodass die Altersanalyse im vorliegenden Fall eher irrelevant war. Das Alter, in dem ein Serienmörder zu morden begann, lag laut Statistik bei etwa siebenundzwanzig Jahren.

Aber war er bereits ein Mörder? Oder nur ein Vergewaltiger, der sich weiterentwickelte? Wenn Jenna in die Schlucht gestürzt war, als sie versuchte, dem Täter im Dunst der K.-o.-Tropfen zu entkommen, hatte er das statistisch relevante Alter von siebenundzwanzig Jahren vielleicht noch nicht erreicht.

Nach wem suchten sie also?

Auf jeden Fall war er alt genug, um Zugang zu einem Ort zu haben, an dem er Kendra festhalten und sie ungestört sexuell missbrauchen konnte. Wo niemand etwas sehen oder ihre Schreie hören konnte.

Alt genug, um zu wissen, wie man diese jungen Mädchen anlockte. Beide Mädchen führten ein ordentliches, risikoarmes Leben, obwohl Jenna, zumindest für jemanden, der sie nicht persönlich kannte, wie ein leichtes Ziel wirken konnte, da sie ein promiskuitives Leben zu führen schien. Vielleicht war das der Reiz.

Und wie es aussah, hatte er sich da geirrt.

Nicht nur, dass er sich geirrt hatte, sie hätte sich auch in den Tod stürzen und ihn unbefriedigt zurücklassen können. Er hatte genug Zeit mit ihr auf dem Wildfire Ridge verbracht, um zwei Kondomverpackungen zu hinterlassen, aber das war nicht genug, nicht für ihn.

Ihm ging es nur um Beherrschung.

Durch Jenna war ihm vielleicht klar geworden, wie viele Fehler er im Eifer des Gefechts begangen hatte. Die Kondomverpackungen am Tatort mit seinen Fingerabdrücken darauf. Das Sperma, das er auf dem Opfer hinterlassen hatte. Die Tatsache, dass sie möglicherweise entkommen war, bevor er mit ihr fertig war.

Was wie ein unorganisierter, impulsiver Vergewaltiger oder Mörder wirkte, war vielleicht nur jemand, der schnell lernte, wie man organisiert, methodisch und effektiv vorging.

Kay lächelte, holte ihr Handy hervor und überprüfte ihre Nachrichten. Sie wusste genau, wie man einen solchen Täter stellte. Der erste Schritt war, ihm ein Gefühl der Sicherheit zu geben und Kendra somit etwas mehr Zeit zu verschaffen.

Sie hatte weder eine Nachricht noch einen Rückruf von der Fernsehreporterin erhalten, die sie zu erreichen versucht hatte. Vielleicht wollte Barb Foster nicht mit ihr sprechen. Kay wählte die Nummer über die Freisprecheinrichtung und seufzte, bereit, eine ausführlichere Sprachmitteilung zu hinterlassen. Eine zutiefst beunruhigende Mitteilung.

Reite auf der Welle, aber versuche nicht, sie aufzuhalten, sagte Kay sich als Ermutigung selbst und überlegte, was sie gleich sagen würde.

Überraschenderweise nahm die Reporterin den Hörer ab. »Hier ist Barb Foster.«

»Hey, Barb, hier ist Detective Kay Sharp, FCSO.«

Ein kurzer Moment der Stille folgte. »Oh, es tut mir so leid, dass ich mich noch nicht zurückgemeldet habe.« Kay konnte die Lüge in ihrer Stimme erkennen. Sie fragte sich, was Barb zu verbergen hatte. »Mir ist ganz die Zeit davongelaufen. Also, sagen Sie, was ist das für ein exklusives Angebot, mit dem Sie mir gedroht haben?«

Kay gluckste. Elliot warf ihr einen langen Blick zu, dann hielt er vor dem Haus der Keaneys an. »Wir haben einen

Verdächtigen im Mordfall Jenna«, sagte Kay und senkte die Stimme ein wenig, um sich besonders diskret zu geben. Elliot starrte sie fassungslos an. »Ich wollte, dass Sie es zuerst von mir erfahren, und dass Sie die Erste sind, die damit an die Öffentlichkeit gehen kann, wegen, ähm, des Namens des Täters.« Ihre Kehle wurde trocken und sie spürte einen Kloß im Hals. Sie war dabei, die Büchse der Pandora zu öffnen, aber das war nötig, um Kendra am Leben zu halten.

»Ich bin ganz Ohr. Schießen Sie los.«

»Der Täter ist ein Gavin Sharp aus San Francisco.«

Elliot grinste. Wahrscheinlich ahnte er, was sie vorhatte. Sie schlug zwei Fliegen mit einer Klappe.

»Wie bitte?«

Kay hielt den Atem an. »Gavin Sharp, sechsundfünfzig Jahre alt, aus San Fran.«

»Aber das ist nicht Ihr ... ich meine, er ist ...«

»Nein, es ist ein anderer Gavin Sharp, nur ein Zufall, aber trotzdem. Dieser Mann hat Jenna zu mehreren Dates gelockt.«

»Und das kann ich so zitieren?«

Sie zögerte. »Sie verstehen meine Zurückhaltung sicherlich, Barb, wegen des Zufalls und so.« Kay hielt einen Moment lang die Luft an und atmete dann langsam aus. »Aber ja, okay. Beschränken Sie es bitte auf ein absolutes Minimum.«

Die Reporterin pfiff anerkennend. »Das ist mal ein Knüller! Woher kennen sie sich? Wo hat dieser Sharp Jenna kennengelernt?«

»Online. Er hat sie monatelang belästigt. Oh, und Barb? Sie müssen mir einen Gefallen tun, einen großen.«

Barb lachte leise. Kay konnte den Sarkasmus förmlich spüren. »Aber sicher doch. Raus damit.«

»Der Täter hat eine gefälschte Website für Jenna eingerichtet; vielleicht haben Sie die auch schon gefunden. Wir glauben, dass das Teil seiner Strategie war, um von sich abzulenken. Ich glaube nicht, dass es irgendjemandem nützt, wenn die Sache mit der Website herauskommt.« Jennas Gedenken verdiente ein wenig Anstand und ihre Mutter ebenso.

»Ach, kommen Sie, Detective«, sagte Barb und stellte das Telefon auf Lautsprecher. Wahrscheinlich hörte ihr Redakteur mit. »Pressefreiheit und so. Wir wussten von Jennas Website. Wir bringen es in den Zehn-Uhr-Nachrichten. Ist bereits alles auf dem Teleprompter.«

Eine Welle der Wut schwoll in Kays Brust an. Sie warf einen Blick zu Elliot, um zu sehen, ob er auf ihrer Seite war. Seine Augen funkelten frustriert. »Barb, lassen Sie mich eines klarstellen: Strafrechtlich gesehen gilt diese Seite als Kinderpornografie. Wenn Sie sie in den Zehn-Uhr-Nachrichten erwähnen, werden Sie wegen Verbreitung von Kinderpornografie angezeigt. Fragen Sie Ihre Rechtsabteilung, wenn Sie mir nicht glauben. Ich werde persönlich dafür Sorge tragen.«

Es wurde so still, dass Kay dachte, Barb hätte die Leitung stumm geschaltet. »Sie sind ein harter Brocken, Detective«, sagte die Reporterin schließlich. Jeglicher Sarkasmus und jegliches Kichern waren verschwunden. »Wir werden es rauslassen. Können wir wenigstens sagen, dass ein Haftbefehl gegen Gavin Sharp vorliegt?«

»Es wird nach ihm gefahndet, Barb. Erwähnen Sie das. Seit heute Morgen, als ich Sie das erste Mal angerufen habe, wird er gesucht, und die Suche nach Kendra Flannagan dauert ebenfalls noch an. Ich muss jetzt los. Danke«, fügte sie hinzu, bevor sie den Anruf mit einem Tippen auf den Bildschirm des Media Centers beendete. Sie erinnerte sich kaum noch an die alten Festnetztelefone aus ihrer Kindheit, aber sie vermisste die kathartische Wirkung, wenn man den Hörer so richtig auf die Gabel knallte. Elliot lachte.

»Du hast immer ein paar Asse in der Satteltasche, Partnerin. Yee-haw!« Er machte eine Bewegung, als würde er mit der Peitsche knallen, eine Geste, die für ihn ganz natürlich zu sein schien; vielleicht war er eine Zeit lang beim Rodeo-Zirkus gewesen, obwohl er nicht der Typ zu sein schien, der das Rampenlicht suchte. Wahrscheinlicher war, dass er früher auf einer Rinderfarm gearbeitet hatte. »Damit hast du die Kuh wirklich beim Euter gepackt. Und Logan hast du dir auch vom Hals geschafft.«

Sie nickte als Dank für das Kompliment und verbarg ihre Belustigung über seine Wortwahl.

Wenige Augenblicke später klingelten sie an der Tür der Keaneys.

Von der anderen Seite drangen Stimmen durch die Tür, offenbar leidenschaftlich streitend. Dann wurde die Tür von einer Jugendlichen geöffnet, die einen Minirock trug, der kaum ihren Hintern bedeckte und durch ein spitzenbesetztes Top und zehn Zentimeter hohe Absätze ergänzt wurde. Sie war stark geschminkt und klimperte bei jeder Bewegung. Ihre beiden Handgelenke waren mit Unmengen von Armreifen und Bettelarmbändern behangen. Lange Ohrringe aus feinen Silberketten mischten sich mit den Strähnen ihres blonden Haars.

»Ich habe dir schon gesagt, dass du immer *etwas* der Fantasie eines Mannes überlassen sollst. Willst du wirklich so verzweifelt rüberkommen?« Eine frustrierte, schreiende Stimme drang aus dem Inneren des Hauses, aber das Mädchen, das ungeduldig die Tür aufhielt und mit offenem Mund Kaugummi kaute, schien das nicht zu interessieren.

»Ja?«, sagte sie und wippte unruhig mit dem Absatz ihres Schuhs. »Was ist?«

»Alana Keaney? Detective Sharp vom FCSO. Das ist mein Partner, Detective Young«, sagte Kay und zeigte ihren Ausweis vor. »Wir haben ein paar Fragen, wenn es dir nichts ausmacht.«

»Wer ist da?«, fragte die Stimme im Haus.

Alana starrte Kay an und stemmte die Hände in die Hüften. »Echt jetzt? Ich habe keine Zeit für so etwas. Ich habe eine Verabredung. Es ist schon fast acht.«

»Ich verstehe«, erwiderte Kay. »Du beantwortest die Fragen entweder hier oder auf dem Revier. Deine Entscheidung.«

Schnelle, laut auf dem Holzboden klappernde Schritte näherten sich. Eine Frau tauchte im Türrahmen auf. Sie hätte Alanas ältere Schwester sein können. Mit ein paar Jahren Abstand.

»Ich bin Alexandria Keaney, Alanas Mutter«, sagte sie.

Kay starrte die beiden Frauen an und wusste nicht, was sie sagen sollte. Sie wirkten fast identisch, das jugendliche Aussehen der Mutter wurde von der Tochter bis zur Perfektion nachgeahmt, was Frisur, Hautton und Teint, Augenfarbe und Make-up betraf. Selbst ihre Gesten glichen sich, und sie sprachen in ähnlichem Tonfall und mit ähnlicher Wortwahl.

»Worum geht es denn?«, fragte Alana. »Und wie lange wird es dauern?«

»Es geht um deine Freundinnen, Jenna Jerrell und Kendra Flannagan«, antwortete Kay. »Du kanntest sie beide, nicht wahr?«

Ein Schatten fiel über Alanas Augen. Kay glaubte, den Schimmer einer Träne zu sehen, aber das Mädchen blinzelte sie weg und schirmte die Augen eine Weile ab, bis die Traurigkeit verschwunden war. Wahrscheinlich musste sie sich daran erinnern, dass sie eine harte Persönlichkeit hatte, die es aufrechtzuerhalten galt. Dann starrte sie die Detectives wieder an, Elliot etwas sanfter.

Wie die Mutter, so die Tochter.

Der Blick der Mutter war auf dem Körper ihres Partners gelandet und seitdem nicht mehr von ihm gewichen, wanderte von Kopf bis Fuß auf und ab und heftete sich dann an sein Gesicht, so aufmerksam, dass Elliot sich unwohl zu fühlen begann.

»Also, wie lange?«, fragte Alana, zückte ihr Handy und schrieb schnell eine Nachricht. Ihre dünnen Finger tippten seitlich, weil sie lange Nägel trug. »Zwanzig Minuten oder so?«

»So lange wie nötig«, antwortete Kay schnell, mit strenger Stimme, gleichgültig gegenüber der Feindseligkeit, die ihr entgegenschlug.

»Es gibt ein Alexandria in Tennessee«, erwähnte Elliot, den Blick auf Mrs Keaney gerichtet. »Nichts weiter als Ackerland und Kühe, aber wunderschön. Kommen Sie von dort?«

Kay musste sich auf die Lippe beißen, um nicht laut loszulachen. *Weiter so, Partner.*

Wütend verschränkte Alexandria die Arme vor der Brust und hörte auf, ihn mit ihren Blicken auszuziehen. »Nein, da komme ich nicht her. Ich bin nach der Stadt in Ägypten benannt. Ich bezweifle, dass Sie die kennen.«

Elliot grinste. »Die mit der Bibliothek und dem Leuchtturm? Nein, davon habe ich noch nie gehört.«

Verärgert sah Alexandria zu Boden und beschloss wohl, den Mund zu halten.

Alanas Telefon piepste. Kay las auf dem Kopf mit, dass sie diesem Nick geschrieben hatte, dass sie sich verspäten würde. Den Namen hatte sie schon gehört. Alanas Freund, wie alle sagten. Er hatte einfach mit einem Daumen-hoch-Emoji geantwortet.

»Wann hast du das letzte Mal mit Kendra Flannagan gesprochen oder Kontakt mit ihr gehabt?«, fragte Kay.

Zögernd, als hätte man sie gebeten, einen fünfundzwanzig Kilo schweren Felsbrocken zu stemmen, seufzte Alana und scrollte durch ihre Nachrichten. »Gestern Abend. Sie sagte, dass sie zu einem Date gehen würde. Sie war ganz aufgeregt deswegen. Hier«, sagte sie und hielt den Bildschirm ein wenig zu nah vor Kays Gesicht. »Sehen Sie selbst.«

Kay verzog keine Miene. »Hat sie gesagt, mit wem?«

»Nein. Sie hat keinen festen Freund.« Alana lachte, dann schaute sie zur Seite, als würde sie versuchen, sich zu erinnern. »Nicht, dass ich wüsste. Wir stehen uns nicht sonderlich nahe.

Sie ist neu in unserer Gruppe. Und ein Jahr unter uns.« Das klang aus ihrem Mund wie eine Beleidigung.

»Du hast keine jüngeren Freunde?«

Alana zuckte mit den Schultern, und ihr gesamter Schmuck klirrte widerspenstig. »Alles, was die von uns wollen, sind unsere alten Hausaufgaben.« Ihre Lippen kräuselten sich angewidert. »Als ob ich irgendetwas von dem Scheiß aufbewahren würde.«

»Alana, drück dich vernünftig aus«, mischte sich ihre Mutter ein.

»Haben Kendra und Jenna sich nahegestanden?«, fragte Kay, immer noch auf der Suche nach Gemeinsamkeiten, abgesehen vom Offensichtlichen.

»Nein«, sagte Alana mit einem traurigen Kichern. »Jenna ... war ein bisschen, ähm, leichtlebig geworden, wenn Sie wissen, was ich meine.« Ihr Blick huschte zu Kays Gesicht, dann wieder weg. »Kendra ist ein anständiges Mädchen. Ich würde wetten, dass sie noch Jungfrau ist.«

»Alana«, warnte ihre Mutter, die Stimme war voller Frustration und Verlegenheit.

Ihre Tochter drehte sich betont langsam zu ihr um. »Ja, Mom. Was ist?«

»Sie hasst es, wenn ich ihren Namen ausspreche, ohne sonst etwas zu sagen«, erklärte die Mutter und klang dabei künstlich entschuldigend. »Wir sind beide untröstlich wegen Jenna, wissen Sie. Meine Tochter ist nicht besonders gut darin, ihre wahren Gefühle zu zeigen, und verstellt sich gern.« Ein Achselzucken, gefolgt von einem Augenrollen, das wohl Kays Mitgefühl erregen sollte. »Teenager«, fügte Alexandria hinzu, als ob Alana nicht direkt neben ihr stehen würde.

»Weißt du von Jennas Website?«, fragte Kay und musterte Alana aufmerksam. Die Pupillen des Mädchens weiteten sich, als sie die Frage hörte.

»Welche Website?«, fragte Alexandria.

Alana schaute ihre Mutter und dann Kay an, als würde sie ihre Möglichkeiten abwägen. »Denk nicht einmal daran, zu lügen«, sagte Elliot. »Meine Partnerin hat Leute schon für weitaus weniger wegen Behinderung der Justiz angeklagt.«

Alana verdrehte die Augen und pustete Luft in einen Kaugummiballon, bis er platzte.

»Welche Website, Fräulein?«, fragte Alexandria und warf Alana einen scharfen Blick zu.

Alana wehrte ihre Mutter mit einer Handbewegung und einem kurzen, bösen Stirnrunzeln ab. »Jennas. Lass mich in Ruhe«, sagte sie, schob sich an ihrer Mutter vorbei und lehnte sich gegen die offene Tür. »Sie hat diese Callgirl-Website eingerichtet, wenn du es unbedingt wissen willst. So. Jetzt höre ich mir das nicht länger an. Als ob es meine Sache wäre oder so.«

Alexandria hatte die Hand über den offenen Mund geschlagen und keuchte auf. »Meine Güte ... was ist nur mit den Kindern von heute los? Es reicht ja nicht, dass ich jedes Mal vor Sorge verrückt werde, wenn sie zu spät kommt oder nicht anruft, aber ... auch noch Websites für Erwachsene?« Kopfschüttelnd schlang sie die Arme um ihren Körper und starrte auf den Fußboden, wo die Spitze ihres Schuhs nervös auf das Parkett klopfte.

Kay hatte nicht das Gefühl, dass ihre Besorgnis und Überraschung völlig echt waren. Sie konnte sich keinen Reim darauf machen. Es lag nicht daran, was die Frau sagte oder tat; es war eher ein Bauchgefühl, das Kay zu verstehen gab, dass ihr noch Informationen fehlten. Die Emotionen waren gespielt.

»Gibt es sonst noch etwas, das Sie beide uns in Bezug auf Jenna oder Kendra mitteilen möchten?«

»Oh, das arme Mädchen. Sie wird auch immer noch vermisst, oder?«, fragte Alexandria und erntete dafür einen kurzen Seitenblick von Alana. »Glauben Sie, dass derselbe Mann dahintersteckt?«

Kay antwortete nicht. Sie wandte sich an Alana und fragte:

»Gibt es irgendetwas, das uns helfen könnte, Kendra zu finden?«

Alana schien eine Weile zu zögern, dann sagte sie leise: »Ähm, ich weiß nicht, ob das eine Rolle spielt, aber Jenna hatte angefangen, sich mit einem älteren Mann zu treffen.«

»Wie viel älter?«, fragte Kay, ein wenig überrascht, dass Alexandria darauf nicht reagierte. Sie musste von diesem Mistkerl gewusst und nichts dagegen unternommen haben.

»Keine Ahnung. Einfach ... älter. Jenna hat ihn immer DeGraw genannt, aber das war nur ein Spitzname ... sie ist verrückt nach Gavin DeGraw und seiner Musik. Sie hört – hörte – ihn ständig in Dauerschleife. Ich frage mich, ob dieser ältere Typ sie umgebracht hat.«

»Seit wann wusste Jenna von der Website?«, fragte Kay und wechselte schnell die Richtung, eine Strategie, um Leute von ihren Lügen abzubringen.

Alana verzog keine Miene. »Arme Jenna ... sie hatte keine Ahnung, bis Tim deswegen mit ihr Schluss gemacht hat. Sie war fassungslos.«

»Was meinst du, warum sie mit niemandem gesprochen hat, wenn die Website doch nicht von ihr war? Vor allem nicht mit Tim?«

Alanas Blick wanderte hin und her, als wollte sie herausfinden, welche Lüge sie erzählen sollte. »Sie hat gesagt, wenn Tim glaubt, dass die Website von ihr sein könnte, dann hätte er sie auch nicht verdient.« Alana reckte das Kinn in die Höhe. »Ich war an diesem Tag echt stolz auf sie.«

»Hat sie Tim geliebt?«

Alana nickte. Ihre Ohrringe hüpften im Takt mit ihrem Haar auf und ab. »Ja, das hat sie. Sie hat es mir oft gesagt. Tim ist ein netter Kerl.«

»Was ist mit diesem älteren Typ? Hat Jenna ihn auch geliebt?«

Alana runzelte die Stirn. »Sie war eher besessen von ihm.«

Sie sah ihre Mutter kurz an und fügte dann etwas lauter hinzu: »Ich glaube nicht, dass Tim und Jenna Sex hatten. Es war der ältere Typ, mit dem sie es getrieben hat.«

»Alana!«, rief ihre Mutter empört. »Sie müssen ihre Manieren entschuldigen, Detectives.« Alexandria schaute Kay an, dann – etwas länger – Elliot. »Es ist ja nicht so, dass ich nicht versuche, ihr besseres Benehmen beizubringen. Sie weiß nicht, wovon sie spricht.«

Kay beobachtete die beiden und fragte sich, was sie verschwiegen. Hatte Alana Streit mit Jenna gehabt? Niemand, mit dem sie gesprochen hatte, schien das zu glauben, und sie hatte auch nicht das Gefühl, dass es so war.

»Eins noch«, sagte Kay. »Was ist Jenna auf diesem Tagesausflug im April zugestoßen?«

Ein winziger Anflug von Panik überzog Alanas Gesicht. »Ähm, sie hat zufällig gehört, wie die Jungs sie eine Nutte genannt haben. Renaldo hat damit geprahlt, es mit ihr getrieben zu haben. Alle haben gelacht, einige Jungs haben ausgelost, wer sie als Nächstes flachlegen würde.«

»*Als Nächstes flachlegen?*«, wiederholte Alexandria, sichtlich entsetzt. »Wie kannst du so über deine beste Freundin reden?«

»Ich rede nicht über sie, Mom. Ich erzähle den Polizisten von diesen Arschlöchern. In deren eigenen Worten«, erklärte Alana mit gedämpfter, trauriger Stimme.

Die beiden Frauen verstummten. Alana behielt die Zeit mit wachsender Unruhe im Auge; die zwanzig Minuten, von denen sie ihrem Freund erzählt hatte, waren inzwischen vergangen.

Kay reichte beiden ihre Karte und sagte: »Wenn sich eine von Ihnen an irgendetwas erinnert, rufen Sie mich bitte an, Tag oder Nacht. Meine Handynummer steht auf der Rückseite.«

»War's das? Sind wir fertig?«, fragte Alana. Sie schien erleichtert zu sein.

»Ja, es sei denn, du verheimlichst etwas, dann werden wir

beide *nie* fertig«, sagte Kay und senkte ihre Stimme gerade so weit, dass sie einen bedrohlichen Ton annahm. »Riskiere es nicht, dass ich dich wegen Behinderung der Ermittlungsarbeit anklagen muss.«

Anstatt sie einzuschüchtern, hatten Kays Worte auf Alana die gegenteilige Wirkung. Ihr Blick wurde zu Stahl. »Machen Sic nur weiter. Ich weiß nicht mehr, als ich bereits gesagt habe. Sie machen sich nur lächerlich.«

Alexandria schnappte nach Luft. Kay ließ Mutter und Tochter allein, um sich auszusprechen, und stieg wieder in den Geländewagen. Dabei stellte sie erneut fest, dass die beiden fast identisch aussahen. Mrs Keaney musste Alana schon in jungen Jahren bekommen haben.

Elliot wollte gerade ausscheren, als ein roter BMW in die Einfahrt fuhr. Am Steuer saß ein unfassbar gut aussehender junger Mann mit dunklem Haar. Alana stieg quietschend in den BMW und versank dann einen Moment lang in seiner Umarmung. Alexandria beobachtete die beiden von der Tür aus, blass und regungslos, die Arme vor der Brust verschränkt und mit einem nicht zu deutenden Gesichtsausdruck. Ihr Haar, das etwas länger war als das von Alana, wehte im Wind und peitschte ihr gelegentlich ins Gesicht, während sie zusah, wie ihre Tochter in den Armen ihres Freundes dahinschmolz.

Mutter und Tochter sahen aus wie Schwestern.

ZWEIUNDDREISSIG
SPÄT

Nachdem Alana und die Polizisten endlich weg waren, fühlten sich Alexandrias Knie so schwach an, dass sie sich für eine Weile auf das Sofa legen musste. Mit weit aufgerissenen Augen starrte sie an die Decke und lauschte dem starken Pochen ihres panischen Herzens hinter ihren Rippenbögen.

Warum umkreisten die Polizisten ihre Tochter wie Aasgeier? Und was hatte sie sich dabei gedacht, sie ihre Tochter ohne einen Anwalt befragen zu lassen? Sie musste den Verstand verloren haben ... Polizisten waren so hinterhältig. Sie hatten etwas über dieses vermisste Mädchen, Kendra, gesagt, und sie hätte sofort aus der Haut fahren können beim Gedanken daran, dass sie auch nur eine Minute des Lebens dieses Mädchens mit der rechtlichen Belehrung ihrer eigenen Tochter verschwendet hatten.

Sie musste wahnsinnig sein.

Seit Alana gegangen war, fühlte es sich an, als hätte sie die ganze Zeit nicht wirklich geatmet. Ihre Brust war müde vom Luftanhalten. Langsam atmete sie aus und spürte, wie ein Teil ihrer Angst mit der Luft aus ihrem müden Körper wich.

Ein anderer Teil der Angst haftete aber immer noch an ihr,

wurde zu einem Teil von ihr, schmerzhaft und untrennbar. Sollte sie einen Anwalt anrufen? Es war Freitagabend, fast zehn Uhr. Sie blinzelte. Eine ganze Stunde war vergangen, seit Alana mit Nick fortgegangen war.

Sie kniff die Augen zusammen und zwang sich, nicht mehr an ihre Tochter und deren Freund zu denken. Alana hatte ein Recht darauf, ihr Leben in vollen Zügen zu genießen, sich zu verlieben, und sie hätte jemand weitaus Schlimmeren dafür finden können als Nick.

Und doch konnte sie stundenlang an nichts anderes denken, während die Dunkelheit ins Wohnzimmer kroch und sie still auf dem Sofa lag und ins Leere starrte.

Ihre Tochter musste um Mitternacht zu Hause sein, und um zwei Uhr morgens stand Alexandria, immer noch allein und ruhelos, auf zittrigen Beinen und suchte nach einer Flasche Wein, die sie zum Trost entkorken konnte. Sie hatte versucht, Alana anzurufen, aber ihr Anruf landete direkt auf der Mailbox.

Vielleicht war Alana in Nicks Armen eingeschlafen und kam deshalb zu spät, oder sie war bereits auf dem Weg. Vielleicht war sie selbst auch einfach nur dabei, den Verstand zu verlieren, ein kurzer Moment der Besessenheit, während ihre Tochter nichts anderes tat, als ihr Leben wie jeder andere Teenager da draußen zu führen.

Nachdem Alexandria erst einmal begonnen hatte, auf die grünen Ziffern auf dem Display der Uhr zu schauen, begannen die Minuten immer langsamer und langsamer zu vergehen, während ihre Unruhe stetig stieg.

Wo steckte Alana?

Ging es ihr gut? War ihr etwas zugestoßen? War sie aufgeregt, nachdem die Polizisten sie verhört hatten? Machte sie sich Sorgen? Sie hatte nichts zu ihrer Mutter gesagt, sondern sich einfach in die Arme dieses …

Alexandria wünschte nur, ihre Tochter wäre schon wieder

zu Hause, damit sie das Weinglas abstellen und sich ausruhen könnte. Morgen würde sie anfangen, alles zu klären. Sie würde mit einem Anwalt sprechen. Herausfinden, was sie tun musste, um ihre Tochter zu schützen. Die Gefängnisse waren voll von unschuldigen Menschen, die es entweder nicht geschafft hatten, den Mund zu halten, oder nicht das Geld für eine gute Verteidigung aufbringen konnten. Den Bullen war es völlig egal, ob sie unschuldige Leben ruinierten. Alexandria wollte nicht, dass Alana dem zum Opfer fiel, was auch immer in ihrer Schule vor sich ging. Pornowebsites? Und was noch, um Himmels willen?

Sie musste eingenickt sein, denn ein Quietschen im Flur ließ sie aufschrecken. Alana war dabei, ihre Schuhe an der Tür auszuziehen und versuchte wohl, sich hineinzuschleichen, ohne sie zu wecken. Das Geräusch eines aufheulenden Motors verklang.

»Das war wohl eine tolle Party, nicht wahr? Hast du mit ihm geschlafen?«, fragte Alexandria und vergaß alles andere, was sie ihrer Tochter sagen wollte. Das Licht im Wohnzimmer ging an und blendete sie. Sie hob die Hand vor die Augen.

»Und was, wenn es so wäre?«, fragte Alana, die Hände in die Hüften gestemmt, bereit, Widerstand zu leisten. Aber Alexandria wollte sich nicht streiten. Sie wollte, dass wieder Frieden zwischen ihnen herrschte, sie enge Freundinnen wurden, fast wie Schwestern. So, wie sie es früher gewesen waren.

Alexandria stand auf, ein wenig unsicher, und wankte zum Fenster, um die Vorhänge zuzuziehen, während Alana sie mit kaltem, unbarmherzigem Blick beobachtete.

»Nicht schon wieder, Mom«, flüsterte sie und starrte auf die halb leere Weinflasche. »Du hast getrunken. Du verwandelst dich in eine richtige Säuferin.«

Mit vor Scham glühenden Wangen drehte sich Alexandria zu Alana um. »Ich habe mir Sorgen um dich gemacht«, sagte sie, erhob die Stimme und lallte ein wenig. »Du hättest vor Mitternacht hier sein sollen. Es ist schon fast fünf Uhr.«

Mutter und Tochter sahen sich einen Moment lang an, atmeten schnell, bereit, sich gegenseitig an die Gurgel zu gehen. Langsam wurden ihre Blicke weicher. Alexandria breitete die Arme aus, und ihre Tochter stürzte hinein und barg das Gesicht an der Brust ihrer Mutter, so wie sie es früher immer getan hatte.

»Es tut mir leid, Mom.«

»Oh, Baby«, flüsterte Alexandria und streichelte über das Haar ihrer Tochter. »Diese Polizisten ... ich hatte Angst. Aber keine Sorge, wir fangen gleich mit den Vorbereitungen an.«

Ihre Tochter wich so weit zurück, dass sie sie verwirrt ansehen konnte. »Vorbereitungen für was? Ich habe doch nichts falsch gemacht. Du machst dir zu viele Gedanken, Mom. Sie wollten nur wissen, ob ich etwas Hilfreiches über Jenna weiß, und ich habe ihnen alles gesagt.«

Alexandria starrte ihre Tochter an, musterte sie und fragte sich, ob sie ihr die Wahrheit sagte. Alle Jugendlichen erzählten Lügen, besonders ihren Eltern gegenüber. Warum sollte es bei Alana anders sein, so gerne sie ihr auch glauben würde?

»Geh ins Bett, Alana«, sagte sie ruhig und zog sich zurück. »Es ist schon sehr spät, und wir brauchen Ruhe.«

DREIUNDDREISSIG

MIRANDA

Kay war fast die ganze Nacht wach gewesen, froh, dass Jacob nicht da war und wahrscheinlich die Nacht bei seiner Freundin verbrachte. Sie konnte nicht schlafen. Nach ein paar Stunden, die sie mit vergeblichen Einschlafversuchen zugebracht hatte, ging sie zurück in die Küche und stellte die Kaffeemaschine an, obwohl ihr Körper den Schlaf dringend nötig hatte.

Es war noch nicht einmal drei Uhr morgens, aber sie konnte nicht schlafen, solang Kendra da draußen um ihr Leben kämpfte und durch die Hölle ging.

Die Küche roch sauber, nach Spachtelmasse und Grundierung, und Kay musste ständig aufpassen, wo sie hintrat. Der Fußboden war mit alten Zeitungen bedeckt, mit getrockneten Kittresten übersät und mit weißem Pulver vom Abschmirgeln zugestaubt. Die Unordnung machte ihr nichts aus; sie warf einen kurzen Blick auf die Wände und beschloss, an diesem Morgen die Renovierungsarbeiten sein zu lassen.

Ihre Gedanken kreisten um Kendra. War sie noch am Leben? Wo steckte sie? Wie viel Zeit blieb ihr noch?

Kay klappte den Laptop wieder auf, während ihr müder

Verstand dieselben Informationen durcheinanderwirbelte, die sie gestern den ganzen Tag über beschäftigt hatten.

Was wusste sie über diesen unbekannten Täter?

Was, wenn er Jenna auf den Wildfire Ridge mitgenommen hatte, weil er sie für leicht zu haben hielt, so wie sie auf der Website beschrieben wurde? Warum hatte er ihr dann K.-o.-Tropfen verpasst? Weil sie sich doch nicht so einfach auf Sex mit ihm eingelassen hatte? Nicht alle Teile des Puzzles passten zusammen.

Kay zog einen Stuhl heran, setzte sich vor ihren Computer und legte das Kinn auf die gefalteten Hände. Sie machte die Augen zu und versuchte, sich die Begegnung zwischen den beiden vorzustellen. Jenna war ein deprimiertes Mädchen, das in letzter Zeit zum Opfer von Cybermobbing geworden war und sich von der Welt zurückgezogen hatte, und doch hatte sie beschlossen, mit diesem Mann auszugehen. Der Täter war ein jüngerer, angehender Sexualstraftäter, jemand, der Jenna wahrscheinlich aufgrund ihrer Website, wegen ihres Rufs ausgewählt hatte. Aber warum? Wenn er so raffiniert war, Jenna dazu zu bringen, ihr Haus zu verlassen und sich mit ihm zu treffen, war er wahrscheinlich jemand, der leicht an Verabredungen kam.

Kay ging in ihrem Kopf verschiedene Verhaltensmodelle durch und verwarf schnell alles, was nicht passte. Warum Jenna? Warum das Mädchen, dessen Ruf ohnehin zerstört war?

Weil er jemanden wollte, dem man die Vergewaltigungsvorwürfe nicht glauben würde. Jemanden, der vorbelastet war, jemanden, der auch die Polizei nicht würde überzeugen können. Er wollte handgreiflich werden, aber er wusste nicht, wie er es anstellen sollte. Er war ein machthungriges Raubtier; ihm ging es nur darum, seine Opfer zu überwältigen.

Angehende Sexualstraftäter waren nicht gerade ein Musterbeispiel für klares, rationales Denken. Sie hatten Triebe, die sie manchmal selbst nicht verstanden, denen sie aber dennoch folgten, unfähig, sich zu stoppen, obwohl sie wussten, dass diese Triebe ihr Ende bedeuten könnten.

Was, wenn er schon seit geraumer Zeit versucht hatte, an Jenna heranzukommen? Die Analyse ihres Telefons stand noch aus; nur das von Kendra war bereits untersucht worden, was daran lag, dass deren Eltern mit der Polizei kooperiert hatten, indem sie ihnen alles Nötige ausgehändigt und den Netzbetreiber ermächtigt hatten, alle Daten herunterzuladen und sie an die Ermittler weiterzuleiten.

Kay überprüfte, ob es irgendwelche Neuigkeiten zu Jennas Telefonauswertungen gab, wurde aber enttäuscht. Sie tippte eine kurze Nachricht an Deputy Farrell und bat sie, die Analysen so schnell wie möglich zu beschaffen und Mrs Jerrell in den Prozess mit einzubeziehen.

Der Täter musste Jenna irgendwie erreicht haben, und das wohl kaum, indem er ein Ständchen unter ihrem Fenster gesungen hatte. Die Antwort musste in ihrem Handy stecken. Das Gerät, das bei dem Sturz zertrümmert worden war, befand sich immer noch bei den Technikern. Als sie das letzte Mal nachgefragt hatte, war es noch nicht gelungen gewesen, das Gerät zum Laufen zu bringen.

Unzufrieden schob sie den Laptop beiseite und stellte sich wieder das Treffen zwischen dem Täter und Jenna vor. Das Mädchen musste sehr viel weniger Bereitschaft zum Sex gezeigt haben, als der Täter erwartet hatte. Aber er war schon erregt zu ihrem Treffen gekommen, seine Triebe schrien förmlich nach Befriedigung. Also betäubte er sie und nahm sie mit auf den Berg, eine lange Wanderung für jemanden, der durch das Rohypnol schläfrig geworden war. Vielleicht hatte er sie auch erst auf dem Grat betäubt, weil sie sich gewehrt, aber zuvor freiwillig mit ihm den Berg erklommen hatte?

Vielleicht war er körperlich nicht stark genug gewesen, um Jenna zu überwältigen, und brauchte die K.-o.-Tropfen, um sie gefügig zu machen.

Oder vielleicht hatte er etwas entdeckt, als sie sich mit aller Kraft gegen ihn wehrte. Er hatte entdeckt, wer er wirklich war. Ein Soziopath, der durch Jennas Widerstand und ihre Schreie erregt wurde. Jemand, der fand, dass sie zu überwältigen das einzige Gefühl war, nach dem er sein ganzes Leben lang gesucht hatte. Und er bekam nicht genug davon. Aber sie konnte sich nicht zu sehr wehren, denn sie war bereits betäubt.

Deshalb hatte er Kendra entführt.

Aber wie?

Kay überprüfte schnell Kendras Handyauswertungen und suchte nach einer Nachricht oder einem Anruf, der auf den Täter hätte hindeuten können.

Bevor Kendra das Weingut verlassen hatte, war keine Textnachricht auf ihrem Telefon eingegangen, die wie eine Einladung oder eine Verabredung aussah. Aber es gab einen Anruf von einer Telefonnummer mit einer Vorwahl aus San Francisco.

Kay tippte eine weitere Nachricht an Deputy Farrell und bat sie, den Anrufer zu identifizieren. Fast hätte sie sie abgeschickt, aber etwas hielt sie zurück. Sie fragte sich, ob sie in den Nachrichten und Anrufen, die zwischen diesen Jugendlichen hin- und hergingen, nicht etwas übersehen hatte. Ein Netz aus Geheimnissen und Lügen, das in dieser Gruppe gesponnen wurde. Wie konnte Jennas Ruf so ruiniert werden? Wer hatte das Cybermobbing initiiert?

Sie tippte einen weiteren kurzen Absatz an ihre Kollegin, in dem sie Farrell bat, die Telefondaten aller Teilnehmer an diesem verdrehten Spiel zu beschaffen, das Jenna das Leben gekostet hatte und vielleicht auch das von Kendra bedrohte. »So schnell wie möglich, wenn es geht«, schrieb sie und erschauderte bei dem Gedanken, wie lange das alles dauern würde.

Sie brauchte einen schnelleren Weg, um den Täter aufzuspüren, wenn sie Kendra lebend finden wollte.

Es war kurz vor fünf Uhr morgens, zu früh, um etwas zu

unternehmen, aber sie konnte nicht still sitzen und zwei weitere Stunden von Kendras Leben verschwenden. Sie schlüpfte schnell in eine Jeans und ein weißes Baumwollshirt und schnappte sich auf dem Weg nach draußen ihre Schlüssel.

Heute Morgen würde sie die Rollen vertauschen. Sie würde Elliot abholen und damit beginnen, den Weg der zerstörerischen Verleumdungskampagne nachzuzeichnen, die Jennas Existenz vernichtet hatte.

Kay hatte Elliot noch nie besucht, wusste aber, wo er wohnte. Er hatte ihr sein Haus einmal im Vorbeifahren gezeigt; es war ein älteres Bauernhaus auf einem etwa einen Hektar großen, grasbewachsenen Grundstück. Als sie sich näherte, war das Haus in völlige Dunkelheit gehüllt, und nur das fahle Licht des Mondes fiel durch das dichte Laub der Eichen.

Sie ging hintenherum, zunächst um zu sehen, ob in einem der Zimmer Licht brannte, aber es war wirklich noch sehr früh. Auf der Rückseite des Hauses fiel das starke Mondlicht ungehindert auf die Fenster und durch eine offene Glasschiebetür, aus der ein schwacher Lichtschein drang.

Kay fühlte sich wie eine Stalkerin, war aber dennoch neugierig und schlich durch das Gras, bis sie die Schiebetür erreichte.

Elliot lag schlafend auf einem großen Bett, und eine Decke bedeckte nur Teile seines nackten Körpers. Eine Nachttischlampe auf der anderen Seite des Bettes tauchte seine straffen Muskeln und sein zerzaustes Haar in ein blasses gelbes Licht. Kay betrachtete ihren schlafenden Kollegen, und ihr Blick verweilte auf seinem Körper, wohl wissend, wie falsch das war, was sie gerade tat. Trotzdem konnte sie nicht damit aufhören. Es könnte zwischen Elliot und ihr anders laufen, ganz anders, wenn sie nur die Chance ergreifen würde. Wenn er nur ein Wort sagen würde.

Sie wandte sich von dem verwirrenden Anblick ab, lehnte sich gegen die Scheibe und betrachtete den abnehmenden

Mond. Im Osten begann sich der Himmel zu verfärben. Ein Seufzer drang aus ihrer Kehle ... sie führte sich lächerlich auf; wäre sie an seiner Stelle gewesen, hätte sie ein solches Verhalten entsetzt. Dafür gab es keine Entschuldigung.

Sie klopfte laut gegen das Glas und schaute nicht noch einmal hinein, bis sich die Lichtverhältnisse veränderten.

»Alles anständig da drin?«, fragte Kay. »Darf ich reinkommen?«

Elliot saß auf dem Bett, hatte die Decke mit einer hastigen Geste um seinen Körper geschlungen und sah verwirrt aus. »Was ist passiert?« Er drehte sich zu ihr um und sah ihr in die Augen. Sie verbarg ein Lächeln. »Habe ich verschlafen? Das tut mir leid. Wie spät ist es?«

»Du hast nicht verschlafen«, sagte Kay und begann, ihren Spontanentschluss zu bereuen. »Ich bin zu früh dran.«

»Okay«, sagte er und wickelte die Decke fest um seine Taille, bevor er aus dem Bett aufstand. Noch immer irritiert von ihrem unerwarteten Besuch, schien er keine Ahnung zu haben, was er als Nächstes tun sollte. »Setz dich«, sagte er und deutete auf das Bett. »Ich muss mich anziehen. Ist etwas passiert?«

Kay blieb stehen. »Nein. Ich ... konnte nur nicht schlafen, das ist alles, und ich dachte, es wäre okay, wenn ich dich stattdessen heute abhole.«

»Klar, das ist schon in Ordnung«, sagte er, drehte sich um und schien nach etwas zu suchen. »Ich war lange auf. Miranda hat mich die halbe Nacht wachgehalten. Sie war krank ... Bauchschmerzen.« Er fand seine Hausschuhe unter dem Bett und zog sie an, bevor er ins Bad verschwand.

Kay rutschte das Herz in die Hose. Miranda? Erschrocken fielen ihr einige Dinge auf. Das Bett, ein extrabreites Modell, sah aus, als wäre auf beiden Seiten darin geschlafen worden. Die Lampe auf der anderen Seite hatte gebrannt, bevor sie gekommen war. Es gab eine Frau in Elliots Leben, und sie, Kay, stand da wie eine Idiotin im Schlafzimmer einer anderen Frau.

Ihr gefror das Blut bei der Vorstellung, dass Miranda jeden Moment hereinspazieren und sie an Elliots Bett erwischen könnte.

»Ich gehe dann mal«, sagte sie mit leicht zitternder Stimme. »Hol mich ab, wenn du so weit bist, okay?« Sie trat hinaus in die kühle Luft des frühen Morgengrauens und atmete tief durch. *Du dummes Huhn. Was hast du denn erwartet? Dass er ewig auf dich warten würde, bis du dich endlich entschieden hast?*

Elliot holte sie ein, barfuß im taubedeckten Gras, nur mit einer Jeans bekleidet, deren Gürtel noch offen stand, und mit einem Polohemd in der Hand herumfuchtelnd. »Wo willst du hin? Jetzt bist du doch eh da, und ich bin in null Komma nichts fertig.« Er streifte sich das Hemd über den Kopf und schnallte den Gürtel zu. »Darf ich dir Miranda vorstellen?«

Kay stockte der Atem. *Oh, verdammt, auf gar keinen Fall,* dachte sie. »Vielleicht ein anderes Mal, in Ordnung?« Sie wollte unbedingt weg von dort. »Wir müssen zur Arbeit. Ich weiß, was wir übersehen haben. Wir haben die ganze Sache falsch angepackt.«

VIERUNDDREISSIG

FLUCHT

Ein Eichelhäher kreischte laut irgendwo in der Nähe der Hütte und schreckte Kendra auf. Sie lag nackt auf dem kalten, muffigen Boden, und in ihrer Nase lauerte die Gefahr des drohenden Todes: der klebrige, stechende Geruch von Schmutz und verrottendem Laub.

Der Sonnenaufgang rückte näher, aber es gab noch nicht genug Licht, um die Schatten aus der kleinen Hütte zu vertreiben. Dennoch wusste sie, dass sie nicht allein war. Als die Erinnerungen an das, was geschehen war, in ihren erwachten Verstand zurückkehrten, begann sie leise zu weinen und bedeckte ihren Mund mit der Hand, verzweifelt bemüht, vollkommen ruhig zu bleiben. Ihr Körper schmerzte, alles war geprellt und blutüberströmt, und sie fühlte sich zu schwach, um sich gegen irgendetwas wehren zu können.

Zitternd setzte sie sich auf, starrte in die Dunkelheit und begann langsam, ihre Umgebung wahrzunehmen. Neben ihr schlief ein Mann auf dem Boden, sein Atem ging schwer und wurde manchmal von Schnarchern unterbrochen. Gelegentlich berührte der Lufthauch ihr Bein, und sie zog sich zurück, bewegte sich langsam und leise, um so viel Abstand wie möglich zwischen ihnen zu schaffen. Sie verschränkte die Knie vor der Brust und schlang die Arme um sie und wartete, hielt den Atem an, wenn sein Schnarchen abrupt aufhörte oder der Morgenschrei eines anderen Vogels ihn zu wecken drohte.

Sobald die Schwärze in trübe Grautöne überging, stand sie auf, unsicher auf den Beinen, und hielt sich an den Wänden fest, um das Gleichgewicht zu halten. Sie musste weg, jetzt, solang der Mann noch schlief. Das war ihre einzige Chance; eine weitere würde es nicht geben. Eine weitere Nacht wie diese würde sie nicht überleben.

Sie fand sich in eine Ecke des Raumes gedrängt, der Mann, der auf dem Boden schlief, versperrte ihr den Weg zur Tür. Sie wartete noch ein oder zwei Minuten, bis mehr Licht die Dunkelheit durchdrang, und überlegte sich einen Schritt nach dem anderen, denn sie wusste, dass sie schnell sein musste.

Mit angehaltenem Atem stand sie auf und trat dicht an seinen Oberkörper heran, dann darüber, voller Sorge, dass der verrottende Boden quietschen würde. Das tat er aber nicht, und der Mann schlief ungerührt weiter. Mit drei weiteren Schritten erreichte Kendra die Tür, die mit einer Kette an einem Nagel verschlossen worden war.

Sie starrte auf die verrosteten Scharniere und erinnerte sich an das knirschende Knarren, das sie von sich gaben, wenn die Tür geöffnet wurde, nahm all ihren Mut zusammen und löste die Kette. Die Tür öffnete sich ächzend ein paar Zentimeter, und ein Windstoß brachte frische, feuchte Kühle ins Innere. Der Mann bewegte sich und stöhnte, wachte aber nicht auf. Schnell schlüpfte Kendra auf Zehenspitzen nach draußen, schloss die Tür hinter sich und versperrte sie mit dem Riegel, der gerade noch an zwei rostigen Schrauben hing.

Dann rannte sie bergab, Ihre nackten Füße schmerzten und bluteten auf den scharfen Steinen und abgebrochenen Ästen.

Sie hatte keine Ahnung, wo sie war, aber sie wusste, dass sie so schnell wie möglich vom Berg hinuntermusste.

Außer Atem wandte sie kurz den Kopf, als sie in den Wald huschte, um einen Blick auf die Hütte zu werfen. Was sie sah, ließ ihr das Blut in den Adern gefrieren. Die Tür war aufgeschwungen und wurde vom Wind mit rhythmischen Schlägen gegen das Holz geschmettert. Er musste aufgewacht sein. So etwas konnte niemand verschlafen.

Wimmernd rannte sie bergab, versteckte sich manchmal hinter einem Dickicht oder großen Baumstämmen, um hinter sich zu spähen, und stürzte dann weiter, so schnell sie konnte. Gerade war sie wieder hinter einem großen Baum stehen geblieben, als sie irgendwo in der Nähe einen Zweig knacken hörte. Sie erstarrte und hielt den Atem an. In der Ferne sangen die Vögel, aber die Vögel in der Nähe waren verstummt, weil sie das Herannahen eines Raubtiers fürchteten. Genau wie sie.

Sie legte die Hand auf ihre Brust, um ihr pochendes Herz zu beruhigen, und lauschte, aber sie konnte nichts hören, kein anderes Geräusch außer dem panischen Rauschen in ihren Ohren. Gerade machte sie sich bereit, wieder zu flüchten, als er sie schnappte.

Ohne Vorwarnung packte er sie an den Haaren und zerrte sie mit sich bergauf. Schreiend und weinend kratzte sie an seiner Hand, aber das schien ihn nicht zu interessieren. Er schaute sie nur mit einem seltsamen Lächeln an.

»Bitte, lass mich gehen«, weinte sie, als sie merkte, dass sie fast wieder bei der Hütte waren. »Meine Eltern haben Geld, sie werden dir alles bezahlen, was du willst, ich schwöre es.«

»Halt die Klappe«, murmelte er, packte ihren Arm und schob sie vor sich her. Sein Gang war fest und gleichmäßig, er hielt weder an noch wurde er langsamer.

»Keine Bullen, das verspreche ich dir«,» fuhr sie fort, als sie merkte, dass ihn ihre Worte nicht erreichten. »Eine Million

Dollar, ich weiß, dass meine Eltern sie haben. Damit kannst du gehen, wohin du willst, und bist frei von ...«

Er drückte und verdrehte ihren Arm, bis sie aufschrie, seine Hand war unbarmherzig und kalt auf ihrer Haut. Mit glühendem Blick näherte er sich ihrem Gesicht, bis sie seinen Atem auf ihrer Haut spürte.

»Halt endlich die Klappe!«

Er stieß sie ins Innere der Hütte, knallte die Tür zu und verriegelte sie mit der Kette. Sie stolperte rückwärts, bis sie die Wand erreichte, und stand dann da, erstarrt, zitternd, die Arme um ihren bebenden Körper geschlungen und vor Angst den Verstand verlierend.

»Nein, nein«, wimmerte sie, als sie ihn näher kommen sah. Sie streckte die Hände vor sich aus, als könnte sie ihn so aufhalten. Er grinste, griff nach ihren Handgelenken und fesselte sie mit einem Stück Seil, das er vom Boden aufgehoben hatte. Dann knotete er das andere Ende an den Haken über ihrem Kopf und fixierte sie auf diese Weise.

Sie würde dort sterben, wie Jenna. Es gab kein Entrinnen.

Ein Schluchzen schwoll in ihrer Brust an und löste einen Strom von Tränen aus, die überall dort schmerzten, wo ihr Gesicht und ihre Lippen von seinen Schlägen geschwollen und blutunterlaufen waren. Der Albtraum fand kein Ende. Niemand würde sie dort finden, mitten im Wald. Mit letzter Kraft zerrte sie an dem Seil, schaute mit tränenverschleiertem Blick zu ihm und sah ihn nur Zentimeter von sich entfernt stehen. Er starrte sie an und lächelte.

Der Ausdruck in seinen Augen ließ ihr das Blut in den Adern gefrieren. Atemlos beobachtete sie, wie er ihr immer näher kam und ihren Körper hasserfüllt betrachtete. Er berührte ihre geschwollene Lippe, und sie wimmerte und wich so weit zurück, wie es die Fesseln zuließen. Kichernd kostete er ihr Blut an seinem Finger, und seine Augen blitzten auf, als er es tat.

»Willst du noch etwas sagen?«, flüsterte er. Seine Stimme, in der die unausgesprochene Drohung des kommenden Schmerzes mitschwang, verstummte.

Dann schrie sie auf, und die Eichelhäher draußen verstummten.

FÜNFUNDDREISSIG

KAPERN

Zu allen Dingen, die Elliot an einem Samstagmorgen vor Sonnenaufgang für möglich gehalten hatte, gehörte die Tatsache, dass Kay Sharp an seinem Bett stand, definitiv nicht. Er wagte nicht, sich vorzustellen, was sie dazu veranlasst haben mochte, so an seiner Tür aufzutauchen, aber es machte ihm in etwa so wenig aus wie einem alten Hund ein saftiger Knochen.

»Was meinst du damit, dass wir alles falsch angepackt haben?«, fragte er und setzte zu einem Sprint an, um Kay auf dem Weg zu ihrem Wagen einzuholen, nachdem er zunächst zurückgefallen war, um sich seine Stiefel anzuziehen. Er setzte seinen Hut auf, bevor er auf den Beifahrersitz kletterte, stolz darauf, die eher unbequeme und typisch texanische Tradition des Tragens breitkrempiger Stetsons im Auto aufrechtzuerhalten.

Angespannt und wortkarg legte Kay den Gang ein und scherte aus, als ob ein wütender, blutrünstiger Stier hinter ihnen her wäre. »Jemand hat ein Feuer gelegt, das sich durch Jennas Leben gefressen hat. Ich glaube, das ursprüngliche Motiv finden wir bei diesem Täter.«

»Was, bei einem Schulmobber? Der soll Jenna vergewaltigt und getötet haben?«

»Das war kein gewöhnliches Cybermobbing«, antwortete Kay und wirkte mit jedem Kilometer, den sie fuhr, ein wenig entspannter. Ihr halsbrecherisches Tempo hatte sich knapp über der erlaubten Höchstgeschwindigkeit eingependelt. »Wir reden hier von jemandem, der das Motiv und die Kenntnisse hatte, eine Verleumdungskampagne zu führen, die langsam und unauffällig begann und mit dieser Website endete, dem finalen Schlag, sozusagen.«

»Wohin fahren wir?«, fragte Elliot, der sich wünschte, er hätte noch Zeit für einen Happen zu essen gehabt, bevor sie losgefahren waren.

Der Geländewagen raste am Katse vorbei, aber er bat sie nicht, für die übliche Bestellung von Kaffee und Croissants anzuhalten. Der Laden war noch geschlossen. Es war noch nicht einmal sechs Uhr.

»Zum Revier. Ich habe Farrell gebeten, alle Telefonverbindungen dieser Bande zu überprüfen. Irgendwo zwischen versteckten Andeutungen und Klatsch werden wir den Verursacher der Hetzkampagne finden.«

»Das kann Wochen dauern! Kendra ...«

»... hat nicht viel Zeit, ich weiß«, unterbrach sie ihn. Ihre Stimme strotzte vor Frustration.

»Wann hast du die Telefonauswertungen angefordert?«

Kay fluchte unterdrückt. »Heute, um drei Uhr morgens, per E-Mail.«

»Es tut mir leid, dir das sagen zu müssen, aber du bist nicht mehr in Kansas.«

»Wie?«

»Wir sind nicht das FBI. Wir sind eine kleine Bezirkspolizeistation. Diese Unterlagen zu bekommen, wird eine Woche dauern. Mehr noch, wenn wir richterliche Beschlüsse brauchen.«

Kay trat auf das Bremspedal und hielt am Straßenrand an, wobei die Reifen Kieselsteine und Staub in die Luft schleuderten. »Wir haben keine Woche mehr!«

»Kay«, sagte er ruhig und versuchte, ihr in die Augen zu sehen. »Sieh mich an.«

Sie ließ die Hände auf dem Lenkrad liegen, so verkrampft wie von Beginn an, seit sie sein Haus verlassen hatten, und drehte den Kopf zu ihm. Um ihre Tränen der Wut zu verbergen, hielt sie den Blick gesenkt. »Sie hat nicht mehr viel Zeit, Elliot. Dieser Tätertyp, er ... erforscht. Er probiert neue Dinge aus, um herauszufinden, wer er ist. Jedes dieser neuen Experimente könnte Kendra umbringen. Und alle von ihnen machen ihr Leben zu einer Hölle, die sie für den Rest ihres Lebens nicht vergessen wird. Und wir sitzen hier fest, am Arsch der Welt, und kommen weder vor noch zurück?« Sie wandte ihr tränenüberströmtes Gesicht ab und ließ das Lenkrad los, nur, um die Hände im Schoß zu verschränken.

»Kay, aber das weißt du doch. Besser als jeder andere. Nutze, was du hast, und lass uns diesen Scheißkerl erledigen. Mach es wie bei all dem Abschaum, den du vorher gefangen hast.« Elliot verstummte, aber Kay antwortete nicht. »Ich habe noch von keinem einzigen Abschaum gehört, der auf deinem Radar aufgetaucht und als freier Mann davongekommen ist.«

Kay atmete ein paarmal tief durch. »Es geht alles auf Jenna zurück, darauf, wie der Täter sie ausgewählt hat, und ich glaube, es war wegen dieser Website. Wir wissen immer noch nicht, wer dahintersteckt. Wir haben einen Spürhund eingesetzt, um Jenna den Berg hinauf zu folgen, wir haben den wirklichen Tatort gefunden, und wir wissen immer noch so gut wie nichts. Das Einzige, worüber wir noch nicht nachgedacht haben: Warum ausgerechnet der Wildfire Ridge?«

Elliot grinste, als er sah, wie Kay anfing, geschickt zu kombinieren. Bald würde sie den Täter an den Eiern haben und ihn wie einen zehn Kilo schweren Barsch bei einem Angelwettbewerb am Sonntagmorgen an Land ziehen. Schön langsam.

»Er muss sich auf dem Berg wohlfühlen. Täter wie er gehen gewöhnlich dorthin, wo sie sich sicher fühlen, sei es in eine Garage oder einen Keller, eine Jagdhütte ...« Kay verstummte und ihr Blick fiel auf die noch dunklen Hänge des Mount Chester, hinter dessen Gipfel sich die aufgehende Sonne verbarg. »Sie ist irgendwo auf dem Berg«, sagte sie aufgeregt und drehte sich zu ihm um. »Kendra muss da oben sein. Fordern wir mehr Spürhunde an ...«

»Das ist ein verdammt großer Berg, Kay«, antwortete Elliot. »Es würde Wochen dauern, ihn zu durchsuchen, selbst mit einer ganzen Hundestaffel.«

Sie legte die Hände wieder ans Lenkrad und drückte zu. »Du hast recht. Also, wir wissen, dass er jünger ist, so um die zwanzig, vielleicht fünfundzwanzig. Er ist fit; er hat sich für eine lange Wanderung entschieden. Trotzdem hat er Jenna K.-o.-Tropfen verabreicht ... warum das?« Sie schüttelte den Kopf. »Das ergibt keinen Sinn. Es war jemand, den sie kannte ... vielleicht ein anderer Onlinetäter, den sie kennengelernt hat, so wie Gavin Sharp?«

»Wir haben Gavin anhand ihrer Textnachrichten gefunden«, antwortete Elliot. »Es gab keine Hinweise auf einen anderen Mann in ihren Nachrichten, E-Mails oder sozialen Medien. Auch nicht bei den Auswertungen ihrer Telefonate. Sie hat kaum mit jemandem gesprochen.«

»Ich habe in Gavin Sharps Hintergrund gewühlt«, sagte Kay und wechselte so abrupt das Thema, wie es nur Frauen taten. »Ich habe den Polizisten gefunden, der ihn das letzte Mal festgenommen hat. Seine Schicht beginnt aber nicht vor acht. Es gibt Dinge, die Detectives nicht in ihre Berichte schreiben, die kleinen Dinge, die nur sie allein wissen. Vielleicht erinnert er sich noch an etwas Nützliches.«

Elliot runzelte die Stirn und widerstand dem Drang, seinen

Hut zu lüften und sich am Haaransatz zu kratzen. »Hat der DNA-Abgleich diesen Widerling nicht entlastet?«

Kay ballte eine Faust und schlug gegen das Lenkrad. Vorsichtig streckte er die Hand aus und berührte sie. »Kay, du wirst ...«

Sie zog die Hand zurück, als hätte seine Berührung ihre Haut verbrannt. »Das solltest du dir für Miranda aufheben«, blaffte sie. Dann ließ sie den Motor an und fuhr los, wahrscheinlich, um eine Reihe von Gefühlen zu verbergen, die er ihrem Gesichtsausdruck deutlich ablesen konnte.

Kay Sharp war eifersüchtig.

Auf Miranda.

Jetzt sieh aber zu, dass die Pferde nicht mit dir durchgehen, Cowboy. Er wandte den Blick ab, um sein Grinsen zu verbergen. Aber dieses Grinsen verblasste, als er sich an Laurie Ann Sealy und den Grund erinnerte, warum er Texas verlassen hatte. Sein Versprechen, sich nie wieder mit einer Kollegin einzulassen.

»Wir werden ihn finden«, sagte er und legte die Hände auf seine Knie. »Du und ich, wir werden diesen Bastard festnageln, und wir werden Kendra finden.«

Sie atmete heftig aus. »Und wie sollen wir das machen, hm? Wir können die letzten vierundzwanzig Stunden von Jenna nicht rekonstruieren. Wir können nicht herausfinden, wie diese Mädchen angelockt wurden. Wir wissen nicht, wo sie hingegangen sind ...«

Kays Telefon klingelte. Sie hatte eine neue Textnachricht. Ohne einen Blick darauf zu werfen, reichte sie Elliot das Telefon, wobei sie darauf achtete, seine Hand nicht versehentlich zu berühren.

»Es ist Doc Whitmore. ›Rufen Sie mich an, wenn Sie wach sind‹, schreibt er. Er weiß, wie lange du arbeitest, oder?« Elliot rief über die Freisprechanlage des Wagens an, und der Anruf wurde fast sofort vom Rechtsmediziner entgegengenommen.

»Guten Morgen, Kay«, sagte er.

»Wir sind beide hier«, antwortete Kay. »Guten Morgen, Doc. Haben Sie wieder die Nacht durchgearbeitet?«

»Ich habe die zweite DNA-Probe durchlaufen lassen. Ich bin nur auf dem Sofa eingedöst. Ich konnte nicht nach Hause gehen, solang das arme Mädchen immer noch da draußen ist.«

»Sagen Sie mir, was Sie haben«, forderte Kay, sichtlich ungeduldig, wie sie es immer war.

»Ah, ja. Erinnern Sie sich: Wir haben zwei DNA-Proben an Jennas Leiche gefunden. Da wir die gleichen Fingerabdrücke auf den Kondomverpackungen gefunden haben, sind wir davon ausgegangen, dass es nur einen Vergewaltiger gab, aber die zweite Spermaprobe stammt von einem anderen Unbekannten.«

»Was?«, fragte Kay. »Es gibt zwei Täter?«

»Genau. Die zweite Probe stimmt auch nicht mit Gavin Sharp überein. Für die erste gab es keinen Treffer im CODIS, und die zweite läuft noch.«

»Alles klar«, antwortete Kay und klang niedergeschlagen. »Aber immerhin. Vielleicht haben wir ja beim zweiten Täter Glück.«

»Ich habe noch mehr«, verkündete er mit einem Hauch von Stolz in der Stimme. »Ich habe die Analyse von Jennas Mageninhalt abgeschlossen. Etwa vier Stunden vor ihrem Tod hat sie ein Thunfischsandwich mit Mayonnaise und Kapern gegessen.«

Kay grinste und bremste leicht ab, bevor sie mit quietschenden Rädern auf dem verlassenen Highway wendete. »Sie haben mir den Tag gerettet. Es gibt nur einen Laden in der Stadt, der das so serviert. Und der öffnet in etwa zwanzig Minuten.«

»Ich weiß.« Das Lächeln in Dr. Whitmores Stimme war deutlich zu hören.

»Danke, Doc. Ruhen Sie sich etwas aus«, sagte Kay.

Der Rechtsmediziner lachte. »Ich werde die Anweisung der Psychologin befolgen.« Damit beendete er das Telefonat. Es folgte eine kurze, drückende Stille.

»Wer bereitet die Sandwiches so zu? Denkst du an das Katse?«, fragte Elliot.

»Nein«, antwortete Kay und klang sehr selbstsicher, während Elliot keine Ahnung hatte, worum es ging. Sie warf ihm einen Blick zu und lächelte kurz, dann verschwand das Lächeln und ihr Kiefer verkrampfte sich, als hätte sie sich an etwas Unangenehmes erinnert. »Kapern sind kleine, eingelegte Früchte von einem mediterranen Strauch.«

Woher kannte sie seine Gedanken, bevor er selbst die Gelegenheit hatte, sie zu denken? Wenn sie so gut im Gedankenlesen war, warum verstand sie dann nicht, was er für sie empfand?

Die Straße machte eine Kurve um einen Hügel, und bald kam der Mount Chester mit seinen scharfen Gipfeln und dunklen Nadelbäumen in Sicht. Kay deutete nach vorn auf den Berg. »Im Katse gibt es keine Sandwiches mit Kapern, aber bei den Leuten oben in der Winter Lodge schon.«

SECHSUNDDREISSIG
HINWEISE

Das Alpine Subs öffnete um halb sieben, wahrscheinlich zu dieser frühen Morgenstunde eher für die Hotelangestellten als für Touristen. Es war als Anbau an das Restaurant der Winter Lodge gebaut worden, mit einer kleinen Schaufensterfront zum Hotelparkplatz hin und einem direkten Zugang von der Lobby aus.

Davor parkte ein einzelner verbeulter, schwarzer Hyundai, der wahrscheinlich den Angestellten des Sandwichladens gehörte. Das Licht im Inneren brannte. Auch wenn das »GEÖFFNET«-Schild noch nicht leuchtete, hatte Kay keine Lust, zu warten. Sie stieg aus dem SUV und ging zügig zur Tür, mit Elliot auf den Fersen.

Die Luft war frisch und kalt, etwas wärmer dort, wo die Strahlen der aufgehenden Sonne auf das Tal trafen. Ihr Atem verwandelte sich in Nebel, der sich schließlich auflöste. Die ersten Farben der Morgendämmerung verblassten und die felsigen Gipfel hoben sich als silbergraues Raster vor dem azurblauen Himmel ab. In der Ferne schrie ein Habicht, der in der Nähe der Talstation des Sessellifts über dem Boden kreiste. Eine Maus musste im frostigen Gras nach Futter gesucht und die Aufmerksamkeit des Jägers erregt haben, so wie auch Jenna und Kendra den Täter angelockt hatten.

Die Psychologie hinter der Werbung im Fernsehen und in den Printmedien ließ sich ebenso gut auf kriminalistische Ermittlungen anwenden. Man musste etwas *sehen*, um es zu wollen. Man musste wissen, dass etwas existierte, den Blick auf ein ansprechendes Bild richten und, wenn das Verlangen aufblühte, entscheiden, ob man das Gewünschte wirklich haben wollte.

Der Täter musste Jenna irgendwo gesehen, vielleicht sogar persönlich getroffen haben, bevor die Website ihm sagte, dass sie eine gute Wahl war, um seine dunklen Triebe zu erforschen. Das war es, was Kay bis zu dem vorherigen Anruf des Rechtsmediziners geglaubt hatte, und ein Teil davon konnte immer noch wahr sein.

Ein zweiter Habicht schloss sich dem ersten an und kreiste über dem Boden, um sich an die Beute heranzupirschen. Sie schrien abwechselnd, sanken tiefer und tiefer und machten sich zum Angriff bereit. Kay fragte sich, ob die Maus sie kommen sah, ob sie die Gefahr erkannte, die sich aus der Ferne näherte.

Zwei statt einem veränderten alles. Die Dynamik des Tötens, der sexuelle Übergriff selbst, die ursprüngliche Wahl von Jenna als Zielperson. Aber zwei Täter passten zu dem, was sie am Tatort gefunden hatten. Zwei frische Herrenschuhabdrücke. Zwei Kondomverpackungen. Ein unidentifizierter Teilabdruck auf einer der Verpackungen, der auf der anderen nicht zu finden war.

Elliot klopfte an die Tür des Sandwichladens, wartete und spähte durch das Glas.

»Es ist noch nicht offen«, rief ein junger Mann von drinnen. »Kommen Sie in zehn Minuten wieder!«

Elliot öffnete seine Brieftasche und hielt seine Dienstmarke an die Scheibe. Der siebenzackige Stern klirrte laut gegen das Glas.

»Alles klar«, sagte der junge Mann und ließ mit einem frustrierten Gesichtsausdruck eine Kiste mit zerpflücktem Salat auf den Tresen fallen. Er ging schnell zur Tür, wischte sich die Hände an der Schürze ab und ließ sie dann ein. »Was kann ich für Sie tun?« Er trug ein schwarzes T-Shirt mit einem bunten Aufdruck, das Gesicht eines bekannten Rockstars, den Kay nicht benennen konnte. Oder vielleicht war es auch ein Schauspieler. Eine schwarze Strickmütze mit einem aufgestickten gelben *Star-Wars*-Schriftzug bedeckte seine Stirn fast vollständig. Militärische Erkennungsmarken an einer Kette klirrten, wenn er sich bewegte. »Kommen Sie herein.«

Kay zeigte ihm das Foto von Jenna auf ihrem Handy. »Dieses Mädchen war am Dienstagnachmittag hier und hat ein Thunfischsandwich mit Kapern bestellt. Erinnern Sie sich an sie?«

Der Mann zögerte und legte den Kopf schief, um besser sehen zu können. »Ich ... ähm, hier ist nachmittags immer viel los. Ich bin mir nicht sicher.«

Kay wurde klar, dass sie ihm das alte Foto zeigte, das für Jennas College-Bewerbungen gemacht worden war. Es zeigte ein lächelndes, glückliches Mädchen mit blonden Strähnchen im Haar, bevor ihr ganzes Leben aus den Fugen geraten war. Sie wischte über das Bild und zeigte ihm das aktuellere. »Und was ist mit der hier?«

»Ja, jetzt erinnere ich mich an sie, sie saß da drüben am Fenster«, zeigte er. »An diesem Tisch, mit zwei Typen.« Er runzelte die Stirn und unter dem Saum seiner *Star-Wars*-Mütze erschienen mehrere parallele Linien. »Ist das das Mädchen, das neulich am Wildfire Ridge gefunden wurde?«

»Ja, das ist sie.« Kay schaute an die Decke, fand aber nicht, wonach sie suchte. »Gibt es hier keine Videoüberwachung?«

»Nein, Ma'am. Sie meinten, nächstes Jahr würden Kameras angebracht. Aber die Touristen mögen das nicht besonders, vor allem nicht da draußen auf der Terrasse.« Er grinste und zeigte zwei Reihen gerader weißer Zähne. »Besonders nach Ladenschluss, wenn Sie wissen, was ich meine.«

Kay inspizierte die Terrasse des Restaurants, die um diese Zeit menschenleer war. Die Liegestühle mit Blick auf den Gipfel des Mount Chester waren eine lokale Attraktion, vor allem an warmen, mondhellen Abenden. Die Gäste des Restaurants blieben bis weit nach Ladenschluss, manchmal in Schlafsäcke oder Decken aus ihren Hotelzimmern gehüllt, und genossen die frische Luft und die herrliche Aussicht. Oder hörten, wie Kay sich erinnerte, gelegentlich einem jungen Touristen zu, der auf seiner Gitarre spielte und im Mondschein sang. Sie fragte sich, ob die drei Studenten, die Jennas Leiche gefunden hatten, sie vielleicht beim Abendessen auf der Restaurantterrasse gesehen hatten. Vielleicht hatten sie ein Foto von der Landschaft gemacht, auf dem etwas im Vordergrund zu erkennen war: Menschen, Gesichter, Autoschilder.

»Wie ist Ihr Name? Ich bin Detective Kay Sharp, das ist mein Partner, Elliot Young.« Sie streckte die Hand aus.

Der junge Mann zögerte, bevor er den Händedruck erwiderte und die Hand schnell an seiner gestärkten Schürze abwischte. »Dwayne«, antwortete er ernst und ein wenig angespannt. »Dwayne Goodrow.«

Elliot schüttelte ihm ebenfalls die Hand und betrachtete die Tätowierung auf dem Arm des Mannes. »Wo haben Sie gedient?«

Das Grinsen kehrte zurück. »Bei den Marines.«

»Ranger«, erwiderte Elliot und tippte mit zwei Fingern an die Krempe seines Hutes.

»Cool«, erwiderte Dwayne und hielt ihm die Faust hin. Elliot stieß mit seiner dagegen.

Es war erstaunlich zu sehen, wie schnell sich Männer über ein gemeinsames Interesse verbrüderten.

»Dwayne, können Sie sich an die beiden Männer erinnern, die mit dem Mädchen auf dem Foto hier waren?«, fragte Kay.

»Ähm, nicht wirklich.« Seine Hände wanderten in die Taschen seiner Schürze. »Es gibt viel zu tun, und diese Woche bin nur ich da und mache Doppelschichten. Carrie ist krank. Das ist meine Chefin, die Filialleiterin. Sie ist seit Sonntag krank.« Sein Blick wanderte zu Elliot. »Ich muss die Kunden um eine Pause bitten, um mal pinkeln gehen zu können, wenn Sie wissen, was ich meine.« Elliot lächelte verständnisvoll. »Diese Kerle, also die waren auf jeden Fall weiß. Dunkelhaarig, hatten einen Friseurbesuch bitter nötig. Schlank, aber muskulös, wie Jugendliche, die regelmäßig Sport treiben.«

»Wie alt etwa?«, fragte Kay.

»Ähm, ich würde sagen, ungefähr so alt wie das Mädchen, vielleicht ein oder zwei Jahre älter; nicht mehr.«

»Haben Sie zufällig gesehen, was für ein Auto sie fuhren?« Elliot sah hinter sich auf den Parkplatz.

Dwayne zuckte mit den Schultern. »Ich kann von hinter dem Tresen aus nicht viel sehen, vor allem, wenn Leute in der Schlange stehen.«

»Erzählen Sie uns mehr«, bat Kay. »Wir werden jemanden zu Ihnen schicken, der ein Phantombild zeichnet, aber ich brauche alles, was Sie mir im Moment sagen können.«

Dwayne kratzte sich am Unterarm, hielt kurz vor dem dort tätowierten Bild einer Bulldogge inne und starrte kurz an die Decke. »Ähm, ich bin mir nicht ganz sicher. Beide waren glatt rasiert, trugen saubere Kleidung, Jeans und Hemden, aber neu. Sie sahen sich irgendwie ähnlich; vielleicht waren sie Brüder.«

»Wie groß?«

Er lachte leise vor sich hin. »Sie haben sich hingesetzt, aber mir ist aufgefallen, dass ihre Beine für den kleinen Tisch etwas zu lang waren. Sagen wir, etwa ein Meter neunzig der eine, ein Meter achtzig der andere?« Er sah einen Moment lang zu Boden, dann zu Kay, mit etwas Sorge im Blick. »Machen Sie mir deswegen keine Vorwürfe, okay? Ich bin mir wirklich nicht sicher.«

»Erinnern Sie sich sonst noch an etwas?«

Dwayne zuckte mit den Schultern und wirkte ein wenig verlegen. »Sie haben gutes Trinkgeld gegeben und wirkten gut gelaunt.«

»Können Sie uns den Kreditkartenbeleg zeigen?«

»Es gab keinen. Ich habe ihnen einen ganz neuen Hunderter klein gemacht, deshalb erinnere ich mich. Sie haben auf fünfzig aufgerundet. Das macht hier sonst keiner.«

»Was ist mit dem Mädchen?«, fragte Kay. »War sie gut drauf?«

Dwayne runzelte kurz die Stirn und schaute in die Richtung des Tisches, an dem sie gesessen hatten. »J-ja, das war sie, aber nicht auf Anhieb. Sie wirkte angespannt, ein bisschen grimmig oder vielleicht schüchtern, aber sie haben sie schnell aufgeheitert. Sie schienen sich gut zu kennen.«

Sie kannten sie gut. Sie waren jünger, als sie vermutet hatten. Das waren handfeste Hinweise, mit denen sie die Liste der Verdächtigen eingrenzen konnten.

»Hat nach ihnen noch jemand am Tisch gesessen?«, fragte Elliot.

Dwayne presste seine Lippen aufeinander und nickte. »Ich wische ihn jeden Abend mit Desinfektionsmittel sauber. Tut mir leid, aber wenn Sie nach Fingerabdrücken suchen, die sind längst weg.«

Einen Moment lang herrschte Schweigen, während Kay über ihre nächsten Schritte nachdachte. Ein Zeichner sollte in der Lage sein, innerhalb von einer Stunde einige Phantombilder zu erstellen. Dann könnte sie die Bilder Jennas Mutter und Kendras Eltern zeigen, Lehrern in der Schule, jedem, der die beiden jungen Männer getroffen haben und sie identifizieren könnte. Vielleicht hatten sie Jenna ein paarmal von der Schule abgeholt. Oder Kendra.

Vielleicht besuchten sie selbst die Oberstufe dieser Schule. Oder waren frischgebackene Absolventen.

Kay sah auf die Uhr; es war noch früh, nicht einmal sieben. Dann fiel ihr ein, dass es Samstag war. Sonst hätte sie sich Dwayne geschnappt und ihn vor der Schule stehen lassen, während die Schüler hereinströmten, und ihn gebeten, die beiden jungen Männer aus einer langen, ahnungslosen Schlange heraus zu bestimmen.

Aber ein Jahrbuch würde den Zweck auch erfüllen.

»Einer von ihnen sagte etwas über den Sessellift, ist mir aufgefallen«, sagte Dwayne und schaute besorgt aus dem Fenster, als sich die ersten Autos aufreihten. Bald würde er Kundschaft haben. »Der Größere meinte, er kenne jemanden am Lift, der die drei kostenlos auf den Berg bringen würde. Das kam mir komisch vor, weil der Sessellift im Sommer nicht fährt. Erst wieder, wenn der erste richtige Schnee die Pisten bedeckt.«

Kay gab ihm ihre Karte. »Sie haben uns sehr geholfen, Dwayne. Wenn Sie sich an etwas erinnern, rufen Sie uns bitte an. Der Phantombildzeichner wird in etwa dreißig Minuten hier sein.«

SIEBENUNDDREISSIG

DRANG

Alexandria wälzte sich eine Weile hin und her, ohne einschlafen zu können. Die Bettwäsche fühlte sich heiß an, unerträglich heiß. Schweiß perlte von ihrer Stirn und ihrer Brust und drängte sie dazu, sich des seidenen Nachthemdes zu entledigen, das sie trug. Die drohende Migräne kreiste wie ein unerbittlicher Aasgeier über ihrem Kopf. Gegen halb fünf öffnete sie das Fenster und ließ die kühle Morgenluft in ihr Zimmer, um die Brise zu genießen.

Das Telefon piepte und weckte sie, scheinbar Sekunden nachdem sie eingeschlafen war. In Wirklichkeit hatte sie etwa eine Stunde geschlafen. Draußen war es taghell; ein schmaler Sonnenstrahl fiel durch die Vorhänge und tanzte auf dem Muster des dicken Orientteppichs.

Sie setzte sich auf die Bettkante und befreite sich mühelos von jeglicher Müdigkeit, als sie den Absender der Nachricht sah.

Ich liege nackt auf dem Bett, lautete die Nachricht, *bereit für dich. Komm schon, Babe, hab Erbarmen mit mir.*

Auf die Nachricht folgte ein Foto. Es war eine deutliche Nahaufnahme einer ziemlich imposanten Erektion. Sein

Anblick, hart und lüstern nach ihr, brachte ihr Blut in Wallung und erregte sie, augenblicklich und unerträglich intensiv. Ein Wimmern schlüpfte aus ihrer verengten Kehle.

Bei dir?, tippte sie und machte sich nicht die Mühe, so zu tun, als wäre sie von dem Foto schockiert. Ihre Beziehung war so einfach und unkompliziert wie nur möglich; es gab keinen Grund für Lügen.

So schnell wie möglich, Baby, kam die Antwort. *Was ich jetzt alles mit dir anstellen würde ...*

Voller Energie sprang sie aus dem Bett und merkte sofort, dass sie ein wenig unsicher auf den Beinen war. Die Reste des Weins von gestern Abend flossen noch immer durch ihre Adern. Trotzdem zögerte sie nicht; eine kalte Dusche würde all das zerstreuen und ihren Geist und Körper neu beleben.

Sie trat unter die Dusche und erwartete den Schmerz des kalten Wassers. Als die ersten Strahlen auf ihre erhitzte Haut trafen, keuchte sie, der Atem blieb ihr für einen Moment in der Lunge stecken und verließ dann ihre Brust mit einem schmerzhaften Stöhnen. Trotzdem wusch sie ihr Haar gründlich und gab ein paar Tropfen Jasminspülung hinein, ehe sie es ausspülte, damit es seidig glatt über die Haut ihres Liebhabers fließen würde.

Sie spürte die Kälte nicht mehr; ihre Fantasie spielte verrückt und ihr Verlangen entfachte ein Feuer in ihrem Blut, das nicht gelöscht werden konnte. Alana kam ihr in den Sinn, als sie aus der Dusche stieg, und sie runzelte kurz die Stirn. Dann föhnte sie sich die Haare, überzeugt davon, dass Alana nicht einmal merken würde, dass sie weg war. Ihre Tochter war erst vor einer Stunde nach Hause gekommen; sie würde mindestens bis zum Mittag wie ein Stein schlafen. Es würde keine komplizierten Fragen geben, die beantwortet werden wollten.

Nackt vor dem Schrank stehend verschwendete sie keine Zeit. Sie wusste genau, was sie anziehen würde. Einen schwarzen, trägerlosen Spitzen-Body von Cosabella, ein schimmerndes blaues Satinhemd, das zu ihren Augen passte, und einen schwarzen Bleistiftrock, der ihre Hüften eng umschloss. Riemchensandalen mit zehn Zentimeter hohen Absätzen vervollständigten ihre Kleidung. Zuletzt schnappte sie sich ihren Badeanzug und steckte ihn in ihre Handtasche. Vielleicht könnten sie später zum Strand fahren und ein Bad im kalten Wasser des Pazifiks nehmen, um das wilde Feuer zu besänftigen, das in ihr loderte, bevor es den letzten Rest an Vernunft und gesundem Menschenverstand verschlang.

Keine fünfzehn Minuten später klingelte sie an der Tür und musterte das imposante Haus mit einem Anflug von Neid. Sie konnte erkennen, dass dort ein Architekt wohnte, der das Haus für sich selbst entworfen hatte. Durchgehend moderne Linien und ein Flachdach über dem kubistischen Gebäude mit den Panoramafenstern und perspektivischen Spielereien bei der Ausrichtung der Wände, die den Betrachter durch eine massive Drehtür aus Eichenholz mit horizontalen Akzenten ins Innere locken. Sie biss sich auf die Lippe und bemerkte trotz ihrer Nervosität, dass diese Linien den Besucher abwiesen, wenn die Tür geschlossen war, aber zum Eintreten einluden, wenn sie geöffnet war, da sie in den breiten Flur hineinleiteten, den sie schon zuvor gesehen hatte.

Als sich die Tür geräuschlos öffnete, verschoben sich die Linien wie erwartet. Er stand da, nackt und erregt, und grinste sie an. Sie wurde unerwartet nervös und trat nur zögerlich ein. Er griff nach ihrem Unterarm und zog sie ins Haus. Dann schlang er begierig die Arme um sie und riss sie fast von den Füßen. Hinter ihr schloss sich die Tür mit einem leisen Zischen.

ACHTUNDDREISSIG

ANRUFE

Während Elliot am Steuer saß und zum Terminal des Sessellifts fuhr, übernahm Kay den Telefondienst. Anscheinend bestand ihre Arbeit zunehmend darin, Anrufe zu tätigen oder entgegenzunehmen. Die Dinge änderten sich, die Art, wie die Menschen dachten und handelten, die Landschaft ihrer Stadt, die Art und Weise, wie kriminelle Köpfe ihre Pläne schmiedeten.

Das einzig Beständige war die Veränderung.

Das Zeitalter der Telearbeit hatte eine starke Abwanderung aus den dicht besiedelten städtischen Zentren in die entfernten Vorstädte mit sich gebracht, und Kleinstädte wie Mount Chester waren plötzlich zu attraktiven Zielen für Menschen aus dem Silicon Valley geworden, die dem Alltagstrott entfliehen wollten. Erschwingliche Immobilien und unbebaute Grundstücke, die Nähe des Skigebiets von Mount Chester und die direkte Verbindung nach San Francisco über die Interstate, die eine Meile westlich am Rathaus von Mount Chester vorbeiführte, machten ihre Heimatstadt zu einem bevorzugten Zufluchtsort für Leute aus San Francisco, die auf der Suche nach einem besseren Leben waren.

Das allein hatte die Art und Weise verändert, wie die Polizei im County arbeitete. Innerhalb eines Jahres hatte sich die Einwohnerzahl der Stadt verdoppelt. Es gab Gerüchte über Grundstücksspekulanten, die begannen, Grundstücke in der Gegend zu erwerben, sobald sie auf dem Markt angeboten wurden. Später in diesem Jahr sollte einer der größten Wohnungsbauunternehmer nördlich der Stadt den ersten Spatenstich für ein Mehrfamilienhausprojekt setzen, wie es Mount Chester noch nie gesehen hatte. Jeden Tag begegnete sie Menschen, die sie noch nie zuvor gesehen hatte, Fremden, nicht Leuten, die sie irgendwann in ihrer Kindheit einmal in der Kirche gesehen hatte oder mit denen sie zur Schule gegangen war.

Aber die Kultur von Mount Chester war immer noch die einer Kleinstadt. Jeder beobachtete jeden, nicht aus Bosheit, sondern aus Gewohnheit und weil es nichts Besseres zu tun gab. Alteingesessene Einwohner, die Neuankömmlingen gegenüber misstrauisch waren, waren zusammengerückt, doch niemand hatte sich gemeldet, nachdem Barb in den Nachrichten um Informationen zum Verschwinden von Kendra Flannagan gebeten hatte.

Dwayne Goodrow, der Angestellte des Sandwichrestaurants, schien neu im Ort zu sein, hatte aber viel mehr über die Täter mitbekommen, als sie sich erhofft hatte. Da Zeugenaussagen bekanntermaßen unzuverlässig waren, konnte Kay nur hoffen, dass Dwayne durch seine Vergangenheit beim Militär gelernt hatte, sich relevante Details zu merken, und zwar länger als der Durchschnittsbürger.

Vor fünf Jahren hätte eine Ermittlung wie diese sie wahrscheinlich auf einen anderen Weg geführt. Der hypothetische Sandwichverkäufer hätte die beiden Männer gekannt, die sich mit Jenna im Alpine Subs getroffen hatten. Er hätte wahrscheinlich Namen genannt und keine Beschreibungen abgeliefert. Er hätte etwas gesagt wie: »Es waren der ältere Sohn von den So-und-Sos und dieser große, dünne Freund von ihm, Sie wissen schon, der Basketball spielt ...«

Diese Zeiten waren vorbei.

Mount Chester, das bald zu einer ehemaligen Kleinstadt werden sollte, wuchs und entwickelte sich zu einer hybriden Siedlung, in der die neuen Einwohner, die ständig oder nur in Teilzeit dort lebten, eine sich wandelnde Kultur mit den Traditionalisten teilten, die dort geboren worden waren. Die ländliche Kultur der Schlafstädte wandelte sich unter dem Einfluss der entfernten Vorstädte mit all ihren guten, schlechten und einfach nur andersartigen Seiten.

Kays erster Anruf galt Jimmy Bugarin, dem Betreiber des Sessellifts, der letzten Mittwoch seine Hilfe angeboten hatte. Um fast sieben Uhr war er bereits wach und bereit, sie am Fuße des Berges zu treffen, sobald es möglich war.

Der zweite Anruf war eine formelle Anfrage nach einem Phantombildzeichner. Deputy Hobbs nahm den Anruf entgegen; er versprach, den Zeichner aus dem Schlaf zu reißen und ihn zu dem Sandwichrestaurant zu fahren. Bei ihrem nächsten Anruf sprach Kay mit Deputy Farrell. Ihr Auftrag lautete, die Jahrbücher der letzten vier Jahre an der Highschool zu besorgen und sie so schnell wie möglich Dwayne Goodrow zu zeigen. Bei den Telefonauswertungen gab es noch keine Ergebnisse, aber sie versprach, der Sache nachzugehen.

Elliot erreichte die Talstation des Sessellifts, als Kay den letzten Anruf beendet hatte. Es war kurz nach sieben, die Sonne schien, und die Luft erwärmte sich schnell und ließ den Nebel auf den Wiesen aufsteigen. Dennoch zögerte Kay, bevor sie aus dem SUV ausstieg.

Es gab noch etwas, das sie tun wollte. Als sie Elliot einen kurzen Blick zuwarf, wurde ihr klar, dass sie sich wohler gefühlt hätte, den Anruf, den sie noch vor sich hatte, allein zu tätigen.

Elliot, der wie immer merkte, wenn etwas nicht stimmte, fragte: »Was ist los?«

Sie starrte auf das Telefon, das sie in der Hand hielt, und wog ihre Optionen ab. Früher oder später würde sie diesen Anruf tätigen müssen. Es konnte genauso gut früher sein.

»Ich möchte mit dem Polizisten sprechen, der Gavin Sharp festgenommen hat«, sagte sie und hatte aus irgendeinem Grund einen Kloß im Hals. »Vielleicht erinnert er sich an etwas. Irgendetwas ...«

»Nach mehr als dreißig Jahren?«

Kay schaute auf den Bildschirm des Telefons. Wenn er das so sagte, kam sie sich wie eine Idiotin vor. Er hatte ja recht. Und doch konnte sie das Telefon nicht loslassen, und damit die Vorstellung, sie könnte mehr über diesen Mann herausfinden. Über ihren Vater.

Elliot drehte sich auf seinem Sitz zu ihr um. »Lebt der Polizist noch?«

»Ja«, antwortete sie. »Er war recht neu im Job, als er Sharp verhaftet hat. Er ist immer noch bei der Polizei, mittlerweile im Rang eines Captains.«

Sie wich Elliots Blick aus. Seit sie in seinem Schlafzimmer gestanden und auf das Bett gestarrt hatte, in dem er mit einer anderen geschlafen hatte, hatte sie ihn nicht einen einzigen Moment lang direkt angesehen, weil sie befürchtete, dass er die Qualen in ihrem Herzen sehen würde. Elliot gehörte ihr nicht, sie hatte keinen Anspruch, kein Recht darauf, eifersüchtig zu sein. Doch als sie sich an die zerwühlte Decke auf der linken Seite des Bettes erinnerte, stockte ihr der Atem und ihre Sicht verschwamm.

»Warum bist du so besessen von diesem Mann?«, fragte Elliot. Seine Stimme war sanft, verständnisvoll. Er hatte kein Recht, so zu sein ... er war nichts weiter als ein Arbeitskollege, der einer anderen Frau gehörte. »Der Sex war einvernehmlich, und Jenna war minderjährig, das stimmt, aber nur knapp. In anderen Staaten liegt das Schutzalter bei siebzehn oder sogar sechzehn Jahren.«

»Wir sind hier nicht in Texas«, murmelte Kay. »In Kalifornien ist das Schutzalter achtzehn, und ...« Sie hörte auf zu sprechen und erstickte an ihrer eigenen Wut. Nichts von dem, was sie fühlte, war rational.

»Er ist nicht unser Täter, oder?«, fuhr Elliot fort, absichtlich leise und beruhigend.

»Ja, die DNA hat ihn entlastet. Wir können ihn nur wegen Unzucht mit Minderjährigen festnageln, und das auch nur, wenn er es zugibt. Sonst haben wir nichts.«

»Aber du bist wegen dieses Täters in heller Aufregung.«

Kay warf ihm einen wütenden Blick zu und wandte sich dann schnell ab. »Er ist ein Online-Sextäter, Elliot. Jemand, der sich da draußen auf die Lauer legt und Jagd auf verletzliche junge Mädchen macht. Dieses Mal war Jenna zufällig schon siebzehn. Was wäre gewesen, wenn sie jünger gewesen wäre? Glaubst du, er hätte einen Rückzieher gemacht? Was, wenn die Nächste vierzehn ist?« Mit jeder Frage erhob sie ihre Stimme und schrie ihn zuletzt in dem kleinen Innenraum des Geländewagens an.

Elliot wich nicht zurück. »Dann ruf an. Du hast genug Kerben in deiner Pistole, um hier den Ton anzugeben.«

»Es geht nicht um den Fall, Elliot«, gab sie zu und schämte sich. »Es geht um meinen Vater. Es gibt eine Menge Ähnlichkeiten zwischen diesem Mann und meinem Vater, nicht nur den Namen.« Sie hob ihren Blick von dem dunkel gewordenen Telefonbildschirm und sah, dass Elliot die Stirn runzelte.

»Zum Beispiel?«

Sie zuckte mit den Schultern. »So ziemlich ... alles. Geburtsort, besuchte Schulen, so etwas in der Art.«

»Dann ist das mit dem Namen deines Vaters also kein Zufall, oder?« Er nahm den Hut ab und fuhr sich ein paarmal mit den Fingern durchs Haar, bevor er ihn wieder aufsetzte. »Gibt es sonst noch etwas, das ich wissen sollte, bevor ich anfange, mich zu wundern, warum ein Gespräch mit meiner

Partnerin sich so anfühlt wie ein Verhör. Von vorn bis hinten voll mit Lügen?«

»Nein, sonst nichts.« Kay schluckte schwer und spürte, dass ihre Kehle immer noch zugeschnürt war. »Ich glaube, dass mein Vater die Identität dieses Mannes gestohlen hat, und das würde ich gern bestätigt haben, wenn es möglich ist.«

Elliot verschränkte die Arme vor der Brust. »Dann ruf ihn an und mach dir keine Gedanken. Das wird dir aber nicht verraten können, wer dein Vater ist.«

»Vielleicht ja doch.«

Kay wählte die Nummer so schnell, als hätte sie Angst, ihre Meinung zu ändern. Nach ein oder zwei Sekunden nahm ein Mann den Anruf entgegen. »Captain Bracero? Hier ist Detective Kay Sharp von der Polizeiwache Franklin County«, sagte sie in einem schnellen Atemzug.

»Franklin? Das liegt nördlich von Marin, richtig? Was kann ich für Sie tun, Detective?«

»Weit nördlich von Marin, Captain. Ungefähr drei Countys entfernt, oder so. Ich rufe wegen eines alten Falles an. Es geht um einen Gavin Sharp. Sie haben ihn festgenommen wegen ...«

»Einer Prügelei in einer Bar? Ja, ich erinnere mich an ihn«, antwortete er. »Was wollen Sie wissen?«

»Sie haben ein gutes Gedächtnis«, sagte Kay und kicherte. »Wie kommt es, dass Sie sich an ihn erinnern?«

Ein kaum unterdrücktes Stöhnen war am anderen Ende der Leitung zu hören. »Er hatte etwas Schmieriges an sich. Manchmal weiß man instinktiv, dass jemand etwas verheimlicht, richtig? Nun, dieser Kerl hatte auf den ersten Blick nichts zu verbergen, aber ich hätte ein, zwei Groschen darauf gesetzt, dass er schnell wieder hinter Gittern landen würde. Gut, dass ich kein Zocker bin ... ich hätte verloren. Ich habe ihn irgendwann, Jahre später, des Einbruchs verdächtigt, aber das ist auch im Sande verlaufen. Ich hatte keine Beweise und er hat sich einen Anwalt genommen.«

»Gab es irgendetwas an ihm, das Ihre Aufmerksamkeit besonders erregt hat? Hat er etwas getan oder gesagt?«

Ein Moment der Stille folgte. »Ähm, er hat irgendetwas davon geplappert, dass seine Identität gestohlen worden sei. Er sagte immer wieder, dass da draußen irgendwo ein anderer Mann sei, der sich für ihn ausgebe, oder so etwas in der Art. Ich habe dem keine Beachtung geschenkt. Ich hatte etwa ein halbes Dutzend Zeugen, die ihn bei der Prügelei in der Bar gesehen hatten. Er hat einen Mann mit einer Gehirnerschütterung und einer tiefen Wunde an der Stirn, die genäht werden musste, ins Krankenhaus befördert.«

»Hatte er diesen Identitätsdiebstahl vor seiner Verhaftung schon einmal zur Anzeige gebracht?«

»Genau mein Gedanke.« Kay konnte das Lächeln in der rauen, ausgiebig geräucherten Stimme hören. »Ich habe ihn danach gefragt, und er hatte die Frechheit zu sagen, er habe keine Anzeige erstattet, weil er sich nicht mit den Bullen habe anlegen wollen.«

Kay hielt den Atem an. »Haben Sie den Vorwurf des Identitätsbetrugs untersucht?«

»Nee ... das hatte keinen Sinn. Der Trottel war pleite, blank bis auf die Knochen. Er musste im Knast auf seinen Prozess warten, weil er keine zweihundert Dollar für die Kaution auftreiben konnte. Warum hätte jemand seine Identität stehlen sollen? Und was genau fängt man damit an?«

Kay antwortete nicht. Gedanken und Erinnerungen drangen aus den tiefsten Tiefen ihres Geistes in die Gegenwart, schrill und wirbelnd, begierig darauf, an die Oberfläche zu brechen.

»Ähm, ich werde wohl langsam etwas alterslahm«, fügte der Mann hinzu, leiser und verlegener. »Mir ist gerade erst aufgefallen, dass Ihr Name auch Sharp ist, nicht wahr? Sind Sie verwandt?«

Kay schaffte es, zu lachen und dabei authentisch zu klingen. »Nur ein Zufall, Captain, sonst nichts. Das ist ein häufiger Name in Kalifornien. Ich danke Ihnen für Ihre Hilfe.«

»Jederzeit.« Kay beendete das Gespräch, und im Auto herrschte eine Weile lang Stille. In der Ferne bog ein älterer Truck in die Straße ein, die zur Talstation des Sessellifts führte. Wahrscheinlich war es der Besitzer, der sie dort treffen wollte.

»Na also«, sagte Elliot. »Jetzt weißt du es. Fühlst du dich jetzt besser?« Er streckte die Hand aus, um die ihre zu drücken, aber Kay zog sich zurück, bevor seine Finger ihre Haut berühren konnten.

Warum kapierte er nicht endlich, dass die Dinge zwischen ihnen völlig anders lagen, wenn er mit einer anderen schlief? Was war so schwierig daran?

Sie sagte nichts, aus Angst, ihre Stimme würde sie verraten. Stattdessen konzentrierte sie sich auf die Angelegenheit mit Gavin Sharp.

Vor genau zweiunddreißig Jahren, als Gavin Sharp aus San Francisco verhaftet worden war, weil er einen Mann in einer Sportbar verprügelt hatte, hatte er etwas über einen anderen Mann gesagt, der seine Identität benutzen würde.

In eben diesem Jahr hatte Kays Vater ihre Mutter kennengelernt. Ein paar Monate später machte er ihr einen Heiratsantrag und heiratete sie in einer kleinen, bescheidenen Zeremonie, von der heute nur ein paar wenige Fotos existierten.

Und etwa ein Jahr später wurde Kay in eine höllische Kindheit mit einem missbrauchenden, gewalttätigen Fremden als Vater hineingeboren.

NEUNUNDDREISSIG

PASS

Der alte Chevy Silverado ratterte bis zum Eingang des Sessellifts, wo Kay und Elliot warteten. Jimmy Bugarin trug ein schwarzes T-Shirt mit ausgefransten Säumen und hier und da sichtbaren Löchern sowie eine kakifarbene Cargohose. Er stieg aus und grinste breit, wobei er zwei vom Tabakkonsum verfärbte Reihen schief stehender Zähne zeigte. Ein Haarbüschel klebte noch an seiner Kopfhaut, umgeben von einer glänzenden Glatze. Ein Hauch von abgestandenem Zigarettenrauch umhüllte ihn wie eine ganz persönliche Wolke.

»Was kann ich für Sie tun, Detectives? Soll ich diese Rostlaube anwerfen und Sie ganz schnell auf den Berg bringen?«

»Das ist nicht nötig«, antwortete Elliot und schüttelte dem Mann die Hand. »Wir brauchen nur ein paar Informationen von Ihnen, das ist alles.«

Der Mann rieb die Hände aneinander und wirkte aus irgendeinem Grund aufgeregt. »Schießen Sie los.«

»Wir suchen zwei junge Männer, unter fünfundzwanzig«, sagte Kay und vergaß für einen Moment, dass Jimmy Bugarin lieber mit Elliot sprach als mit ihr. Sein Stirnrunzeln und die schnell in die Hosentaschen wandernden Hände erinnerten sie wieder daran. »Mein Partner wird Ihnen die Einzelheiten nennen.«

Bugarin entspannte sich augenblicklich und widmete seine Aufmerksamkeit mit einem fast erleichtert wirkenden Lächeln wieder Elliot. Kay verzichtete darauf, den Kopf zu schütteln. Manche Männer hatten Probleme im Umgang mit Frauen, die so tief in ihrer Psyche verankert waren, dass sie weder logisch noch behandelbar waren.

Elliot warf ihr einen kurzen Blick zu, dann sagte er: »Wir haben noch keine Phantombilder, sollten aber bald welche bekommen. Im Moment kann ich Ihnen sagen, dass einer ein Meter neunzig groß ist und der andere ein Meter achtzig. Sie sind weiß und dunkelhaarig, mit Haaren, die einen Friseurbesuch bitter nötig haben, wie unser Zeuge es ausgedrückt hat.« Er malte Anführungszeichen mit den Fingern in die Luft, während er sprach.

Jimmy runzelte wieder die Stirn, und er kratzte sich mit seinen fleckigen, stummeligen Fingern gründlich am Kopf. »Ähm, nichts für ungut, aber warum fragen Sie mich nach diesen beiden Personen? Ich glaube, ich habe Ihnen schon gesagt, dass ich am Dienstag nicht hier war, als das arme Mädchen starb. Mein Kind war krank. Grippe. Ich war am Mittwoch hier, als ich den anderen Polizisten mit seinem Hund auf den Berg gebracht habe.«

»Ja, ich erinnere mich, dass Sie das erwähnt haben«, sagte Elliot. Er sprach ruhig und unaufgeregt, als hätten sie alle Zeit der Welt. Aber seine Strategie ging auf. Jimmy legte den Kopf zur Seite und hob eine Augenbraue.

»Was wollen Sie dann?«

»Einer dieser Typen hat Sie erwähnt.«

»Hä?«

»Der Zeuge, der uns die Männer beschrieben hat, meinte, dass einer der Männer gesagt habe, er kenne jemanden am Lift, der sie kostenlos auf den Berg bringen würde.«

Der Mann zuckte mit den Schultern. »Ich war nicht hier. Ich habe niemandem eine Fahrt auf den Berg angeboten.«

»Das wissen wir«, mischte sich Kay ein, die bemerkte, wie abweisend Jimmy wurde. »Wir haben den Spürhund die Spuren bis auf den Bergkamm verfolgen lassen. Wir wissen, dass sie den Weg hinauf gewandert sind.«

»Wer könnte so etwas über Sie sagen?«, fragte Elliot. »Haben Sie Freunde oder jemanden, der so einen Gefallen von Ihnen verlangen würde? Ihn umsonst dort hinaufzubringen?«

Jimmy kratzte sich am Ansatz des widerspenstigen Haarbüschels auf seinem Schädel. »Das tue ich für niemanden.« Er zog eine Schachtel Zigaretten aus seiner Seitentasche, zündete sie an und ließ einen bläulichen Rauchkringel in die Luft steigen. »Ich meine, klar, für Polizisten oder andere Beamte berechne ich nichts. Bergrettung? Auch klar. Aber der Rest muss zahlen, sonst gehe ich pleite. Ich betreibe den Lift im Sommer nicht. Das habe ich Ihnen doch gesagt.«

Kay stöhnte leise und sah Elliot an, um ihn zu drängen, das Gespräch zu beenden. Sie verschwendeten nur Zeit. Der Mann wusste nichts. »Vielen Dank, Mr Bugarin.«

Jimmy wandte sich zum Gehen, überlegte es sich dann aber anders. »Ähm, ich würde vielleicht für einen meiner Stammgäste eine Ausnahme machen, wissen Sie. Für Inhaber einer Dauerkarte.«

Kays Augen leuchteten auf. »Haben Sie viele davon?«

»Ein paar. Auf diesen Bergen wimmelt es von Wochenendausflüglern aus San Francisco, die mehr Geld haben, als sie ausgeben können. Saisonpässe sind nicht billig. Für eine Person sind das tausendeinhundert Ocken, neunhundert, wenn man Student oder ehemaliger Soldat ist. Für eine Familienkarte muss man über zwei Riesen für den Winter blechen, auch, wenn es früh taut.«

Elliot pfiff durch die Zähne. »Und das ist nur für den Lift?«

»Mhm.« Jimmy nahm einen weiteren Zug und blies den

Rauch langsam und genussvoll aus. »Also, Lift, Parkplatz und Skiaufbewahrung in einem der Schließfächer hinten.«

»Wir müssen Ihre Unterlagen sehen«, sagte Kay. In Jimmys Augen leuchtete ein Anflug von purer Panik auf. »Nur, um zu sehen, ob wir anhand Ihrer Kreditkartenbelege herausfinden können, wer diese Männer sind.«

Bugarin biss sich auf die Lippe, während sein Blick panisch hin und her huschte. »Es gibt nicht viele Kreditkartenbelege, Ma'am. Ich gebe Rabatte für Bargeldzahlungen und schreibe die Quittungen von Hand. Es gibt keine wirkliche Möglichkeit, jemanden zu verfolgen. Wenn man seinen Pass verliert, muss man für einen neuen bezahlen.«

Kay sah ihn eindringlich an. Vielleicht würde das Finanzamt irgendwann einmal einen schönen Wandertag zu seinem Lift unternehmen, aber vielleicht zahlte er auch ehrlich seine Steuern, wie es sich gehörte. Das ging sie nichts an.

»Aber Sie würden einen Ihrer Saisonkarteninhaber schon erkennen, wenn Sie ihn sehen?«

»Ja, ich wette, das würde ich, denn die sind viel auf der Piste und kommen auf ihre Kosten.«

»Danke, Mr Bugarin, wir melden uns später, wenn wir das Phantombild haben.«

»Ich werde hier sein und an diesem Schrotthaufen herumbasteln«, murmelte er und ging in Richtung der Liftstation.

Elliot sah Kay an. Sie wandte schnell den Blick ab. »Ich weiß, wie wir das lösen«, sagte sie und eilte zum SUV. Sie klemmte sich hinter das Lenkrad und ließ den Motor an. Elliot nahm auf dem Beifahrersitz Platz und klappte sofort den Laptop auf. »Ich habe auch eine Idee. Wer benutzt den Skilift oft? Ein leidenschaftlicher Skifahrer, oder?«

»Ja«, antwortete Kay, nicht sicher, worauf er mit dieser Aussage hinauswollte.

»Was machen die denn sonst so, wenn sie ihre Zeit so gern auf der Piste verbringen?«

Kay grinste breit. »Sie posten ihre Bilder auf Social-Media-Kanälen. Einer der Teenies in Jennas früherer Entourage ist Skifahrer. Nur zu, Partner.«

Sie fuhr los, schleuderte dabei kleine Kieselsteine in die Luft und hielt auf die Polizeiwache zu. Wenn die Telefonanalysen, die sie angefordert hatte, noch nicht da waren, würde sie die Sache selbst in die Hand nehmen und sich selbst besorgen, was sie brauchte.

»Ich habe ihn«, verkündete Elliot, als sie nach rechts auf den Highway abbog. »Richard William Gaskell ist sein Name. Er passt genau auf die Beschreibung. Ein Meter neunzig groß, dunkles Haar, braucht dringend einen vernünftigen Haarschnitt. Er ist ein Schüler der Abschlussklasse. Es gibt einen Haufen Fotos vom letzten Winter, als er Skifahren war, darunter ein Foto mit Jimmy Bugarin.«

Kay strahlte. »Schnappen wir ihn uns.«

»Nicht so schnell, Partnerin. Seine Eltern sind hochkarätige Strafverteidiger aus San Francisco.«

»Sag mir nicht, dass er Edward Gaskells Sohn ist. Der Mann ist der fieseste Verteidiger der berüchtigtsten Verbrecher im ganzen Staat.« Sie schlug mit der Faust auf das Lenkrad. »Verdammt noch mal. Diesmal haben wir kein Glück, oder?«

»Wir brauchen einen hinreichenden Verdacht und einen hieb- und stichfesten richterlichen Beschluss. ›Er fährt gerne Ski‹ wird bei den Anwaltseltern nicht ausreichen. Wahrscheinlich können wir Bugarin und unseren Freund Dwayne dazu bringen, ihn auf einer Fotostrecke zu identifizieren. Das würde für einen Beschluss ausreichen.« Elliot blickte auf den Bildschirm und scrollte immer noch durch die Social-Media-Posts. »Er hat Bilder mit mehreren anderen Jungen gepostet, auf die die Beschreibung passt.«

Kay schüttelte den Kopf. Ein falscher Schritt, und Edward Gaskell würde eines der abscheulichen kriminellen Subjekte, die er vor dem Knast bewahrt hatte, um einen kleinen Gefallen bitten. Trotzdem wollte sie seinen kostbaren Sohn nicht vom Haken lassen. »Lassen wir uns bei dem zweiten Täter von Zeugen helfen. Wenn sie ihn nicht wiedererkennen, machen wir einfach eine kurze Liste und verhören alle.« Sie knirschte mit den Zähnen, wütend über ihre eigene Ohnmacht. »Das wird Zeit kosten, die Kendra nicht hat.«

»Er wird nach Harvard gehen, also gehe ich davon aus, dass er intelligent ist, aber ich verstehe da einiges nicht. Warum würde der Sohn eines gewieften Anwalts Fingerabdrücke und Sperma am Tatort hinterlassen? Ergibt das einen Sinn?«

Kay ließ ihre Gedanken während der Fahrt schweifen und hätte beinahe die Ausfahrt zum Revier verpasst. Nur ein Szenario würde die eklatante Desorganisation eines anscheinend intelligenten und gebildeten Täters rechtfertigen.

»Ja, das ergibt Sinn, wenn er davon ausging, dass die K.-o.-Tropfen ihre Wirkung taten. Er ging davon aus, dass sie sich am nächsten Morgen an nichts mehr erinnern und ihr angekratzter Ruf jede Anschuldigung eines sexuellen Missbrauchs entkräftigen würde. Ihn muss der Gedanke erregt haben, sein Opfer jeden Tag in der Schule zu sehen, wehrlos, verängstigt, für immer besiegt und beschämt. Das ist der ultimative Machttrip.« Kay trat auf die Bremse und bog in die Straße zur Polizeiwache ein. »Es muss etwas passiert sein. Nicht nur am Dienstag auf dem Bergkamm, sondern schon im April.«

»Was meinst du damit?«

»Was ich sagen will, ist: Warum haben all diese Teenager auf einmal damit angefangen, Jenna zu schikanieren? Das wissen wir immer noch nicht.«

VIERZIG

FORT

»Na, wenn das nicht meine gute alte Detective Sharp ist«, begrüßte Sheriff Logan sie, als sie das Revier betrat. Er muss jemanden beauftragt haben, ihn zu benachrichtigen, sobald sie sich näherte.

Seine Worte waren ein bitteres Déjà-vu von Freitagmorgen. Anders als am Vortag schäumte er jetzt vor Wut. Er hatte die Arme vor der Brust verschränkt, versperrte mit seiner massigen Statur den Weg und starrte Kay an. Als er ihren Namen aussprach, war seine Stimme voller Untertöne der Frustration und Enttäuschung. Sie erstarrte so abrupt auf der Stelle, dass Elliot sie fast umgerannt hätte.

»Guten Morgen, Sheriff«, sagte sie und hielt seinem Blick ruhig stand. »Wir haben einige Neuigkeiten.«

»Oh, dazu kommen wir noch«, antwortete er, drehte sich um und ging zügig zu seinem Büro. Sie folgten ihm.

Kaum dass er hinter dem alten, zerkratzten und mit Akten und Berichten vollgestopften Schreibtisch Platz genommen hatte, sah er sie wieder an. »Sie haben gestern Morgen genau dort gestanden und mir verschwiegen, dass der Täter, wie Sie ihn gerne nennen, den Namen Ihres Vaters trägt.«

»Sheriff, ich ...«

Er hob die Hand, um sie zum Schweigen zu bringen. »Sparen Sie sich die Worte. Sie müssen mich für den größten Idioten halten, der je ein Abzeichen getragen hat, wenn Sie sich nicht einmal die Mühe gemacht haben, es mir zu sagen, bevor ich es gestern Abend in den Nachrichten hören konnte.«

Sie hatte die Abreibung verdient; sie hatte Leute belogen, die es nicht verdienten, belogen zu werden, und das musste sie sich eingestehen. Langsam atmete sie tief durch und erinnerte sich daran, dass alles allein ihre Schuld war. »Sir, sobald ich den Eintrag des Täters von der Zulassungsstelle abgerufen hatte, war mir klar, dass er nicht mein Vater ist, wie ich es etwa zehn Sekunden lang befürchtet hatte. Dann bin ich so vorgegangen, wie ich es bei jedem anderen Täter getan hätte; sein Name spielte für mich keine Rolle. Jetzt weiß ich, dass ich falsch gehandelt habe, und ich entschuldige mich dafür. Ich hätte Sie informieren müssen.«

Sein Blick wurde weicher. Kay biss die Zähne zusammen, schaffte es aber, die unangenehme Stille im Raum auszuhalten. Nach einem Moment, der sich ewig hinzuziehen schien, klopfte der Sheriff auf den Stapel Berichte vor ihm und stieß einen frustrierten Seufzer aus.

»Wenigstens haben Sie mit der Reporterin gesprochen und sie abgewimmelt.« Er seufzte und ließ sich gegen die Rückenlehne seines abgewetzten Ledersessels sinken. »Sie sagten, Sie hätten Neuigkeiten?«

»Wir haben den ersten Täter. Wir müssen zwei Zeugen bitten, ihn aus einer Reihe von Fotos heraus zu identifizieren, bevor wir irgendjemandem ein Wort darüber verraten.« Sie senkte ihre Stimme, als sie den letzten Teil des Satzes sagte.

»Wer zum Teufel ist er? Niemand bekommt hier eine Sonderbehandlung.«

»Edward Gaskells Sohn, Richard.«

»Ach du verf...« Der Sheriff hielt rechtzeitig inne, aber der

Ausdruck auf seinem Gesicht sprach Bände. »Ich brauche Ihnen das nicht zu sagen, aber seien Sie sehr vorsichtig im Umgang mit diesem Verdächtigen.«

»Verstanden«, erwiderte Kay und sah kurz zu Elliot. Wie üblich war er stehen geblieben und lehnte sich an den Türrahmen. »Wir warten auf weitere Beweise. Die DNA des zweiten Täters, Telefonauswertungen ...«

»Gaskells Kind ist nicht im CODIS, oder?« Der Sheriff beendete seine Frage mit einem bitteren Glucksen.

»Natürlich nicht. Um seine DNA zu bekommen, müssen wir uns an die Vorschriften halten«, fügte Kay hinzu und sprach damit aus, was alle dachten. »Sein Vater hat ein Händchen dafür, dass Beweise wegen kleinster Verfahrensfragen vom Gericht verworfen werden. Er und ich sind uns in der Vergangenheit vor Gericht schon einmal über den Weg gelaufen.« Sie schaute auf die Uhr und legte die Stirn in Falten. »Wenn es sonst nichts mehr gibt ...«

Logan entließ sie mit einer Handbewegung, und sie eilte schnell wieder hinaus. An ihrem Schreibtisch machte sie kurz Halt, um ihre Schlüssel abzulegen, und eilte dann zur Asservatenkammer. Kurz darauf hielt sie Jennas Tagebuch in den Händen.

»Hier«, sagte Elliot und stellte einen großen Pappbecher mit dampfendem Kaffee vor sie hin. »Er ist so stark, daran könntest du deine Wäsche aufhängen.«

Kay lächelte. Er brachte sie immer zum Lachen, aber das hatte nichts zu bedeuten. Vielleicht brachte er Miranda genauso zum Lachen. Oder wer weiß, wozu noch. Ihr Lächeln verblasste. »Danke.« Der Stuhl, den sie sich heranzog, knirschte laut auf dem Boden.

Elliot warf ihr einen kurzen Blick zu, aus dem irgendetwas sprach, das sie nicht benennen konnte, vielleicht der Ansatz eines Lächelns, aber die Miene ihres Partners war todernst, als er seinen Laptop wieder aufstellte und sich setzte.

»Was?«, fragte sie, und ihre Stimme klang ein wenig verärgert.

Er zuckte mit den Schultern. »Ich habe nichts gesagt.« Er sah sie genauso an wie zuvor, als wüsste er etwas Amüsantes über sie, das er nicht preisgeben wollte. Als ob Essensreste zwischen ihren Zähnen stecken würden oder so etwas. »Ich werde alle Fotos mit anderen Jugendlichen, auf die die Beschreibung passt, aus Gaskells Profilen heraussuchen und damit anfangen, die zweite Bilderstrecke vorzubereiten.«

Kay ließ das Tagebuch einen Moment lang auf dem Schreibtisch liegen und sortierte ihre Gedanken. Das letzte Mal, dass sie Jennas Notizen gelesen hatte, schien eine Ewigkeit her zu sein. Zu diesem Zeitpunkt waren sie immer noch davon ausgegangen, dass Gavin Sharp der Vergewaltiger war und allein gehandelt hatte.

Sie schlug das Tagebuch auf, blätterte schnell zu dem letzten Eintrag vor, den sie gelesen hatte, und las dann weiter. Ihr fiel auf, dass das Papier von Flecken getrockneter Tränen verfärbt war.

2. Mai

Ich habe es selbst gehört, wie sie über mich reden. Im Lager. Sonst würde ich denken, dass ich verrückt werde. Es ist hauptsächlich Geflüster, das aufhört, wenn ich vorbeigehe. Auch Lachen, Kichern, Schnauben, Kommentare. Ich möchte sie anschreien und ihre Gesichter zerkratzen, etwas tun, irgendetwas, um diese Stille zu beenden.

Alana kommt immer noch vorbei, aber ich kann es kaum ertragen. Sie ist nett zu mir und behandelt mich wie immer, aber ich weiß, dass sie es weiß, und es bringt mich um, dass sie es nicht anspricht. Wie lange sollen wir diese Scharade noch spielen? Gestern habe ich mit ihr und Nick zu Mittag gegessen. Niemand sonst saß

*bei uns, und Nick zieht sonst immer eine Menge
Leute an.
Ich war wie eine Vogelscheuche, nur für Menschen. Vielleicht ist das ja ein gutes Geschäftsmodell.
Alana kann sich glücklich schätzen, Nick als Freund zu
haben. Sie wirken so verliebt, genau wie Tim und ich.
Vielleicht halten sie länger durch als wir.*

5. Mai
*Tim und ich wollten ins Kino gehen, aber er hat abgesagt. Er sagte, es gehe ihm nicht gut. Ich wollte ihn besuchen und mit ihm fernsehen, aber er wollte nicht, dass
ich vorbeikomme.
Ich wusste, dass das irgendwann passieren würde. Ich
hatte nur gehofft, dass wenigstens Tim verstehen würde,
dass das alles gelogen ist. Warum glaubt er mir nicht?
Warum hat er so getan, als hätte er eine Lebensmittelvergiftung, anstatt mich zu fragen, was los ist?
Das wird nie enden. Ich bin allein auf dieser Welt.
Keiner will mit mir darüber reden. Meine eigenen
Eltern fühlen sich für mich wie eine Last an. Wenn es
meinen Vater nicht gäbe und ich nicht wüsste, was ich
ihm damit antun würde, würde ich von einer Klippe
springen. Davon haben wir hier ja genug.*

8. Mai
*Mackenzie und Alana sind am Freitag mit Nick und ein
paar seiner Freunde ins Kino gegangen. Mich haben sie
nicht gefragt. Zuerst habe ich mich ausgestoßen gefühlt,
aber dann fiel mir ein, dass alle davon ausgingen, dass
Tim mich mitbringen würde. Es war nicht ihre Schuld.
Und heute hat mich dann jemand nach der ersten
Stunde mit diesem Namen angesprochen.
Jenna Bordell.*

Sie haben meinen Namen verdreht ... den Namen meines Vaters. Ich bin nicht mehr Jenna Jerrell. Ich weiß nicht mehr, wer ich bin. Vielleicht haben sie alle recht, und ich liege falsch und verliere gleichzeitig den Verstand. Vielleicht ist das einer dieser sinnlosen, endlosen, matrixmäßigen Albträume, aus denen es kein Erwachen gibt.

Ich beschloss, Mac zu fragen, ob sie weiß, warum die Leute diese Dinge über mich sagen. Sie wurde nervös und knallrot und hat nichts weiter gesagt, als dass Teenager eben gemein seien und Lügen erzählen würden und ich mir das alles nicht anhören solle. Es sollte mich nicht interessieren.

Alana hat dasselbe gesagt. Auch wenn ich es zuerst nicht gemerkt habe, ist sie ein guter Mensch. Sie wirkt ein wenig hart und arrogant, aber sie ist freundlich, liebevoll und eine gute Freundin. Es spielt keine Rolle, welcher Wochentag oder welche Uhrzeit ist, ich kann sie immer anrufen. Sie urteilt nicht und fragt nicht, aber wenn ich will, kann ich mit ihr darüber reden. Sie ist für mich da und bereit, sich mit mir zu treffen, wie wir es früher getan haben.

Vor all dem hier.

Heute, nach dem Unterricht, hat mich jemand auf dem Korridor begrapscht. Mit Gewalt. Das tat weh.

Alana kam nach der Schule vorbei und ich habe ihr davon erzählt, und dann habe ich in ihren Armen geweint, bis ich aufhören konnte, zu weinen. Wenigstens habe ich sie und Mac. Für sie bin ich dieselbe Person, die ich immer war.

Aber selbst ihnen kann ich nicht mehr in die Augen sehen.

10. Mai

Es ist vorbei.
Tim hat Schluss gemacht. Ich bin wie betäubt vor Schmerz.
Und doch kann ich kaum über ihn nachdenken, nach dem, was er mir gezeigt hat. Es gibt eine Website mit Bildern von meinem nackten Körper, die jeder sehen kann. Die sind nicht echt, aber woher will man das wissen, wenn man sich nicht einmal die Mühe macht, zu fragen?
Tim hat nicht gefragt. Er hat mir einfach die Website gezeigt, bleich und zitternd wie Espenlaub. Er hatte Tränen in den Augen, hat mich aber angestarrt, als ob ich etwas falsch gemacht hätte. Er glaubt, dass ich es wirklich getan habe. Er glaubt, ich hätte mit allen außer ihm geschlafen.
Und jetzt ist er weg.
Aber dieses schreckliche Ding ist immer noch da draußen für jeden, der es sehen will.
Wer könnte mir das angetan haben? Und warum? Warum ich?
Als ich heute die Schule verließ, hat mich jemand gefragt, wie viel ich pro Stunde nehme.
Pro Stunde was?
Ich habe mich nicht getraut zu fragen.

Kays Telefon meldete sich und sie schreckte auf. Sie schaute auf den Bildschirm und nahm sofort ab. Es war Deputy Farrell.

»Lassen Sie mich hören«, sagte sie, stellte das Telefon auf Lautsprecher und legte es auf den Schreibtisch.

»Das wird Ihnen nicht gefallen, Kay. Goodrow ist weg.«

»Was soll das heißen, er ist weg?« Kay sprang von ihrem Stuhl auf, als wollte sie aus der Tür stürmen, und schlug mit den Händen auf den Schreibtisch. »Er sollte doch da sein!«

»Ich kam gegen acht Uhr dreißig beim Alpine Subs an. Die Tür war verschlossen, das Leuchtschild ausgeschaltet. Keiner weiß, wo Dwayne Goodrow hingegangen ist. Ich habe die Hotelleitung gefragt, seine Chefin angerufen ... sie hatte keine Ahnung, dass er überhaupt weg war. Ich fahre als Nächstes zu seiner Adresse, die in den Akten steht. Er wohnt auf der anderen Seite des Berges.«

»Haben Sie das Jahrbuch?«

»Ja, das habe ich dabei. Ich zeige es dem Sesselliftbetreiber, bevor ich Goodrow aufspüre. Ich habe bereits eine Fahndung nach seinem Auto herausgegeben.«

»Wie sieht es mit den Telefonauswertungen für die gesamte Namensliste aus, die ich Ihnen gegeben habe?«

»Die sollten wir frühestens gegen Mittag haben.«

Kay kniff die Augen zusammen. »Halten Sie mich auf dem Laufenden«, sagte sie, setzte sich langsam hin und beendete das Gespräch.

Das konnte doch nicht wahr sein.

Der einzige Mann, der Richard Gaskell mit Jennas Tod in Verbindung bringen konnte, war verschwunden. Ohne dass er ihn identifizierte, hatten sie nicht genug Gründe für einen Haftbefehl.

EINUNDVIERZIG
LEBEWOHL

Sie schafften es zunächst nicht bis zum Bett. Er verteilte Alexandrias Kleidung im Raum und zog sie gierig aus, während sie stöhnend und keuchend seine Küsse erwiderte. Ihre Selbstbeherrschung war weg, verschwunden in dem Moment, in dem sie seine straffen Bauchmuskeln und die schwellende Erektion erblickte.

Mit einer schwungvollen Bewegung seines Unterarms räumte er einen Teil der Arbeitsplatte der Küheninsel frei und hob sie darauf. Die Granitoberfläche fühlte sich kalt unter ihrer erhitzten Haut an. Sie legte den Kopf in den Nacken und gab sich ihm hin. Sie lachte, erregt davon, Sex in einer fremden Küche zu haben.

Später schafften sie es zum Bett. Sie döste befriedigt und erschöpft in seinen starken Armen ein, ehe sie unter einer Flut von hungrigen Küssen und forschenden Händen wieder erwachte, und das Feuer, das sie für eine Weile erloschen glaubte, flammte innerhalb von Sekunden erneut auf. Diesmal ließ er es langsam angehen, spielte mit ihr, bis sie ihn förmlich anflehte.

Als sie aus ihrem ohnmachtsähnlichen Schlummer in

seinen Armen aufschreckte, war es fast elf, und er schlief immer noch tief und fest. Sie studierte sein Gesicht und fragte sich, warum sie seiner Berührung nicht widerstehen konnte. Er sah auf eine atemberaubende Art und Weise gut aus, aber das taten andere auch. Es lag an ihm ... ihrer Chemie, der Art und Weise, wie ihre Körper zusammenpassten, wie perfekt aufeinander abgestimmte Teile eines Puzzles. Und doch gab es mindestens eine andere Frau in seinem Leben, und sie hasste ihn dafür. Und sie hasste sich selbst dafür, dass sie sich so benutzen ließ. Dass sie es so sehr brauchte.

Sie drehte sich um, löste sich von ihm und zerrte an der Decke. Er murmelte etwas im Schlaf, doch dann wachte er auf und streckte die Hand nach ihrer Brust aus. Sie hielt einen Moment lang den Atem an, weil ihr der Entschluss, zu gehen, noch im Kopf herumspukte, doch dann gab sie unter seiner Berührung nach.

»Es ist seltsam, dass jemand wie du so gut mit Frauen umgehen kann«, sagte sie und ihre Stimme begann zu zittern, als seine Hand kleine Kreise auf ihrer Haut zog.

Er gluckste. »Jemand wie ich? Wirklich jemand? Du kannst es nicht einmal aussprechen?«

»Wie machst du das?«

Der Hauch eines eitlen Lächelns umspielte seine Lippen. »Während andere Männer Pornos gucken, lese ich nach, wie man Frauen befriedigt. Das ist, hm, viel lehrreicher«, fügte er leise flüsternd hinzu und drückte ihr einen Kuss auf den Hals. »Findest du nicht auch?«

Sie schloss die Augen und versuchte, sich zu beruhigen. »Du meinst, so was wie *Fifty Shades* oder so ein Zeug?«

Sein Grinsen wurde breiter und seine Augen funkelten, als er ihr einen kurzen Blick zuwarf. »Vielleicht. Was die Dame will, das bekommt sie auch«, flüsterte er dicht an ihrem Hals. Ihre Haut reagierte auf seinen Atem, aber ihr Verstand wurde eiskalt.

»Wer war heute Nacht noch in diesem Bett?«, fragte sie mit kalter Stimme.

Er seufzte und drehte sich auf den Rücken. Seine Hand löste sich von ihrem Körper und ließ sie ausgedörrt zurück. Sie sehnte sich nach mehr. »Sind wir schon wieder an diesem Punkt?«

Sie biss sich auf die Lippe, beschloss aber, weiterzumachen. Vielleicht war es an der Zeit, ein richtiges Gespräch mit ihm zu führen. »Ich fühle mich benutzt. Eine von den vielen, die immer dann vorbeikommen, wenn du Sex willst und wieder gehen, wenn du genug hast.«

Er verschränkte die Arme unter seinem Kopf und sah sie direkt an. Das Lächeln war verschwunden. Ein Hauch von Ungeduld verdüsterte seinen Blick. »Wir benutzen uns gegenseitig, oder etwa nicht? Erzähl mir nicht, es sei etwas anderes, denn das kaufe ich dir nicht ab.«

Sie schüttelte den Kopf und stemmte sich hoch, stützte sich auf die Ellbogen, bereit, aus dem Bett zu steigen, obwohl sie es nicht wollte. »Wie oft habe ich schon angeboten, mit Alana über dich zu sprechen? Dann könnten wir aufhören, uns zu verstecken.«

Er biss die Zähne zusammen. »Dazu bin ich nicht bereit. Und du auch nicht. Das hier ist eine kleine Stadt, kein Ort, an dem du untertauchen kannst. Alle würden sich gegen dich wenden und dir das Leben zur Hölle machen.«

»Das ist mir egal.« Während sie diese Worte aussprach, wandte sie sich von ihm ab und überlegte. Vielleicht hatte er recht und sie war verrückt, weil sie etwas wollte, was ihr nie gehört hatte. »Die Frage ist, ob du in der Lage bist, eine echte Beziehung einzugehen.«

Er setzte sich auf die Bettkante und sah sie mitleidig an. Er berührte ihr Gesicht mit den Fingern, streichelte sanft ihre Wange und spielte dann mit einer Strähne ihres seidigen Haares. »Warum etwas Gutes ruinieren?«

Sie atmete die Erregung weg, die seine Berührung hervorrief und ihre Entschlossenheit milderte. »Ich gehöre nicht zu den Mädchen, die darauf warten, dass du sie anrufst. Ich bin etwas Besonderes, und ich verdiene jemand Besonderes. Wenn du das bis jetzt noch nicht begriffen hast, wirst du es wohl auch nie.«

Er nickte ein paarmal und schwieg eine Weile. »So bin ich nun mal, Alexandria, und ich komme damit klar. Wir können uns gegenseitig ab und zu glücklich machen, oder wir können getrennte Wege gehen. Das hängt ganz von dir ab.« Tränen der Demütigung brannten ihr in den Augen. Sie hatte gezockt und verloren, ihr Blatt war nicht gut genug gewesen. Er war ein viel besserer Spieler als sie, vor allem, weil sie überhaupt kein Spielertyp war. Irgendwann in den letzten Monaten hatte sie sich in ihn verliebt. Entgegen aller Vernunft und in dem Wissen, dass es niemals sein konnte, hatte sie sich zutiefst verliebt in den kaltschnäuzigen, gefühllosen Bastard, der ihr Blut mit einer einzigen Berührung in Wallung bringen konnte.

Und er durfte es nie erfahren.

Sie stand auf, wickelte die Decke um ihren Körper und verbarg ihr Gesicht. Da sie sich von Sekunde zu Sekunde schwächer fühlte, suchte sie nach ihren Kleidern und orientierte sich in Richtung Haustür. Die Erinnerung an ihre Umarmung bei ihrer Ankunft ließ sie schluchzen. Sie atmete tief durch und schaffte es, unter seinem undurchdringlichen Blick ihre Sachen zusammenzusuchen und die drohenden Tränen zu unterdrücken.

Sie wollte gehen, und es war ihm egal. Er sagte nichts und tat nichts, um sie aufzuhalten.

Als sie fast an der Tür war, fragte er: »Woher soll ich wissen, wie du dich entscheidest?«

Sie sah ihn einen Moment lang an und sorgte dafür, dass sich der Anblick seines nackten Körpers, der lässig an der Wand lehnte, in ihr Gedächtnis einbrannte. »Du wirst es wissen, wenn ich deine Anrufe nicht mehr entgegennehme.«

Sie öffnete die Tür, um zu gehen, in der Hoffnung, dass er sie aufhalten würde, aber er rührte sich nicht. Sie rannte fast zu ihrem Auto und sah sich nicht um, hörte aber, wie die Tür hinter ihr ins Schloss fiel.

Durch ihren Tränenschleier konnte Alexandria kaum die Straße sehen. Schluchzend fuhr sie direkt zur Küste. Der Schmerz zerriss ihre Brust, als sie sich immer wieder sagte, dass dies ein Lebewohl war, der Moment, in dem die Vernunft wieder die Kontrolle über ihren wirren Geist übernahm. Aber vielleicht konnte sie sich noch irgendwie retten.

Etwa eine Stunde später lief sie über einen verlassenen, sonnigen Strandabschnitt in Richtung Wasser. Ohne sich die Mühe zu machen, sich auszuziehen, stürzte sie sich in die eisigen Wellen des Pazifiks und genoss den Schock des frostigen Salzwassers und die unbarmherzige Kraft der mächtigen Brandung, die auf ihren Körper einschlug, bis er sich ganz taub anfühlte.

»Oh Gott, was habe ich getan?«, schrie sie verzweifelt und mit gebrochenem Herzen. »Was zum Teufel habe ich mir nur dabei gedacht?« Sie schluchzte immer weiter, ihr Atem geriet durch das Zittern ihres Körpers ins Stocken und ihre Zähne klapperten vor Kälte.

Als sie zum Strand zurückkroch, konnte sie kaum noch laufen. Sie ließ sich in den Sand fallen und heulte, bis sie außer Atem war und ihre Tränen sich im salzigen Wasser auflösten, das von ihrem Haar tropfte.

»Ich war nicht ich selbst«, flüsterte sie, als die Tränen endlich versiegten. »Und ich bin es immer noch nicht.«

ZWEIUNDVIERZIG

RENALDO

»Ich schwöre bei Gott, Elliot, wenn wir herausfinden, wer diese Website ins Netz gestellt hat, werde ich ihnen dieses Buch an den Kopf knallen.« Kay starrte wütend auf das Tagebuch, das sie auf ihrem Schreibtisch zurückgelassen hatte. »Lass uns alles durchgehen und sicherstellen, dass wir alles abgedeckt haben. Wir versuchen, herauszufinden, wer die Website finanziert, das wäre das Erste«, zählte sie an ihren Fingerspitzen ab. »Wir haben richterliche Beschlüsse für alles Mögliche, also sind wir auf der sicheren Seite. Dadurch erhalten wir die IP-Adresse der Person, die den Inhalt hochgeladen hat, ihre Kreditkartendaten, alles, was wir brauchen. Dann haben wir Beschlüsse für die Telefonauswertungen und zwei Deputies damit beauftragt, sich mit den jeweiligen Betreibern in Verbindung zu setzen. Haben wir etwas vergessen?«

»Ich habe sechs mögliche Jugendliche, die als zweiter Täter infrage kommen könnten, in die engere Wahl genommen. Keiner von ihnen ist vorbestraft. Ich habe mich darauf verlassen, dass Dwayne Goodrow die Täter anhand der Fotos identifizieren kann, aber ...«

»Ja.« Kay biss für einen Moment die Zähne zusammen,

kraftlos und frustriert. »Was ist da wohl los? Glaubst du, Dwayne hat etwas damit zu tun?« Sie dachte einen Moment darüber nach, aber es schien doch zu unwahrscheinlich. Wenn sie sich nicht völlig in ihm täuschte, war Dwayne nicht in Jennas Mord verwickelt. Er war zuvorkommend und hilfsbereit gewesen, hatte ihren Blick ruhig und ehrlich erwidert, ohne auch nur einmal zu zucken. Aber warum zum Teufel war er abgehauen, bevor er die Täter identifizieren konnte? Hatte Gaskell sich an ihn gewandt oder ihm vielleicht Kunden seines Vaters auf den Hals gehetzt, um ihm Angst einzujagen?

Das war durchaus möglich.

Wie auch immer, sie würden ihn finden. Die Fahndung war raus und alle suchten nach ihm. Wenn er nicht bis zum Ende des Tages auftauchte, würde ein Haftbefehl gegen ihn erlassen werden. Aber so oder so: Kendra war seit mehr als sechsunddreißig Stunden verschwunden, und ohne Dwayne konnten sie Richard Gaskell nicht verhaften und verhören. Die Zeit verging wie im Flug, und Zeit war das Einzige, was Kendra nicht hatte.

»Vielleicht hat er Angst bekommen, weil er dachte, dass das Verbrechen von seinem Sandwichschuppen ausging und er irgendwie dafür verantwortlich gemacht werden könnte. Manche Leute haben nicht gern mit Polizisten zu tun. Oder vielleicht ist er vorbestraft.« Elliot klang nicht überzeugt.

Ohne sich hinzusetzen, tippte Kay Goodrows Namen ins AFIS ein und fand keinen Eintrag. »Er ist sauber. Das ist es nicht.« Zum zehnten Mal, seit sie wieder in ihrem Büro war, checkte sie in ihren E-Mails, ob die Telefonauswertungen, auf die sie wartete, da waren. Immer noch nichts. »Zeig mir noch einmal die Namen«, bat sie Elliot. »Und die Gesichter.«

Alle, auf die Dwaynes eher vage Beschreibung passte, waren dunkelhaarige Schüler der Abschlussklasse. Ein Name stach heraus.

»Knöpfen wir uns zuerst den hier vor.« Kay tippte auf eines

der Gesichter. »Renaldo Cristobal. Ich habe seinen Namen schon einmal gehört.«

»Stimmt.« Elliot griff nach seinem Hut und stand auf, wobei er leicht mit den Beinen zappelte, um seine Jeans zu richten. Sie war ihm über die Stiefel gerutscht. »Mackenzie Trenton hat ihn erwähnt.«

»Ja, er war einer der Ersten, die Gerüchte über Jenna verbreitet haben. Ich frage mich, was er dazu zu sagen hat.«

Elliot fuhr schneller zu Renaldos Adresse, als Kay es getan hätte, und verkürzte den Weg auf ein paar Minuten. Vor dem Haus bremste er scharf ab, während Kay mit einer hochgezogenen Augenbraue nach draußen starrte. Das Haus war bescheiden und alt, sauber, aber baufällig. Die mit einer dünnen Zementschicht ausgegossene Veranda wies an mehreren Stellen Risse auf, in denen überall Unkraut wuchs.

»Warum sollte der Sohn der Gaskells mit jemandem wie Renaldo herumhängen?«, fragte sie auf dem Weg zur Haustür. Sie senkte die Stimme, während sie an der Tür läutete. »Reiche Sprösslinge hängen normalerweise zusammen ab.«

»Vielleicht haben sie ein gemeinsames Interesse«, antwortete Elliot, als die Tür aufschwang.

»Ja, das haben sie bestimmt.«

Renaldo stand in der Tür und wurde blass, als er den Ausweis sah, den Elliot ihm unter die Nase hielt. Er trat zunächst einen Schritt zurück, als wollte er sie hereinbitten, dann überlegte er es sich anders, trat hinaus und schloss die Tür hinter sich.

Sein Gesicht hatte etwas Zartes, fast Weibliches an sich, und sein Haar war rabenschwarz und glänzend, in der Mitte gescheitelt und endete etwa einen Zentimeter über den Schultern. Die schwarzen Ringe unter seinen Augen passten nicht zu seinem sichtlich aufgesetzten lässigen Auftreten. Er verbarg eindeutig etwas, war nervös und verängstigt, so nah vor zwei Polizisten zu stehen.

»Wir haben ein paar Fragen zu Jenna Jerrell«, sagte Kay. »Dürfen wir reinkommen?«

Er warf einen unbehaglichen Blick zur Tür und starrte dann auf den rissigen Zement zu seinen Füßen. »Mir wäre es lieber, wir würden hier draußen reden, wenn das okay ist. Ich bin nicht, ähm, ich bin ...«, stotterte er und sah bedauernswert aus, wie er dastand und die Hände verknotete.

»Schon in Ordnung«, antwortete Kay. Der bleiche Junge, der es kaum schaffte, aufrecht vor ihr zu stehen, hatte nicht genug Eier dafür, ein Killer zu sein. »Wir können hier draußen reden. Es dauert nicht lange.«

Renaldo atmete auf, sah sie aber immer noch nicht an.

»Erzähl uns von den Gerüchten, die letzten April über Jenna in Umlauf gebracht wurden.« Kay beobachtete seine Reaktionen genau. Wenn überhaupt, wirkte er erleichtert; er war immer noch verängstigt, aber er atmete tief durch und hob für eine kurze Sekunde den Blick. Dann verzog er das Gesicht.

»Ich, ähm, weiß nicht, wer damit angefangen hat. Ich hatte nichts damit zu tun.«

»Wir haben eine Zeugin, die ausgesagt hat, dass du damit geprahlt haben sollst, mit Jenna geschlafen zu haben. Stimmt das?«

Er trat einen Schritt zurück, bis er an die geschlossene Tür stieß. »Irgendwie schon, ich meine, nein. Ich habe nicht mit Jenna geschlafen. Nein, habe ich nicht.«

»Warum so zögerlich?« Er antwortete nicht. »Hast du nicht gesagt, du hättest mit ihr geschlafen?« Immer noch keine Antwort. »Hast du nur damit angegeben?«, fragte Elliot und senkte die Stimme zu einem freundlichen, verschwörerischen Ton. »Nur so unter Männern?«

Auf der Stirn des Jungen zeigten sich kleine Schweißperlen. Er hatte Schwierigkeiten, das Gleichgewicht zu halten, verlagerte sein Gewicht von einem Fuß auf den anderen, ging auf und ab. Seine Hände wühlten in den Tiefen seiner Taschen herum und dehnten den dünnen Stoff der Hose, die er trug.

»Ich habe nicht mit ihr geschlafen«, sagte er schließlich.

»Wer lügt dann jetzt? Du oder unsere Zeugin?«, fragte Kay. Unter ihrer Stimme schmolz sein Widerstand wie Butter unter einem heißen Messer.

Er schien kurz vor dem Zusammenbruch zu stehen und sah sich um, als hätte er Angst, jemand könnte ihn belauschen. Dann flüsterte er: »Ich lüge nicht, das schwöre ich. Ich habe nicht mit ihr geschlafen, aber ja, ich habe es behauptet.« Seine Stimme verklang zu einem verlegenen Flüstern. »Ich schäme mich für das, was ich gesagt habe, und es tut mir wirklich leid.«

»Warum hast du gesagt, du hättest mit ihr geschlafen, wenn es nicht stimmte?«

Seine Wirbelsäule krümmte sich ein wenig, das übergroße grüne Oberteil bauschte sich in der leichten Brise und flatterte um seinen dürren Körper. Auf seiner Brust war in leuchtendem Gelb das Logo eines örtlichen Baumarkts aufgestickt, das Kay wiedererkannte.

»Hör zu, Junge, wir haben nicht den ganzen Tag Zeit«, sagte Elliot sanft. Er tätschelte Renaldos knochige Schulter mit einer beruhigenden Geste. »Du brauchst keine Angst zu haben. Aber es wird noch ein junges Mädchen vermisst, eine deiner Schulkameradinnen, und das bedeutet, dass du uns alles sagen musst, was du weißt. Und zwar schnell, damit wir ihr helfen können.«

Kay warf Elliot einen kurzen, entsetzten Blick zu, als er Kendra erwähnte, griff aber nicht ein.

Renaldo nickte und schluckte mühsam. »Eines Tages bin ich zur Schule gegangen, und alle waren ganz aus dem Häuschen wegen mir. Die Mädchen haben gelächelt und gekichert, wenn ich vorbeiging. Die Jungs haben mir zugezwinkert und mir auf die Schulter geklopft, als wären wir Kumpel, obwohl wir nichts miteinander zu tun hatten. So fing es an. Alle sagten, ich hätte mit Jenna geschlafen, aus heiterem Himmel, und, ähm, ich habe es nicht geleugnet.«

»Warum nicht?«

»Ich fand es cool, mich wie einer dieser Typen zu fühlen, die die schönen Mädchen abkriegen, wissen Sie? Ich dachte nicht, dass es irgendetwas bedeuten würde.«

»Also hast du doch damit geprahlt, oder?«

Erschrocken sah er ein paarmal zur Seite, als wollte er sehen, ob ihn jemand vor Kays gnadenlosen Fragen retten konnte. »Nur wenn jemand gefragt hat. Ich habe nur versucht, cool zu bleiben.«

»Hast du eine Sekunde lang an Jenna gedacht?«, flüsterte Kay und konnte sich gerade noch zurückhalten, den jungen Mann am Hemd zu packen und ihn gegen die Wand zu schmettern.

Er schüttelte den Kopf. »Ich dachte nicht, dass das eine Rolle spielt. Das war nicht das erste Mal, dass es Gerüchte über Jenna und irgendwelche anderen Typen aus der Schule gegeben hat. Ich fand es cool, dass alle dachten, ich könnte, ähm, mit so einem Mädchen schlafen.«

»Du fandest es also okay, nur einer von vielen zu sein, die mit ihr geschlafen haben?«, fragte Elliot beiläufig.

Renaldos Wangen erröteten noch mehr. »Ich wusste erst nicht, dass es noch andere gab ... so viele. Dann habe ich nichts mehr gesagt und die Leute glauben lassen, was sie wollten.«

Kay trat einen Schritt näher an Renaldo heran und starrte ihn eindringlich an. »Ich möchte, dass du gut über das nachdenkst, was ich dich jetzt frage.« Er nickte. »Vor dem Tag, als plötzlich alle sagten, du hättest mit Jenna geschlafen, hast du da irgendwelche Gerüchte gehört, dass sie mit vielen Typen geschlafen haben soll?«

Renaldo kniff die Augenlider zusammen, aber eine Träne bahnte sich dennoch ihren Weg zwischen den Wimpern hindurch und rann seine Wange hinunter. Schnell wischte er sich mit dem Handrücken über das Gesicht. »N-nein, ich glaube nicht.«

Kays Blick huschte schnell zu Elliot. Sie hatten nicht den Urheber der Cybermobbing-Attacke aufgedeckt, sondern nur ein weiteres Opfer, obwohl Renaldo es nicht einmal wusste. Der Mobber hatte ihn ausgewählt, weil er schwach war, ein leicht zu manipulierender junger Mann, der es satthatte, in seinem eher kleinen sozialen Umfeld ausgegrenzt zu werden. Als perfekte Zielscheibe hatte Renaldo die Gelegenheit ergriffen und war zum Verbreiter von Gerüchten geworden, indem er sie bestätigt hatte

»Wer, glaubst du, hat die Gerüchte über Jenna und dich in die Welt gesetzt?«, fragte sie, obwohl sie die Antwort bereits kannte.

»Ich ... ich weiß es nicht«, antwortete er. »Es tut mir wirklich leid ... es ging alles so schnell.«

»Hast du vor diesem Tag irgendetwas gehört, was über Jenna getratscht wurde?« Er antwortete nicht, sondern sah Kay nur mit leerem Ausdruck an. »Irgendetwas?«

Er biss sich einen Moment lang auf die Lippe und überlegte wahrscheinlich, ob er sagen sollte, woran er sich erinnerte, oder nicht. »Nur ein paar Kleinigkeiten, Sie wissen schon. Mädchenkram.«

»Was zum Beispiel?«

Er senkte den Blick wieder, fuhr sich schnell mit der Hand über die Nase und schniefte. »Nur so was wie ... die Farbe ihrer Unterwäsche.«

Kay wartete einfach ab und machte die Stille für Renaldo damit zunehmend unangenehm.

»Und, ähm, dass sie sich da unten rasiert hat.« Die Rötung war bis an die Spitzen seiner Ohren vorgedrungen. Der junge Mann war ein nervöses Wrack.

»Das war's?«

Renaldo atmete auf. »Ich schwöre, das ist alles, woran ich mich erinnere.«

»Wo ist Kendra Flannagan?«, fragte Kay aus heiterem Himmel, bereit, seine Reaktion zu analysieren.

Renaldos Pupillen weiteten sich und er wandte sich von ihr ab. Sein Gesicht war schlagartig kreidebleich geworden. »Ich weiß es nicht.« Seine Antwort war ruhiger, als sie erwartet hatte. Sicher. Einstudiert.

Kay musterte den Jungen noch einmal von Kopf bis Fuß und fragte sich, ob seine scheinbare Ruhe bedeutete, dass er nichts mit Kendras Verschwinden zu tun hatte, oder ob es um etwas anderes ging. Ein Schleimbeutel wie Richard Gaskell würde seinen Komplizen sofort nahelegen, sich einen Anwalt zu nehmen. »Wo warst du am Dienstagabend zwischen acht und zehn Uhr?«

Der Junge wurde noch blasser. Seine rechte Hand berührte seine Brust, wo das gestickte Logo von Harry's Hardware Store in hellem Gelb leuchtete. »Bei der Arbeit. Ich arbeite unter der Woche fast jeden Tag«, fügte er schnell mit einem unsicheren, ängstlichen Lächeln hinzu. »Das muss ich auch. Ich komme von der Schule nach Hause, ziehe mich um und mache dann die Abendschichten an der Kasse.«

Die Worte sprudelten hastig aus ihm heraus. Kay kannte diese Art von Wortschwall. Lügner klangen so, wenn sie versuchten, Beweise für ihre Täuschung zu erbringen, indem sie unnötige Details aufzählten und sich dabei mit jedem Wort tiefer und tiefer in ein Netz aus Lügen verstrickten.

Manipulierter Schwächling oder nicht: Renaldo hatte etwas zu verbergen.

DREIUNDVIERZIG

KEHRTWENDE

»Warum sitzt Renaldo jetzt nicht im Auto auf dem Rücksitz?«, fragte Elliot. »Ich gehe jede Wette ein, dass er etwas über Kendra weiß. Der Junge ist ein einziges Nervenbündel.«

Kay sah ihn einen kurzen Moment lang an und zweifelte an sich selbst. Vor wenigen Augenblicken hätte sie ihm selbst fast Handschellen angelegt.

»Wenn er wirklich etwas mit den Gaskells zu tun hat, wird er sich gleich einen Anwalt nehmen und wir verschwenden nur Zeit. Lass uns den zweiten Namen auf der Liste besuchen.« Elliot fuhr los. »In der Zwischenzeit«, fuhr Kay fort, »muss ich dich daran erinnern, dass wir absolut nichts gegen Gaskell in der Hand haben, außer dass er gern Ski fährt und Bugarin, den Sesselliftbetreiber, kennt. Wir können nicht hundertprozentig sicher sein, dass er der Gesuchte ist, obwohl mein Gefühl mir sagt, dass wir mit ihm richtigliegen.«

»Ja, schon gut, ich beruhige mich ja schon, aber Kendra ist immer noch verschwunden, und der kleine Scheißer verheimlicht etwas.«

»Der kleine Scheißer ist größer als ich«, erwiderte Kay mit einem leisen Kichern und fragte sich, warum auch sie ihn mit seinen ein Meter achtzig für klein und unbedeutend hielt. Das musste an seinem Auftreten liegen. »Und vielleicht ist er auch nur ängstlich, nichts weiter. Manche Menschen leben ihr ganzes Leben lang mit dem Gefühl, ein Hochstapler zu sein, und fürchten, eines Tages entlarvt zu werden, obwohl sie in Wirklichkeit nichts falsch gemacht haben. Renaldo verhält sich wie ein chronischer Angstpatient, aber auch das macht ihn nicht unschuldig. Es macht es nur schwer, ihn zu durchschauen.«

»Ich überprüfe sein Alibi«, sagte Elliot und wählte die Zentrale an. »Hey, hier ist Elliot«, meldete er sich, als der Anruf durchgestellt wurde.

»Hey, Detectives, ich wollte gerade anrufen. Ich habe den Sheriff für Sie.«

Die Leitung war einen Moment lang tot, und dann, nach einem Klicken, durchschnitt Logans tiefe Stimme die Stille im SUV. »Sharp?«

»Und Young«, antwortete Kay, amüsiert darüber, wie ihre Nachnamen in Kombination klangen. »Was gibt's, Sheriff?«

»Es wurde gerade eine neue Vermisstenmeldung aufgegeben. Ich habe die Anzeige selbst aufgenommen. Wollen Sie raten, wer jetzt vermisst wird?«

Kays Herz setzte einen Schlag aus. Wenn der Täter ein weiteres Mädchen entführt hatte, bedeutete das, dass Kendra tot sein musste. »Mackenzie Trenton oder Alana Keaney«, vermutete sie, hielt den Atem an und wünschte sich, es wäre nicht wahr.

»Nein«, antwortete der Sheriff. »Richard Gaskell ist weg. Ausgerechnet der. Seine Mutter hat ihn höchstpersönlich vermisst gemeldet.«

»Was?«

»Ja, so habe ich auch reagiert. Er wurde zuletzt am Donnerstagabend gesehen, gegen acht Uhr abends.«

»Aber das ist die Zeit, zu der Kendra ...«

»Genau«, antwortete der Sheriff. »Das erhärtet Ihren Verdacht, aber es reicht noch nicht für einen Haftbefehl. Es sind nur Indizien.« Die Verbindung wurde ohne Vorwarnung unterbrochen, in typischer Sheriff-Logan-Manier.

»Verdammter Mistkerl«, murmelte Kay. »Gaskell wird nicht vermisst ... er hält sich irgendwo versteckt und quält dieses arme Mädchen. Wir sollten die Mutter befragen, um zu sehen, ob sie noch andere Immobilien haben. Als Täter würde er dorthin gehen, wo er sich auskennt.«

»Verstanden«, sagte Elliot und bog an der nächsten Kreuzung rechts ab.

Kay führte eine schnelle Suche im System des Geländewagens durch und wählte die Adresse der Gaskell-Residenz aus. Das Navigationssystem zeigte die Wegbeschreibung auf einer Karte ohne Sprachunterstützung an. Es war nicht allzu weit.

»Meinst du, sie weiß es?«

»Dass ihr Sohn ein Vergewaltiger und Mörder sein könnte? Das bezweifle ich. Nicht viele Mütter schaffen es, sich der Realität ihrer Kinder zu stellen. Das ist meine Meinung, aber ich bin natürlich kein Psychiater.«

Kay lachte gequält. »Du machst das sehr gut. Ich checke Renaldos Alibi. Logans Neuigkeiten haben uns ganz aus der Spur gebracht.« Sie wollte gerade den Bildschirm berühren, als ein weiterer Anruf kam, dieses Mal auf ihrem Handy. Es war Dr. Whitmore.

»Hey, Doc«, begrüßte sie ihn. »Was gibt's?«

»Die zweite DNA-Probe war auch nicht im CODIS zu finden, aber es gibt eine familiäre Übereinstimmung mit einem verurteilten Verbrecher, der mittlerweile verstorben ist. Er wurde vor zehn Jahren im Gefängnis aufgeschlitzt. Es ist der Vater Ihres Verdächtigen. Sein Name war Pedro Cristobal. Sagt Ihnen das etwas?«

»Dieser Mistkerl«, sagte Elliot und machte eine Kehrtwende, die den Geländewagen fast zum Umkippen brachte.

»Er hat uns angelogen, uns wie einen Fisch an der Angel zappeln lassen.«

»Ich nehme an, das ist ein Ja«, sagte Dr. Whitmore, und sein Lächeln war deutlich in seiner Stimme zu hören.

»Ein klares Ja, Doc«, antwortete Kay, die immer noch versuchte, die Punkte in ihrem Kopf zu verbinden. Warum sollte jemand, der so schwächlich war wie Renaldo, ein junges Mädchen vergewaltigen und ermorden?

Es gab natürlich Mörder, die im Team arbeiteten, das war in kriminologischen Statistiken gut dokumentiert; davon hatte man schon gehört. In solchen mörderischen Partnerschaften gab es normalerweise zwei verschiedene Persönlichkeiten, einen Anführer und einen schwächeren, gehorsameren Mitläufer, aber es kam Kay trotzdem nicht stimmig vor. »Eine Sache noch, Doc. Wofür wurde Pedro Cristobal verurteilt?«

»Schwere sexuelle Nötigung.«

»Danke, Doc.«

Die Verbindung wurde unterbrochen und Kay blieb noch eine Minute lang in Gedanken versunken, bis sie Renaldos Haus erreichten.

Renaldo war zu schwach; er wäre eine Gefahr für jeden starken, organisierten Täter, besonders für einen, der erst noch herumexperimentierte, um seinen Weg zu finden. Niemand experimentierte gerne in Anwesenheit von Zeugen.

Vielleicht war das der Grund, weshalb Renaldo mit Kendra nichts zu tun hatte. Vielleicht war Renaldo selbst ein Experiment, ein gescheitertes und verworfenes. Selbst wenn er die richtigen Gene dafür in sich trug.

VIERUNDVIERZIG

FESTNAHME

Aus weniger als zehn Metern Entfernung beobachtete Kay, wie Renaldo mit einer hastigen Bewegung eine große Reisetasche zuzog und fluchte, als der Reißverschluss an einem Kleidungsstück hängen blieb. Er warf die halb zugezogene Tasche auf den Rücksitz seines alten Honda Accord und wählte eine Nummer auf seinem Handy, während er zurück ins Haus eilte. In seiner Aufregung bemerkte er sie nicht, obwohl der Ford Interceptor zwei Autos hinter der alten grauen Limousine angehalten hatte.

»Verdammt noch mal«, rief er Sekunden später, als er aus dem Haus kam und ein paar Sachen trug, die er auf dem Weg zusammengesammelt hatte. Eine Jacke, ein Paar Laufschuhe, das Ladegerät für sein Handy. Dann warf er alles auf den Rücksitz des Hondas und klemmte sich hinter das Lenkrad, das Telefon immer noch ans Ohr haltend. »Wo zum Teufel bist du, Mann?«, hörte Kay ihn atemlos flüstern, als sie sich näherte. »Die Bullen waren heute hier und haben mir alle möglichen Fragen gestellt. Du weißt schon, über Jenna. Ruf mich schon an, ich drehe hier sonst noch durch.«

Er wollte gerade den Motor starten, als Kay an das halb heruntergekurbelte Fenster seines Wagens klopfte.

»Na, haben wir es eilig?«

Erschrocken und ungläubig starrte er sie mit offenem Mund an, dann senkte er den Kopf und gab sich geschlagen.

Sie ergriff seinen Arm, und er leistete keinen Widerstand. Kay öffnete die Tür, zog ihn aus dem Fahrzeug und legte ihm ein Paar Handschellen an. Die Berührung des kalten Metalls ließ ihn zusammenzucken, aber er sagte nichts.

»Rennie?«, rief eine Frau aus dem Haus. Sie war groß und schlank und hatte dunkles Haar, das ihr locker über die Schultern fiel. Sie trug ein einfaches weißes Hemd, das schon bessere Tage gesehen hatte, und eine Jogginghose. Als sie sah, wie Renaldo von Kay abgeführt wurde, eilte sie schluchzend zu ihnen und hielt sich die Hand vor den offenen Mund.

»Nehmen Sie mir nicht meinen Sohn! Er hat nichts getan«, flehte sie und hielt sich an Kays Arm fest. Elliot schob sie sanft weg.

»Treten Sie zur Seite, Ma'am.« Dann nahm er Kay Renaldo ab und verfrachtete ihn auf den Rücksitz des Interceptors.

Kay drehte sich zu der Frau um. Ihre schmalen Lippen bebten. »Sie sind seine Mutter, nehme ich an.«

»Ja«, antwortete sie, schniefte und wischte sich die Tränen mit den Fingern ab.

»Sie müssen uns auch begleiten.«

Sie machte instinktiv einen Schritt zurück. »Ich?«

»Ihr Sohn ist minderjährig, richtig?«

»Er ist erst siebzehn. Er wird nächstes Jahr im März achtzehn.«

»Das macht ihn rechtlich gesehen zu einem Minderjährigen, und Sie sollten bei seiner Befragung anwesend sein.«

Ihr Kinn zitterte stark. »Worum geht es hier?« Kay sah sie mitfühlend an. Ihr Leben war im Begriff, sich drastisch zu verändern, und zwar nicht zum Besseren. »Um die Vergewaltigung und den Mord an Jenna Jerrell.«

Wie von der Tarantel gestochen machte die Mutter auf

dem Absatz kehrt und eilte wütend schreiend zum SUV. »Hast du das getan?« Sie hämmerte mit den Fäusten gegen die Heckscheibe des Ford, öffnete dann die Tür und schlug auf Renaldos Kopf ein, bis Elliot ihre Handgelenke umklammerte und ihr die Arme festhielt.

»Ma'am, so helfen Sie Ihrem Sohn jetzt nicht. Bitte folgen Sie uns in Ihrem eigenen Wagen zum Revier und haben Sie Ihren Ausweis dabei.«

Sie schlang die Arme um ihren Körper und fuhr mit den Händen auf und ab, als wäre sie bis auf die Knochen durchgefroren, obwohl die Sonne hoch stand und die Luft warm war, erfüllt von den Düften des Sommers. Eine Weile blieb sie stehen und beobachtete, wie sich die Polizisten mit ihrem Sohn zum Aufbruch bereit machten.

Elliot hatte gerade den Motor angelassen, als Kays Handy klingelte. Sie erkannte die Nummer nicht, aber es war ein Ortsgespräch. Da Renaldo auf dem Rücksitz saß, stieg sie aus dem Geländewagen aus und nahm den Anruf entgegen, wobei sie das Telefon fest an ihr Ohr drückte.

»Detective Sharp? Hallo, hier ist Mackenzie Trenton, Jennas beste Freundin. Sie sagten, ich solle anrufen, wenn mir etwas einfällt.«

Kay entfernte sich zügig vom Fahrzeug, bis sie außer Hörweite war. »Ja, hallo, Mackenzie. Was hast du denn für uns?«

»Mir ist gerade etwas eingefallen, das ich früher nicht bemerkt habe, oder auf das ich nicht geachtet habe. Über Kendra wurde in letzter Zeit auch geredet, aber nur Kleinigkeiten, nichts Ernstes. Nicht so wie bei Jenna.«

»Was für Kleinigkeiten? Erinnerst du dich an ein paar Beispiele?« Kay rieb sich mit den Fingerspitzen über die schmerzende Stirn. Irgendwann in der letzten Stunde hatte sich die bedrohliche Wolke einer Migräne über ihren Kopf gelegt.

Mackenzie zögerte einen Moment lang. »Dass sie zwei Typen gleichzeitig daten würde und so was«, sagte sie nervös auflachend. »Wir sind auf der Highschool, wissen Sie. Das ist eigentlich nichts Besonderes. Oder dass sie keine Unterwäsche trägt.« Wieder ein Moment der Stille. »Ähm, es gab Gerüchte, dass sie sich einmal ein komplettes Brazilian Waxing hat machen lassen. Sie wissen schon, untenrum«, platzte sie in einem unbehaglichen Flüsterton heraus. »Ich wusste nicht, ob das etwas zu bedeuten hat, aber ich erinnere mich jetzt, dass es mit Jenna auch so angefangen hat. Zuerst ganz harmlos, nur so zum Spaß ... natürlich, wenn man nicht das Ziel ist. In dem Fall ist es wohl nicht so lustig.« Ihr Tonfall war düster geworden, mit Trauer belegt.

»Erzähl mir von Richard Gaskell«, bat Kay. »Was für ein Typ ist er?«

»Der ist in Ordnung, glaube ich. Man kann nicht jeden mögen, oder?« Wieder ein nervöses Kichern. »Er ist der Quarterback des Schulteams, was ihn zu einer Art Superstar macht, aber für meinen Geschmack ist er ein bisschen zu grob. Er macht sich immer an Mädchen ran, nicht immer auf eine angenehme Art. Na ja, alle Jungs baggern uns irgendwie ständig an, aber er nimmt das zu ernst. Er hat nicht viel Sinn für Humor, glaube ich. Er strengt sich zu sehr an.« Sie atmete laut in das Mikrofon, als wäre sie müde, nachdem sie so schnell gesprochen hatte.

»Könnte er die Gerüchte über Jenna in die Welt gesetzt haben?«

»Wer, Richard?« Mackenzie schnaubte. »Nein ... dafür ist er zu männlich. So wie die Gerüchte formuliert waren, als ich sie zum ersten Mal gehört habe, und jetzt, wo ich weiß, dass sie nicht gestimmt haben, kann ich Ihnen versichern, dass sie von einem Mädchen in die Welt gesetzt wurden, nicht von einem Jungen.«

»Was macht dich da so sicher?«

»Jungs sind ... einfach gestrickt.« Ein Kichern folgte.

Kay konnte sich ein Lächeln nicht verkneifen, erstaunt darüber, dass Mackenzie bereits das Geheimnis der männlichen Psyche entdeckt hatte, obwohl sie noch nicht einmal volljährig war. Wenn sie es schaffte, sich ihr ganzes Leben lang an ihre Entdeckung zu erinnern, hatte sie eine große Chance, das seltene Glück in Beziehungen zu finden, das die meisten Frauen suchten, aber nie fanden.

Männer *waren* einfach gestrickt. Selbst die klügsten Männer würden sich nicht mit den Feinheiten des Zerdenkens und Spekulierens aufhalten, was Frauen so gerne zelebrierten.

Wenn ein Mann Jenna in Misskredit hätte bringen wollen, hätte er wahrscheinlich anderen Männern Gerüchte über Blowjobs und Handjobs zugeflüstert. Darüber, wie oft sie beim Sex kam, und andere derartige Obszönitäten. Kay bedankte sich bei Mackenzie und beendete das Telefonat. Dann stieg sie zu Elliot in den SUV und fragte sich wieder, wer die Klatschattacke auf Jenna gestartet haben könnte und warum. Dass es ein Mädchen gewesen war, ergab viel mehr Sinn; der Gedanke war ihr schon einmal durch den Kopf gegangen. Aber wer? Es gab mehrere Mädchen in Jennas Klasse, die sie noch nicht befragt hatte und die gute Kandidatinnen sein könnten. Sobald die Auswertungen der Telefone zurückkamen, würde sie genau wissen, wen sie befragen musste.

Die Frage nach dem Warum war einfach zu beantworten. Eifersucht stand ganz oben auf der Liste der Motive für eine Reihe von Bagatelldelikten, die von Frauen begangen wurden. Statistisch gesehen war die Eifersucht der häufigste Grund. Sie stand unangefochten an der Spitze der Liste, mit einigem Abstand gefolgt von banaleren Gründen wie Geld, Drogen, Wut und so weiter.

Bald würden sie es wissen, wenn sie herausgefunden hatten, wer der Geldgeber hinter dieser Website war.

FÜNFUNDVIERZIG

BEFRAGUNG

Eifersucht. Ein starkes Motiv.

Aber Eifersucht auf wen? Jenna hatte zu der Zeit, als die Verleumdungskampagne begann, einen Freund. Tim Carter. Elliot hatte ihn befragt und festgestellt, dass er untröstlich über Jennas Tod war und sich schwere Vorwürfe machte, weil er sie im Stich gelassen hatte, als sie im Internet gemobbt worden war. Weil er diesen Lügen geglaubt hatte. Die Tatsache, dass Tim ein ehrlicher, wenn auch törichter Freund war, bedeutete aber natürlich nicht, dass nicht irgendein Mädchen seinetwegen eifersüchtig gewesen sein konnte.

Kay hatte keine guten Erinnerungen an die Highschoolzeit, obwohl es auch gute Phasen gegeben hatte. Es kam ihr aber so vor, als hätte die Technologie die Art und Weise, wie die Jugendlichen miteinander umgingen, verändert. Ein Mobber schubste nicht länger jemanden gegen eine Wand oder stellte ihm ein Bein, sodass er stürzte und sich das Knie aufschürfte, während er sich vor Lachen krümmte. Mobber konnten tödlich sein, bewaffnet mit sozialen Medien, dem Internet und dem gefährlichsten aller Wörter: »weiterleiten«. Vor der Zeit der sozialen Medien hatte es Wochen gedauert, bis sich Klatsch und Tratsch verbreiteten, weil sich die Menschen tatsächlich treffen mussten, um über Dinge zu sprechen. Gerüchte brauchten länger, um viele Ohren zu erreichen, und erstarben nach einer Weile, für immer vergessen, weil ihnen der Treibstoff ausging. Heutzutage konnte ein Gerücht, das über die sozialen Medien geteilt wurde, in Sekundenschnelle an Tausende andere Menschen weitergeleitet werden, und der digitale Fußabdruck, den es im Cyberspace hinterließ, war dauerhaft. Es genügte ein Bild, ein Link oder ein Kommentar, um ein Leben für immer zu zerstören.

Die sozialen Medien hatten den Tyrannen die Macht gegeben.

Aber alle Cybermobber hinterließen Spuren im Internet, und sie würde diese Spuren finden, selbst wenn sie jede Schicht des Geschwätzes, wodurch das Leben dieser Kinder mit sinnlosem Müll geflutet wurde, abtragen müsste, um der Sache auf den Grund zu gehen.

Aber das musste noch warten.

Kendra war immer noch da draußen, und der zweite Täter saß nur ein paar Meter entfernt im Verhörraum und sah aus, als würde er unter dem unerbittlichen Blick seiner Mutter gleich in Tränen ausbrechen.

Kay stand hinter dem halbdurchlässigen Spiegel und beobachtete Renaldo eingehend. Er war blass und schien gelegentlich zu zittern. Auf ihre Anweisung hin hatten die Deputies ihm die Handschellen nicht abgenommen, sondern sie an den Tisch gekettet. Unter den langen, unregelmäßigen Atemzügen hoben sich seine Schultern. Am liebsten hätte Kay ihn noch ein paar Stunden schmoren lassen, aber Kendra blieb keine Zeit mehr.

Kay betrat das Verhörzimmer, setzte sich Renaldo gegenüber und legte die mitgebrachte Fallakte mit langsamen, bedächtigen Bewegungen auf den zerkratzten Edelstahltisch. Mrs Cristobal sah sie mit Schrecken in ihren geschwollenen Augen an. Augenlider und Nase waren rot, gereizt von den Tränen und dem ständigen Wischen. Sie hielt ein zerknittertes Taschentuch in der Hand und brauchte wahrscheinlich ein neues.

Renaldo schaute sie flüchtig an, dann wanderte sein Blick zur Tür. Er wich sowohl seiner Mutter als auch Kay aus. Die tintenbefleckten Finger hatte er verschränkt, ein Zeichen von Selbstsicherheit, das sich in keiner Weise im Rest seines Verhaltens widerspiegelte.

Kay öffnete die Akte langsam und zögerte, obwohl ihr danach war, auf Renaldo zuzustürmen, ihn am Hemd zu packen und zu schütteln, bis er ihr sagte, wo Kendra festgehalten wurde.

Das hätte in kürzester Zeit alles ruiniert.

Stattdessen zog sie seine Fingerabdruckkarte aus der Tasche und das Bild einer Kondomverpackung, die mit schwarzem Fingerabdruckstaub bedeckt und auf Hochglanzpapier in Briefgröße gedruckt war.

»Ich frage dich nicht, ob du mit Jenna Jerrell Sex hattest, kurz bevor sie getötet wurde«, sagte sie mit leiser Stimme. »Wie du siehst, haben wir bereits die Beweise, die dich mit dem Tatort in Verbindung bringen. Dein rechter Zeigefingerabdruck, als du das Kondom aus der Verpackung genommen hast. Dein Sperma, das heißt, deine DNA, auf der Wange des Opfers.«

»Sie wollte es«, sagte Renaldo. »Sie war damit einverstanden.«

Seine Mutter hielt den Atem an und bedeckte ihren Mund mit zitternden Fingern.

»Damit einverstanden?«, fragte Kay ruhig. »War das vor oder nach dem Rohypnol, das einer von euch in ihr Getränk getan hat?«

Mrs Cristobal schnappte nach Luft, sprang auf und beugte sich über die Tischecke, um ihrem Sohn eine Ohrfeige zu verpassen. »Du bist nicht mehr mein Sohn! Wie oft habe ich dir schon gesagt, was Einvernehmlichkeit bedeutet und wie man ein Mädchen behandelt? Ich wette, es war dieser Widerling, Richard. Der Junge macht nur Ärger, ich habe immer ...«

»Halt die Klappe, Mom. Du machst alles kaputt.« Renaldo kniff die Augenlider zusammen und senkte den Kopf, bis er das Gesicht in den gefesselten Händen vergraben konnte.

»Wo ist er jetzt, hm? Glaubst du, seine vornehmen Eltern lassen zu, dass er an einen Tisch gekettet wird, so wie du?«

»Bitte setzen Sie sich, Ma'am.« Kay deutete auf den leeren Stuhl, so energisch, wie sie gesprochen hatte. Mrs Cristobal gehorchte mit einem kurzen entschuldigenden Blick. Kay richtete ihre Aufmerksamkeit wieder auf Renaldo. »Glaubst du wirklich, dass sie damit einverstanden war, Renaldo?«

»Es ist mir egal, was da steht ...« Er gestikulierte mit den gefesselten Händen und versuchte, auf das Foto zu zeigen. Handschellen und Ketten klapperten gegen den Tisch. »Sie war einverstanden.«

»Bist du dir sicher?«

Er zuckte mit den Schultern und starrte auf die Tür. Kay saß ihm gegenüber, seine Mutter zu seiner Rechten. Die Tür zu seiner Linken war die einzige Richtung, in die er nicht ängstlich blickte. »Jeder wusste, dass Jenna eine kleine Schlampe war.«

Mrs Cristobal starrte ihn nur sprachlos an. Kay öffnete die Akte, blätterte einige Seiten durch und tat so, als würde sie sie aufmerksam lesen. »War sie das?«

Renaldo runzelte die Stirn. »Hören Sie, es tut mir leid, dass sie tot ist, aber es ging ihr noch gut, als wir weggingen.«

Kay sah ihn direkt an. »Wir?«

Verwirrt begann er zu stottern. »I-ich meine, ich, ich bin gegangen, nachdem wir, ähm, ja, und ihr ging es gut.«

Kay hielt das Foto mit der Kondomverpackung hoch. »Es

war ein ›Wir‹, Renaldo, kein ›Ich‹. Jemand, mit dem du so eng befreundet bist, dass er deine Kondome für dich öffnet. Schau mal hier.« Sie tippte mit dem Finger auf das Foto. Renaldo hielt den Atem an. »Das sind seine Fingerabdrücke, nicht deine.«

Er neigte den Kopf näher zu seinen gefesselten Händen und fuhr sich nervös damit über das Gesicht. »Na und?«

Ein schiefes Lächeln zeichnete sich auf Kays Lippen ab. »Schön, wenn man solche Freunde hat. Ich meine, so enge Freunde, dass man alles miteinander teilt. Sogar euer Mädchen. Hat er sich die Mühe gemacht, dir zu sagen, dass er ihr K.-o.-Tropfen gegeben hat? Oder wusstest du das nicht?«

Er sah für einen kurzen Moment zu seiner Mutter, dann zu Kay, und wahrscheinlich fragte er sich, ob er ihr trauen konnte. »Ich wusste nicht, dass sie K.-o.-Tropfen bekommen hat, das schwöre ich.«

»Wage es ja nicht«, flüsterte seine Mutter und fixierte ihn mit ihrem wütenden Blick.

»Ich wusste es nicht, das schwöre ich«, wiederholte er und schüttelte den Kopf.

»Aber er ist ja schon ein guter Freund, wenn er dir die Kondome öffnet.« Kay hob eine Augenbraue. »Ich weiß nicht, was ich von einem solchen Freund halten würde. Sieh mal, weil Jenna Rohypnol im Blut hatte, wurde sie rechtlich gesehen vergewaltigt. Selbst wenn sie Ja gesagt hätte, wäre es eine Vergewaltigung gewesen. So ist das Gesetz«, fügte Kay hinzu und zuckte mit gespielter Gleichgültigkeit die Achseln.

»Aber ... aber warten Sie, das wusste ich doch nicht! Ich wusste es wirklich nicht.« Er versuchte aufzustehen, aber seine Mutter drückte ihn zurück auf seinen Stuhl. »Mom«, rief er und schaute sie flehend an. Die Lippen der Frau waren fest zu einer dünnen, unnachgiebigen Linie zusammengepresst. Eine Träne rann über ihre blasse Wange, aber sie sagte kein Wort.

»Was mich betrifft, finde ich es in Ordnung, wenn du für

Jennas Vergewaltigung für fünfzehn Jahre ins Gefängnis wanderst. Und du weißt ja, dass Polizisten alles tun, um ihre Fälle schnell abzuschließen, also werde ich dir auch den Mord an ihr anhängen, weil ich es rechtlich gesehen kann.« Kay lächelte und tat so, als würde sie ihren Fingernagel inspizieren.

Mrs Cristobal fing an zu schluchzen und presste sich das Taschentuch mit der Hand vor den Mund, als wollte sie ein Wehklagen unterdrücken.

»Was? Nein«, sagte Renaldo, versuchte, wieder aufzustehen und musste sich erneut hinsetzen. »Ich habe sie nicht umgebracht. Ich habe Ihnen doch gesagt, dass sie noch lebte, als ich wegging.«

»Das spielt keine Rolle, wirklich nicht. Sagen wir, sie hat sich das Leben genommen, nachdem du weg warst. Sie ist in den Abgrund gesprungen, und es war ihre eigene Entscheidung.«

Renaldo nickte energisch. »Ja, das ist genau das, was passiert sein muss. Sie war in letzter Zeit depressiv. Da können Sie jeden fragen.«

Verdammter Mistkerl, dachte Kay. Die Worte des Jungen machten sie stinkwütend. Die Geschwindigkeit, mit der er alles über Jenna behauptete, nur um dieses Stück Abschaum namens Richard Gaskell zu schützen. »Es spielt keine Rolle, denn es wäre trotzdem im Zusammenhang mit einem Verbrechen geschehen, ihrer Vergewaltigung. Und dem Rohypnol, das ist eine Vergiftung. Also ist die Person, die sie unter Drogen gesetzt hat, rechtlich gesehen ihr Mörder. Warst du das?«

Er schüttelte den Kopf so heftig, dass ihm die Haare um den Kopf flogen. »Nein, das war ich nicht, das habe ich Ihnen doch gesagt.« Mit geweiteten Pupillen starrte er direkt in Kays Augen. »Ich wusste nicht, dass sie unter Drogen gesetzt wurde, bis Sie es mir gesagt haben.«

»Wer sollte dann anstelle von dir hier angeführt werden?

Wenn du es nicht getan hast, könntest du hier als freier Mann rausgehen.«

Ein Ausdruck der Hoffnung überzog Mrs Cristobals Gesicht. »Bitte, sag es ihr.«

Renaldo senkte kurz den Blick, dann sah er auf. Er hatte einen Gesichtsausdruck aufgesetzt, den Kay noch nie an ihm gesehen hatte. »Ich will einen Anwalt«, forderte er ruhig und legte die Hände übereinander.

Kay stand auf und hatte Mühe, ihre Frustration im Zaum zu halten. Der Schwächling hatte einen harten Kern, der tief hinter der trügerischen Erscheinung verborgen war. »Wo ist Kendra?«, fragte sie. Sie hatte sich von beiden abgewandt und war bereits einen Meter vor der Tür und im Begriff, zu gehen.

»Ich habe nach einem Anwalt gefragt«, antwortete Renaldo kühl. »Sie sollen mir keine weiteren Fragen stellen.«

»Ich habe nicht mit dir geredet.« Kay drehte sich zu seiner Mutter um. »Wo könnte Richard Kendra hingebracht haben? Sie wissen doch sicher etwas ... irgendetwas, das uns zu ihr führen kann. Wenn sie stirbt, bevor wir sie finden, ist Ihr Sohn schuld daran.«

Die Frau kniff die Augen zusammen und schniefte, ihr Atem klang rasselnd und rau. »Ich habe gehört, wie sie über die alte Somerset-Jagdhütte geredet haben, die seit dem Tod von John Somerset jahrelang in Erbschaftsstreitigkeiten verwickelt war.«

Renaldos Hände schlugen hart auf die Tischoberfläche und die Handschellen schepperten. »Halt die Klappe, Mom. Du weißt nicht, was du tust.«

Aber Kay war bereits verschwunden. Im Beobachtungsraum wartete Elliot mit einem breiten Grinsen im Gesicht.

»Wir haben einen Durchbruch erzielt, Partner. Deputy Farrell hat Dwayne gefunden.«

»Wo zum Teufel war er? Warum ist er weggelaufen?«

»Ist er gar nicht. Er wurde angerufen, weil seine vierjährige

Tochter in der Kindertagesstätte umgekippt ist. Er war mit ihr im Krankenhaus. Sie wird bald wieder auf dem Damm sein.«

»Hat er sich die Fotos angesehen?«

Elliots Lächeln wurde breiter. »Er hat ohne zu zögern Richard Gaskell identifiziert. Der Haftbefehl ist in Arbeit.«

SECHSUNDVIERZIG

GEFUNDEN

Der Wildfire Ridge zeigte sich in atemberaubenden Rot- und Orangetönen, als die Sonne langsam im Pazifik versank. Elliots Geländewagen fuhr an erster Stelle in einem Konvoi aus Fahrzeugen, die mit ausgeschalteten Lichtern auf den Berg zusteuerten, die Talstation des Sessellifts als Ziel. Andere Einheiten nahmen verschiedene Positionen rund um den Berg ein.

»Wenn Richard Gaskell dort oben ist«, hatte Kay alle verfügbaren Deputies angewiesen, »dann will ich nicht, dass er sich wegschleichen und verschwinden kann. Er hat Geld, er ist intelligent, einfallsreich, und er wird versuchen zu fliehen. In zehn Stunden könnte er sich in der Dominikanischen Republik ein schönes Leben machen, wenn wir nicht aufpassen. Er ist als extrem gefährlich einzustufen; er hat schon einmal getötet und wird nicht zögern, es wieder zu tun, wenn er in die Enge getrieben wird.« Sie schaute alle an, einen nach dem anderen, und forderte sie auf, Fragen zu stellen. »Also gut. Deputy Farrell, Sie übernehmen die Winter Lodge. Deputy Pickett, Sie fahren um den Berg herum und positionieren sich am Anfang des Weges zu den Blackwater River Wasserfällen. Deputy Leach, Sie nehmen den Weg hinauf zum Wildfire Ridge, wo wir Jennas Leiche gefunden haben. Wenn ich am Berg vorbeilaufen wollte, würde ich diesen Weg nehmen.« Sie wollte sich zum Gehen wenden, aber dann fiel ihr etwas ein. »Keine Lichter, keine Sirenen. Wenn er uns kommen sieht, könnte er Kendra töten.«

Jimmy Bugarin wartete am Terminal auf sie und rauchte eine Zigarre. Der bläuliche, beißende Rauch stach ihr in die Nase, als sie sich mit eiligem Schritt näherte.

»Ich habe das Licht ausgelassen, wie Sie gesagt haben. Wollen Sie wirklich im Dunkeln fahren? Das ist unheimlich.«

»Ja, ganz sicher, und wenn wir oben sind, schalten Sie den Lift aus«, erwiderte Elliot und schüttelte dem Mann die Hand. »Legen wir los.«

Bugarin betrat die Talstation. Durch die offene Tür sah Kay, wie er grunzend einen Hebel im Uhrzeigersinn umlegte. Rumpelnd und knarrend, als würde er gleich auseinanderfallen, setzte sich der Sessellift in Bewegung.

»Kommen Sie hier rüber«, sagte Bugarin und zeigte auf einen Bereich unter der Seilscheibe des Sessellifts. Kay beäugte das surrende Rad über ihrem Kopf misstrauisch. »Stellen Sie sich genau dort an das Schild und lassen Sie den Sessel zu sich kommen. Wenn Sie spüren, dass er gegen Ihre Beine stößt, lassen Sie sich einfach darauf fallen.«

Elliot nahm Kays Hand. Sie hielt sich an ihm fest und freute sich über seine Kraft, die sie beruhigte, als sie auf dem fahrenden Sessellift Platz nahm. In dem Moment, in dem ihre Füße den Kontakt zum Boden verloren, wurde ihr für einen Moment schwindelig und sie drückte seine Hand fester. Dann zog sie die Hand zurück und bereute es sofort, aber es gab kein Zurück mehr. Sie konnte nicht mit ihm Händchen halten, und sie würde es auch nie können. Er gehörte zu jemand anderem. Die Erinnerung daran verpasste ihr wieder einen Schlag in die Magengrube. Er hätte es ihr schon längst sagen müssen, bevor er angefangen hatte, sie zum Essen einzuladen, ihren Rasen zu mähen oder morgens vor ihrer Tür aufzutauchen, um sie zur Arbeit abzuholen. Diese Miranda wusste mit Sicherheit nichts von alledem, sonst wäre er schon längst tot.

»Vergessen Sie nicht, den Sicherheitsbügel herunterzulassen«, rief Bugarin hinter ihnen.

Elliot streckte die Hand aus und zog den Sicherheitsbügel herunter. Kay ergriff ihn mit beiden Händen und hielt sich daran fest, während der Sessellift surrend in die immer tiefer werdende Dunkelheit fuhr. Es fühlte sich surreal an, schwindelerregend, als würde sie fliegen, während der Wind durch ihr Haar rauschte. In der Ferne klammerten sich die gezackten Klippen des Wildfire Ridges noch an das tiefe Violett der späten Dämmerung.

Der Sicherheitsbügel bewegte sich unter ihren Händen, aber sie hielt sich immer noch daran fest.

»Wir sind fast da«, sagte Elliot. Zögernd ließ Kay los. Er schob die Stange nach oben und suchte dann wieder nach ihrer Hand. »Der Abstand zum Boden wird wieder stark abnehmen. Wenn du ihn unter deinen Füßen spürst, springst du nach vorne und gehst schnell nach links, um dem Sessel aus dem Weg zu gehen. Ich lasse dich nicht los.« Kay konnte das Lächeln in seiner Stimme hören. »Niemals.«

Trotz seiner Vorwarnung erschrak sie, als der Boden gegen ihre Füße stieß, aber Elliots Griff war kräftig, und sie ließ sich von ihm zur Seite führen. »Uff«, sagte sie leise, als sie sicher auf festem Boden standen. »Das muss ich mal ausprobieren, wenn ich sehen kann, was los ist.«

Elliot tippte schnell eine Textnachricht und der Sessellift hörte auf zu surren. Von dort aus war es ein zehnminütiger Fußmarsch zur Somerset-Hütte. Kay kannte den Ort noch aus ihrer Kindheit, als sie etwa in Kendras Alter gewesen und mit Jacob dort hinaufgewandert war. Der alte Somerset war schon lange nicht mehr dort oben gewesen, und einige Jugendliche wussten davon. Kay konnte sich nicht vorstellen, warum jemand auch nur eine kurze Zeit dort verbringen wollte. Die Hütte war völlig heruntergekommen. John Somerset war ein Fallensteller gewesen, dem man nachsagte, er habe indianisches Blut. Er hatte sich nie einem der örtlichen Stämme angeschlossen, sondern sich stattdessen für ein Leben in der Abgeschiedenheit entschieden, wo er jagte und Fallen in der Tradition der Pomo aufstellte. Nach seinem Tod stellten seine Erben verblüfft fest, dass mehrere Millionen Dollar auf den Konten des alten Mannes lagen, und so hatte der Kampf um das Erbe begonnen.

Es war völlig dunkel, als die Hütte in Sicht kam, ein schwarzer Schatten vor einem nur noch schwach beleuchteten Himmel. Die Mondsichel vermochte die Umrisse der Hütte kaum nachzuzeichnen. Aus dem Inneren war kein Laut zu hören, und in der Luft hing kein Geruch nach Rauch oder dergleichen.

Mit gezogener Waffe näherte sich Kay langsam der Hütte und lauschte sorgfältig auf jedes Geräusch. Auf der anderen Seite der kleinen Lichtung schlich Elliot auf Zehenspitzen durch das hohe Gras und behielt die Rückseite der Hütte im Auge.

Kay holte ihre Taschenlampe heraus, um das Innere der Hütte zu beleuchten. Sie erinnerte sich an einen Riegel an der Hüttentür, tastete sich mit den Fingern am Rand entlang und fand ihn verschlossen vor. Sie zog langsam an dem Riegel, hielt die Tür mit dem Fuß fest und ließ sie dann schnell los. Sie sprang auf und knarrte laut, genau wie sie es in Erinnerung hatte.

Sie schaltete die Lampe ein und erschrak über den erschütternden Anblick, der sich ihr bot.

Die an der Wand angekettete Kendra war auf die Knie gesunken. Ihr Kopf hing herunter und ihr Haar klebte an ihrem blutverschmierten, nackten Körper. Prellungen und getrocknetes Blut bedeckten jeden Zentimeter ihrer Haut. Sie bewegte sich nicht.

Kay durchsuchte den Raum mit präzisen und eiligen Bewegungen, zielte mit Taschenlampe und Pistole in jede Ecke und rief dann: »Hier drin.«

Sie steckte die Waffe ein, eilte an Kendras Seite und tastete nach einem Puls. Er war da, kaum spürbar und schwach. Elliot kam herein und hob ihren Körper vom Boden auf, sodass Kay ihre Handgelenke von den Ketten befreien konnte, mit denen sie gefesselt waren. Elliot legte sie sanft auf den kleinen Tisch und bedeckte ihren Körper mit seiner Jacke. Kay schnitt das Seil um Kendras Handgelenke durch und begann, ihre Hände zu massieren und zu wärmen.

»Ruf den Notarzt«, sagte sie und tastete erneut nach Kendras Puls. Das Mädchen war wie erstarrt, immer noch bewusstlos. »Sie wird nicht mehr lange durchhalten, sie steht unter Schock. Wir müssen sie aufwärmen.« Kay wickelte Kendras Beine in ihre eigene Jacke und fröstelte in der kalten Brise. Nachts herrschten auf dem Wildfire Ridge selbst im Sommer höchstens einstellige Temperaturen.

Dann begann sie, warme Luft gegen Kendras Hals zu blasen, wo die Halsschlagadern dicht unter der Haut lagen. Sie rieb die Hände schnell aneinander, um sie aufzuwärmen, legte sie auf die andere Seite des Halses und auf die Brust des Mädchens und blies weiter.

Nach ein paar Minuten stöhnte Kendra auf und öffnete die Augen. Ihr Blick war von purer Panik geprägt, bis Kay ihre Hand drückte und sagte: »Ich bin von der Polizei. Du bist in Sicherheit. Wir bringen dich in ein Krankenhaus.«

Kendra schloss die Augen. Eine Träne schlüpfte aus ihrem Augenwinkel und verschwand unter Kays Fingern.

»Wer hat dir das angetan?«, fragte Kay und fuhr fort, Kendras Hals so gut es ging zu erwärmen.

Das Mädchen stöhnte wieder und flüsterte: »Richard Gaskell. Er ist in der Oberstufe an meiner Schule.«

»Was ist mit Renaldo? War er auch hier?«

»N-nein.« Sie driftete in die Bewusstlosigkeit ab. Kay machte sich Sorgen, ob sie überleben würde, bis Hilfe kam. Sie konnte nur versuchen, Kendras geschwächten Körper weiterhin zu wärmen.

»Wir brauchen einen Notfall-Lufttransport auf den Wildfire Ridge, bei der alten Somerset-Hütte«, sagte Elliot vor der Hütte ins Telefon. Dann hörte er aufmerksam zu, die Zähne zusammengebissen. »Wenn Sie nicht so schnell hier sind wie ein geölter Blitz, mache ich es mir zur Lebensaufgabe, dafür zu sorgen, dass Sie für den Rest Ihrer Karriere Strafzettel in Crooked Creek in Alaska schreiben«, sagte er kühl, und der Tonfall seiner Stimme entsprach der Härte seiner Worte. »Es ist mir egal, ob er sagt, dass er hier nicht landen kann. Finden Sie einen Weg. Piloten sollen doch clever sein, oder? Dann will er sich bestimmt nicht von mir zeigen lassen, wie es geht. Jeder halbwegs anständige texanische Wildschweinjäger wüsste, wie man einen Hubschrauber hier landet. Sie sollten eine Korbtrage an einem Seil dabeihaben, nur für den Fall.« Wieder eine Pause. »Ich hoffe, er schafft es schneller.«

Elliot beendete das Gespräch und eilte zurück in die Hütte. »Sie sind in zehn Minuten oder so hier.« Dann hockte er sich an die alte Feuerstelle und zündete mit altem, staubigem Holz, das er in der Hütte gefunden hatte, und einigen trockenen Kiefernzweigen, die er in der Nähe aufgesammelt hatte, ein Feuer an. Innerhalb weniger Minuten wärmte das Feuer die triste Hütte auf, und Kendras Gesicht bekam etwas Farbe.

Etwa eine halbe Stunde später schauten sie dabei zu, wie der Rettungshubschrauber mit Kendra an Bord abhob und einen Wirbel aus Blättern und Staub in die Luft schleuderte.

»Gaskell ist uns entwischt, nicht wahr?«, sagte Kay, sobald

ihre Stimme das Geräusch des abfliegenden Hubschraubers übertönen konnte.

»Ganz genau.« Elliot trat gegen einen kleinen Stein und kickte ihn über die Lichtung. »Er ist schon eine Weile weg. Hat das Mädchen hier zum Sterben zurückgelassen.«

In Kays Augen brannten Tränen, vielleicht vor Frustration oder Ohnmacht, vielleicht aber auch vor Erleichterung, dass sie Kendra lebend gefunden hatten. Sie konnte es nicht sicher sagen, aber das war auch egal, denn sie versiegten sofort, als ein neuer Plan in ihrem Kopf Gestalt annahm. »Ich weiß genau, wie wir diesen Bastard dazu bringen können, aus der Deckung zu kommen.«

Elliot pflückte einen langen Grashalm und kaute mit einem breiten Grinsen auf der Spitze herum. »Daran hatte ich nie einen Zweifel.«

Lächelnd kramte Kay ihr Handy aus der Tasche und schaute auf die Balken. Es waren zwar nur zwei, aber das würde schon für einen Anruf reichen. Sie rief eine Nummer aus dem Adressbuch des Telefons auf und stellte das Gerät auf Lautsprecher.

»Barb? Wie wär's mit einem weiteren Exklusivvertrag?«

»Machen Sie Witze? Schießen Sie los«, antwortete die Journalistin und machte sich gar nicht erst die Mühe, ihre Aufregung zu verbergen. Das Geräusch von raschelndem Papier war deutlich zu hören. Wahrscheinlich wollte sie sich Notizen machen.

»Machen Sie sich nicht die Mühe. Nehmen Sie einfach dieses Gespräch auf, denn Sie müssen mich Wort für Wort zitieren und meinen Namen als Quelle angeben.«

Das Rascheln hörte auf. »Wann immer Sie bereit sind.«

»Im Fall des Todes von Jenna Jerrell haben wir einen Verdächtigen in Gewahrsam, Renaldo Cristobal, einen ihrer Schulkameraden. Der zweite Verdächtige ist noch auf freiem Fuß. Wie Sie wissen, kommt bei mehreren Tätern derjenige besser weg, der sich zuerst bereiterklärt, mit den Strafverfolgungsbehörden zusammenzuarbeiten. Mr Cristobal ist entgegenkommend und bereit, bei den Ermittlungen zu helfen. Wir sind zuversichtlich, dass wir den Fall in den nächsten vierundzwanzig Stunden abschließen können.« Kay hielt eine Sekunde inne. »Haben Sie das verstanden?«

»Aber sicher doch. Ich werde es heute Abend in den Nachrichten bringen. Was ist mit Kendra? Haben Sie sie schon gefunden? Das wird die Leute auch interessieren.«

Kay starrte auf die blinkenden Lichter des Rettungshubschraubers, die in der Nacht verschwanden. »Noch nicht, aber wir sind kurz davor. Wenn es so weit ist, erfahren Sie es als Erste.«

SIEBENUNDVIERZIG
MR SHARP

Kay war am Abend zuvor in einen tiefen Schlaf gesunken, der sich wie ein Koma anfühlte, kaum dass ihr Kopf das Kissen berührt hatte. Sie wachte mit dem ersten Licht der Morgendämmerung auf, wie betäubt, und wünschte sich, sie hätte die Vorhänge zugezogen, bevor sie ins Bett gegangen war. Die Sonne schien durch die Gardinen, ihre Strahlen fielen neckend auf ihr Gesicht und lockten sie mit dem Versprechen auf einen guten Tag aus dem Bett.

Sie streckte sich mit den bedächtigen Bewegungen einer trägen Katze unter der Decke und zögerte den Moment hinaus, in dem ihre Füße auf der Suche nach den Hausschuhen den kalten Boden berührten. Einen Moment lang überlegte sie, was sie tun sollte, doch dann hockte sie sich auf die Bettkante und gähnte.

Sie hatte von irgendetwas geträumt, aber von dem Traum war jetzt nur noch eine verschwommene und unsinnige Erinnerung daran übrig, wie sie wie Superwoman schwerelos über dem Wildfire Ridge schwebte. Ihr einziger Antrieb war die Kraft ihrer Gedanken und die Stärke von Elliots Griff.

Elliot.

Nö.

Sie hatte nicht vor, an ihn zu denken. Nicht heute. Stattdessen würde sie die Küche für die Malerarbeiten vorbereiten, die sie für Dienstagnachmittag geplant hatte.

Sie trippelte vorsichtig über die mit Farbe beschmutzten Zeitungen, die auf dem Fußboden lagen, in die Küche, schaltete die Kaffeemaschine ein und machte sich daran, einen starken Kaffee zu kochen. Innerhalb von Sekunden erfüllte ein köstlicher Vanilleduft den Raum und vertrieb die letzten Reste des Schlummers.

Für das Zähneputzen und eine schnelle, erfrischende Dusche brauchte Kay gerade einmal zehn Minuten, während der Kaffee noch etwas nachzog. Sie füllte ihre Tasse bis zum Rand. Wie eine professionelle Bauunternehmerin inspizierte sie die Küchenwände sorgfältig mit dem Kaffee in der Hand, ein geflicktes Loch nach dem anderen. Sie hatte ein gutes Gefühl bei der Arbeit, die sie geleistet hatte. Vielleicht war es nicht so perfekt, wie es gewesen wäre, wenn Jacob gespachtelt hätte, aber mit jedem geflickten Loch war etwas in ihr geheilt.

Als sie mit der Hand über einen unebenen Teil der Wand fuhr, stieß sie einen langen Seufzer aus; sie war dem inneren Frieden gefährlich nahegekommen. Ihr Blick schweifte zum Fenster, wo die beiden Weidenbäume hoch aufragten, die Blätter vollkommen ruhig in der stillen Morgenluft. Vielleicht würde Elliot ihnen noch eine Weile lang den Garten mähen. Sowohl Jacob als auch sie triggerte es immer noch, mit dem Traktor über das Stück Gras zwischen den Weiden zu fahren. Es war eine schmerzhafte Erinnerung an die Wahrheiten, die dort für immer begraben liegen sollten. Und zu Kays Widerwillen an einige Lügen, wie die wahre Identität ihres Vaters.

Sie nahm ein Stück Schmirgelpapier und fuhr damit über den klumpigen Fleck, an dem sie in der Woche zuvor gearbeitet hatte. Alle paar Sekunden hielt sie inne, um zu prüfen, ob er glatt genug war. Sie liebte die Einfachheit und Eindringlichkeit dieser Arbeit. Ihre Hände bewegten sich schnell und feilten an der Wand, während ihre Gedanken frei wandern konnten und sie sich fragte, welche Geheimnisse ihr Vater mit ins Grab genommen hatte, und ob Richard Gaskell den Köder schlucken würde, den sie für ihn ausgelegt hatte. Was, wenn nicht? Was, wenn er schon verschwunden war?

Ein kurzes Klopfen an der Tür, und Elliots strahlendes Gesicht erschien im Fenster. Sie lächelte, rieb sich die Hände, um die trockene Spachtelmasse abzuschütteln, und wurde aus ihren Gedanken gerissen. Ihr Herz schlug immer noch höher, wenn sie Elliot sah; die Erkenntnisse der letzten Woche hatten daran wenig geändert, so unlogisch das auch war.

»Raten Sie mal, was die Kollegen aus Marin County angeschleppt haben?« Er machte eine Pause, während Kay den Kopf neigte, neugierig und immer noch lächelnd. »Einen Gavin Sharp. Er wartet auf dem Revier auf dich.«

Kays Lächeln erstarb und wich einer Anspannung, die sich in ihren Schultern und im Nacken fortsetzte. Eine schmerzhafte Starre in ihren müden Muskeln. Innerhalb weniger Minuten zog sie sich für die Arbeit um und war bereit, loszufahren.

Die ganze Fahrt über schwieg sie, und Elliot respektierte das, obwohl er sie gelegentlich ansah, als würde er darauf warten, dass sie etwas sagte. Kay fiel aber nichts ein, was sie sagen konnte. Ihre Vergangenheit und ihre Gegenwart prallten in ihrem Kopf aufeinander und sie dachte an all die Fragen, die sie dem echten Gavin Sharp stellen wollte.

Sie schwieg immer noch, als sie auf dem Revier ankamen und Elliot ihr in den Beobachtungsraum folgte. Als sie vor dem Spiegel stand, musterte sie Gavin Sharp mit unverhohlener Neugierde. Ihr Vater hatte diesen speziellen Mann für seinen Identitätsraub ausgewählt. Wenn sie wüsste, warum, könnte sie der Frage näherkommen, wer ihr Vater wirklich war.

Der echte Gavin Sharp war charismatisch, wie sie bei der

Betrachtung seines Führerscheinfotos festgestellt hatte. Er kam ihr auf eine seltsame, unangenehme Weise bekannt vor, denn er sah aus wie ihr Vater, nur besser. Jünger. Gesünder. Der Mann, der mit verschränkten Armen an dem zerkratzten Metalltisch saß, war kein Säufer wie ihr Vater. Er war gesund und achtete auf sich. Kein schlaffer Bauch, der über den Gürtel hing. Keine blutunterlaufenen Augen, die er kaum offenhalten konnte. Keine mit Leberflecken übersäten Hängebacken mit einem übermäßig starken, rauen Bartwuchs. Nein, die Augen dieses Mannes waren klar, sein Haar ordentlich gestutzt, sein Auftreten von leicht besorgter Selbstsicherheit geprägt.

Sie warf Elliot einen kurzen Blick zu. »Du kannst zusehen, wenn du willst«, sagte sie, als sie merkte, dass er ihr nicht in den Raum folgen wollte. »Es ist nichts Persönliches; er ist nur ein weiterer Täter.« Die Krempe von Elliots Hut wanderte ein wenig nach unten, dann wieder nach oben, als er stumm nickte. »Tatsache ist, dass wir den Vorwurf der Unzucht mit Minderjährigen nicht beweisen können; Jenna hat uns einen Strich durch die Rechnung gemacht, indem sie einen Spitznamen für ihn verwendet hat. Ich muss ein Geständnis bekommen.«

Sie betrat den Raum, und Gavin Sharp stand schnell auf und verneigte sich zur Begrüßung, begleitet von einem einnehmenden Lächeln, als würden sie sich in einem schicken Restaurant treffen und nicht in einem Verhörraum der Polizei mit fleckigen Wänden und abgestandener Luft, die nach Schweiß und Angst stank.

»Ich bin Detective Kay Sharp«, sagte sie und wartete darauf, welche Wirkung ihr Nachname auf den Mann haben würde.

»Oh.« Sein Lächeln wurde breiter. »Sind wir verwandt?«

Sie schüttelte den Kopf und sah ihm direkt ins Gesicht. »Das ist ein häufiger Name in Kalifornien.«

»Wäre schön gewesen.«

»Was?«

»Eine Verwandte bei der Polizei zu haben, wenn mal ein Haftbefehl gegen mich vorliegt.«

»Pech gehabt, Mr Sharp. Hat man Sie über Ihre Rechte aufgeklärt?«

»Ja.«

»Und Sie verzichten auf Ihr Recht auf einen Rechtsbeistand?«

Er zuckte mit den Schultern. »Das ist ein großes Missverständnis, wirklich. Ich bin mir sicher, dass wir beide das klären können. Warum sollten wir einen Anwalt einschalten?«

Sie öffnete die Mappe, die sie mitgebracht hatte, eine einfache Mappe mit mehreren leeren Blättern aus dem Drucker im Gang. »Unzucht mit Minderjährigen im Fall von Jenna Jerrell. Glauben Sie, das können wir beide schnell klären?« Der Sarkasmus in ihrer Stimme schien an ihm abzuperlen wie Wasser an Gänsefedern.

Er sah sie verlegen an und verschränkte die Hände auf der verbeulten Tischoberfläche. »Sie hören das wahrscheinlich oft, aber ich hatte keine Ahnung, dass sie noch nicht achtzehn ist.« Sein Lächeln blieb beständig, vielleicht ein wenig angespannt, ebenso wie sein Blick. »Jemand, der so umwerfend schön ist wie Sie, kann das sicher verstehen. Ich würde ein hübsches Sümmchen darauf verwetten, dass viele Männer um Sie herum gern bereit sind, die eine oder andere Regel zu brechen, nur um einen Moment Ihrer Zeit zu stehlen.«

Unglaublich. Er flirtete mit ihr, und er war auch noch gut darin.

Sie blätterte eine Seite der nichtexistenten Fallakte durch. »Hier steht, dass vor einigen Jahren jemand Ihre Identität gestohlen hat. Stimmt das, Mr Sharp?«

Er lehnte sich gegen die Rückenlehne seines Stuhls und seufzte. »Wow, das ist aber schon sehr lange her. Warum wollen Sie das nach all den Jahren wissen?«

»Wer war der Mann, der Ihre Identität gestohlen hat? Erinnern Sie sich daran?«

Er antwortete nicht, sondern musterte sie mit gesteigerter Neugierde, als ob er versuchen würde, zwei und zwei zusammenzuzählen.

»Ich sage Ihnen, worum es geht, Mr Sharp«, fuhr Kay fort. »Es gibt mehrere Verbrechen, die in den letzten drei Jahrzehnten begangen wurden, Fälle, die noch offen sind und in denen Ihr Name als Verdächtiger aufgeführt ist. Eine schwere Körperverletzung«, gab sie vor zu lesen, »ein paar Einbrüche, ein paar Raubüberfälle.« Sie klappte die Akte zu und legte die Hände auf den Tisch. »In ein paar der Fälle wurde ermittelt, und es hat sich herausgestellt, dass Sie nicht der Täter sind. Wir würden gerne den echten Täter schnappen. Bei anderen Fällen können wir nicht mit Sicherheit sagen, dass Sie nicht der eigentliche Täter waren. Erinnern Sie sich vielleicht daran, dass Sie zu einigen dieser Fälle befragt wurden?«

Seine Augen weiteten sich. Sorge flackerte in seinem Blick auf. »Nein, ich kann mich nicht erinnern. Wie Sie schon sagten, ist es ein recht häufiger Name. Vielleicht ist es nur ein Zufall?«

»Oder vielleicht hat der Mann, der Ihre Identität gestohlen hat, diese Verbrechen begangen. Wir würden ihn gerne befragen. Sind Sie sicher, dass Sie sich nicht erinnern, wer er ist?«

Er sah sie direkt an. »Nein, ich kannte seinen Namen nicht. Irgendwann sind einfach Dinge um mich herum passiert, wie diese Verbrechen, von denen Sie sprechen, aber ich hatte nichts damit zu tun. Einmal habe ich einen Job angenommen und erfahren, dass jemand mit meinem Namen gerade denselben Job gekündigt hatte. Das war aber kein Zufall, denn er hatte meinen Geburtsort angegeben. Einmal hatte jemand die Adresse geändert, unter der mein Führerschein gemeldet ist. So ein Zeug halt, richtig unheimlich.«

»Na gut«, sagte Kay, frustriert darüber, dass sie nichts aus ihm herausbekommen konnte. Aber er schien die Wahrheit zu sagen, und sie glaubte ihm. »Dann bleibt nur noch eine Sache zu besprechen, Mr Sharp, und das ist der Vorwurf der Vergewaltigung.«

Er nickte mit zusammengekniffenen Lippen.

»Sehen Sie, ich glaube, meine Kollegen hatten es eilig, als sie den Haftbefehl ausstellten. Er hätte für Unzucht mit Minderjährigen ausgestellt werden müssen, was bei Weitem eine geringere Anklage ist, eine, die im Grunde wenig Konsequenzen hat.«

Er nickte wieder, verschränkte die Finger und rieb sich nervös die Daumen. »Jenna ist so schön und klug und sensibel. Ich konnte nicht anders, als mit ihr zu reden. Sie macht eine sehr schwierige Zeit durch, und alles, was sie brauchte, war ein Freund, jemand, der ihr zuhört und versucht, sie zum Lächeln zu bringen. Sie ist eine wunderbare junge Frau.«

»War.«

»Wie bitte?«

»Jenna wurde letzte Woche Dienstag umgebracht.«

Sharp sprang auf und begann, unruhig durch den Raum zu gehen. »Ach du meine Güte ... Ich schwöre, ich habe nichts damit zu tun. Ich habe mich gefragt, warum sie ...« Er hielt sich kurz die Hand über den Mund und drehte sich dann zu Kay um. »Ich schwöre es. Am Dienstag war ich ...«

»Machen Sie sich keine Sorgen, Mr Sharp. Ich weiß, dass Sie sie nicht umgebracht haben. Ich weiß, wer es war. Setzen Sie sich und lassen Sie uns das zu Ende bringen.«

Sichtlich erleichtert zog er den Stuhl heran und setzte sich.

»Während dieser Untersuchung haben wir Jennas Beziehung zu Ihnen aufgedeckt, und wir wissen, dass Sie beide sich mehrmals persönlich getroffen haben.«

»Ja, das haben wir.«

»Wie alt sind Sie, Mr Sharp?«

Er räusperte sich, bevor er sprach, und senkte den Blick.

»Ich bin sechsundfünfzig. Ich bin mir sicher, dass Sie das bereits wissen, und ich weiß, was Sie sagen wollen, aber ...«

»Ach ja?«, schnaubte Kay. »Wissen Sie wirklich, was ich sagen will?«

Er schüttelte den Kopf und sah sie flehend an. »Nein, ich weiß es nicht. Es tut mir so leid, das hätte ich nicht sagen sollen. Bitte fahren Sie fort.«

Kay seufzte und stand auf, weil sie den Drang verspürte, mehr Abstand zwischen sich und den Perversen zu bringen, der ihr gegenübersaß. Der Gedanke, dass die Hände dieses Mannes Jenna berührt hatten, widerte sie an und rief Erinnerungen wach, die sie nicht noch einmal in ihrem Kopf haben wollte.

Aber in ein paar Monaten wäre die Beziehung legal gewesen, und die moderne Gesellschaft hätte den sechsundfünfzigjährigen Mann, der mit einem achtzehnjährigen Mädchen ausging, als Playboy und Glückspilz angesehen und nicht als Perversling. Was für einen Unterschied ein paar Monate machten. Oder ein paar Kilometer ... In anderen Staaten galt ein niedrigeres Schutzalter, siebzehn oder sogar sechzehn Jahre. Hatte er wirklich Pech gehabt? Oder hätte er mit Jenna auch dann Sex gehabt, wenn sie vierzehn oder zwölf Jahre alt gewesen wäre? Zum Glück für Kays Seelenfrieden musste sie nur das Gesetz befolgen und nicht derart schwierige Fragen beantworten. Das war eine Aufgabe für die Gerichte.

»Während unserer Ermittlungen haben wir herausgefunden, dass Sie weit mehr getan haben, als eine Minderjährige über das Internet anzuchatten. Sie hatten mehrmals Sex mit einer Minderjährigen.« Er begann, auf seinem Stuhl herumzurutschen, als hätte er das Bedürfnis, etwas zu sagen, aber sie hielt ihn mit der erhobenen Hand auf. Er blieb mit offenem Mund sitzen. »Wir haben ein Tagebuch gefunden, in dem Jenna geschrieben hat, dass sie sich bei Ihnen als volljährig ausgegeben hat, also sind Sie aus dem Schneider, wenn Sie Sex mit ihr hatten. Sie wussten nicht, dass sie siebzehn war, nicht wahr, Mr Sharp?«

»Nein, ich schwöre, das wusste ich nicht. Und wir hatten nur vier oder fünf Mal Sex, nicht öfter. Sie wollte zu mir in die Stadt ziehen, aber das wollte ich nicht, nicht bevor sie mit der Schule fertig war, damit niemand nach ihr suchen würde.«

Und mit diesen wenigen, hastig dahingesagten Worten hatte er die Unzucht mit Minderjährigen gestanden. Es fühlte sich gut an, zu wissen, dass er für seine Taten bezahlen und als Sexualstraftäter registriert werden würde. Und doch ging Kay ein Gedanke nicht aus dem Kopf, als sie das Gespräch beendete.

Der Mann, der vor ihr saß, war der Einzige, der Jenna in den letzten Monaten ein wenig Wärme gegeben hatte. Auf eine lüsterne Art und Weise, aber immerhin. Diejenigen, die ihr das Leben zur Hölle gemacht hatten, waren immer noch da draußen und konnten ungestört ihrem Tagwerk nachgehen.

»Mr Sharp, wir klagen Sie der Verführung von und Unzucht mit einer Minderjährigen an. Ich empfehle Ihnen dringend, sich einen Anwalt zu nehmen, bevor Sie noch mehr sagen.«

Verblüfft sah er ihr hinterher, als sie den Raum verließ, und begann dann, gegen die Tür zu hämmern, die sich hinter ihr schloss. »Du verdammte Schlampe! Du hattest kein Recht ... Ich habe dir vertraut! Verdammte verlogene Bullen. Besorgen Sie mir einen Anwalt!«

Kay hörte ihm einen Moment lang zu, froh zu wissen, dass er nicht auf der Suche nach einem weiteren minderjährigen Mädchen sein würde, das er verführen konnte. Zumindest für eine Weile.

Elliot kam aus dem Beobachtungsraum, während Gavin Sharp immer noch Schimpfwörter durch die geschlossene Tür brüllte. »Soll ich reingehen und ihm ein paar Manieren beibringen?«

»Nein, Partner, es ist alles in Ordnung.«

Bis auf eine Sache, über die sie nicht reden wollte. Nicht einmal mit Elliot.

Ihr Vater ... wer war er? Und was hatte er getan, dass er die Identität eines so aalglatten Stadtperversen gestohlen hatte? Würde sie den Mut aufbringen, in diesen Abgrund zu blicken?

ACHTUNDVIERZIG

BEWUSSTSEIN

Das Revier war wie ausgestorben. Die meisten Polizisten, die sonntags Dienst hatten, waren unterwegs, um die Geschwindigkeitsbegrenzungen zu überwachen, während Wellen von Touristen die Küste hinauf- und hinunterströmten, um das Wochenende in vollen Zügen zu genießen. Trotzdem hatte jemand gerade mexikanisches Essen in der Mikrowelle aufgewärmt und die Luft mit dem köstlichen Duft frischer Quesadillas de Pollo erfüllt.

Kay ignorierte ihr Magenknurren und schnappte sich ihre Schlüssel vom Schreibtisch. »Willst du mitkommen zu Doc Whitmore? Ich habe ein paar Fragen, aber die sind nicht alle fallbezogen. Und dann muss ich einen Happen essen gehen.«

Elliot sah sie einen Moment lang an, als wollte er herausfinden, ob es ihr wirklich recht war, dass er mitkam, oder ob sie nur der Höflichkeit halber fragte. Kay war sich selbst nicht sicher. »Klar.« Er hielt ihr die Tür auf und schien darauf zu warten, dass sie sich daran erinnerte, dass sie mit seinem Geländewagen zum Revier gefahren waren, denn sie hatte es für einen Augenblick vergessen. Kay konnte sich ein Lächeln nicht verkneifen, als sie ihre Schlüssel in die Tasche steckte.

»Du fährst, Partner.« Sie kletterte in seinen SUV und fragte sich, ob das, was sie vorhatte, ein kostspieliger Fehler werden könnte. Vielleicht sollte man schlafende Hunde einfach schlafen lassen, und es war nur eine Frage des Willens, die ganze Sache auf sich beruhen zu lassen. Wen kümmerte schon die wahre Identität ihres Vaters, wenn es doch völlig egal war? Aber vielleicht konnte sie sich genau deshalb nichts anderes vorstellen, als Polizistin zu sein. Sie musste es wissen.

Ein blauer Lexus hielt neben ihnen an, und die Frau am Steuer winkte ihnen zu. Es war die Mutter von Kendra. Elliot ging zur Fahrerseite hinüber und schüttelte ihr durch das heruntergekurbelte Fenster die Hand, aber sie stieg aus und umarmte ihn. Kay trat schnell zu ihnen, das Herz wie wild klopfend vor Angst, dass sie zu spät gekommen sein könnten.

»Ist Kendra ...?«

»Ja«, sagte Mrs Flannagan, ließ Elliot los und umarmte sie auch. »Danke, Detective, Sie haben mein kleines Mädchen gerettet. Ich wollte Ihnen nur sagen, wie dankbar wir beide sind. Mein Mann ist immer noch bei ihr, in Redding. Dorthin haben sie sie gebracht.« Sie ließ Kay genau in dem Moment los, als ihr die Umarmung unangenehm wurde. Sie wurde nur selten umarmt und mochte körperliche Nähe nicht so sehr wie viele andere Frauen.

Mrs Flannagan trat einen Schritt zurück, sah Kay und Elliot an und verschränkte die Hände zu einer flehenden Geste. »Bitte, finden Sie den Scheißkerl, der das meinem kleinen Mädchen angetan hat, und lassen Sie ihn dafür bezahlen. Versprechen Sie mir das. Sie wird nie wieder dieselbe sein, meine arme Kleine.« Sie schniefte und wischte sich mit der Hand über die Augen. »Aber wenigstens hat sie überlebt. Wir werden ihr einen Therapeuten besorgen, alles, was sie braucht. Die Ärzte sagen, sie wird sich vollständig erholen, aber sie war ...« Ein Schluchzen stieg in ihrer Brust auf und erstickte ihre Worte. »Eine Stunde später, und meine Kleine wäre tot gewesen.« Sie biss sich auf die Lippe, vielleicht um ihre Tränen zurückzuhalten. »Versprechen Sie mir, dass er dafür bezahlen wird.«

»Das wird er«, erwiderte Kay. »Wir werden keine Ruhe geben, bis er gefasst ist.«

»Was habe ich da in den Nachrichten über die arme Jenna gehört? Es gab zwei Täter?«

»Nicht bei Kendra, nein.« Kay drückte der Frau die Hand. »Das kann ich Ihnen versichern.«

Auf der kurzen Fahrt zur Rechtsmedizin fragte sich Kay, ob sie ihr Wort halten konnten. Wo war Richard Gaskell, und warum hatte er ihren Köder nicht geschluckt?

»Ich hätte erwartet, dass Gaskell Senior inzwischen mit einem Stapel Papiere vor unserer Tür steht. Eine Nachrichtensperre, eine geplante Übergabe, irgendetwas, das seinem Sohn helfen könnte. Er sollte wissen, dass ein flüchtiger gesuchter Straftäter Gefahr läuft, erschossen zu werden.«

»Der Tag ist noch jung«, antwortete Elliot und fuhr auf den Parkplatz der Rechtsmedizin. »Die Nachrichten wurden erst gestern Abend ausgestrahlt. Nicht jeder ist so schnell wie du. Wenn du noch schneller wärst, würdest du wieder im Gestern landen und alles noch einmal von vorne beginnen.«

Kay gluckste und betrat das düstere Gebäude. Wie immer ließ Elliots Enthusiasmus sichtlich nach, als er durch die Glastüren trat.

Der Empfangsschalter war leer, und in der Leichenhalle herrschte eine unheimliche Stille. Im Autopsieraum brannte Licht, also drückte Kay die Edelstahltür auf und trat unaufgefordert ein. Doc Whitmore blickte von einem Ausdruck auf, den er gerade las. Er hielt ihn zu nah an die Augen, ein sicheres Zeichen dafür, dass der Arzt bald zum Optiker gehen musste.

»Guten Morgen, Doc.« Kay ging hinüber und umarmte ihren alten Freund kurz. Etwas von Mrs Flannagans intensiven

Emotionen rührte noch immer an ihrem Herzen, aber vielleicht war es auch die Angst vor dem, was sie gleich entdecken würde.

»Was führt Sie an einem Sonntag so früh hierher?«, fragte Doc Whitmore. »Nicht, dass ich Ihre Gesellschaft nicht zu schätzen wüsste. Es wird einsam hier drin, wenn man nur mit sich selbst reden kann.«

»Sie müssen mir einen Gefallen tun. Inoffiziell«, bat Kay gerade, als Elliot in den Autopsieraum trat, vermutlich erleichtert darüber, dass beide Seziertische leer waren.

»Sicher, wenn ich Ihnen helfen kann, tue ich das gerne.« Dr. Whitmore sah sie über den Rand seiner Brille hinweg an.

»Meine DNA ist in deiner Datenbank, für Tatortausschlüsse und so.«

»Das ist richtig.«

»Na ja, ich möchte, dass Sie sie durch CODIS laufen lassen und nach familiären Übereinstimmungen suchen.«

»Oh.« Der Doc stand auf und starrte sie diesmal durch die Brillengläser an. »Wonach soll ich suchen?« Er legte den Kopf ein wenig zur Seite und kratzte sich über dem linken Ohr. »Ich glaube, ich weiß es schon, aber ich kann nicht einfach davon ausgehen. Oder ich sollte es nicht, besser gesagt.«

»Nach meinem Vater. Vielleicht kann ich herausfinden, wer er wirklich war«, stieß Kay verbittert hervor. »Er war nicht Gavin Sharp, so viel ist sicher.«

»In Ordnung«, sagte der Doc und begann, etwas in seinen CODIS-Computer einzugeben. Kurz darauf lief die Suche. »Ich glaube nicht, dass es lange dauern wird. Sie wissen vielleicht noch aus Ihrer Zeit beim FBI, dass diese Datenbanken erst nach Landkreisen und dann nach Bundesstaaten suchen. Da er aus der Gegend stammt, würde ich mit ein paar Stunden rechnen, nicht mehr.«

»Danke, Doc, ich weiß das zu schätzen. Und Sie behalten das für sich?«

»Ich wüsste nicht, wieso ich das jemandem erzählen sollte.«

Sie gab ihm einen kurzen Kuss auf die Wange und wollte schon gehen, aber er sagte: »Nicht so schnell, junge Dame. Ich habe noch ein paar Ergebnisse für Sie beide.«

Kays Stimmung änderte sich und sie schüttelte die Dunkelheit ihrer bewegten Vergangenheit ab. Elliot trat näher heran. Auch sein Interesse war geweckt. Doc Whitmore schnappte sich die Fernbedienung und drückte einen Knopf. Der Fernsehbildschirm erwachte zum Leben und zeigte ein Foto von Jennas Gesicht. Eine Risswunde zog sich über ihre Wange, von der rechten Schläfe bis fast zur Nasenspitze.

Der Rechtsmediziner deutete mit der Fingerspitze darauf. »Die Substanzspur in dem Kratzer auf Jennas Gesicht war rosa Glitzernagellack. Das Glitzern hat ja überhaupt erst meine Aufmerksamkeit erregt, und dann hat der Massenspektrograf Spuren von Harz, Ethylacetat, Benzophenon und Mica gefunden. Das Letztgenannte ist das Glitzerzeug. Die Farbe war Rosa, CL zwei-dreiundvierzig, das passt zu dem am Tatort gefundenen Fingernagel, aber nicht zu Jennas Farbton.«

Einen Moment lang herrschte tiefes Schweigen im Raum. Der Fall war noch nicht abgeschlossen, und er würde es wohl auch nicht sein, selbst wenn sie Richard Gaskell fanden und verhafteten. Noch etwas anderes war Jenna zugestoßen, als sie dort oben auf dem Wildfire Ridge war.

Kay sah Elliot an, dann Doc Whitmore. »Auch die Haarsträhne und die rosa Haarspange deuten auf einen weiblichen Täter hin. Und jetzt der Nagellack in ihren Wunden. Es gab auch einen Schuhabdruck, der nicht zu unseren Vermutungen passt.«

Doc Whitmore blätterte durch einige Bilder auf dem Bildschirm, bis er das gesuchte Tatortfoto fand. »Da, der Sportschuhabdruck über dem Abdruck von Jennas Schuh.« Das leicht erkennbare Converse-Muster wurde durch einen anderen Schuhabdruck, ebenfalls von einem Damenschuh, leicht verdeckt. »Es ist übrigens ein Schuh der Marke Nike, ein Streetgato, um genau zu sein.«

»Alles war direkt vor unserer Nase, aber wir konnten es nicht sehen, wegen der Vergewaltigung und des Spermas«, murmelte Kay. Sie wandte sich an Elliot und sagte: »Komm schon, Partner, wir müssen einen Mörder fangen. Gibt es etwas Neues von den Telefonauswertungen?«

Elliot überprüfte schnell seine E-Mails. »Noch nichts.«

»Dann müssen wir es auf die altmodische Art machen. Vor Ort.«

Sie waren fast schon aus der Edelstahltür hinaus, als der CODIS-Computer piepste. Kay erstarrte für einen Moment, dann ging sie zurück zum Bildschirm.

»Wir haben einen Treffer«, sagte Doc Whitmore, drehte sich zu ihr um und verdeckte dabei den Bildschirm mit dem Rücken. Seine Stimme war sanft und voller Sorge, wie die eines Vaters. Seine Hand tätschelte Kays Schulter und er runzelte die Stirn. »Sind Sie sicher, dass Sie das wissen wollen?«

Ihr Atem stockte. »Ja, Doc, ich bin mir sicher. Ich muss wissen, wer er ist.«

Er trat zur Seite, damit sie den Bildschirm sehen konnte. Ein paar Meter entfernt symbolisierte Elliots Gesichtsausdruck stählerne Unterstützung.

Sie las die Informationen schnell, ihr Blick huschte über die vertrauten Datenbankfelder. »Jonas Solomon Castigan«, flüsterte sie, »das ist also mein Vater.«

Aber der Name verriet ihr noch nicht die ganze Geschichte. Als sie weiterlas, wurde ihr klar, dass sie bereits wusste, wer ihr Vater war. Ein Schläger. Ein Mörder.

Drei Jahre vor Kays Geburt war Jonas Solomon Castigan zum vierten Mal verhaftet worden, und zwar wegen Mordes an seiner misshandelten Frau und zwei kleinen Kindern, zwei Mädchen im Alter von vier und sieben Jahren. Die Todesdaten lagen einige Tage nach der Anzeige; zum Zeitpunkt der Verhaftung war er wegen häuslicher Gewalt, tätlichen Übergriffen und Körperverletzung angeklagt worden. Irgendwie war es ihm gelungen, eine Kaution zu hinterlegen, und seitdem war er verschwunden. Die Haftbefehle waren in allen drei Fällen in Mord umgewandelt worden, nachdem seine Frau und die kleinen Mädchen ihren Verletzungen erlegen waren. Und seitdem hatte ihn niemand mehr gesehen.

Mit wild klopfendem Herzen starrte Kay auf den Bildschirm, sprachlos, wie in Trance, bis sie Doc Whitmores Hand an ihrer Schulter spürte.

Sie hatte nichts Neues erfahren, bis auf einen Namen, der ihr nichts sagte. Hätte sie vor achtzehn Jahren nicht den Abzug gedrückt, hätten eine andere Frau und ihre beiden Kinder wahrscheinlich das gleiche Schicksal erlitten.

Mit einem kurzen, schiefen Lächeln sah sie Doc Whitmore an, bevor sie Anstalten machte, die Suchergebnisse zu löschen. Er nickte und Kay drückte auf die Maustaste. Der Bildschirm verschwand.

Und mit ihm auch der Rest ihres schlechten Gewissens.

NEUNUNDVIERZIG

VERSCHÜTTET

Kay hatte den ganzen Sonntag damit verbracht, verschiedene Telekommunikationsanbieter zu drängen, ihr die angeforderten Unterlagen zu schicken. Da es für die meisten Leute ein freier Tag war, hatte sie nichts erreicht, außer mehrere Nachrichten in einem unerbittlichen Tonfall zu hinterlassen und ein paar Leute zu verärgern. Das Beste, was sie sich erhoffen konnte, war, dass sie morgen, spätestens gegen Mittag, eine Antwort erhielt. Das hatte sie aber schon einmal über Denise Farrell gehört, und dieses Versprechen war bereits gebrochen worden.

Frustriert und erschöpft nach einer Woche emotionaler Achterbahnfahrt, lehnte sie Elliots Einladung zum Abendessen ab und fragte sich, wie diese Miranda seine ständige Abwesenheit von zu Hause hinnehmen konnte. Aber es ging sie nichts an, was diese Frau tat oder nicht tat; allein die Tatsache, dass es sie gab, hatte alles aus der Spur gebracht.

Aber waren sie jemals wirklich in der Spur gewesen? Sie und Elliot? Oder bildete sie sich das alles nur ein? Wie konnte sie nur sämtliche Signale falsch gedeutet haben? Wunschdenken, das muss es gewesen sein. Wie es sich anfühlte, wenn er ihre Hand berührte. Wie er sie ansah und lächelte. Dieses herzergreifende Gefühl der Nähe, das sie verspürte, wenn er in ihrer Umgebung war.

»Motivierte Wahrnehmung«, murmelte sie, zog die Schuhe in ihrer verlassenen Küche aus und schaltete das Licht ein. *Das war es, nichts anderes,* redete sie sich ein und dachte, sie hätte nichts verloren, denn im Grunde hatte sie ja nichts gehabt, nur eine falsch interpretierte Freundschaft mit ihrem Partner. Aber warum fühlte sie dann eine unerträgliche Traurigkeit, die auf ihrer Brust lastete und ihr den Atem raubte.

Jacob war auf einem seiner regelmäßigen Dates mit seiner Freundin, einer jungen Dame, die seine Frau werden würde, wenn er verstand, was gut für ihn war. Er war bis über beide Ohren in sie verliebt, aber in typischer Macho-Manier konnte er sich das nicht eingestehen und einfach dankbar für das sein, was er hatte. Er würde wahrscheinlich den Rest des Abends weg sein, eine gute Gelegenheit, um etwas in der Küche zu erledigen. Zum Beispiel die Wände zu streichen.

Kay beäugte die geflickten Wände mit dem starren Blick eines Raubtiers, das bereit war, zuzuschlagen, und fragte sich, ob sie die Kraft haben würde, es allein anzugehen, anstatt auf Jacob zu warten. Er hatte sich den Dienstagnachmittag freigenommen, um ihr zu helfen, aber was sollte sie dann jetzt tun? Fernsehen?

Sie zog sich ihr Maleroutfit an, das fleckige T-Shirt und die passenden Shorts, und holte dann das Farbrollerset, das sie in dem Baumarkt gekauft hatte, in dem Renaldo gearbeitet hatte. Als sie alles fein säuberlich auf dem Küchentisch ausgebreitet hatte, griff sie nach dem Eimer mit der matten, zitronenbaisergelben Latexfarbe und brach mit ein wenig Mühe den Deckel mit dem Spachtel auf. Dann rührte sie die Farbe gründlich um, ganz nach den genauen Anweisungen von Renaldos ehemaligem Chef, dem alten Mr Harry persönlich.

Vorsichtig, um den schweren Farbeimer nicht fallen zu lassen, kippte sie ihn leicht und schüttete etwas Farbe in die

Schale. Dann wischte sie den Rand des Eimers ab und setzte den Deckel wieder auf. Als Nächstes drehte sie den Farbroller gründlich in der Farbe und versuchte sich an einem Teil der Wand, der ohnehin bald hinter dem Kühlschrank verschwinden würde. Nur für den Fall, dass sie irgendetwas falsch machte.

Die Tür schwang hinter ihr auf, aber sie reagierte nicht, im Glauben, es sei Jacob. »Gerade rechtzeitig, um dir die Hände schmutzig zu machen«, scherzte sie und bewunderte ihr Werk.

»Gerade rechtzeitig, um etwas klarzustellen, du Schlampe. Rennie wird mich auf keinen Fall verpfeifen.«

Der Farbroller fiel Kay aus der Hand, klapperte auf den Boden und hinterließ zitronengelbe Tropfen auf ihren Beinen.

Erschrocken drehte sie sich auf dem Absatz um und starrte in den Lauf einer Pistole. Richard Gaskell grinste sie lasziv und zugleich hasserfüllt an. Sie spürte, wie sein anzüglicher, ekliger Blick ihren Körper auf und ab wanderte, über ihre nackten Beine, über ihr Dekolleté.

Instinktiv tastete sie an ihrer Seite nach der Waffe, die natürlich nicht da war. Sie hatte sie in die Schublade gesteckt, wie sie es immer tat, wenn sie nach Hause kam.

»Ja, netter Versuch. Meinst du nicht, dass wir beide uns mal unterhalten sollten?« Richard gestikulierte mit der Waffe in Richtung eines Stuhls. Kay blieb stehen und überlegte, was sie tun sollte. »Setz dich«, schnauzte er sie an.

Kay schob das Kinn nach vorn, eine Geste, von der sie sicher war, dass der Nachwuchsmassenvergewaltiger sie nicht tolerieren würde. »Bist *du* bereit für den Stuhl, Richard? Denn das ist es, was du für den Mord an einer Polizeibeamtin bekommen wirst. Kein Anwalt der Welt kann dich davor bewahren. Nicht einmal dein Daddy.«

Seine Pupillen weiteten sich kaum merklich in einem Anflug von Angst. Die Hand, die die Waffe hielt, verharrte. Kay nutzte die Gelegenheit und stürzte sich auf ihn, packte seinen rechten Arm mit beiden Händen und drückte ihn nach oben, um die Waffe auf die Decke statt auf ihre Brust zu richten.

Als Footballspieler war Richard viel stärker und größer als sie. Er packte sie mit der linken Hand an den Haaren, und gleichzeitig traf sein Knie ihren Bauch. Kays Arme schlugen unkontrolliert um sich, als sie fiel und dabei den Spachtel und den Eimer mit der Farbe mit sich zu Boden riss. Der Deckel löste sich, und das Zitronenbaisergelb ergoss sich in einem hellen Schwall über die Zeitungen, die sie ausgelegt hatte.

Kay landete hart auf der Seite, krümmte sich vor Schmerz zusammen und schnappte nach Luft. Nur wenige Zentimeter vor ihrem Gesicht berührten Richards Füße fast den heruntergefallenen Malerspachtel. Hustend rutschte Kay näher an den Spachtel heran, ergriff ihn und versteckte ihn unter ihrem Körper.

Richard packte ihren Arm und zog sie hoch. Sie machte sich absichtlich schwer. »Steh auf«, befahl er.

Als sie nicht gehorchte, hob er den rechten Fuß, um zur Seite zu treten oder sie mit einem Tritt gefügig zu machen, und genau darauf hatte sie gewartet. Blitzschnell rammte sie ihm den Malerspachtel direkt in die Achillessehne seines linken Fußes.

Er schrie auf und fiel zu Boden, wobei er in der verschütteten Farbe ausrutschte, mit heiserer, gebrochener Stimme unartikulierte Flüche ausstieß und sich mit beiden Händen den Knöchel hielt. Seine Fingernägel färbten sich schnell in der Farbe des Blutes, das aus seiner Wunde tropfte. Um ihn herum nahm das Zitronenbaisergelb Schattierungen von Purpurrot an.

Die Waffe war unter den Tisch gerutscht, und Kay zögerte keine Sekunde. Sie kroch voran, schnappte sich die Waffe und richtete sie auf Richard, während sie sich mit den Füßen weiter von ihm wegdrückte. Als sie endlich aufstehen konnte, trat sie zu ihm hinüber, wobei sie darauf achtete, auf der glatten Oberfläche nicht auszurutschen und zu fallen.

Der Schmerz in ihrem Magen war zu einem dumpfen Pochen abgeklungen, und sie presste den Arm auf ihren Bauch, als könnte sie es dadurch irgendwie lindern. Als sie Richard ansah, war sie angesichts des Umfangs seines Bizeps erstaunt, dass sie es geschafft hatte, ihn zu Fall zu bringen.

Ich muss verrückt gewesen sein oder so, dachte sie und ihr wurde klar, dass es ganz anders hätte ausgehen können, wenn er nur den Bruchteil einer Sekunde schneller reagiert hätte.

Sie wog ihre Möglichkeiten ab. Wenn sie abdrückte, würde niemand ihre Entscheidung anzweifeln. Niemand würde ihr die Erschießung eines gesuchten Flüchtigen und Mordverdächtigen, der in ihr Haus eingebrochen war, vorwerfen. Nur sie selbst würde es besser wissen.

»Na los, erschieß mich«, sagte Richard, die Stimme erstickt von Tränen und kehlig von seinen schmerzerfüllten Schreien. »Worauf zum Teufel wartest du noch?«

Sie grinste. »Du wirst im Knast deine Strafe absitzen, Richard, keine Sorge. Du wirst ein oder zwanzig Jahre brauchen, aber du bekommst den Dreh raus. Sie lieben Quarterbacks da drin.«

Sie trat einen Schritt näher und verpasste Richard einen harten Hieb mit der Pistole. Er fiel ohnmächtig in die Pfütze aus blutigem Zitronenbaisergelb zu ihren Füßen. »Und das ist dafür, dass du meine Farbe verschüttet hast, du Arsch.«

FÜNFZIG

SPUR

Richard Gaskell trug einen anthrazitfarbenen Anzug, ein weißes Hemd und eine blaue Krawatte. Sein linker Fuß war bandagiert und auf einem Stuhl hochgelagert, fixiert mit einer Aircast-Schiene, in der sich sein Hosenbein verfangen hatte. Sein Haar fiel ihm ungeordnet in die kantige Stirn, während seine dicken Augenbrauen sich über der Nase berührten und Kay an von einem Vorschulkind gezeichnete Vogelflügel erinnerten.

Neben ihm stand ein weiterer Mann in einem teuren Anzug, der älter, kleiner und massiger war, bedrohlich dreinblickte und eine teure lederne Aktentasche vor sich ausgebreitet hatte.

Wie üblich analysierte Kay das Verhalten des Verdächtigen, bevor sie den Vernehmungsraum betrat, bereitete ihre Strategie vor und versuchte, den Gemütszustand ihres Gegenübers zu erfassen. In diesem Raum würde es Spannung geben. Härte. Sie hatte Gaskell in der Nacht zuvor verletzt, der Schnitt an seiner Achillessehne musste operiert werden, und das hatte bis in die Morgenstunden gedauert.

Und doch saß er jetzt da, wahrscheinlich gegen ärztlichen

Rat, und wollte alle Fragen beantworten, die Kay hatte, und das »Missverständnis aus der Welt schaffen«, wie er es selbst formuliert hatte. Kay schüttelte den Kopf. Wieder eines dieser Missverständnisse, die sich leicht ausräumen lassen würden, zumindest wenn es nach dem Verdächtigen ging.

Aber nicht so schnell.

Sie nahm eine frische Tasse Kaffee aus Elliots Hand entgegen und bedankte sich. »Könntest du dich bitte weiter um den Geldfluss hinter der Website und die Auswertungen der Telefone kümmern, während ich mich mit denen hier herumschlage?«

»Alles klar«, bestätigte Elliot und verschwand. Er war in letzter Zeit immer undurchdringlicher geworden, ruhiger, und sein übliches Lächeln war nur noch selten zu sehen. Es war nicht ihre Schuld, wenn es zwischen ihnen nach ihrem Besuch bei ihm ein wenig unangenehm geworden war. Sie war nicht diejenige, die eine Beziehung verheimlichte.

Kay schnappte sich die beiden Akten, die sie auf den Druckertisch gelegt hatte, und betrat mit federndem Schritt den Befragungsraum. Die Luft, normalerweise muffig und stinkend, roch jetzt nach teurem Rasierwasser, einer Mischung aus Gerüchen, die nicht zusammenpassten. Auf der Stirn des Anwalts bildeten sich winzige Schweißperlen. Einen Moment lang überlegte Kay, die Temperatur zu senken. Doch dann nahm sie einfach gegenüber den beiden Männern Platz und legte die Hände auf den beiden dicken Manila-Ordnern zusammen.

»Mr Gaskell, danke, dass Sie heute gekommen sind.«

»Abraham Ackerman. Ich vertrete Mr Gaskell«, sagte der Anwalt, streckte eine pummelige Hand aus und erhob sich halb von seinem Platz. Kay ignorierte die Geste, weil sie befürchtete, die Hand könnte genauso verschwitzt sein wie der Rest des Verteidigers.

Ackerman setzte sich mit einem kurzen Seufzer. »Mein Mandant möchte einige Dinge klären.«

»Möchte er ein Geständnis ablegen?«

Ein Moment des Zögerns. »Zu diesem Zeitpunkt nicht.«

»Dann erlauben Sie mir doch, Ihrem Mandanten ein paar Fragen zu stellen.«

Ackerman presste die schmalen Lippen für einen Moment zusammen und ließ damit seinen ganzen Mund verschwinden. »Bitte fahren Sie fort.«

»Mr Gaskell, Zeugen haben Sie mit Jenna Jerrell an dem Abend gesehen, an dem sie getötet wurde. Genauer gesagt, im Restaurant Alpine Subs.« Sie hielt inne.

Gaskell sah sie unbeeindruckt an.

»Möchten Sie eine Frage stellen?« Ackerman berührte den Knoten seiner Krawatte und wünschte wahrscheinlich, ihn ein wenig lockern zu können.

Kay schluckte einen Fluch herunter. Vierzehn Stunden nach dem Einbruch in ihr Haus war Gaskell ein völlig anderer Mensch. Ruhig, gelassen, gestärkt durch den Anwalt mit dem Tausend-Dollar-Stundensatz an seiner Seite, wahrscheinlich die beste Verteidigung, die Daddy mit seinem Geld und seinen Beziehungen kaufen konnte.

»Wir haben auf dem Wildfire Ridge zwei Kondomverpackungen mit Ihren Fingerabdrücken gefunden. Ihr Sperma wurde auf dem Opfer gefunden. Bitte schildern Sie, was letzten Dienstag passiert ist, beginnend mit dem Zeitpunkt, als Sie Jenna anriefen und sie um ein Date baten.«

Der Anwalt flüsterte Gaskell etwas ins Ohr. Der junge Mann nickte und sein Stirnrunzeln vertiefte sich. Dann verschränkte er die Arme vor der Brust und wartete schweigend.

»Mein Mandant ist nur bereit, Fragen zu den Kondomverpackungen zu beantworten, die auf dem Wildfire Ridge gefunden wurden.«

Kay nickte. »Bitte, dann beantworten Sie diese Frage.

Waren Sie mit Jenna Jerrell und Renaldo Cristobal auf dem Wildfire Ridge?«

Ackerman berührte Gaskells Arm, als dieser sprach. »Ja, wir waren dort oben, und ja, wir hatten Sex. Einvernehmlichen Sex, um das klarzustellen. Ihr Zeuge kann bestätigen, dass wir vorher zusammen Sandwiches gegessen haben, und sie war freiwillig dort und hatte Spaß dabei.«

»War es auch im Alpine Subs, wo Sie Jenna mit Rohypnol betäubt haben?«

Die beiden Männer steckten die Köpfe für einen kurzen Moment zusammen und flüsterten etwas, das Kay nicht verstehen konnte. »Mir war nicht bewusst, dass Jenna mit Rohypnol oder irgendwelchen Drogen betäubt worden ist«, antwortete Richard.

»Was ist passiert, nachdem Sie mit Jenna Sex hatten?«

»Ich bin gegangen. Sie war quicklebendig und wollte noch ein wenig auf dem Berg bleiben. Ich kann für nichts verantwortlich gemacht werden, was andere Leute getan haben, nachdem ich weg war.«

»Doch, das können Sie. Die Rechtsmedizin hat zweifelsfrei festgestellt, dass der sogenannte einvernehmliche Sex in Wirklichkeit eine Vergewaltigung war. Das Gesetz besagt, dass eine Zustimmung weder erlangt noch stillschweigend vorausgesetzt werden kann, wenn das Opfer mit einer Vergewaltigungsdroge betäubt wurde. Außerdem war der Sex gewalttätig und hat zu Blutergüssen und Risswunden geführt, wie der Rechtsmediziner in seinem Bericht dokumentiert hat.«

Gaskell kicherte und zuckte mit den Schultern. »Manche Mädchen mögen es auf die harte Tour.«

Kay biss die Zähne zusammen. »Daher wird ihr Tod als durch die Vergewaltigung eingetretten betrachtet, was Sie, ihren Vergewaltiger, des Mordes an ihr beschuldigt. Sie können Ihren Anwalt fragen.«

Aus Gaskells Blick sprach große Sorge, als er sich zu Ackerman beugte und das Flüstern wieder einsetzte.

»Detective, Sie wissen ganz genau, dass diese ganze Geschichte mit den sexuellen Übergriffen bestenfalls ein Indiz ist und vor Gericht keinen Bestand haben wird. Der schlechte Ruf des Opfers spricht für uns. Keine Jury wird die Vergewaltigungsvorwürfe glauben, auf die Sie Ihre Mordanklage stützen.«

Kay wurde für einen kurzen Moment schwindelig, als sie sah, wie ihr gesamter Fall vor ihren Augen in Stücke zerfiel. Sie brauchte handfeste Beweise wie Spuren von Rohypnol auf Gaskells Kleidung. Für das Haus der Gaskells und Richards Fahrzeug war ein Durchsuchungsbeschluss beantragt worden. Bis dahin blieb ihr Kendra.

»Ihr Mandant hat auch eine andere Mitschülerin entführt, vergewaltigt und gefoltert.«

»Ich weise die Unterstellung zurück«, sagte der Anwalt.

»Welche Unterstellung?«

»Sie sagten, eine andere. Sie unterstellen ihm damit, dass er Jenna Jerrell entführt, vergewaltigt und gefoltert hat. Mein Mandant hat nichts dergleichen getan.«

»Nun, Ihr Mandant wird trotzdem angeklagt werden. Lassen wir die Geschworenen entscheiden. Mir wurde gesagt, dass es als Entführung ausgelegt werden kann, wenn dem Opfer Rohypnol verabreicht wurde und sie unter Drogeneinfluss mit den beiden Jungen auf den Berg ging. Sie wissen schon, die Frage der Einwilligung und so.«

»Sie können nicht beweisen, dass mein Mandant im Besitz von Rohypnol war oder dem Opfer die Droge verabreicht hat.«

Gaskell berührte den Arm seines Anwalts. Weiteres Geflüster, während sich die Wangen des Anwalts schnell bewegten, teilweise verborgen hinter der Hand, die er zum Schutz vor den Mund hielt. Als er sich wieder aufrichtete, wirkte er etwas weniger zuversichtlich.

»Dann ist da noch die Sache mit dem Angriff auf eine Polizistin in ihrer eigenen Wohnung«, sagte Kay sanft und mit blitzenden Augen.

»Es gab keinen solchen Angriff«, antwortete der Anwalt kalt. »Mein Mandant wurde in die Wohnung eingeladen, als er die leitende Ermittlerin aufsuchte, um seine Gefangennahme zu besprechen. Die Waffe, die er bei sich trug, ist auf seinen Namen registriert und wurde bei dem besagten Überfall nicht benutzt. Es gibt keine Anzeichen für ein gewaltsames Eindringen.«

Einen Moment lang war Kay fassungslos und schnappte nach Luft. Es war absurd. Was für eine Frechheit von diesem Mann, und natürlich von Richard Gaskell selbst. Er stand da, starrte sie direkt an und spielte mit seinem Schlüsselbund. Nach der Befragung würde er hinausgehen und Zeit haben, alle Beweise zu vernichten, die noch von der Nacht auf dem Wildfire Ridge übrig waren. Innerhalb weniger Stunden würde er angeklagt werden, aber die Kaution war bereits hinterlegt, während der Durchsuchungsbefehl noch eine Weile auf sich warten lassen würde.

Der Anwalt lächelte und schloss seine Aktentasche. »Wenn es sonst nichts mehr gibt, gehen wir.«

Kay lachte und schaute Gaskell direkt ins Gesicht. Er zuckte zusammen. »Nein, das werden Sie nicht«, erwiderte Kay. »Wir haben das Recht, ihn achtundvierzig Stunden lang festzuhalten, bevor wir ihn anklagen, und genau das tun wir auch. Er bleibt hier.«

»Detective«, rief der Anwalt, sprang auf, außer Atem und dunkelviolett anlaufend, was auf zukünftige Herz-Kreislauf-Probleme hindeutete.

»Sie haben beschlossen, so zu tun, als würden wir uns in einer Grauzone befinden. Nun, dann spiele ich eben mit. Genießen Sie Ihren Aufenthalt.«

Ein Klopfen hinter dem Spiegel erregte ihre Aufmerksamkeit. Sie stand auf und nahm ihre Tasche mit, dann drehte sie sich halb zu Ackerman um. »Eine Vergewaltigungsanklage kann auf ein oder zwei Jahre hinauslaufen, Herr Anwalt, aber eine Mordanklage nicht. Ihrem Mandanten droht eine harte Zeit in einem Hochsicherheitsgefängnis. Ich schlage vor, Sie sagen ihm, dass es in seinem Interesse ist, zu kollaborieren, bevor Renaldo Cristobal es tut.« Sie grinste. »Darüber sollten Sie in den nächsten achtundvierzig Stunden nachdenken. Wer weiß, welcher der beiden Jungs der Klügere ist.«

Sie bekam keine Antwort, nur das gleiche überhebliche Gebaren von Gaskell, obwohl seine Fassade langsam Risse bekam.

Sie verließ den Befragungsraum und schloss die Tür sanft hinter sich, obwohl sie sie am liebsten so fest zugeschlagen hätte, dass die Wände wackelten – und mit ihnen Gaskells Arroganz.

In dem Moment, als sie den Beobachtungsraum betrat, kreuzte ihr Blick den von Logan. Er war nicht erfreut. »Ich habe Ihnen doch gesagt, dass Sie diesen Täter mit Samthandschuhen anfassen sollen, Detective.«

»Sheriff, ich glaube nicht, dass wir hier eine Wahl haben. Er ist ein verlogener Sack ...«

Er schnaubte. »Natürlich ist er das. Wie würde unsere Arbeit aussehen, wenn die Täter nur die Wahrheit sagen würden?« Ein kurzer Anfall von sarkastischem Gelächter folgte auf diese Bemerkung.

»Boss, wenn wir Renaldo nicht dazu bringen können, die Vergewaltigung zuzugeben, und wir keine Beweise für Rohypnol auf Gaskells Kleidung finden, können wir ihn auch nicht wegen irgendeiner Straftat an Jenna Jerrell anklagen. Das Mädchen wird nicht die Gerechtigkeit bekommen, die es verdient.«

»Vierundzwanzig Stunden«, sagte Logan und sah auf seine Uhr. »Ab jetzt. Nicht eine Minute mehr. Und hören Sie auf, die Medien nach Gutdünken zu benutzen, ohne es vorher mit mir abzusprechen. Stimmt es, dass Sie Barb Foster versprochen haben, sie zu benachrichtigen, wenn Sie Kendra gefunden haben?«

Kay biss sich auf die Lippe. »Das habe ich ganz vergessen, aber ja, ich habe es ihr versprochen. Ich kümmere mich darum.«

»Ich denke, Sie haben sich für heute genug gekümmert, Sharp. Ein ganzes Team reicht nicht, um die Scherben, die Sie hinterlassen, aufzukehren. Besorgen Sie mir die fehlenden Beweise und schließen Sie diesen Mordfall endlich ab. Die Leute fangen an, sich zu fragen, was zum Teufel wir hier machen. Ich bekomme jeden Tag Anrufe vom Staatsanwalt, und er erkundigt sich nicht nach meinem Befinden, so viel kann ich Ihnen versichern.«

»Jawohl, Sir«, antwortete Kay und trat zur Seite, damit Logan den kleinen Beobachtungsraum verlassen konnte, ohne dass sie aneinanderstießen. Die Luft, die er hinterließ, roch nach abgestandenen Zigarren.

Nach abgestandenen Zigarren und Niederlagen.

Kay wünschte, sie könnte Gaskell das arrogante Grinsen vom Gesicht wischen, aber sie wusste, dass das nicht ging. Nicht bei so vielen unbeantworteten Fragen, von denen viele darauf hindeuteten, dass irgendeine Frau in dieses Chaos verwickelt war. Eine Frau mit langen blonden Haaren, rosa Nagellack und Sportschuhen in Größe 39.

Als Kay den Beobachtungsraum mit federndem Schritt verließ, stieß sie mit Elliot zusammen. »Tut mir leid«, murmelte sie und versuchte, ihre roten Wangen zu verbergen. »Wir sind hier fertig ... lassen wir die beiden eine Weile schmoren.«

»Wie ist es gelaufen?« Erneut flackerte dieselbe heimliche Belustigung in Elliots Augen auf, aber sein Gesicht blieb ernst.

»Urgh«, stöhnte Kay. »Es macht mich wahnsinnig, dass er die Vergewaltigungsanklage gegen Jenna und damit auch die Mordanklage fallen lassen will. Wir wissen immer noch nicht, was da oben auf dem Wildfire Ridge passiert ist und wer die Frau war ...«

»Welche Frau?«

»Diejenige, die die Haarsträhnen und den rosa Nagellack auf Jennas Leiche hinterlassen hat. Und die Fußabdrücke, die frischer als die von Jennas Chucks waren.«

»Das könnte dir helfen«, sagte Elliot und reichte ihr den Bericht, den er in der Hand hielt.

Kay las ihn in dem schwachen Licht schnell durch. Er war von der Northern California Computer Crimes Task Force (NC3TF) ausgestellt worden. Sie hatten herausgefunden, wer für die Website bezahlte, die Jennas Leben ruiniert hatte. Nachdem eine Reihe von Manövern, die eines Mafioso würdig waren und in die PayPal und Prepaid-Kreditkarten involviert waren, aufgedröselt worden waren, hatten sie die E-Mail-Adresse identifiziert, hinter der der Geldgeber steckte. Diese E-Mail-Adresse war auf den Namen Alana Keaney registriert.

EINUNDFÜNFZIG
EIFERSUCHT

Alana Keaney, Jennas Freundin, diejenige, in deren Armen die arme Jenna Trost gefunden hatte.

Kay saß in Elliots SUV, der auf das Haus der Keaneys zufuhr, und war wütend. Das Verbrechen an sich, das Cybermobbing, war schon schlimm genug. Aber so zu tun, als wäre sie Jennas Freundin und ihren Schmerz, ihre Tränen über sich ergehen zu lassen, das war krankhaft. Purer Sadismus. Das Mädchen hatte sich an Jennas Leid ergötzt und hatte nachgetreten, immer und immer wieder, weil sie nicht genug bekam.

Die NC3TF hatte bestätigt, dass es sich bei den Nacktbildern, die für Jennas Website verwendet wurden, um Stockfotos handelte, aber das war Kay egal. Sie wollte dieser sadistischen kleinen Schlampe trotzdem das Handwerk legen.

Und sie war immer noch davon überzeugt, dass es mehr über Jennas Tod zu erfahren gab, als sie bisher herausgefunden hatten. Deshalb hatte sie Logans Angebot, Verstärkung zu holen und Alana zu verhaften, abgelehnt. Sie wollte die Sache auf eine andere Weise angehen.

»Was ist, wenn mehr dahintersteckt?«, fragte Kay und sah Elliot einen Moment lang an. Er konzentrierte sich auf die

Straße vor ihm und schlängelte sich mit eingeschalteter Warnblinkanlage durch den Verkehr. »Und warum hat sie es getan? Sie hatten doch beide einen Freund, oder? Das heißt, Eifersucht scheidet als Motiv aus ...« Kay knabberte an ihrer Fingerspitze und dachte nach. Die Puzzleteile passten nicht so gut zusammen, wie sie es sich gewünscht hätte.

»Wer weiß«, erwiderte Elliot. »Manchmal sind Menschen eifersüchtig auf Dinge, die keine Rolle spielen oder nicht wirklich existieren. Wegen reinen Mutmaßungen, sage ich mal.«

»Was meinst du damit?«

»Ich meine, dass die Dinge selten so sind, wie sie auf den ersten Blick erscheinen. Menschen bilden sich Dinge ein und fangen an, sie zu glauben. Daraus entwickeln sich dann ihre Motive.«

»Okay, das könnte durchaus sein. Aber ich fürchte, da ist noch mehr.«

Elliot sah sie an. »Was zum Beispiel?«

»Zum Beispiel eine Vergewaltigung im Auftrag«, sagte Kay seufzend und legte die Hand an den Türgriff, während Elliot schnell in Alanas Straße einbog. »Was wäre, wenn Alana Gaskell angestiftet hätte, Jenna zu vergewaltigen? Du hast ihn ja gesehen ... man muss ihn nur in die passende Richtung lenken und ihm dann den entscheidenden Schubs geben. Er würde sofort losgehen, vor allem, wenn er das ganze Gerede über Jenna glaubt.«

Überrascht sah Elliot sie wieder an, während er rechts ranfuhr.

»Stell dir vor, Jenna weist ihn ab und er glaubt, dass sie mit jedem schläft, nur nicht mit ihm. Das muss ihn ganz schön aus der Fassung gebracht haben.« Kay machte sich bereit, aus dem Auto auszusteigen. »Wir brauchen diese Telefonanalysen ganz dringend.«

»Die Betreiber haben gesagt, dass es heute klappt«, sagte

Elliot leise und schloss in der Einfahrt der Keaneys zu ihr auf. »Komplett mit Textnachrichten und allem.«

»Das hoffe ich doch«, flüsterte Kay und klingelte an der Tür. »Es ist schon fünf. Behalte deinen Posteingang im Auge, vielleicht haben wir ja Glück. Ich brauche ein oder zwei Asse im Ärmel, um zu beweisen, dass Jenna ihr die Vergewaltigung zu verdanken hatte.«

Alana riss die Tür weit auf und erstarrte, als sie bemerkte, wer vor ihr stand. Sie trug einen schwarzen Lederminirock mit einem Reißverschluss vorne und ein weißes, spitzenbesetztes, durchsichtiges T-Shirt über einem ärmellosen Top, das kaum größer war als ein Sport-BH. Unzählige dünne Silberketten hingen von ihrem Hals, und Armreifen schmückten ihre beiden Handgelenke. Sie schien sich zum Ausgehen fertig gemacht zu haben, trug Riemchensandalen mit zehn Zentimeter hohen Absätzen und hielt eine kleine, passende Handtasche in der Hand.

»Dürfen wir reinkommen?«, fragte Kay und zeigte mit einer schnellen Bewegung ihren Ausweis vor.

»Ich muss los, ich habe keine Zeit für so etwas«, sagte Alana.

»Und ich fürchte, es kann nicht warten, und es wäre für alle Beteiligten besser, dieses Gespräch drinnen zu führen.« Kay trat einen Schritt vor, aber Alana rührte sich nicht.

»Entweder hier, auf deiner eigenen Couch, oder in Handschellen auf dem Revier,« sagte Elliot kalt. Das Mädchen verdrehte die Augen und kaute laut auf einem Kaugummi herum. »Mensch ... Sie sollten sich mal entspannen. Okay, kommen Sie rein.«

»Wer ist da?«, rief Alexandria leise von innen.

Als sie eintraten, erblickte Kay die Frau, die in einem weißen Frotteebademantel auf dem Sofa lag, neben sich ein Couchtisch mit einem leeren Glas und einer fast leeren Flasche Cabernet, die keine Fragen offenließ. Die Vorhänge waren fast vollständig zugezogen und tauchten das Wohnzimmer in ein gedämpftes Licht, wahrscheinlich das einzig Angenehme bei einem ausgewachsenen Kater.

Erbarmungslos drückte Kay auf den Lichtschalter. Alexandria stand auf, blinzelte und schirmte die Augen mit der Hand ab. Ihre Finger zitterten leicht.

Alana stand neben dem Sofa und stemmte die Hände in die Hüften. »Können wir es endlich hinter uns bringen?«

Elliot rückte näher an die Tür heran, wahrscheinlich für den Fall, dass sie flüchten wollte, obwohl sie auf diesen Absätzen nicht weit kommen würde.

»Ihre Tochter ist minderjährig, richtig?«, fragte Kay.

»Ja.« Alexandria fuhr sich mit der Zunge über die trockenen, rissigen Lippen und sah sich im Zimmer nach etwas um. Sie befestigte den Gürtel des Bademantels um ihre Taille, dann ging sie barfuß zum Kühlschrank und holte sich eine Dose Cola. Sie drückte den Verschluss herunter und trank durstig einen großen Schluck, dann kehrte sie zum Sofa zurück und legte die Stirn in die Handflächen. »Worum geht es eigentlich?«

»Wir haben zwei Verhaftungen im Fall der Vergewaltigung und Ermordung von Jenna Jerrell vorgenommen.«

»Ja, wir haben es in den Nachrichten gehört«, sagte Alexandria und entschied sich, doch noch aufzustehen. Sie ging schnell ins Badezimmer. »Entschuldigen Sie mich einen Moment, ich bin gleich wieder da.«

Hinter der geschlossenen Tür hörte Kay das Wasser laufen.

»Okay, fragen Sie mich, was Sie fragen wollen, damit ich gehen kann«, sagte Alana und lief im Wohnzimmer auf und ab wie ein eingesperrtes Tier.

»Lass uns auf deine Mutter warten.« Das Letzte, was Kay gebrauchen konnte, war ein gewitzter Anwalt, der ihr anhängte, eine minderjährige Verdächtige ohne die Anwesenheit eines Elternteils verhört zu haben.

Als Alexandria aus dem Bad kam, war ihr Gesicht so rot, als

hätte sie es energisch mit einem Handtuch abgewischt. Einzelne Strähnen ihres zerzausten Haares, die ihr Gesicht berührt hatten, waren noch feucht.

»Sie sagten, Sie hätten einige Verhaftungen vorgenommen. Das ist großartig«, sagte Alexandria und lächelte höflich. »Was hat das mit meiner Tochter zu tun?«

»Sowohl Renaldo Cristobal als auch Richard Gaskell versuchen, ihre Anschuldigungen zu entkräften. Dabei haben sie eidesstattliche Erklärungen abgegeben, die auch die Beteiligung Ihrer Tochter an diesem Fall beinhalten.«

Alana klapperte mit ihren Absätzen über das Parkett und ging zu Kay hinüber. Einen Meter vor ihr blieb sie stehen, die Hände in die Hüften gestützt. »Welche Beteiligung? Ich habe nichts getan.«

Kay ignorierte sie und trat zur Seite, sodass sie einen direkten Blickkontakt zu Alanas Mutter aufbauen konnte. »Es scheint, als hätte Alana sie angestiftet, indem sie Richard Gaskell zugeflüstert hat, wie zugänglich Jenna sei und wie sehr sie auf Sex stehe.«

Der Frau fiel die Kinnlade herunter, als sie sich umdrehte, um ihre Tochter anzustarren. »Alana?«

»Das habe ich nicht getan, Mom«, sagte das Mädchen, die Stimme ein paar Töne höher als sonst. »Ich war bescheuert, okay, aber ich habe nur wiederholt, was ich gehört habe, weißt du, was andere Leute über sie gesagt haben. Aber ich habe diesen Typen *nie* gesagt, dass sie sie vergewaltigen sollen. Sie müssen mir glauben«, forderte sie und ihre Tonlage wurde noch höher, als sie erst Elliot und dann Kay ansah.

Elliot scrollte völlig vertieft auf seinem Handy herum.

»Ich glaube das kaum, aber das macht nichts.« Kay zuckte mit den Schultern und gab sich desinteressiert. »Es sind die Beweise, die wirklich zählen, nicht die Meinungen irgendwelcher Polizisten. Und wir haben die IP-Adresse des Computers zurückverfolgt, von dem diese Nachrichten stammen. Sie kamen von hier«, bluffte sie mit festem Blick, in der Hoffnung, dass es Wirkung zeigte.

Panik überzog Alanas Gesicht und auch durch ihr Make-up hindurch war ihre Totenblässe zu erkennen.

»Warum?«, fragte Kay sanft. Sie hatte Gewissheit. Irgendwo, begraben in Bergen von Daten, lag der Beweis dafür, dass Alana dafür gesorgt hatte, dass Jenna vergewaltigt wurde. Alana begann zu weinen, aber ihr Schluchzen klang nicht aufrichtig. »Ich war dumm, das ist der Grund. Sie hatte ein Auge auf meinen Freund geworfen, und ich wollte ihn nicht verlieren.«

»Wir haben auch die Website ausfindig gemacht, die du so freimütig für Jenna eingerichtet hast. Das Geld kam von deinem Konto«, fuhr Kay ruhig fort.

Alexandrias Augenbrauen schossen in die Höhe. »Die, ähm, Erwachsenen-Website mit Jennas Nacktfotos? Diese Website?«

Kay lächelte und wandte sich an Alana. »Was ist mit Kendras Website? Wann kommt die denn raus?«

Alexandria trat an sie heran und starrte Kay an. »Meine Tochter wird keine Fragen mehr beantworten, ohne dass ein Anwalt anwesend ist.« In einer Geste des Trotzes warf Alexandria ihr langes Haar über die Schulter. Wellige, seidige Strähnen, die etwa so lang waren wie die Haarfasern an Jennas Körper, flogen zur Seite und offenbarten eine blassblaue Haarspange in Form eines Schmetterlings.

Kays Atem stockte. Ihr Blick fiel auf Alexandrias Fingernägel. Sie waren mit rosafarbenem, glitzerndem Nagellack lackiert, wie man es von einem Teenager erwarten würde. Alanas Nägel waren in einem tiefen Lila gehalten. Im Bruchteil einer Sekunde machte Kay eine Bestandsaufnahme der verbleibenden Beweisstücke, die bis dahin unerklärt waren. Es war alles da gewesen, und zwar direkt vor ihren Augen, seit sie Alana das erste Mal befragt hatte. Nur ergab es absolut keinen

Sinn. Warum sollte Alanas Mutter auf den Wildfire Ridge geklettert sein, um Jenna zu töten, nachdem sie überfallen worden war?

»Ja leck mich doch«, murmelte Elliot und starrte auf den Bildschirm seines Telefons. »Da brat mir doch einer 'nen Storch.«

Kay sah ihn an und bemerkte, dass er unter ihrem Blick knallrot wurde. »Was ist los?«

Er starrte sie mit weit aufgerissenen Augen an, wie festgefroren, und seine Wangen liefen dunkelrot an. Kay ging hinüber und griff nach seinem Telefon. Er zögerte ein wenig, aber sie bedeutete ihm, wie ungeduldig sie war, und er gab nach. Die Telefonanalysen waren an Elliots E-Mail-Adresse geschickt worden, ermittlungsrelevante Inhalte fein säuberlich hervorgehoben. Die NC3TF hatte verdammt gute Arbeit geleistet, Hunderte von Seiten durchsucht und zusammengefasst. Die Aufzeichnungen enthielten gemeinsame Standortverzeichnisse für die analysierten Telefonnummern.

Kay lehnte sich kurz an die Wand und wischte sich schnell durch ein paar Seiten, dann kehrte sie zu der Seite zurück, die Elliot gerade überprüft hatte und die immer noch im Hintergrund geöffnet war. Die Fotos, die dem Chatprotokoll beigefügt waren, zauberten ein schwaches, verstohlenes Grinsen auf ihr Gesicht. Sie drückte Elliot das Telefon mit ausdrucksloser Miene, aber einem amüsierten Schimmer in den Augen wieder in die Hand.

»Kein Grund zur Sorge«, sagte sie zu den beiden Frauen, die näher zusammengerückt waren. Alexandria hatte ihren Arm um Alanas Schultern gelegt. »Ihre Tochter wird wegen einiger kleinerer Vergehen angeklagt werden. Verbreitung von Kinderpornografie, für den Anfang.«

»Diese Fotos sind nicht von Jenna«, rief Alana. »Das können Sie mir nicht anhängen.«

Kay grinste. »Doch, das kann ich. Auf der Website, die du

erstellt hast, gibst du an, dass sie es sind. Bis wir das geklärt haben, kommst du mit uns. Dann gibt es zwei Anklagen wegen Anstiftung zu einer Gewalttat. Oh, ich muss daran denken, das den Verteidigern der Jungs zu sagen. Das nennt man Aufklärung, weißt du. Ich *muss* das tun.«

»Mach dir keine Sorgen, Süße.« Alexandria drückte ihre Tochter fest an sich. »Wir besorgen dir einen guten Anwalt. Das ist nur ein Irrtum, ein Kinderstreich, sonst nichts«, fügte sie hinzu und sah Kay flehend an.

Alana drehte sich um und vergrub ihr Gesicht an der Schulter ihrer Mutter, wobei sie heftig schluchzte. Dieses Mal wirkte es aufrichtig.

Elliot holte die Handschellen hervor, die er hinten an seinem Gürtel trug, und wandte sich an Alana. »Es ist Zeit zu gehen, komm schon.«

»Und dann ist da noch die Sache mit der lästigen kleinen Mordanklage«, fügte Kay hinzu.

Alana drehte sich um, als wäre sie von einer Schlange gebissen worden. »Ich habe Jenna nicht umgebracht! Ich war mit …«

»Sie war hier, bei mir«, sagte Alexandria.

»Nein, war sie nicht. Sie war zum Zeitpunkt des Mordes bei ihrem Freund Nick.«

»Und? Warum beschuldigen Sie meine Tochter dann des Mordes?«

Kay gluckste. »Wir beschuldigen nicht Alana, sondern Sie.«

Alexandria ließ die Schultern ihrer Tochter los und trat einen Schritt zurück. Ihre Hand schnellte zu ihrer Brust. »Mich? Welchen Grund sollte ich denn haben, dieses Mädchen zu töten?«

»Einen der ältesten, die es gibt«, antwortete Kay. »Eifersucht. Wie lange schlafen Sie schon mit dem Freund Ihrer Tochter?«

Alana hörte augenblicklich auf zu weinen. Ihre tränenüberströmten Augen glänzten vor Wut. »Was? Ist das wahr?« Sie wartete die Antwort nicht ab, sondern stürzte sich auf ihre Mutter und versuchte, mit beiden Händen an ihren Haaren zu ziehen. »Ich hasse dich!«

Alexandria stieß sie zurück, legte die Hände um Alanas Kehle und drückte zu, bis das Mädchen röchelte.

Elliot packte Alana, hielt ihre um sich schlagenden Arme fest und führte sie von ihrer Mutter weg. Kay kümmerte sich um Alexandria, aber bevor sie ihren Arm ergreifen konnte, stürzte sich die Frau auf sie und versuchte, ihr ins Gesicht zu schlagen. Kay wich dem Schlag aus, griff nach Alexandrias Handgelenk und legte ihr Handschellen an.

»Genau das wird Sie lebenslang ins Gefängnis bringen, Mrs Keaney. Diese Art von Schlag, den Sie gerade gegen mich ausführen wollten«, sagte Kay und brachte die Frau nach draußen. »So ist Jenna am Fuße des Wildfire Ridge gelandet, nicht wahr? Hatten die Jungs sie nicht so erledigt, wie Sie es gehofft hatten?«

»Anwalt«, zischte Alexandria ihr zu und versuchte, sich aus Kays Griff zu befreien.

»Ja, Sie bekommen einen, keine Sorge. Ich schätze, Sie wussten aus den Nachrichten Ihrer Tochter, dass Nick anfing, Jenna zu mögen. Ich glaube, Sie haben Alanas Nachrichten an Nick gelesen, in denen sie ihm sagte, dass er sich mit niemand anderem als mit ihr treffen dürfe, mit besonderem Hinweis auf Jenna und ein Gespräch in der Schule, das wohl etwas länger ausgefallen war, als es Ihrer Tochter gefallen hatte. Das war im letzten März, kurz bevor die Hetzkampagne gegen Jenna begann.«

Kay verstummte. Alana starrte sie fassungslos an, aber sie konzentrierte sich auf Alexandria, die totenbleich geworden war. »Ich schätze, in Ihrem verdrehten Hirn war es okay, dass Nick mit Ihrer Tochter zusammen war, aber mit niemandem sonst, oder? Ich glaube auch, dass Sie herausgefunden haben, dass Alana die Jungs angestiftet hat, Jenna zu attackieren. Und dann sind Sie selbst auf den Berg gestiegen, um sicherzustellen, dass die beiden gute und gründliche Arbeit leisten.«

»Du hast meine Nachrichten gelesen?«, schrie Alana auf. »Du hast mein Zeug gelesen? Du verdammte Schlampe! Dad hatte recht, du bist eine Hure. Ich will dich nie wieder sehen«, spie sie zwischen mehreren Schluchzern aus. »Wie konntest du mir das antun?«

»Alle verantwortungsbewussten Eltern verfolgen die Online-Aktivitäten ihrer Kinder«, sagte Elliot mit einem Hauch von Humor in der Stimme. »Die wenigsten gehen so weit wie deine Mutter. Das ist sogar mir neu.« Er öffnete die Tür und führte Alana zu den Deputies, die in der Einfahrt warteten. »Ich muss diesen Nick mal kennenlernen. Er scheint zu wissen, wie man das Herz einer Dame erobert.«

Kay unterdrückte ein Kichern, dann sah sie ihren Partner an. Er hatte Alana gerade an Deputy Hobbs übergeben, der sie über ihre Rechte informierte, bevor er sie in sein Fahrzeug verlud. Die Miene ihres Partners wirkte wieder normal, aber als ihre Blicke sich trafen, wurde er erneut rot. Es würde eine Weile dauern, bis er vergaß, dass er ihr eben ein Bild vom Schwanz eines anderen Mannes gezeigt hatte.

Deputy Farrell nahm Kay Alexandria ab. Sie versuchte immer noch, sich zu befreien.

»Getrennte Fahrzeuge«, befahl Kay. »Und auch getrennte Zellen.« Dann schaute sie auf Alexandrias Füße und fragte: »Welche Schuhgröße tragen Sie?«

»Anwalt«, schnauzte Alexandria. »Das ist alles, was ich sage.«

»Das dürfte ungefähr Größe 39 sein«, antwortete Farrell. »Warum?«

»Wenn Sie sie eingeladen haben, schauen Sie bitte nach, ob Sie in ihrem Haus ein Paar Sportschuhe in Größe 39 finden. Packen Sie sie ein, kennzeichnen Sie sie und bringen Sie sie mit. Ich wette, sie passen zu den Fußabdrücken, die wir am Tatort gefunden haben.«

»Wird gemacht«, antwortete Denise Farrell und legte die Hand auf Alexandrias Kopf, um sie in den Polizeiwagen zu verfrachten.

Kay musterte Alexandria neugierig. Sie hatte alles gehabt. Ein perfektes Haus, eine wunderschöne Tochter, keine finanziellen Sorgen. Eine stabile Gesundheit und gutes Aussehen. Dennoch hatte sie alles mit beiden Händen weggeworfen, als sie eine Affäre mit dem Freund ihrer Tochter begonnen hatte.

Dann wanderten ihre Gedanken zu Jenna. Wahrscheinlich hatte sie es überhaupt nicht auf Nick abgesehen. Sie hatte Tim geliebt. In ihrem Tagebuch wurde Nick mit keinem Wort erwähnt. Sie war schikaniert, vergewaltigt und umgebracht worden, für nichts. Für ein Hirngespinst von Alana. Und alle um Jenna herum hatten sich gegen sie verschworen und sie ruiniert.

Kay richtete sich auf und füllte ihre Lungen mit frischer Luft, die nach Monterey-Zypressen roch. Elliot trat zu ihr und rieb sich zufrieden die Hände.

»Du glaubst es nicht! Sie haben Spuren von Rohypnol auf einer Jacke gefunden, die Gaskell in seinem Jeep zurückgelassen hat. Wir können ihm die Vergewaltigung von Jenna jetzt wirklich nachweisen.«

Kay grinste breit. »Wann hast du Verstärkung angefordert?«, fragte sie.

»Als ich die Telefonprotokolle gesehen hatte. Ich habe auf Farrells E-Mail geantwortet und um zwei Einheiten gebeten. Ich wusste, dass die Festnahme dieser beiden Grazien sich anfühlen würde, als müssten wir zwei Katzen zum Tierarzt bringen.« Er verlagerte sein Gewicht von einem Fuß auf den anderen, als wäre er unschlüssig wegen irgendetwas. »Hey«, sagte er schließlich. »Ich brauche deine Hilfe. Ich habe Schwierigkeiten mit jemandem.«

ZWEIUNDFÜNFZIG

RECHTE

»Was ist hier los?«, fragte Kay, als Elliot den SUV startete.

Elliot antwortete nicht sofort darauf. Er sah in die Ferne, anscheinend in Gedanken versunken, als überlegte er, was er ihr verraten wollte. »Seit ein paar Tagen misstraut man mir und behandelt mich, als wäre ich ein Lügner.« Er warf einen kurzen Blick in Kays Richtung, dann konzentrierte er sich wieder auf die Straße und nahm die Auffahrt zur Autobahn langsamer als sonst. »Ich lüge die Täter bei Verhören an, so, wie wir alle, aber das ist nicht alles. Was ich meine, ist persönlicher Natur.«

Kay runzelte die Stirn. »Wovon redest du?«

»Ich spreche davon, dass mir die Leute nicht mehr in die Augen sehen, als wäre mein Wort nichts mehr wert. Es sind Menschen, denen ich vertraue und die ich schätze, deren Meinung mir wichtig ist, aber sie bringen es nicht übers Herz, mir zu sagen, was los ist. Ich mag dümmer sein als ein Karren voller Wackersteine, und vielleicht übersehe ich ja auch etwas, aber ich lüge ganz sicher nicht.«

Er fuhr an der Ausfahrt zu Kays Haus vorbei, aber sie sagte nichts, weil seine Worte sie genug verwirrten. »Wer macht dir das Leben schwer? Ist es jemand, mit dem wir zusammenarbeiten?«

Elliot warf ihr einen weiteren Blick zu. »Du bist es.«

Ihr Atem stockte. »Oh.« Das Wort kam nur gemurmelt heraus. Aber Elliot hatte recht. Er war ein scharfsinniger Polizist mit guten Instinkten, und irgendwann musste er es ja herausfinden. Sie hätte es kommen sehen müssen. Er hatte etwas Besseres verdient als das, was sie ihm in letzter Zeit vorgespielt hatte. Etwas viel Besseres. Aber ihm gegenüber offen zu sein, bedeutete, ihre Gefühle offenzulegen, und dazu war sie noch nicht bereit.

»Ich weiß nicht, was ich sagen soll. Es tut mir leid. Ich hätte ...«

»Hilfst du mir bei meinem Problem?«, fragte er mit einem Lächeln auf den Lippen, das sich in seiner Stimme niederschlug.

Es gab nur eines, was sie tun konnte, obwohl sie sich bereits davor fürchtete, als sie merkte, dass er langsamer wurde und in Richtung seines Hauses fuhr.

»Klar, Partner, warum nicht?« Den Rest des Weges zu Elliots Haus legten sie in angespanntem Schweigen zurück, während Kay sich auf das vorbereitete, was ihr bevorstand. Er hatte darauf bestanden, dass sie Miranda kennenlernte, und wahrscheinlich wollte er das jetzt in die Tat umsetzen, obwohl sie keine Ahnung hatte, wem das helfen sollte.

Als sie ankamen, wirkte das Haus wie ausgestorben. Es brannte kein Licht, obwohl die Sonne unter die Baumgrenze gesunken war und in Kürze völlig verschwunden sein würde. Die Schatten waren lang, so lang wie die Sekunden, die sich ewig hinzogen und an Kays Nerven zerrten.

Elliot stieg aus dem Geländewagen aus und bedeutete ihr, ihm zu folgen. Sie tat es und bemühte sich, ihren Puls zu beruhigen und eine entspannte Miene aufzusetzen, obwohl sie sich innerlich wand. Wenn sie diese Frau wäre und ihr Partner würde eine dreißigjährige Blondine von der Arbeit anschleppen, nachdem er tagelang Überstunden geschoben hatte, würde sie ihr wohl im Handumdrehen an die Gurgel gehen.

Überraschenderweise ging Elliot um das Haus herum und steuerte auf das eingezäunte Grundstück zu, das er als Hinterhof bezeichnete. Er wohnte in einem kleinen Bauernhaus, das von ein paar Hektar saftigem Weideland umringt war. Das Haus wirkte von hinten genauso dunkel wie von vorn, aber er schritt weiter auf die Scheune zu.

»Warte hier«, sagte er. »Drinnen ist es dunkel.«

Er schloss das Tor auf und ging hinein. Wenige Augenblicke später kam er heraus und führte ein Pferd an den Zügeln.

»Kay, das ist Miranda.« Er tätschelte den Hals des Pferdes und flüsterte dann neben dem Ohr des Tieres: »Miranda, das ist Kay.«

Erleichterung machte sich in ihr breit und trieb ihr die Tränen in die Augen. Sie lachte laut auf. »Miranda ist ein Pferd? Ich dachte ...«

»Ja, ich weiß.« Er sah sie mit einem Hauch von heimlicher Belustigung im Blick an.

Die ganze Zeit über hatte Kay sich über seine geheime Partnerin aufgeregt, und er hatte genau gewusst, was los war. Am liebsten hätte sie ihn auf der Stelle erwürgt, aber natürlich war das nicht seine Schuld. Er hatte ihr angeboten, sie Miranda vorzustellen, als sie das erste Mal hier gewesen war.

»Darf ich?« Sie gestikulierte in Richtung der Stute. Sie war wunderschön, seine Miranda, rötlich-braun mit einer sternförmigen Blesse auf der Stirn. Sie schnaubte und schnupperte in Kays Richtung, dann nickte sie einmal, langsam, als ob sie »Hallo« sagen wollte.

»Lass mich dich über deine Miranda-Rechte in Kenntnis setzen«, sagte Elliot und grinste breit. »Du hast das Recht, sie zu besuchen, wann immer du willst. Du hast das Recht, sie zu reiten und ihr täglich einen Apfel zu geben, um den Pferdedoktor fernzuhalten. Du hast das Recht, ihr Babykarotten zu bringen, auf die fährt sie nämlich total ab.«

Kay lachte wieder und trat auf das Pferd zu. Sie streckte die Hand aus, damit das Tier sie beschnuppern konnte, dann kraulte sie es sanft am Hals. Das Pferd kam näher herangetrippelt und schaute sie an, ohne zu blinzeln.

»Ich darf sie reiten? Wirklich?« Kay konnte nicht aufhören, über sich selbst und ihre unfassbare Dummheit zu lachen.

»Ja, wirklich. Wenn du kannst.« Elliot drückte ihr Mirandas Zügel in die Hand, ging in die Scheune und kam mit einem Sattel zurück. Er legte ihn auf den Rücken des Pferdes und zog die Gurte fest. Dann schaute er ihr direkt in die Augen. »Und du hast das Recht, mir immer zu sagen, was los ist.«

Kay senkte beschämt den Kopf, spürte, wie ihre Wangen rot wurden, und fürchtete, er würde sie durchschauen. Wahrscheinlich hatte er das schon längst, sonst wäre sie wohl nicht hier. Einen Moment lang wünschte sie sich, er würde sie einfach an sich ziehen und ihr Herz mit einem Kuss zum Schmelzen bringen.

Aber Elliot rührte sich nicht, und Kay stand einfach wartend und sehnsüchtig da, bis sie sich umdrehte und Miranda wieder den Nacken kraulte. »Ich dachte, weil die Nachtlampe auf der anderen Seite des Bettes stand, und die Laken und so, ähm, also, egal.« Sie lachte.

»Du bist davon ausgegangen, obwohl es keine wirklichen Beweise gab.« Elliot tätschelte den Sattel. »Hier, spring auf. Hast du das schon mal gemacht?«

»Als ich acht war, hat mich meine Mutter an meinem Geburtstag zum Ponyreiten mitgenommen«, gab Kay bescheiden zu. »Ich falle wahrscheinlich runter. Sie ist ganz schön groß.«

»Sie ist auch ganz schön sanft, also sie wird dich nicht abwerfen. Nimm die Zügel. Ja, so. Und jetzt hältst du dich hier fest, das ist das sogenannte Horn.«

Er deutete vorne am Sattel auf etwas, das wie ein senkrechter Griff aussah. »Rechte Hand auf den hinteren Teil des Sattels. Den linken Fuß hier hinein.«

Kay ließ ihren linken Fuß in den Steigbügel gleiten und hüpfte auf einem Fuß, während sich das Pferd bewegte und sie sich völlig lächerlich fühlte. Das würde sie niemals schaffen. »Ich ... lass nicht ...«

»Jetzt ziehst du dich hoch, als würdest du über eine große Hürde springen. Verlagere dein Gewicht auf das linke Bein, dann strecke es durch und schwinge das rechte Bein über Mirandas Hintern.«

Zu verlegen, um einen Rückzieher zu machen, tat Kay, was er sagte, und spürte seine starken Hände an ihrer Taille, die ihr halfen. Seine Berührung brachte ihr Blut in Wallung. Sie ließ sich in den Sattel plumpsen und grinste breit, nahm die Zügel und zog sanft daran. Vom Rücken eines Pferdes aus sah die Welt ganz anders aus, und sie genoss jeden Augenblick.

»Denk daran, dass sie sehr sanft ist«, fügte Elliot hinzu und musterte sie mit unausgesprochenem Stolz in den Augen von Kopf bis Fuß. »Halte die Zügel so, zwischen dem kleinen Finger und dem Ringfinger, und lege dann die Daumen oben drauf. So hast du sie gut im Griff. Ziehe jetzt aber nicht daran, sonst läuft sie rückwärts. Mach einfach den Rücken gerade, schön aufrecht sitzen, und drück die Beine ein wenig zusammen, wenn du bereit bist.«

Das tat Kay, und Miranda setzte sich langsam in Bewegung. Nach ein paar Schritten zog sie die Zügel ein wenig an, und das Pferd blieb stehen. Begeistert strahlte sie Elliot an. »Darf ich ›Yee-haw!‹ rufen?«

Elliot trat zu ihr und blieb neben ihr stehen.

Kay beugte sich leicht vor, tätschelte Miranda den Hals und

machte sich mit dem Gefühl im Sattel vertraut. »Was?«, fragte sie, als sie bemerkte, wie ihr Partner sie ansah. In seinem Blick lag eine Intensität, wie sie sie noch nie gesehen hatte.

»Dir fehlt noch etwas«, sagte Elliot, nahm den Hut ab und setzte ihn ihr auf den Kopf.

MEHR VON BOOKOUTURE DEUTSCHLAND

Für mehr Infos rund um Bookouture Deutschland und unsere Bücher melde dich für unseren Newsletter an:

www.bookouture.com/bookouture-deutschland-sign-up

Oder folge uns auf Social Media:

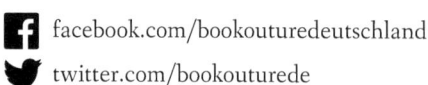

facebook.com/bookouturedeutschland
twitter.com/bookouturede
instagram.com/bookouturedeutschland

EIN BRIEF VON LESLIE

Ein herzliches Dankeschön dafür, dass ihr euch entschieden habt, *Die Tote in den Bergen* zu lesen. Wenn es euch gefallen hat und ihr über meine Neuerscheinungen auf dem Laufenden gehalten werden möchtet, meldet euch über den folgenden Link an. Eure E-Mail-Adresse wird nicht weitergegeben und ihr könnt euch jederzeit wieder abmelden.

www.bookouture.com/bookouture-deutschland-sign-up

Wenn ich ein neues Buch schreibe, denke ich an euch, meine Leser:innen; was ihr als Nächstes lesen möchtet, wie ihr eure Freizeit verbringt und was ihr am meisten an der Zeit schätzt, die ihr in der Gesellschaft der von mir geschaffenen Figuren verbringt und in der ihr die Herausforderungen, die ich ihnen stelle, stellvertretend erlebt. Deshalb würde ich gern von euch hören! Hat euch *Die Tote in den Bergen* gefallen? Würdet ihr euch wünschen, dass Detective Kay Sharp und ihr Partner Elliot Young in einer weiteren Geschichte zurückkehren? Euer Feedback ist mir unglaublich wichtig und ich freue mich, eure Meinung zu hören. Bitte kontaktiert mich direkt über einen der unten aufgeführten Kanäle. E-Mail funktioniert am besten: LW@WolfeNovels.com. Ich werde eure E-Mail-Adresse an niemanden weitergeben und ich verspreche euch, dass ihr eine Antwort von mir erhalten werdet!

Wenn euch mein Buch gefallen hat und es nicht zu viel verlangt ist, nehmt euch doch bitte einen Moment Zeit und hinterlasst eine Rezension auf einer Social-Media-Seite oder dort, wo ihr das Buch gekauft habt. Ihr könnt *Die Tote in den Bergen* anderen Leser:innen empfehlen. Rezensionen und persönliche Empfehlungen helfen ihnen sehr, neue Titel oder neue Autor:innen zu entdecken.

Es macht einen großen Unterschied, und es bedeutet mir sehr viel. Ich danke euch für eure Unterstützung und hoffe, euch auch mit meiner nächsten Geschichte unterhalten zu können. Wir sehen uns bald wieder!

Vielen Dank

Leslie

www.WolfeNovels.com

facebook.com/wolfenovels

Made in the USA
Las Vegas, NV
25 September 2023